Das Kursbuch RELIGION 1

für den Religionsunterricht
im 5./6. Schuljahr

calwer

westermann

Das Kursbuch Religion 1

Herausgegeben von Heidrun Dierk, Michael Landgraf, Hanna Roose und Hartmut Rupp

Erarbeitet von Heidrun Dierk, Ulrich Kämmerer, Michael Landgraf, Stefan Meißner, Hanna Roose, Claudia Rothenberger, Hartmut Rupp und Andreas Wittmann

Unter Beratung von Susanne Benizri-Wedde, Florian Bock, Ramazan Demir, Ariane Dihle und Lea Torwesten

Druck A[1] / Jahr 2025
Alle Drucke der Serie A sind im Unterricht parallel verwendbar.

Redaktion: Gerd Wilke
Illustrationen: Carla Miller
Umschlaggestaltung: LIO Design GmbH, Braunschweig unter Verwendung des Bildes
Andreas Felger: CREDO II – Schöpfer des Himmels und der Erde, 2011
Layout: LIO Design GmbH, Braunschweig
Druck und Bindung: Westermann Druck GmbH, Georg-Westermann-Allee 66, 38104 Braunschweig

ISBN 978-3-7668-**4603**-7 (Calwer)
ISBN 978-3-14-**152161**-0 (Westermann)

Liebe Schülerinnen und Schüler,

vielleicht beginnt gerade eure erste Unterrichtsstunde im Fach Religion im neuen Schuljahr und ihr schlagt *Das Kursbuch Religion* das erste Mal auf. Einige von euch haben sicherlich schon neugierig im Buch geblättert.

Was erwartet euch nun in diesem Buch? Die Folgeseiten 4 und 5 erklären euch, wie ihr mit dem Buch lernen könnt: Sie stellen den Aufbau der Buchseiten vor und erklären die im Buch verwendeten Symbole. Das Inhaltsverzeichnis auf den Seiten 6–9 gibt einen Überblick zu den Themen. Worum geht's denn eigentlich im Religionsunterricht? Darüber erfahrt ihr mehr auf den Seiten 10-11.

Das Kursbuch Religion ist mehr als ein auf Papier gedrucktes Buch. Ihr findet zu vielen Buchseiten digitales Zusatzmaterial. Dazu gehören Audios wie Lieder und vorgelesene Bibeltexte. Auch Videos und interaktive Übungen erwarten euch. Mit zusätzlichen Texten und Links zu Webseiten erhaltet ihr wichtige Tipps und Informationen.

Wir wünschen euch spannende Unterrichtsstunden und viel Freude mit *Das Kursbuch Religion*!

Euer Kursbuch-Team

So lernt ihr mit dem Kursbuch

Jedes Hauptkapitel beginnt mit einer **Einstiegsdoppelseite** und einem Überblick zum gesamten Kapitel.

Hier erfahrt ihr, welche **Kompetenzen** ihr in diesem Kapitel erwerben könnt.

Die **Basics-Seite** leitet jedes Teilkapitel ein und liefert euch wichtige Basisinformationen.

Die **Infokästen** erklären Grundbegriffe und fassen wichtige Inhalte zusammen.

Einige Buchseiten sind mit diesem **Fenstersymbol** versehen. Hier findet ein Blick in andere Konfessionen, Religionen und Weltanschauungen statt.
Im Buch findet ihr ökumenische und interreligiöse Fenster.

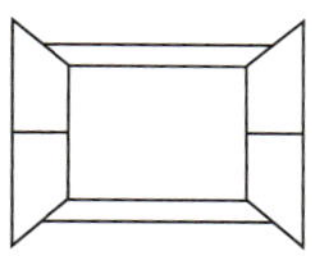

139

Gemeinsamkeiten der evangelischen und katholischen Kirche

Woran erkennt man Christinnen und Christen?

Die **Taufe** ist ein Zeichen für die bedingungslose Annahme eines Menschen durch Gott. Die Mehrzahl der Christinnen und Christen wird als Baby oder kleines Kind getauft. Weil man nur einmal getauft werden kann, erkennen die evangelische und katholische Kirche die Taufe der jeweils anderen Konfession an.

Taufe Jesu S. 86

Das **Abendmahl**, das in der katholischen Kirche Eucharistie heißt, geht auf das letzte Abendmahl Jesu vor seinem Tod zurück. Christinnen und Christen feiern es regelmäßig im Gottesdienst. Während in der evangelischen Kirche alle Brot und Wein oder Saft bekommen, dürfen in der katholischen Kirche nur die Priester den Wein trinken, während die Gemeinde die Hostie erhält.

Abendmahl, Taufe S. 137

Heilige Schrift S. 130

Hostie: Abendmahlsbrot, meist in Form einer Oblate

Die **Bibel** ist für Gläubige aller Konfessionen die Heilige Schrift.

Matthäus und Lukas berichten, dass Jesus uns das **Vaterunser** oder Herrengebet als wichtigstes Gebet empfohlen hat. Evangelische und katholische Christinnen und Christen beten es gemeinsam im Gottesdienst, aber auch für sich allein.

Vater Unser S. xxx

Der **Gottesdienst** in der evangelischen Kirche wird von einer Pfarrerin oder einem Pfarrer geleitet. In der katholischen Kirche muss der Gottesdienst mit Eucharestiefeier von einem Priester geleitet werden. Dieser ist zu diesem Amt geweiht worden.

Die evangelischen und katholischen **Gesangbücher** unterscheiden sich zwar, haben aber über 60 gemeinsame Lieder, die mit OE (für ökumenisch) bezeichnet werden. Die katholische Kirche hat manche Lieder der Protestanten übernommen; manche liturgischen Gesänge im evangelischen Gesangbuch stammen aus der katholischen Tradition.

Aufgaben

1. Benenne die Elemente, zu denen du schon Erfahrungen hast. Welche weiteren fallen dir ein?
2. Ordne die genannten Elemente der beiden Konfessionen danach, ob diese Elemente eher die beiden Konfessionen trennen oder verbinden.
3. Begründe deine Entscheidung.

Die **Hotspots** liefern euch Einstiegsfragen und bieten Anregungen zum Diskutieren.

Die **Querverweise** in der passenden Kapitelfarbe helfen euch, weitere Verbindungen zwischen den Themen zu ziehen und die Inhalte zu vertiefen.

Fachbegriffe sind im Text unterstrichen und werden euch am Rand **erklärt**.

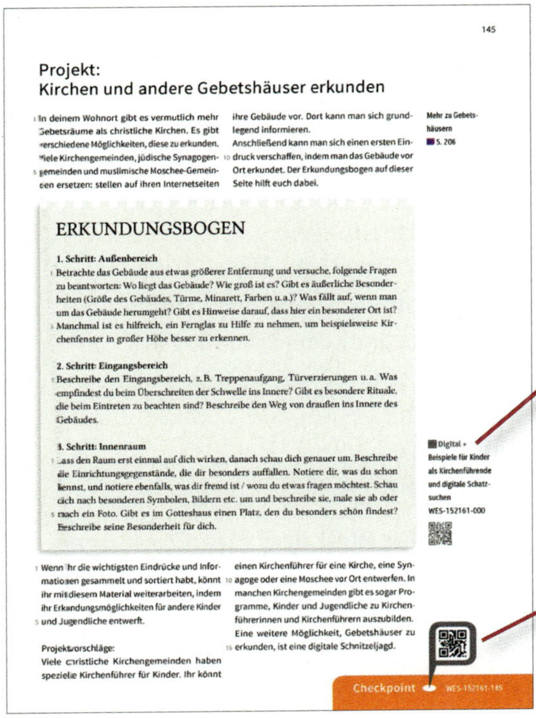

145

Projekt: Kirchen und andere Gebetshäuser erkunden

In deinem Wohnort gibt es vermutlich mehr Gebetsräume als christliche Kirchen. Es gibt verschiedene Möglichkeiten, diese zu erkunden. Viele Kirchengemeinden, jüdische Synagogengemeinden und muslimische Moschee-Gemeinden ersetzen: stellen auf ihren Internetseiten ihre Gebäude vor. Dort kann man sich grundlegend informieren.
Anschließend kann man sich einen ersten Eindruck verschaffen, indem man das Gebäude vor Ort erkundet. Der Erkundungsbogen auf dieser Seite hilft euch dabei.

Mehr zu Gebetshäusern S. 206

ERKUNDUNGSBOGEN

1. Schritt: Außenbereich
Betrachte das Gebäude aus etwas größerer Entfernung und versuche, folgende Fragen zu beantworten: Wo liegt das Gebäude? Wie groß ist es? Gibt es äußerliche Besonderheiten (Größe des Gebäudes, Türme, Minarett, Farben u. a.)? Was fällt auf, wenn man um das Gebäude herumgeht? Gibt es Hinweise darauf, dass hier ein besonderer Ort ist? Manchmal ist es hilfreich, ein Fernglas zu Hilfe zu nehmen, um beispielsweise Kirchenfenster in großer Höhe besser zu erkennen.

2. Schritt: Eingangsbereich
Beschreibe den Eingangsbereich, z. B. Treppenaufgang, Türverzierungen u. a. Was empfindest du beim Überschreiten der Schwelle ins Innere? Gibt es besondere Rituale, die beim Eintreten zu beachten sind? Beschreibe den Weg von draußen ins Innere des Gebäudes.

3. Schritt: Innenraum
Lass den Raum erst einmal auf dich wirken, danach schau dich genauer um. Beschreibe die Einrichtungsgegenstände, die dir besonders auffallen. Notiere dir, was du schon kennst, und notiere ebenfalls, was dir fremd ist / wozu du etwas fragen möchtest. Schau dich nach besonderen Symbolen, Bildern etc. um und beschreibe sie, male sie ab oder mach ein Foto. Gibt es im Gotteshaus einen Platz, den du besonders schön findest? Beschreibe seine Besonderheit für dich.

Digital+ Beispiele für Kinder als Kirchenführende und digitale Schatzsuchen WES-152161-000

Wenn ihr die wichtigsten Eindrücke und Informationen gesammelt und sortiert habt, könnt ihr mit diesem Material weiterarbeiten, indem ihr Erkundungsmöglichkeiten für andere Kinder und Jugendliche entwerft.

Projektvorschläge:
Viele christliche Kirchengemeinden haben spezielle Kirchenführer für Kinder. Ihr könnt einen Kirchenführer für eine Kirche, eine Synagoge oder eine Moschee vor Ort entwerfen. In manchen Kirchengemeinden gibt es sogar Programme, Kinder und Jugendliche zu Kirchenführerinnen und Kirchenführern auszubilden. Eine weitere Möglichkeit, Gebetshäuser zu erkunden, ist eine digitale Schnitzeljagd.

Checkpoint WES-152161-145

Das **Digital+ Symbol** verweist darauf, dass es hier **digitales Zusatzmaterial** gibt.
Hierzu scannt ihr den QR-Code ein oder gebt den Webcode auf www.westermann.de/webcode ein. Beispiel: WES-152161-001

Am Ende jedes Teilkapitels könnt ihr mit dem **Checkpoint** euren Lernfortschritt prüfen. Auch diese Inhalte werden – genau wie beim Digital+ Symbol – per Webcode oder QR-Code aufgerufen.

Dieses Symbol zeigt an, dass ihr hier hilfreiches Material zum **Umgang mit Medien** findet. Das kann zum Beispiel ein Erklärvideo zum Thema „Wie erstelle ich ein Lernplakat?“ sein.

Mensch und Welt 12

Gott 42

Jesus Christus 72

Bibel 102

Religionen und Weltanschauungen 192

Methoden 222

Worum geht's in Reli?

Im Religionsunterricht, den viele kurz Reli nennen, geht's um viele Fragen und Themen. Die kannst du dir im Überblick anschauen, wenn du das Inhaltsverzeichnis des Buches aufschlägst.

Es wird nach dem Menschen und der Welt gefragt. Was macht mich als Mensch so besonders? Warum sind wir, wie wir sind? Wie sollen wir mit der Schöpfung umgehen? Dann geht es um Gott. Wie stellen wir uns ihn vor? Was sagt die Bibel über ihn? Bei der Frage nach Jesus geht es auch darum, wie er in unserem Alltag vorkommt. Bei der Bibel stellen sich die Fragen, welche Rolle sie für Menschen spielt, wo sie in unserer Kultur überall vorkommt und wie man mit ihr umgehen kann. Ein Thema ist die Kirche als Gemeinschaft und in ihrer Vielfalt. Schließlich wird darüber nachgedacht, wie man verantwortlich handelt und mit anderen Religionen ins Gespräch kommt. Methodisch vielfältig werden die Fragen und Themen miteinander ins Gespräch gebracht, Ideen zur Gestaltung und digitalen Erkundung gegeben.

Über die Fragen, auf die Religionen Antworten suchen, kannst du dich auf S. 196 informieren.

Auch stellt sich die Frage, warum es den Religionsunterricht gibt. In der Schule soll es möglich sein, die eigene Religion besser kennenzulernen und über tiefgehende Fragen wie die über Gott und die Welt nachdenken zu können. Religionslehrerinnen und -lehrer sind dabei eure Gesprächspartnerinnen und -partner für Glaubensfragen.

Bei all den Themen wird im Religionsunterricht immer über den Tellerrand hinausgeschaut. Deshalb kommen in dem Buch viele Glaubensrichtungen, Konfessionen genannt, zu Wort: Evangelische und Katholiken, Angehörige anderer Religionen und solche, die keiner Religion angehören. Im Mittelpunkt steht das gemeinsame Suchen nach Antworten auf die großen Fragen des Lebens, die Fragen nach dem Woher, dem Wohin und dem Sinn. Die stellen sich irgendwann einmal fast alle Menschen.

Informationen zu Präsentationen findest du auf S. 241

Aufgaben

1 Das Lied „Wir haben Religion" erzählt über den Religionsunterricht.
Fasse mithilfe des Liedes zusammen, worum es im Religionsunterricht geht.

2 Fasse mit einer Kleingruppe zusammen, was im Religionsunterricht der Grundschule behandelt wurde.
Was hat euch gefallen und was nicht?

3 Gestalte eine Präsentation, in der du mit anderen formulierst, was ihr euch für den Religionsunterricht der nächsten Jahre wünscht.

Wir haben Religion

2. Wir haben Religion.
Wusstet ihr das schon?
Wir denken nach über Gott,
ob er da ist in der Not.
Wenn Menschen sich sorgen,
oder hoffen auf morgen.
||: Wir haben Religion. :||

3. Wir haben Religion.
Wusstet ihr das schon?
In der Bibel kannst du lesen,
was in Israel gewesen,
wer ist Josef, wer ist Rut,
und was Jesus alles tut.
||: Wir haben Religion. :||

4. Wir haben Religion.
Wusstet ihr das schon?
Eine Kirche wird besucht,
und was drin ist, untersucht,
was die Gemeinde macht,
da wird drüber nachgedacht.
||: Wir haben Religion. :||

5. Wir haben Religion.
Wusstet ihr das schon?
Man lernt, was andere glauben,
was sie mögen und erlauben,
wie sie feiern, wo sie beten,
welche Meinung sie vertreten.
||: Wir haben Religion. :||

6. Wir haben Religion.
Wusstet ihr das schon?
Du kannst Regeln studieren
und gemeinsam formulieren,
wie man sich recht verhält,
überall auf dieser Welt.
||: Wir haben Religion. :||

7. Wir haben Religion.
Wusstet ihr das schon?
Ja, du kannst musizieren,
und auch diskutieren,
du kannst spielen, du kannst lachen
oder andere Sachen machen.
||: Wir haben Religion. :||

Digital +
Hier könnt ihr euch das Lied anhören:
WES-152161-001

Text: Michael Landgraf,
Musik: Reinhard Horn

Mensch und Welt

Über mich nachdenken
Der Mensch in Gottes Schöpfung
Die Schöpfung gemeinsam bebauen und bewahren

Du bist angekommen in der neuen Schule und in der neuen Klasse.
Das Schulgebäude und das Schulgelände habt ihr bei einem Rundgang schon kennengelernt.
Nun sollt ihr euch untereinander kennenlernen und miteinander vertraut machen.
Das Klassenlehrerteam hat vorgeschlagen, dass ihr euch mit Steckbriefen vorstellt, die ihr selbst gestaltet.

Du überlegst:

? Wie soll dein Steckbrief aussehen? Was soll drinstehen? Und was nicht?

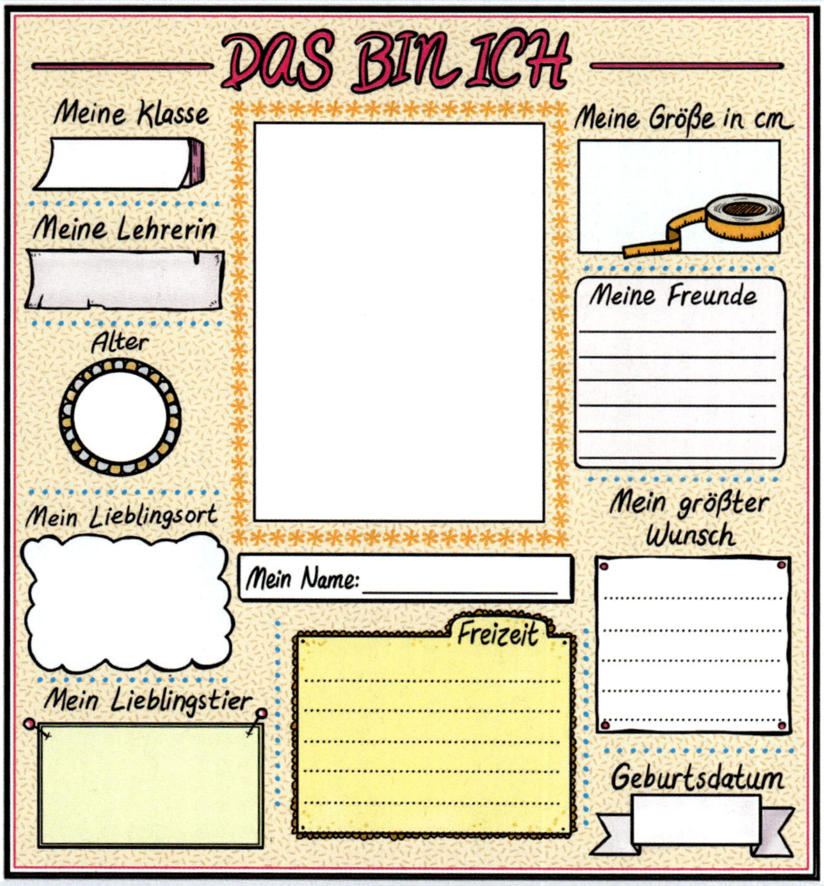

Wer bin ich? Wie bin ich? Wie sehe ich mich selbst? Wie sehen mich andere? Wie lebe ich mit anderen Menschen zusammen? Was macht mich zu einem besonderen Menschen? Sind Menschen wirklich Gottes Geschöpfe? Was bedeutet es, dass Menschen als Ebenbilder Gottes bezeichnet werden?

Was ist von dieser Welt zu halten? Hat Gott die Welt geschaffen? Ist die Welt wirklich Gottes gute Schöpfung? Was ist und bedeutet Schöpfungsverantwortung? Wie können wir die Schöpfung bebauen und bewahren?

Hier kannst du lernen ...

- zu beschreiben, warum du ein besonderer, unverwechselbarer Mensch unter anderen besonderen, unverwechselbaren Menschen bist.
- zu erläutern, was gemeint ist, wenn man die Welt als Gottes Schöpfung versteht.
- zu erklären, was es bedeutet, dass alle Menschen als Ebenbilder Gottes bezeichnet werden.
- zu erklären, was man unter Schöpfungsverantwortung versteht.
- mit Hilfe verschiedener Beispiele zu beschreiben, wie Menschen sich verantwortlich in der Schöpfung verhalten können.

Über mich nachdenken

In deiner Klasse soll eine große Fotowand mit mehreren Selfies gestaltet werden, die jede und jeder von sich gemacht hat. Welche Selfies würdest du mitbringen und aufhängen? Wie und wo zeigen sie dich, in welcher Situation, mit welchen Menschen, mit welchem Gesichtsausdruck? Welches Bild von dir sollen die Selfies vermitteln?

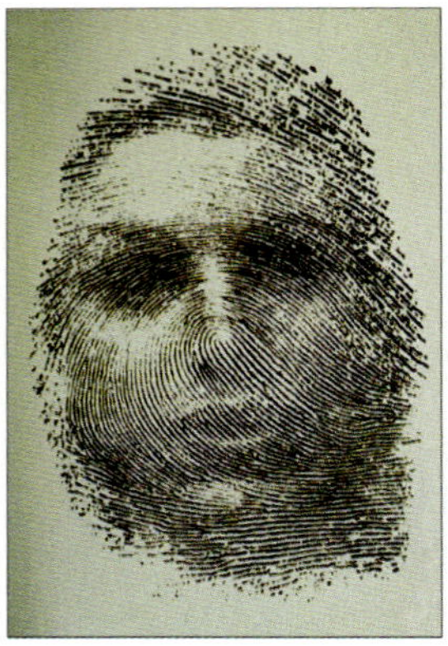

Menschenbild

Wie sehen mich andere, wie möchte ich gesehen werden? Welches Bild haben sie von mir? Welches Bild habe ich von ihnen?

Ein Menschenbild ist ein „Bild“, also eine Vorstellung, die man sich von Menschen macht. Darin kommen gute und schlechte Erfahrungen zum Ausdruck, die man mit Menschen gemacht hat. Menschenbilder können uns helfen, mit anderen Menschen klarzukommen. Sie sind gefährlich, wenn sie dazu führen, Menschen nicht mehr richtig wahrzunehmen.

Viele Religionen haben Menschenbilder. Im Judentum, im Christentum und im Islam glaubt man, dass alle Menschen Geschöpfe Gottes sind. Damit will man ausdrücken, dass Menschen nicht irgendwelche Lebewesen, sondern besonders und einzigartig sind, dass sie eine Aufgabe in der Welt haben und dass ihr Leben einen Sinn hat.

Ebenbild Gottes

Für jüdische und christliche Gläubige ist jeder Mensch ein Ebenbild Gottes. Um zu verstehen, was damit gemeint ist, muss man wissen, dass in der Zeit, in der die biblischen Texte entstanden, Kaiser und Könige oft als Götter verehrt wurden. Man betrachtete sie zugleich als Mensch und als Gott. Wenn ihr Kopf auf Münzen abgebildet wurde, dann galt das Bild als Ebenbild Gottes. Der Herrscher wurde als Gottes Stellvertreter verehrt. Er war sozusagen „gottgleich“, in ihm „spiegelte“ sich Gott. Wenn am Anfang der Bibel also erzählt wird, dass Gott die Menschen als sein Ebenbild geschaffen hat, dann war jeder Mensch etwas Besonderes, nicht mehr nur der Kaiser oder König. Anders gesagt: Alle Menschen sind Königinnen und Könige.

Ich bin einmalig!

Warum brauchen Menschen einen Namen?

Ein Vorname ist mehr als ein Name

Wenn man wissen will, wer ein bestimmter Mensch ist, dann schaut man in seinen Personalausweis. Dort findet man Informationen zum Geburtstag, zum Geburtsort, zur Größe, zur Augenfarbe und seinen Vor- und Nachnamen. Durch den Namen unterscheiden sich Menschen von anderen. Vornamen suchen Eltern für ihre Kinder ganz bewusst aus. Mit Vornamen kann man einen Wunsch oder ein Motto für das Leben des Kindes ausdrücken, etwa wenn er eine besondere Bedeutung hat. In der Bibel wird erzählt, dass Maria ihrem Sohn den Namen Jesus geben sollte, „denn er wird sein Volk retten“ (Matthäus 1, 21). Dieser Vorname ist von dem hebräischen Verb für „helfen, retten, befreien“ abgeleitet. Manche katholischen Kinder feiern Namenstage, weil ihre Eltern ihnen Vornamen von Heiligen gegeben haben. Das waren Menschen, die besonders vorbildlich gelebt haben und deshalb verehrt werden. Mit dem Namen soll dem Kind etwas von dieser Besonderheit mit auf den Lebensweg gegeben werden. Am Namenstag erinnert man sich an sie. Andere Eltern geben ihren Kindern Vornamen, die in der Familie Tradition haben, von Großeltern zum Beispiel. Es gibt auch Namen von historischen oder prominenten Persönlichkeiten. Viele Eltern achten darauf, dass der Vorname gut klingt und zum Nachnamen passt. Anderen Eltern ist es wichtig, dass der Vorname ihres Kindes modern ist. Auf jeden Fall soll mit dem Vornamen ausgedrückt werden, dass das Kind etwas Besonderes, Einmaliges ist.

Digital +
Internetseite zu den beliebtesten Vornamen
WES-152161-003

Heilige S. 135

Aufgaben

1 Recherchiere die Bedeutung deines Vornamens.

2 Erörtere im Gespräch mit deinen Eltern, warum sie dir gerade diese(n) Vornamen gegeben haben.

3 Untersucht auf der Homepage der „Gesellschaft für deutsche Sprache“ (GfdS), welche Vornamen in euren Geburtsjahren besonders beliebt waren, und findet die Gründe dafür heraus. Vergleicht diese Liste mit der Liste der beliebtesten Vornamen in diesem bzw. im vergangenen Jahr.

Wir sind verschieden und deswegen einmalig!

Wie kann man sich anfreunden?

Eine Klasse aus vielen Einzelnen

Während der Kennenlernwoche sagt eure Klassenlehrerin oder euer Klassenlehrer Folgendes zu euch:

„In der neuen Klasse müsst ihr nun – so unterschiedlich wie ihr seid – einige Schuljahre lang Tag für Tag lernen, Sport machen, musizieren, experimentieren, Partner- und Gruppenarbeiten erledigen, Referate präsentieren, Klassenarbeiten und Tests bewältigen, euch gegenseitig zuhören, feiern, euch miteinander freuen, euch gegenseitig trösten, Klassenfahrten durchführen, Probleme klären, Konflikte lösen … kurz: ihr müsst miteinander leben und klarkommen. Dazu gehört Respekt, die Achtung, die man anderen schenkt, die anders sind als man selbst und genauso einmalig. Das ist gar nicht so einfach. Aber ich bin sicher, dass ihr das schafft!“

Mehr zur Gemeinschaft der Verschiedenen findest du auf S. 136.

Aufgaben

1 Erläutere Gedanken und Fragen, die diese Ansprache bei dir auslöst.

2 Trefft euch vor der Fotowand mit euren Selfies und bildet wechselnde Gruppen mit gemeinsamen Merkmalen:
- Wer hat dasselbe Hobby, Lieblingsessen oder Lieblingstier?
- Wer hat dieselbe Lieblingsfarbe oder Lieblingssportart?
- Wer kommt von derselben Grundschule?
- Wer kommt aus demselben Viertel oder Vorort?
- Wer kommt mit dem Fahrrad, mit dem Bus oder zu Fuß zur Schule?

Erörtert eure Gemeinsamkeiten und Unterschiede.

3 Tauscht euch über Erfahrungen aus, die ihr gemacht habt, weil ihr anders als andere wart.

4 Schaut euch das Bild an. Gestaltet Klassenfotos, die dem Bild auf dieser Seite ähneln.

Warum sollte ich jemand anders sein wollen?

Fredi Saal (1955 – 2010) war von Geburt an spastisch gelähmt und saß sein Leben lang im Rollstuhl. Als Kind stuften Ärzte ihn als „nicht bildungsfähig" ein. Man bezeichnete ihn als „sprachlosen Idioten". Elf Jahre lang lebte er in verschiedenen Heimen, davon sieben Jahre in einer geschlossenen Einrichtung für geistig Behinderte mit angeschlossener Hilfsschule. Erst mit 18 Jahren konnte er die Anstalt verlassen und sich an Volkshochschulen weiterbilden. Er schrieb Bücher und Aufsätze, in denen er sich mit seiner Behinderung und damit auseinandersetzte, wie man mit Behinderten umging. Selbst bezeichnete er sich als „Krüppel". Mit gesprochener Sprache konnte er sich kaum verständigen und seine Vorträge selbst nicht vorlesen. Sie mussten von ausgebildeten Sprechern vorgetragen werden. Er war mit einer Lehrerin verheiratet.

Spastisch gelähmt ist ein Mensch, wenn einzelne oder mehrere Muskeln dauerhaft verkrampft sind. Dazu kommt es, wenn das Gehirn oder das Rückenmark geschädigt wurden. Eine solche Lähmung ist nicht heilbar.

In einem Radiovortrag mit dem Titel „Die Normalität des Behinderten" sagte er Folgendes:

„Behinderte *sind* nicht behindert, sie *werden* behindert."

Der Behinderte ist alles andere als ein Reißbrettmensch; an ihm kann man am besten erkennen, dass jeder Einzelne ein unverwechselbar einmaliger Mensch ist.

Wenn Gott mich anders gewollt hätte, dann hätte er mich anders geschaffen.

Im Einklang mit mir selbst lebe ich nur, wenn ich die Behinderung als einen Teil von mir ansehe.

So, wie ich mich vorfinde, bin ich von Anfang an im Schöpfungsplan vorgesehen und darum in Ordnung.

Der Mensch mit einer Lähmung, Blindheit, Taubheit, Lern- oder Geistesschwäche hat neben vielen anderen Eigenschaften auch die einer Behinderung, sie gehört untrennbar zu seinem Wesen.

Wenn es in der Bibel heißt: „Gott sah, dass seine Schöpfung gut war", dann schließt das die Vollwertigkeit des Behinderten ein.

Aufgaben

1. Erläutere, welche Aussage(n) von Fredi Saal dich überraschen.
2. Erkläre, warum Fredi Saal sich selbst als „unverwechselbar einmaliger Mensch" bezeichnet.
3. Vergleiche Fredi Saals Kindheit und Jugend damals mit der Kindheit und Jugend eines Menschen mit Behinderung heute: Hätte er es heute leichter?
4. Erläutert das Cover des Buches von Fredi Saal vor dem Hintergrund seiner Lebensgeschichte.

Miteinander leben: Fremd sein

Woran erkennt man Freundschaft?

Kennst du die etwa?

In ihrem Jugendroman „Greta“ erzählt die Schriftstellerin Sigrid Zeevaert die Geschichte der elfjährigen Greta, die mit ihrer Mutter in den Sommerferien in ein kleines idyllisches Dorf an einem See in Norddeutschland fährt. Dort lebt Jella, eine Bekannte von Gretas Mutter, mit ihren beiden Kindern Jamila und Jonah. Sie sind vor einiger Zeit aus Kenia nach Deutschland zurückgekommen. Jamila und Jonah werden wegen ihrer Hautfarbe als Fremde wahrgenommen, ihr Vater ist ein Schwarzer Kenianer. Während Greta sich mit Jamila gut versteht, verhält Jonah sich ihr gegenüber abweisend, obwohl sie immer wieder versucht, sich mit ihm anzufreunden. Eines Tages kommt Greta an einem Bolzplatz vorbei, auf dem Jonah mit einigen Jungen aus dem Dorf Fußball spielt. Der Ball fällt ihr vor die Füße …

3

Ich will gehen. Bleibe aber doch stehen, als der Ball nur ein paar Meter entfernt von mir liegenbleibt. Zögere, weil ich nicht sicher bin, ob ich ihn einfach zurückschießen soll.
Da kommt Jonah schon an. Bleibt wie angewurzelt stehen, als er mich entdeckt. „Was willst du denn hier?“, fragt er und es klingt irgendwie ganz anders als heute Morgen und gestern noch. „Spionierst du mir nach?“
Ich werde rot. Stammele blöd rum und sage irgendwas davon, dass ich nur zufällig hier bin, weil Jella mich kurz zum Laden geschickt hat, um Eier und Sahne zu holen.
„Hier ist aber kein Laden“, sagt Jonah darauf nur, schnappt sich den Ball und schießt ihn in hohem Bogen aufs Spielfeld zurück.
Ich stehe da, trete von einem Bein aufs andere. Und weil vielleicht sowieso schon alles zu spät ist, sage ich noch schnell: „Ich spiele übrigens auch. Und … könnte bei euch mitmachen, wenn ihr mich lasst.“ Ich hole tief Luft, bin ja selbst überrascht.
Jonah dreht sich nur kurz noch mal zu mir und schüttelt den Kopf. „Keine gute Idee“, sagt er und trabt wieder davon.
„Kennst du die etwa?“, ruft jetzt einer von seinen Freunden. Jonah winkt ab.
„Ich dachte schon!“, ruft ein anderer. „Was wollte die denn?“
„Keine Ahnung!“ Jonah stellt sich wirklich blöd.
Ich schnappe nach Luft.
„Hat sich wohl im Wald verirrt?“, macht sich ein anderer lustig.
Sie lachen.

Sigrid Zeevaert

Digital +
Hier findest du die Geschichte von Petrus und Jesus: WES-152161-004

Digital +
Hier erfährst du, wer Petrus war: WES-152161-005

Zur Methode Standbild S. 231

Aufgaben

1 Erläutere Jonahs Verhalten und Gretas Reaktion.
2 Beschreibe, wie die Situation im Bild dargestellt wird.
3 Stellt die Szene in Standbildern nach.
4 Beim Abendessen fragt Jella Greta und Jonah, was sie an diesem Tag erlebt haben. Gestaltet ein Gespräch, in dem die beiden sagen, was sie erlebt und wie sie es erlebt haben.
5 Eine Geschichte, in der jemand (Petrus) einen Freund (Jesus) verleugnet, findest du in der Bibel in Matthäus 26,31-35; 69-75. Vergleiche sie mit Gretas Erfahrung.

Miteinander leben: Freundschaft

Passt Social Media zu Freundschaft?

Nächtliche Chats

Im Laufe der Ferien unternehmen Greta und Jonah immer mehr miteinander und erleben dabei einige Abenteuer und Mutproben. Dabei kommen sie sich näher, lernen sich besser kennen, erzählen sich voneinander und fassen Vertrauen zueinander. Nachts chattet Greta mit ihren Freundinnen Mia und Lea, dabei erzählen sie sich, was sie tagsüber erlebt haben. Einen der Tage verbringt Greta mit Jonah auf einer kleinen Insel im See. In der Nacht chattet sie mit Mia und Lea …:

Erzähl!, schreibt Mia, als ich ihnen zwei Bilder schicke. *Wie seid ihr denn dahin gekommen? Das sieht ja aus wie ein Traum.*

Wohl eher wie der romantischste Ort, den es gibt, meldet sich Lea.

Und da wart ihr ganz allein???

Wir und das Boot, schreibe ich zurück. *Die Insel ist wirklich klein. Man kann von einem Ende zum anderen sehen.*

Du hast es echt gut, schreibt Mia. *Hier ist es langweilig und es regnet die ganze Zeit. Bääâh.* Sie schickt jede Menge Tropfen und schlecht gelaunte Smileys.

Dafür bin ich gerade in der Stadt und kriege neue Schuhe, schreibt Lea. *Aber was ist denn jetzt? Ich meine, mit Jonah und dir? Bist du verknallt??? Sag doch mal was! Wenigstens ob es schön mit ihm war. Und ob …* Weiter schreibt Lea nicht. Und auch Mia bleibt erst mal still. Genauso wie ich. Weil ich irgendwie gar nichts mehr weiß und jedenfalls die ganze Zeit an ihn denken muss. Wie wir auf der Insel waren. Und auf dem See, der mir seitdem noch viel größer vorkommt. Und anders. […]

(Und) Mia schreibt: *Könnte es sein, dass Lea recht hat?*

Womit?

Rat doch mal?

Sie hören nicht auf. Aber vielleicht ist es auch Quatsch, so zu tun, als wäre gar nichts. Immerhin sind sie meine Freundinnen. Und Geheimnisse haben wir voreinander eigentlich nicht. Also schreibe ich jetzt: *Wenn ihr meint.*

Also stimmts!

Wusste ichs doch!

Ich hole tief Luft. Keine Ahnung, was ist.

Klar, dass sie jetzt mehr wissen wollen. Ein bisschen erzähle ich auch. Nicht so viel. Weil alles irgendwie anders ist, als ich es mir vorgestellt habe. Trotzdem ist es schön, mit Mia und Lea darüber zu schreiben.

Sigrid Zeevaert

Aufgaben

1 Erläutere, woran du erkennst, dass Mia und Lea Gretas Freundinnen sind.

2 Gestalte ein Textbild oder Wortpuzzle zum Begriff „Freundschaft“.

3 Erkläre mit Beispielen, wie weit Freundschaft gehen sollte und wo Freundschaft Grenzen hat: Was erwartest du von einer Freundin oder einem Freund?

Miteinander leben: (Sich) Streiten

Warum streiten sich Freundinnen und Freunde?

Alle gegen einen

An einem Nachmittag, als Jonah mit den anderen Jungen Fußball spielt, geht Greta allein im See baden. Da sie keinen Badeanzug mitgenommen hat, zieht sie ihre Sandalen, ihr Kleid und ihr Hemd aus und geht, nur mit der Unterhose bekleidet, ins Wasser. Ihre Klamotten lässt sie am Ufer liegen. Während sie sich im Wasser treiben lässt, kommen die Jungen am Ufer vorbei …

Schnell tauche ich ab, sodass nur mein Kopf über Wasser bleibt, weil ich nackt bis auf die Unterhose bin und nicht will, dass sie mich so sehen. „Haut ab!“, rufe ich. […] Die Jungen scheint das weiter nicht zu interessieren. Ich schaue rüber zu Jonah, ob wenigstens der merkt, wie ungleich es ist. Sie sind zu fünft oder sechst. Und ich bin allein. Vielleicht ist ihm das auch nicht egal, aber er sagt nichts, als Tobi jetzt ruft: “Wieso sollten wir jetzt abhauen? Hier ist es doch schön.“

„Und es gibt lauter Sachen zu sehen!“, ruft ein anderer, der ebenfalls beim Fußball dabei war, seinen Namen weiß ich nicht mehr. Er bückt sich nach meinem Kleid, hebt es auf und wedelt damit. Die anderen jubeln und klatschen, als hätte er sonst was entdeckt.

Ich kauere noch immer im Wasser. „Lass deine Finger davon!“, rufe ich und kämpfe gegen die Tränen an, die in mir hochsteigen wollen. „Und lasst mich in Ruhe!“

„Was tun wir denn?“, lachen sie. „Wir stehen doch nur da!“

Einer hält sich jetzt mein Kleid vor und wackelt mit dem Po.

Sigrid Zeevaert

Jonah reagiert zunächst nicht, versucht dann aber, die Situation zu beruhigen, indem er Gretas Kleid zurück auf den Boden legt und sagt:

„Wir gehen wieder, okay?“ „Wir gehen?“ Damit haben die anderen anscheinend überhaupt nicht gerechnet. „Hat da jemand Angst?“

„Muss er ja wohl“, ruft jetzt ein anderer und lacht. „Wenn er nicht aufpasst, verhexen die Weiber ihn noch.“

„Du nervst!“, schnauft Jonah.

Aber die anderen hören nicht auf. Sagen jetzt auch was von Weichei. Und Mädchentröster. Und so. Und einer ruft: “Kein Wunder, wo er als Kleinkind wohl zu viel Kakao getrunken hat.“

Alle lachen, nur Jonah nicht. Wütend stürzt er sich auf den Jungen und ruft: „Sag das nicht noch mal!“ Er packt ihn und wirft ihn zu Boden. Der Junge drückt ihn von sich weg, bekommt sein Gesicht zu fassen, hält ihn am Kinn. Sie kämpfen und alle feuern den Jungen an, niemand hilft Jonah.

Sigrid Zeevaert

zu Mobbing ■ S. 166; zu Rassismus in der Sprache ■ S. 171

Aufgaben

1. Vergleiche das Bild mit eigenen Erfahrungen.
2. Erkläre, warum dieser Streit entsteht und wie er sich entwickelt.
3. Beschreibe die Gefühle der Beteiligten (Greta, Jonah, die Jungen) im Verlauf des Streites.
4. Erkläre, warum es Jonah nicht gelingt, den Streit zu schlichten.
5. Formuliere Regeln für richtiges Streiten.
6. Arbeite an 1. Mose 13, 5–12 heraus, wie Abram und Lot ihren Streit lösen, und bewerte diese Lösung.

Miteinander leben: Sich versöhnen

(Wie) Kann man Versöhnung lernen?

Mit zitternden Knien

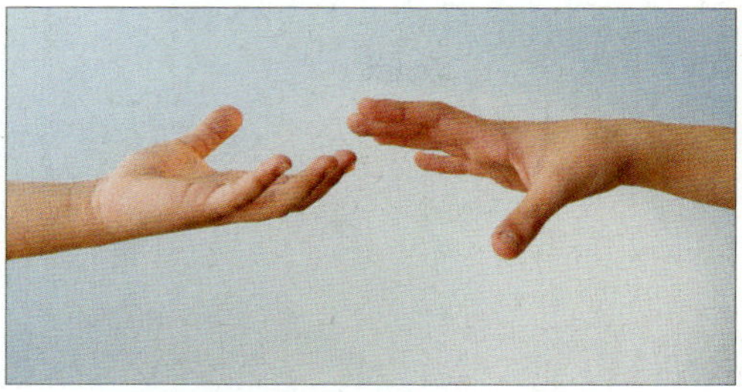

Als die Ferien zu Ende gehen, verstehen sich Greta und Jonah sehr gut. Sie sind Freunde geworden. Greta nimmt sich vor, so bald wie möglich wieder in das Dorf am See zurückzukehren, um Jonah und seine Familie wiederzusehen. Bevor sie mit ihrer Mutter nach Hause zurückfährt, fasst sie einen Entschluss:

Und plötzlich kommt mir eine Idee. Sie hat mit Jacke und Kalli zu tun und damit, dass sie immer auf den Fußballplatz gehen. Vielleicht gehe ich mit Jonah auch noch mal hin, nicht direkt bis zu den Jungen, weil ich auf ihre Sprüche verzichten kann und ihnen auch nicht mehr beweisen muss, dass ich gut spiele. Wie Jonah ja auch. Und weil da was anderes ist, was sie sowieso nicht verstehen, und es aber doch nicht so bleiben kann, wie es jetzt ist, obwohl ich nicht weiß, ob sich daran überhaupt etwas ändern lässt. Aber wenigstens versuchen sollten wir es.

Sigrid Zeevaert

Am nächsten Morgen spricht sie mit Jonah, sagt ihm aber nicht, was sie vorhat. Er kommt mit …:

Als wir auf dem kleinen Weg sind und man ein paar Jungens erkennt, die sich den Ball zuschieben, klopft mir das Herz bis zum Hals. Aber ich bleibe nicht stehen, und auch Jonah macht keine Anstalten, auf halbem Wege wieder umzukehren. Schließlich haben wir über alles geredet und er denkt jedenfalls auch, dass man noch mal was machen muss, obwohl er nicht genau weiß, was kommt. [...]
Alle drehen sich jetzt zu uns hin, brauchen, bis sie uns sehen.
Ich habe Angst. Mein Mund ist ganz trocken. Aber dann rufe ich: „Ich wollte euch noch tschüss sagen. Weil ich wieder fahre. Schließlich wohne ich nicht hier, aber…“ Auf einmal ist alles komisch und die Worte sind irgendwie nicht mehr da. [...] Jedenfalls ist es irgendwie still. Zumindest lacht keiner von ihnen blöd oder ruft irgendwas. [...]
„Ja dann“, ruft noch einer und es ist schon mal nicht Kalli. „Fahr mal schön.“
Der Weg bis zur Straße zieht sich und mir zittern noch immer die Knie, aber irgendwann biegen wir ab und keiner ist uns gefolgt.
Jonah guckt mich an. Guckt wieder weg. „Was du dich traust“, sagt er dann.
„Du dich ja auch.“
Wir sind beide rot im Gesicht und haben Schrammen an Armen und Beinen, aber es ist irgendwie gut. Und ehrlich gesagt hoffe ich ja auch, dass sie nicht immer nur blöd zu Jonah und zu mir sind.

Sigrid Zeevaert

Mehr zu Versöhnung ■ S. 170; zum Streitschlichten ■ S. 169

Für Jüdinnen und Juden ist der Versöhnungstag Jom Kippur der wichtigste Feiertag.
Mehr darüber erfährst du auf ■ S. 215.

Aufgaben

1 Erkläre, was die Sprache der Hände im Bild ausdrückt.

2 Erläutere mithilfe des Textes, warum es Menschen schwerfällt sich zu versöhnen.

3 Erläutere, welche Schritte zur Versöhnung Greta schon getan hat und was noch geschehen muss, damit Greta, Jonah und die Jungen versöhnt sind.

4 Gestaltet Standbilder, in denen ihr Versöhnung ausdrückt.

Miteinander leben: Angst haben

Wie wirkt ANGST?

Sitzengeblieben

Ich kam mit dem Schulzeugnis nach Hause, in dem ein schrecklicher Satz zu lesen war, ein Satz, vor dem mein ganzes Dasein zerbrechen wollte. Ich ging mit diesem Satz große Umwege, wagte mich nicht mit ihm nach Hause, sah immer wieder nach, ob er nicht plötzlich verschwunden war, doch er stand immer da, klar und deutlich.

Als ich schließlich doch nach Hause kam, weil ich nicht die Kühnheit hatte, mich als Schiffsjungen nach Amerika anheuern zu lassen, saß bei meinen Eltern Fritz W. Was machst du denn für ein betrübtes Gesicht, rief er mir zu. Ist es ein schlechtes Zeugnis, fragte meine Mutter besorgt, und mein Vater blickte mich an, als sehe er alles Unheil der Welt hinter mir aufgetürmt.

Ich reichte das Zeugnis meiner Mutter hin, aber Fritz riss es mir aus der Hand und las es schon und brach in schallendes Gelächter aus. Nicht versetzt, rief er und schlug sich mit seiner kräftigen Hand auf die Schenkel. Nicht versetzt, rief er noch einmal, während meine Eltern abwechselnd ihn und mich verstört anstarrten, und zog mich zu sich heran und schlug mir auf die Schultern. Nicht versetzt, genau wie ich, rief er, ich bin viermal sitzengeblieben.

Damit war die Todesangst zerstäubt, alle Gefahr war vergangen. Aus den verwirrten Gesichtern meiner Eltern konnte sich keine Wut mehr hervorarbeiten, sie konnten mir nichts vorwerfen, da ja Fritz W., dieser tüchtige und erfolgreiche Mann, alle Schuld von mir genommen hatte und mich dazu noch besonderer Ehrung für würdig hielt.

Peter Weiss

Die ganze Welt ist eine schmale Brücke, und die Hauptsache ist, sich gar nicht zu fürchten. (Rabbi Nachman von Brazlaw, um 1800)

Aufgaben

1 Traust du dich, über diese Brücke zu gehen? Beschreibe deine Gedanken und Gefühle.

2 Erkläre, woran du merkst, dass der Erzähler Angst hat.

3 Kannst du seine Gefühle und sein Verhalten nachvollziehen? Begründe deine Antwort. Erkläre, wie sich die Gefühle und das Verhalten im Laufe der Begegnung verändern.

4 Stellt Angst mit Farben, Klängen, Symbolen oder pantomimisch dar.

Miteinander leben: Sich trauen

Was ist echtes Vertrauen?

Im 2. Buch Mose im Alten Testament wird von der Flucht der Israeliten aus der Sklaverei in Ägypten erzählt. Auf ihrem Weg durch die Wüste, auf dem Mose sie führt, schlagen sie am Roten Meer ein Lager auf. Die Soldaten des Pharao verfolgen sie und kommen immer näher. Die Angst der Israeliten ist groß. Sie fürchten sich davor zu sterben und machen Mose Vorwürfe, dass er sie aus Ägypten herausgeführt hat. Sie meinen, dort sei es doch gar nicht so schlimm gewesen …

Annegert Fuchshuber (1940 – 1998): Der Zug durch das Rote Meer

Digital +
Hier kannst du dir 2. Mose 14,1–14 als Audio anhören.
WES-152161-006

Wahrheit

Ob eine biblische Erzählung wahr ist, hängt nicht davon ab, ob alles genau so passiert ist, wie es erzählt wird. Wahr ist sie vor allem, wenn sie für Menschen eine Bedeutung hat. Die kann darin bestehen, dass die Erzählung Mut macht, Vertrauen stärkt, Hoffnung vermittelt oder tröstet. Dabei spielen Symbole eine wichtige Rolle. Das sind Zeichen, die nicht nur etwas Konkretes darstellen, sondern menschliche Erfahrungen wachrufen und ansprechen. So symbolisiert der Weg in vielen Religionen das Leben, er ist also der „Lebens-Weg"; die Brücke steht für den Übergang zwischen zwei Lebensstationen. Wenn man Symbole erkennt und deutet, entdeckt man die Wahrheit der Erzählung.

Aufgaben

1 Arbeite an dem Info-Text zwei Arten von Wahrheit und die Bedeutung von Symbolen heraus.

2 Beschreibe das Bild und vergleiche es mit 2. Mose 14,1–14. Interpretiere, wie die Künstlerin versucht, die Wahrheit der Erzählung für heutige Menschen darzustellen. Die Tiere machen den Menschen Angst. Erläutere, wovor sie sich fürchten, indem du den Tieren Namen gibst.

3 Menschen fürchten sich oft davor, aus einer gewohnten Lebenssituation aufzubrechen, vieles hinter sich zu lassen, ins Unbekannte zu ziehen und neue Erfahrungen zu machen. Nenne Gründe und bewerte sie.

4 In den Psalmen (= Liedern, Gedichten) im Alten Testament gibt es viele Vertrauensworte. Lies Psalm 6,9, Psalm 18,3, Psalm 27,1 und Psalm 119,105 und prüfe, welche davon Mose den Israeliten am Roten Meer sagen könnte.

Miteinander leben: Mutig sein

Was ist der Unterschied zwischen Mut und Übermut?

Die Raupe

Eine Raupe, die am Rande einer breiten und vielbefahrenen Straße wohnte, entdeckte eines Tages, dass auf der anderen Seite der Straße das herrlichste, grünste, leckerste und aufregendste Grün wuchs, das sie sich nur vorstellen konnte. Von da an hatte sie nur noch den Gedanken an diese Verlockungen im Kopf, und das Wasser lief ihr jedes Mal im Munde zusammen, wenn sie über die Straße blickte. Aber so verlockend das Grün auf der anderen Straßenseite auch war, so unerreichbar erschien es ihr: So breit war die Straße, so viele Autos fuhren pausenlos so schnell auf beiden Spuren der Straße, und so langsam war sie … Immer wieder kroch sie an den Straßenrand, blickte voller Sehnsucht hinüber, und jedes Mal schüchterte sie der rasende Lärm der vierrädrigen Ungetüme so ein, dass sie hoffnungslos seufzte: „Das schaffe ich nie. Da komme ich nie hinüber!“

Als der Gewitterregen nach einem heißen Tag besonders frisches und knuspriges Grün hatte sprießen lassen, das ihren Appetit ganz besonders anregte, kroch sie noch einmal an den Straßenrand, blickte sehnsuchtsvoll auf die andere Seite und dachte: „Ach, es wäre so schön, wenn ich dort knabbern könnte! Aber bevor ich die Mitte erreicht habe, wird mich längst eines dieser rasenden Ungetüme überrollt haben. Wenn ich es aber nicht wenigstens versuche, werde ich nie schmecken können, wie lecker es drüben schmeckt.“

Hin- und hergerissen zwischen Angst und Verlockung, saß sie am Straßenrand, blickte immer wieder hinüber, krabbelte plötzlich los … und kam an.

Aufgaben

1 Beschreibe das Bild und erläutere die Gedanken der Raupe.

2 Beurteile, ob die Raupe mutig oder übermütig ist.

3 Erläutere, warum sich Menschen Geschichten erzählen.

4 Erkläre, in welcher Situation Menschen sind, denen man die Geschichte von der Raupe erzählen würde.

Checkpoint WES-152161-007

Der Mensch in Gottes Schöpfung

Der italienische Maler und Bildhauer Michelangelo malte von 1508 bis 1510 die Decke der Sixtinischen Kapelle im Vatikan, dem Sitz des Papstes in Rom, aus. Der Ausschnitt stellt die Erschaffung Adams dar.
Bei einem Besuch der Sixtinischen Kapelle sagt die Führerin: „Dort oben sehen Sie, wie Gott den Menschen geschaffen hat." Ein Besucher antwortet darauf: „Das stimmt doch gar nicht! In der Bibel steht das ganz anders!"

! Formuliere eine Antwort auf diesen Einwand.

? Welche dieser Fragen hast du dir auch schon gestellt?

? Welche fallen dir noch ein?

i Schöpfung

Menschen stellen viele Fragen, wenn sie über sich und über die Welt nachdenken: Warum gibt es diese Welt? Wie ist sie entstanden? Warum gibt es mich? Warum gibt Männer und Frauen? Was ist mein Platz auf dieser Welt? Welche Aufgabe habe ich in dieser Welt? Warum gibt es Krankheiten, Katastrophen, Mord und Totschlag? Warum verstehen sich Menschen oft so schlecht? Warum müssen Menschen sterben? Gibt es jemanden, der hinter allem steht?

Am Anfang der Bibel, in den ersten elf Kapiteln im 1. Buch Mose, gibt es mehrere Erzählungen, die Antworten auf einige dieser Fragen geben. In den beiden ersten Kapiteln (1. Mose 1,1–2,4a und 1. Mose 2, 4b–25) wird davon erzählt, dass Gott die Welt wie ein großes Haus geschaffen hat, in dem alle Lebewesen ihren Platz haben, und dass die Menschen darin eine besondere Aufgabe und Verantwortung für die Welt haben. Deshalb spricht man davon, dass Gott der Schöpfer und die Welt seine Schöpfung ist. Das ist keine naturwissenschaftliche Erklärung, sondern eine Glaubensaussage, ein Bekenntnis: Schöpfung ist mehr als Natur oder Umwelt. Sie ist die ganze von Gott erhaltene und uns anvertraute Welt!

Eine Erklärung für den letzten Satz im Info-Kasten findest du auf S. 71. Dort ist der Text des Liedes „Er hält die ganze Welt in seiner Hand" abgedruckt.

Religionen S. 196
Gott als Schöpfer S. 65

Digital +
Hier findest du die beiden Texte vom Anfang der Bibel (1. Mose 1 und 2) WES-152161-008

„… was du bist und was ich bin."

Wer glaubt denn heute noch, dass Gott alles geschaffen hat?

Du hast uns deine Welt geschenkt

Text: Rolf Krenzer; Melodie: Detlev Jöcker (EG 676)

Heißa, wir dürfen leben

1. Gott schuf die Sonne, die Sterne, den Mond,
   er schuf den Tag und die Nacht,
   er schuf den Tag und die Nacht.
   Er schuf den Himmel, der über allen wohnt und über allen wacht.
   Gott schuf das Wasser, die Wolken und das Land,
   die Täler und auch die Höhn,
   die Täler und auch die Höhn.
   Er machte Wüste, die Dünen und den Strand,
   die Flüsse und auch die Seen.

Text: Dieter Stork

Von der Schöpfung und dem Schöpfer sprechen als Glaubensbekenntnis

Zu allen Zeiten haben Menschen von der Schöpfung und dem Schöpfer gesprochen und damit ihren Glauben bekannt. Sie drücken damit aus, in welcher Beziehung sie zu Gott als dem Schöpfer und zur Welt als seiner Schöpfung stehen. Die Überschrift z. B. stammt aus einem Lied, das der Lehrer und Prediger Joachim Neander im Jahr 1680 verfasst hat: „Himmel, Erde, Luft und Meer zeugen von des Schöpfers Ehr …". In den Texten und in den Melodien dieser Lieder drücken sich viele Einstellungen und Sichtweisen aus, z. B. Freude, Dankbarkeit, Lob, Ehrfurcht, Bewunderung. Es wird aber auch von den Herausforderungen und Aufgaben gesprochen bzw. gesungen, die das Leben in und mit der Schöpfung mit sich bringt. Manche dieser Lieder sind im Laufe der Zeit zu „Volksliedern" geworden, weil sie sich auf Erfahrungen beziehen, die zu ihrer Zeit alltäglich waren und so im Leben der Menschen einen festen Platz hatten. Das war z. B. mit dem Lied „Wir pflügen und wir streuen den Samen auf das Land" von Matthias Claudius aus dem Jahr 1783 und mit dem Lied „Weißt du, wieviel Sternlein stehen" von Wilhelm Hey aus dem Jahr 1837 so.

Aufgaben

1 Erarbeite anhand der Texte der beiden Lieder, wie Gott in ihnen gesehen wird sowie welchen Platz und welche Aufgaben Menschen in der Schöpfung haben. Berücksichtige auch das Lied „Gott gab uns Atem" auf S. 32.

2 Untersucht in Gruppen weitere Lieder im Evangelischen Gesangbuch und in neueren Liederbüchern und stellt euch gegenseitig die Ergebnisse vor.

3 Gestaltet einen „Schöpfungsgottesdienst" für eure Klasse, Lerngruppe oder Jahrgangsstufe. Wie ein solcher Gottesdienst aufgebaut sein kann, findet ihr im Kapitel „Kirche und Kirchen" auf Seite 151.

„Und Gott sah, dass es gut war."

Was ist gut an der Welt, in der wir leben?

Lucas Cranach der Ältere (1472 - 1553): Menschen im Paradies (um 1530)

Wenn ihr die erste Erzählung von der Erschaffung der Welt (1. Mose 1,1–2,4a) gemeinsam laut lest, dann fällt euch bestimmt auf: Die einzelnen Abschnitte, in denen erzählt wird, was Gott an jedem Tag geschaffen hat, sind sehr ähnlich, parallel gebaut, fast wie Strophen eines Gedichtes oder eines Liedes. Dadurch ergibt sich beim Lesen ein Rhythmus. Die Schilderung der einzelnen Schöpfungstage beginnt immer mit „Und Gott sprach:" … und endet mit „Und Gott sah, dass es gut war. Es wurde Abend und wieder Morgen der … Tag." Am letzten Tag „vollendete Gott seine Werke" und „ruhte […] aus von all seiner Arbeit, die er getan hatte." Man kann sich gut vorstellen, dass Gott sehr zufrieden mit dem Ergebnis seiner schöpferischen Arbeit war. Die Welt und alles, was darin war, muss ihm gefallen und seiner Vorstellung entsprochen haben.

Auch der zweite Text (1. Mose 2,4b–25) erzählt zunächst von einer guten Welt, dem „Paradies", einem fruchtbaren Garten, in den die Menschen hineingesetzt sind und in dem es alles gibt, was sie zu einem guten Leben brauchen.

Und in Psalm 104, 24 heißt es „Wie zahlreich sind deine Werke, HERR. In Weisheit hast du sie alle gemacht. Die Erde ist voll von deinen Gütern."

Das Wort „Paradies" bezeichnet ursprünglich einen Park, einen Garten voller Bäume, der von einem Wall umgeben und geschützt ist.

Psalmen ■ S. 58 – 59 und ■ S. 117, 125

Aufgaben

1 Gebt 1. Mose 1,1–2,4a mit verschiedenen Personen wieder, so dass man erkennen kann, dass es ein Gedicht bzw. ein Lied ist.

2 Beschreibe, woran man erkennt, dass Gottes Schöpfung „gut" ist.

3 Recherchiere und untersuche den Text des Liedes „Laudato si" und zeige auf, wie die Schöpfung hier beschrieben wird.

4 Erörtert, ob moderne Dinge (z. B. Smartphone, PC, Drohnen) und Errungenschaften (z. B. Raumfahrt, Androide, Künstliche Intelligenz) auch zu den Werken bzw. Gütern gehören, die zu Gottes Schöpfung gehören.

Raus! Von der Verbannung aus dem Paradies

Warum fällt es uns oft schwer, Nein! zu sagen?

Michelangelo (1475 - 1564): Die Vertreibung aus dem Paradies (Deckengemälde in der Sixtinischen Kapelle)

Der Garten, in den Gott den Menschen gesetzt hatte, wird auch „Garten Eden" genannt. Der Name Eden bedeutet im Hebräischen „Wonne" oder „Wonneland". Unser Wort Garten wurde in älteren Bibelübersetzungen auch als „Paradies" bezeichnet. Im Alten Testament wurde Eden auch als „Gottes Garten" bezeichnet. Die ersten Menschen lebten also, so wird es in der Bibel erzählt, in einem paradiesischen Garten, in einem Lebens-Raum, der ihnen alles bot, was sie für ein gutes Leben brauchten und den sie hegend und pflegend gestalten sollten. Doch Gott hatte ihnen eine Grenze gesetzt, den Baum der Erkenntnis von Gut und Böse. Der stand mitten im Garten; Gott hatte den Menschen erlaubt, die Früchte aller anderen Bäume zu essen, nur die Früchte dieses einen Baumes nicht. Er hatte ihnen also eine Grenze gesetzt und sie vor den Folgen gewarnt. Doch sie konnten der Verlockung nicht widerstehen, ignorierten Gottes Verbot und ließen sich von einer Schlange dazu verführen, eine Frucht dieses Baumes zu essen. Sie hatten die Grenze überschritten. Nun mussten sie die Konsequenzen ihres Handelns tragen: Gott verbannte – oder wie manche sagen – vertrieb sie aus dem Paradies. Und von da an sollte sich ihr Leben grundlegend verändern. Ihr Lebensraum war nun nicht mehr das Paradies, der Garten Eden, das Leben war nun keine Wonne mehr, es wurde mühsam, hart und schwer …

Digital +
Hier findest du den Text 1. Mose 3
WES-152161-009

Aufgaben

1 Beschreibe, wie das Bild von Michelangelo die Erzählung 1. Mose 3 darstellt und deutet.

2 Vergleiche das Bild mit anderen Darstellungen der „Vertreibung aus dem Paradies".

3 Erörtert, warum Menschen immer wieder Grenzen überschreiten, die sie besser einhalten sollten.

Bruder Sonne, Schwester Mond: Mitgeschöpfe als Geschwister verstehen

Wie hängen Dankbarkeit und Glück zusammen?

Das Lob Gottes und der Dank für die Schöpfung findet sich im Alten Testament in mehreren Psalmen (Liedern), etwa Psalm 8 und Psalm 104, die vor über 2 500 Jahren entstanden sind. Ein Lobpsalm ist auch der berühmte „Sonnengesang“ von Franziskus von Assisi, der um 1225 in Italien entstand. Er ist das bekannteste Gebet des heiligen Franziskus. Er hat es in Altitalienisch verfasst, der Volkssprache in Italien im Mittelalter. Man kann ihn auch als Lied oder als Gedicht verstehen. Er ist ein Lob auf die von Gott ins Leben gerufene Schöpfung; in ihm drückt Franziskus das Verhältnis zu den Mitgeschöpfen in besonderer Weise aus.

Mehr über Franziskus von Assisi erfährst du auf S. 180.

Psalm 104 S. 66

Franziskus von Assisi: Der Sonnengesang

Höchster, allmächtiger, guter Gott,
dein sind der Lobpreis, die Herrlichkeit und Ehre
und jeglicher Segen.
Dir allein, Höchster, gebühren sie,
und kein Mensch ist würdig, dich zu nennen.

Gelobt seist du, mein Herr,
mit all deinen Geschöpfen,
zumal dem Herrn Bruder Sonne;
er ist der Tag, und du spendest uns das Licht
durch ihn.
Und schön ist er und strahlend in großem Glanz,
dein Sinnbild, o Höchster.

Gelobt seist du, mein Herr,
durch Schwester Mond und die Sterne;
am Himmel hast du sie gebildet,
hell leuchtend und kostbar und schön.

Gelobt seist du, mein Herr,
durch Bruder Wind und durch Luft und Wolken
und heiteren Himmel und jegliches Wetter,
durch das du deinen Geschöpfen den Unterhalt gibst.

Aufgaben

1 Formuliere, wofür du Gott loben und danken würdest. Begründe deine Entscheidung.

2 Im „Sonnengesang“ werden alle Mitgeschöpfe als Geschwister des Menschen bezeichnet. Erläutere, was damit gemeint ist und welche Konsequenzen sich ergeben, wenn man so von der Schöpfung spricht.

3 Beschreibe das Bild und erläutere, wie der Künstler den Sonnengesang gestaltet hat.

4 Gestaltet in Gruppen eine Fotowand oder eine Bilderserie, mit der ihr den „Sonnengesang“ darstellt. Präsentiert eure Ergebnisse.

Leben wir noch im Paradies?

Wann zweifelt man an Gottes Güte?

A

B

C

D

E

Im Juli 2021 kam es nach tagelangen heftigen Regenfällen in vielen Gebieten Deutschlands zu riesigen Überschwemmungen und Überflutungen. Auch die Ahr, ein Nebenfluss des Rheins, trat auf einer langen Strecke über die Ufer, riss Brücken und Straßen mit sich fort, überflutete ganze Ortschaften, zerstörte Häuser und machte viele Dörfer und Städte unbewohnbar. Es gab fast 800 Verletzte und über 180 Todesopfer. Tiere ertranken. Viele tausend Menschen verloren ihr ganzes Hab und Gut. Die Region war für Helferinnen und Helfer schwer zu erreichen, weil Straßen unbefahrbar waren oder gar nicht mehr existierten. Kindergärten, Schulen, Spielplätze wurden zerstört. Auch Jahre danach ist das Gebiet noch von dieser Katastrophe gezeichnet.

Aufgaben

1 Betrachte die Bilder und verknüpfe sie mit dem Text. Beschreibe die Gefühle und Gedanken, die sie bei dir auslösen.

2 Ein Kind, das von den Überschwemmungen betroffen ist, ruft am Tag nach der Flut einen Freund oder eine Freundin an. Gestaltet das Gespräch als Rollenspiel.

3 Auch Krankheiten wie die Corona-Pandemie, Kriege, Hungersnöte, Erdbeben, Tsunamis und Vulkanausbrüche gehören zu unserer Welt. Davon sind viele Menschen betroffen und leiden lange Zeit darunter und unter den Folgen. Setzt euch damit auseinander, ob auch sie zu Gottes Schöpfung gehören.

Bedrohte Schöpfung: Manchmal bleibt einem das Lob im Halse stecken …

Was darf man Gott vorwerfen?

Psalmen S. 58

Wende dich zu mir und hab Erbarmen mit mir!
Denn ich fühle mich einsam und unglücklich.
Befreie mich von der Angst,
die mir das Herz zusammenschnürt.
Führe mich aus meiner Bedrängnis!
Nimm mein Unglück und Leid von mir!
Psalm 25,16–18 (Basisbibel)

Rette mich, Gott!
Das Wasser steht mir bis zum Hals.
Ich bin versunken in tiefem Schlamm
Und finde keinen Grund.
In tiefes Wasser bin ich geraten.
Eine Flutwelle spült mich fort.
Erschöpft bin ich von meinem Schreien.
Psalm 69, 2–4 (Basisbibel)

Hab Erbarmen mit mir, HERR!
Denn mir ist angst und bange.
Mein Leben verschwimmt mir vor Augen,
mein Leid durchdringt Seele und Leib.
[…]
Hilf mir und lass mich so deine Güte erfahren.
Psalm 31, 10. 17 (Basisbibel)

Bleib nicht fern von mir! Denn die Not ist so nahe,
und ich habe sonst keinen, der mir hilft.
Mein Lebensmut ist weich wie Wachs,
dahingeschmolzen in meinem Innern.
Psalm 22, 12. 15b (Basisbibel)

Aufgaben

1 Gestaltet Standbilder mit zwei Rollen: Die eine spricht den Text, die andere drückt die Worte durch die Körperhaltung aus.

2 Was ändert sich, wenn man klagt? Beschreibe, was man fühlt, wenn man solche Worte spricht.

3 Wer diese Worte spricht, klagt nicht nur, er oder sie will auch etwas von Gott. Beschreibe, wie die Person Gott sieht.

4 In Psalm 104 und in den Erzählungen von der Schöpfung ist Wasser das Element des Lebens und der Fruchtbarkeit. In der Erzählung von Noah und der Sintflut (1. Mose 6ff.) überflutet Wasser die Erde und tötet alle Lebewesen – nur Noah, seine Familie und die Lebewesen in der Arche überleben. Lies die Erzählung und erläutere, warum Gott die Flut schickt.

Ist das Paradies verloren?

Wie sieht die Welt in Zukunft aus?

„Schickst du deinen Lebensatem aus, dann wird wieder neues Leben geboren. So machst du das Gesicht der Erde neu." Psalm 104,30 (Basisbibel)

Wenn man das Schlechte sieht, das in der Welt existiert und passiert, dann kann man auf die Idee kommen, dass die Erzählungen von der Schöpfung die Welt beschreiben, wie sie am Anfang war, dann aber von Menschen zerstört wurde und niemals wieder sein wird. Der Sprecher des Psalms ist davon überzeugt, dass Gott die Welt mit unserer Hilfe verwandeln und dass sie wieder so werden kann, wie er sie gewollt hat.

Gott gab uns Atem

2. Gott gab uns Ohren, damit wir hören.
Er gab uns Worte, dass wir verstehn.
Gott will nicht diese Erde zerstören.
Er schuf sie gut, er schuf sie schön.
Gott will nicht diese Erde zerstören,
er schuf sie gut, er schuf sie schön.

3. Gott gab uns Hände, damit wir handeln.
Er gab uns Füße, dass wir fest stehn.
Gott will mit uns die Erde verwandeln.
Wir können neu ins Leben gehn.
Gott will mit uns die Erde verwandeln.
Wir können neu ins Leben gehn.

Text: Eckart Bücken,
Melodie: Fritz Baltruweit, 1982 (EG 432)

Aufgaben

1 Untersuche den Text: Wie hat Gott die Menschen geschaffen, und welche Aufgaben hat er ihnen gestellt?

2 Nimm Stellung zu der Aussage „Gott will mit uns die Erde verwandeln."

3 Verfasse eine 4. Strophe für das Lied.

Checkpoint WES-152161-010

Die Schöpfung gemeinsam bebauen und bewahren

Welche Aufgaben haben Menschen in der Schöpfung Gottes?

Was bedeutet „bebauen“, „bewahren“, „schützen“?

Ist es manchmal besser, etwas nicht zu tun?

Wofür sind sie verantwortlich?

Was können sie tun?

Schöpfungsauftrag des Menschen S. 179

Schöpfungsverantwortung

Gott hat dem Menschen die Schöpfung anvertraut. In 1. Mose 1,27 heißt es, dass die Menschen sich die Schöpfung untertan machen und über die Tiere herrschen sollen. Ein guter Herrscher, so erzählt der 72. Psalm, beutet sein Reich nicht aus und zerstört es nicht, sondern schafft Gerechtigkeit, hilft den Armen und stiftet Frieden. Wenn Menschen sich die Schöpfung untertan machen, dann sollen sie sie also nicht ausbeuten und zerstören. In 1. Mose 2,15 heißt es, dass der Mensch den Garten Eden bebauen und bewahren soll. Wie ein guter Gärtner oder Landwirt soll er die Schöpfung hegen und pflegen, damit auch nachfolgende Generationen gut leben können. Das nennt man „Nachhaltigkeit“. Gott hat uns beide Aufträge gegeben, und er traut uns zu, dass wir sie erfüllen. Alles, was wir tun (und vielleicht auch nicht tun), müssen wir verantworten. Wir müssen antworten können, wenn Gott uns fragt, was wir mit und aus der Schöpfung gemacht haben.

Lasst das Summen nicht verstummen

Ich kann ja doch nichts machen! Wirklich nicht?

Wie geht das – bebauen und bewahren? Kann ich das auch tun? Ändert das, was ich tun kann, denn überhaupt etwas? Ich kann doch die Umweltzerstörung nicht aufhalten!
Im Schaukasten einer Kirchengemeinde hingen im Oktober 2023 diese Plakate:

Mehr zu Umweltschutz und Nachhaltigkeit ■ S. 183

Aufgaben

1 Benenne, was im Kirchgarten geschehen soll und worin das Bebauen und das Bewahren bestehen.

2 Prüfe, ob du dich an diesem Projekt beteiligen würdest.

3 Untersucht, ob es in eurer Schule ein ähnliches Projekt (z. B. einen Schulgarten) gibt. Wenn nicht: Erörtert, ob ihr das anregen sollt.

4 Nimm Stellung zu der Meinung, dass man mit solchen Projekten nichts verändern kann. Berücksichtige dabei das Programm des Gemeindefestes.

Etwas ändern, um es zu bewahren?

Was kann ich denn dafür?

Geröll und Schneereste liegen auf dem Höllentalferner unterhalb der Zugspitze. Forscher geben ihnen nur noch wenige Jahre: Die letzten Gletscher auf deutschem Boden gehören auf die Rote Liste.

Wie bedroht die Natur und damit das Leben ist, das merken Menschen überall in der Welt am Klimawandel. Durch ihn werden Überschwemmungen, Stürme, Dürren und Waldbrände ausgelöst. Die Sommer werden immer heißer, die Winter immer milder. Unicef, das Kinderhilfswerk der Vereinten Nationen, hat ermittelt, dass zwischen 2016 und 2021 mehr als 43 Millionen Kinder wegen extremen Wetters aus ihrem Zuhause vertrieben wurden. Sie mussten aus ihrer Heimat fliehen, weil sie dort nicht mehr leben konnten. Das sind ungefähr 20 000 Kinder pro Tag. Man schätzt, dass wahrscheinlich noch viel mehr Kinder betroffen sind. Die Direktorin von Unicef, Catherine Russel, beklagte, dass Kinder und Jugendliche dabei Angsterfahrungen machen, die sie besonders stark prägen: „Die Flucht mag ihnen das Leben gerettet haben, doch sie ist eine sehr erschütternde Erfahrung. So wie die Auswirkungen des Klimawandels immer größere Ausmaße annehmen, werden auch klimabedingte Fluchtbewegungen zunehmen.“ Und sie sagte, dass man weiß, wie man dem Klimawandel begegnen kann, was man also ändern muss. „Doch wir handeln viel zu langsam.“

Aufgaben

1 Beschreibe die Gedanken und Gefühle, die du beim Betrachten der Bilder hast.

2 Recherchiere die Ursachen des Klimawandels.

3 Fasse den Text zusammen, wie sich der Klimawandel auf das Leben von Kindern auswirkt.

4 Erkläre, was du Menschen antwortest, die sagen, der Klimawandel sei gar nicht so schlimm ist, weil sich das Klima schon immer gewandelt habe.

Die Kraft der Bäume

Was bedeuten mir Bäume?

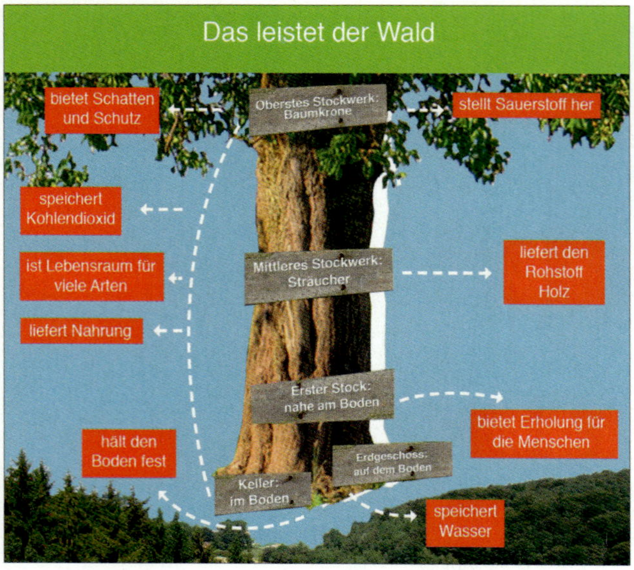

Dieser Baum
ist etwa 25 Meter hoch und
hat ungefähr einen Kronendurch-
messer von 15 Metern. Mit seinen etwa
800 000 Blättern verzehnfacht er seine Stand-
fläche von 160 Quadratmetern auf 1600 Quadrat-
meter Blattfläche. Durch die unzähligen Spaltöffnun-
gen gelangt Kohlendioxid aus der Luft in die Zellen und Blätter,
wo mithilfe der Fotosynthese unter Verbrauch von Wasser und
Sonnenenergie Kohlenhydrate (Zucker, Stärke) gebildet und Sauer
stoff abgegeben wird. Die Fläche der Zellen beträgt 160 000 Qua-
dratmeter. Die Blattfläche eines Baumes von 150 Quadratmetern liefert
während ihrer Oszillationszeit den gesamten Sauerstoffbedarf eines
Menschen. Daraus folgt, dass dieser Baum elf Menschen mit Sauer-
stoff versorgt. Dabei verbraucht er den täglichen Kohlendioxidabfall
von zweieinhalb Einfamilienhäusern. Natürlich verbraucht auch
der Baum selbst Sauerstoff und erzeugt Kohlendioxid, doch diese
Mengen können vernachlässigt werden. Würde man diesen Baum nun
aus irgendeinem Grund fällen, z. B. weil der Besitzer des dahinter
liegenden Hotels seine Gäste Zimmer aufstocken möchte
(was ihm bisher zum Glück nicht genehmigt wurde),
und wollte den Baum voll-
ständig ersetzen, so
müsste man
rund 2500
junge Bäu-
me mit ei-
nem Kro-
nenvolu-
men von
einem Ku-
bikmeter
pflanzen.
Die Kosten für ihre Pflan-
zung betrügen je nach Lage rund 16 Millionen Euro.

Was Bäume mit dem Klimawandel zu tun haben

Beim Klimawandel spielen Treibhausgase eine besondere Rolle: Das sind Gase, die den Treibhauseffekt verursachen. Sie nehmen Wärmestrahlung auf, die von der Erde, den Wolken und aus der Atmosphäre selbst abgestrahlt wird. Sie strahlen diese Wärme ins Weltall, aber vor allem in Richtung Erdoberfläche ab, so dass diese sich erwärmt. Eines dieser Treibhausgase ist Kohlendioxid (CO2). In einer hohen Konzentration kann es die Gesundheit des Menschen beeinträchtigen und sogar giftig sein, weil dann nicht mehr Sauerstoff durch den Körper transportiert wird. Wälder, jeder einzelne Baum und jede Pflanze, sind deswegen wichtig, weil sie Kohlendioxid speichern und den Sauerstoff produzieren, der für Menschen lebensnotwendig ist.
In den vergangenen Jahren ist weltweit viel Wald verlorengegangen, besonders durch Abholzung des tropischen Regenwaldes, durch Waldsterben wegen Umweltschäden und durch Waldzerstörung etwa durch Waldbrände wegen Brandrodung. Im Jahr 2022 waren es zum Beispiel 6,6 Millionen Hektar, so viel wie die Fläche Bayerns. Das hat den Klimawandel, unter dem immer mehr Menschen leiden, verstärkt.

Tipp: In der Erzählung „Der Mann mit den Bäumen“ des französischen Erzählers Jean Giono spielen Bäume eine ganz besondere Rolle spielen, weil mit ihrer Hilfe eine ausgetrocknete und verlassene Landschaft wieder zum Leben erwacht und neu besiedelt wird.

Digital +
Mehr über den Regenwald erfahrt ihr hier:
WES-152161-011

Aufgaben

1 Beschreibe anhand der beiden Bilder, warum jeder einzelne Baum wichtig ist.

2 Stelle dar, warum der tropische Regenwald zugleich wichtig und besonders bedroht ist.
Informiere dich bei einer Erdkundelehrerin oder einem Erdkundelehrer und in Erdkundebüchern.

3 Prüft, wie es um die Bäume auf dem Schulgelände steht und ob es Platz für weitere Bäume gibt.
Befragt eure Biologielehrerinnen und Biologielehrer nach der Möglichkeit, weitere Bäume zu pflanzen.

4 Recherchiert, wie man eine Baumpatenschaft übernehmen kann. Soll man dazu auffordern?

Es gibt mehr als den „Baum des Jahres“

Jedes Mal, wenn Sonja mit ihren Eltern zu den Großeltern fährt, kommen sie an der „Allee – Baum des Jahres“ vorbei. Auf einem längeren Stück der Autobahn sind auf beiden Seiten in regelmäßigen Abständen mehrere gleichartige Bäume gepflanzt, und bei jeder dieser Baumgruppen steht ein Schild mit einer Jahreszahl und dem Namen der Baumart. Sie waren schon mehrfach daran vorbeigefahren, als Sonja plötzlich diese seltsame Anpflanzung auffiel. Sie fragte ihre Eltern, warum diese Schilder dort ständen. „Das ist das Jahr, in dem die Bäume daneben „Baum des Jahres“ waren“, erklärte ihre Mutter. „Was bedeutet das denn?“, wollte Sonja wissen. „Jedes Jahr seit 1989 wird eine bestimmte Baumart zum „Baum des Jahres“ gewählt, auf die man im Laufe dieses Jahres besonders achten und die man besonders schützen soll.“ „Was war denn der „Baum des Jahres“ in dem Jahr, in dem ich geboren wurde?“ „Das war die Traubeneiche.“ „Und mein „Baum des Jahres?“, fragte Sonjas ältere Schwester Kristina. „Die Schwarzpappel.“ „Habe ich noch nie gehört, diesen Namen“, meinte Kristina, „was ist denn so besonders an diesem Baum?“ „Von meinem „Baum des Jahres“ hab‘ ich auch noch nicht gehört“, echote Sonja, „da kann ich mir nichts drunter vorstellen.“ „Dann solltet ihr euch dringend mal darüber informieren“, fand ihre Mutter.

„Natur des Jahres“
Der „Naturschutzbund Deutschland“ (Nabu) benennt jedes Jahr die „Natur des Jahres“. Dazu zählen u. a. der „Vogel des Jahres“, der „Fisch des Jahres“, die „Blume des Jahres“ und viele weitere Mitgeschöpfe. Damit soll auf die Artenvielfalt aufmerksam gemacht werden, die durch vielfältige Eingriffe in die Natur gefährdet ist. Im Jahr 2018 waren z. B. von 97 000 gefährdeten Tier- und Pflanzenarten 27 000 vom Aussterben bedroht.

Aufgaben

1 Beurteile die „Allee – Baum des Jahres“ an der Autobahn: Ist sie ein Beitrag zur Bewahrung der Schöpfung?

2 Untersuche, in welchen Jahren Sonja und Kristina geboren wurden. Recherchiere deinen „Baum des Jahres“. Benenne, welche Eigenschaften er hat und was ihn besonders macht.

3 Recherchiere, welche Pflanzen und Lebewesen in deinem Geburtsjahr auf diese Weise besonders herausgehoben wurden. Stelle einige davon vor.

4 Entwickelt Vorschläge, wie die Artenvielfalt erhalten werden kann.

Mein ökologischer Fußabdruck

(Wie) Kann man mehr für die Bewahrung der Schöpfung und den Schutz des Lebens tun?

Die Grafik zeigt den „Ökologischen Fußabdruck", sie bildet das sechste Symbol „Kleidung" nicht ab.

Unser Lebensstil hinterlässt Spuren in der Schöpfung. Diese Spuren bezeichnet man als „ökologischen Fußabdruck". Das ist eine Metapher, durch die ausgedrückt wird, wie viel biologisch produktive Fläche auf der Erde notwendig ist, um den Lebensstil und den Lebensstandard eines Menschen zu ermöglichen. Man kann berechnen, wie groß die Fläche ist, die ein Mensch in Anspruch nimmt, damit er so leben kann wie er lebt. Dieser „Fußabdruck" setzt sich aus den Flächen zusammen, die zur Produktion der Kleidung, der Nahrung oder der Energie benötigt werden, aber auch aus den Flächen, die zur Entsorgung von Müll gebraucht werden oder das Kohlendioxid zu binden, das durch menschliche Aktivitäten freigesetzt wird. In Deutschland liegt dieser Fußabdruck pro Person bei ungefähr 5,5 Hektar; das entspricht etwa 55 000 Quadratmetern. Würden alle Menschen auf der Welt einen genauso großen Fußabdruck hinterlassen, dann brauchten wir drei Erden. Wir leben in Deutschland also „über unsere Verhältnisse". Denn eigentlich stünde jedem Menschen auf der Erde nur ein Fußabdruck von 1,7 Hektar, also 17 000 Quadratmetern zur Verfügung.
Besonders groß ist die Menge an Kohlendioxid (CO_2), die durch unseren Lebensstil freigesetzt wird, nämlich ungefähr 11 Tonnen pro Jahr. Eine Person aus Indien ist dagegen nur für ca. 1,4 Tonnen pro Jahr verantwortlich, der Durchschnitt aller Menschen auf der Welt liegt bei etwa 2,4 Tonnen.

Digital +
„Brot für die Welt" hat einen Test entwickelt, mit dem du deinen „Ökologischen Fußabdruck" testen und ermitteln kannst.
WES-152161-012

„Ökologischer Handabdruck" S. 149

Aufgaben

1 Erläutere das Bild mithilfe des Textes.

2 Ermittle deinen „ökologischen Fußabdruck" und deinen CO_2-Fußabdruck. Setze dich mit den Ergebnissen auseinander. Prüfe, wie du sie ändern kannst.

3 Prüft für jeden Bereich, wie man dort den „ökologischen Fußabdruck" verringern könnte. Bezieht als 6. Symbol Kleidung ein.

Können wir das Paradies wieder herstellen?

Wie ist das Paradies?

Paradising S. 181

Lied: Gott gab uns Atem (3. Strophe)

Gott gab uns Hände, damit wir handeln,
er gab uns Füße, dass wir fest stehn.
Gott will mit uns die Erde verwandeln. (2x)
Wir können neu ins Leben gehen.
Text: Eckart Bücken, Melodie: Fritz Baltruweit, 1982 (EG 432)

Gott hat keine anderen Hände als unsere.

Es ist besser, ein einzelnes Licht anzuzünden, als über die Dunkelheit zu schimpfen.

Das kann man doch gar nicht alles schaffen!

„Irgendwie ist das alles auf einmal ein bisschen viel!“ Kristina klingt ziemlich frustriert und resigniert. „Klar stimmt vieles nicht auf der Welt, klar ist vieles nicht in Ordnung. Klimawandel, Kriege, Katastrophen, Überschwemmungen, Hungersnöte, Pandemien, Tier- und Pflanzensterben und so weiter und so weiter. Ja, und es stimmt auch, dass vieles davon von Menschen gemacht ist, dass Menschen dafür verantwortlich sind. Und dass es unsere Aufgabe ist, die Welt zu verändern und ein kleines Stück besser zu machen. Indem wir uns und unser Verhalten ändern. Aber das kann man doch gar nicht alles schaffen, dafür sind die Probleme doch viel zu viele und viel zu groß. Ich kann doch die Welt nicht retten!“ Sonja stimmt ihr zu: „Ja, und ich möchte auch noch etwas vom Leben haben. Ich möchte auch in den Urlaub fliegen können! Ich möchte mir auch schicke neue Klamotten kaufen können und nicht nur in Second-hand-Sachen rumlaufen! Ich möchte nicht immer ein schlechtes Gewissen haben, wenn ich mir mal was gönne! Und außerdem: Vieles können wir doch gar nicht ändern! Die Kriege! Die Überschwemmungen! Die Katastrophen! Wir können doch das Paradies nicht wieder herstellen!“

Aufgaben

1 Nimm Stellung zu den Ansichten von Kristina und Sonja.

2 Formuliere Antworten auf ihre Aussagen.

3 Arbeite heraus, welche Antworten auf die Klagen und Bedenken von Kristina und Sonja die Sprechblasen enthalten.

4 Gibt die Karikatur eine Antwort auf die Frage in der Überschrift? Begründe deine Antwort.

Das Beste kommt zum Schluss!

Tut Nichtstun gut?

Mehr zum Ruhetag/Sonntag erfährst du auf S. 154, zum Schabbat im Judentum auf S. 217 und zum Freitag im Islam auf S. 207.

Der siebte Schöpfungstag

Am siebten Tage vollendete Gott seine Werke, die er gemacht hatte. An diesem Tag ruhte er aus von all seiner Arbeit, die er getan hatte. Gott segnete den siebten Tag und nannte ihn heilig. Denn an diesem Tag ruhte er aus von all seinen Werken, die er geschaffen hatte.
1. Mose 2,2f (Basisbibel)

Die Krone der Schöpfung

Viele Menschen meinen, der Mensch sei die „Krone der Schöpfung“. Damit möchten sie ausdrücken, dass die Erschaffung des Menschen Höhepunkt und Abschluss der Schöpfung ist. So sieht die Bibel das aber nicht! Sie erzählt, dass der Mensch am sechsten Tag geschaffen wurde, dass Gott aber erst am siebten Tag die Schöpfung vollendet, also abgeschlossen hat. Und zwar mit dem Ruhetag, an dem er seine Hände sozusagen in den Schoß gelegt und sich von seiner Arbeit ausgeruht und über das Ergebnis gefreut hat. Im Lied/Gedicht von der Schöpfung, das zu Beginn der Bibel steht, ist damit der Schabbat gemeint. Der Ruhetag ist im Judentum der Schabbat, Christinnen und Christen beziehen dieses Geschenk zum Freihaben heute manchmal auf den Sonntag. Was können wir daraus lernen? Dass Ausruhen, Nichtstun, Faulheit, die Freude über das Geschaffene, die Dankbarkeit für das, was wir haben und wie wir leben, zu Gottes Schöpfung gehören, vielleicht das Wichtigste an ihr sind. Dass wir Pause machen sollen, Atem holen dürfen, auf andere Gedanken kommen, dass wir nicht pausenlos etwas tun, machen, leisten müssen… Auch wenn uns das schwerfällt. Gerade dann! Dabei gilt biblisch der Schabbat für alle Geschöpfe, nicht nur für die Menschen.

Aufgaben

1 Beschreibe das Bild und erläutere, was die Zeichnerin damit ausdrücken will.
Prüfe, ob die Zeichnung zu den Texten passt.

2 Erläutere, welche Antwort das Bild und die beiden Texte auf die Klagen von Kristina und Sonja geben.

3 Beurteile, ob es dir leicht oder schwer fällt, Pause zu machen, dich auszuruhen, nichts zu tun?

4 In Deutschland ist seit den 1970er Jahren der Sonntag der siebte Tag der Woche und damit der Ruhetag.
Beschreibt, wie ihr die Sonntage verbringt und diskutiert, ob er wirklich ein Ruhetag ist.

Was nun zu tun ist …

Wir sind schuld, aber nicht ohnmächtig …?

Kann die Schöpfung wieder zu einem Paradies werden, zu einem Ort, wie Gott ihn gewollt und geschaffen hat und wie Menschen ihn verändert haben? Was können Menschen tun, was müssen sie Gott überlassen?

Die Hoffnung auf das Paradies nicht aufgeben

„Können wir in Zeiten des Krieges und der vielen Krisen […] guten Gewissens vom Paradies sprechen? Ja, das sollten wir sogar. Denn gerade in der Krise sollte man über die Möglichkeit einer anderen Welt sprechen."

„Wir leben in einer Welt voller Menschen, voller Gärtner:innen, die mehr oder weniger machtvoll unseren Planeten im Griff haben. Aber sie besitzen eine leere Vorstellung davon, wie unser Paradies sein könnte. Die biblischen Vorstellungen sind dagegen voller Sehnsucht und Hinweise auf eine Welt, in der Menschen mitsamt ihren Mitmenschen und ihrem Lebensraum im Gleichgewicht und in Frieden leben. Wir müssen sie nur neu zu uns sprechen lassen. […] Eden ist auf der Erde. Es ist alles da. Es ist nicht verborgen und schon gar nicht verloren. […] Eden ist unsere Aufgabe und auch ein Ziel und wir erzählen uns auch heute noch vom Paradies."

Sarah Köhler

Aufgaben

1 Beschreibe die Gedanken, die das Bild bei dir auslöst und vergleiche sie mit denen deiner Mitschülerinnen und Mitschüler.

2 Sarah Köhler setzt sich für eine Bewegung ein, die sich „Paradising" nennt. Beschreibe mithilfe der beiden Zitate, worum es dabei geht. Mehr darüber erfährst du im Kapitel „Ethik" auf S. 181.

3 Erörtert die Bedeutung von Hoffnung bei der Veränderung der Welt.

4 Entwerft kleine Paradiese.

Checkpoint WES-152161-013

Gott

Gottesvorstellungen und Gottesbilder
Gottesglaube und Gottesbeziehung
Fragen nach der Welt und ihren Anfängen

Verheißung an Abraham, aus der Wiener Genesis, um 550

Nach den Sommerferien sprecht ihr über eure Ferien. Ihr sitzt im Stuhlkreis und fangt an, nacheinander von euren Erlebnissen zu erzählen: Du hörst Geschichten von lustigen Nachmittagen im Freibad, langen Flugreisen nach Amerika und aufregenden Übernachtungspartys. Als ein Mitschüler seine Erzählung jedoch mit den Worten „Unser Urlaub hat leider nicht so schön begonnen“ einleitet, wird es ganz still im Klassenzimmer und du siehst, wie ihn viele besorgte Gesichter ansehen. Was war nur passiert? Er erzählt weiter:

„Wir sind früh morgens mit unserem Auto zur Nordsee aufgebrochen. Wir freuten uns auf stundenlanges Sandburgenbauen, Fahrradfahren und Baden. Leider war das Wetter am Tag der Hinfahrt schon beim Einsteigen ins Auto gar nicht gut, denn es goss wie aus Eimern. Und da es auch unterwegs immer weiter regnete, entstanden große Pfützen auf der Autobahn, die zunächst noch lustig spritzten, wenn man hindurchfuhr. Jedoch tat es plötzlich einen lauten Schlag und unser Auto drehte sich mehrmals um sich selbst und blieb quer auf der Fahrbahn stehen. Mein Vater hatte die Kontrolle verloren und wir waren mit voller Wucht gegen die Leitplanke geprallt. Obwohl er nicht schnell fuhr, konnte er gar nichts dagegen tun. Ich wurde dabei ziemlich heftig hin- und hergeschleudert und hörte meine Mama und meine Geschwister laut aufschreien. Als wir zum Stehen gekommen waren, wurde es still im Auto und wir schauten uns ziemlich verdutzt an. Was war denn das? Hektisch fragte Papa, ob wir alle ok seien und ob uns etwas weh täte, aber wie durch ein Wunder waren wir alle unverletzt und sind mit einem großen Schrecken davongekommen. Das Auto war natürlich hinüber und die Fahrt in den Urlaub auch erst mal verschoben …“

Ihr seid zunächst sehr überrascht und schockiert über dieses Erlebnis eures Klassenkameraden. Ein Mädchen meldet sich und merkt an: „Ich glaube nicht an Wunder, ich denke ihr hattet einfach nur unheimlich viel Glück!“ Dann beginnt ein lebhaftes Gespräch über den Grund, warum bei diesem Unfall alle unverletzt geblieben sind. Du hörst dabei Sätze wie:
„Ich denke, ihr hattet einen Schutzengel!“ und
„Bestimmt hat Gott euch beschützt und vor Schlimmerem bewahrt!“.

Während du weiter zuhörst, denkst du über deine eigene Antwort nach …

Mein Gott

2. Bist du ein Licht mit bunten Strahlen,
das meinen dunklen Weg erhellt?
Kann ich dich wie die Sonne malen,
die morgens in mein Zimmer fällt?

3. Bist du ein Lied, das alle singen,
weil seine Melodie so schön,
bei dem wir lachen, tanzen, springen
und lauter gute Dinge sehn?

4. Bist du ein Schiff mit starken Masten,
das auch im größten Sturm nicht sinkt,
Und allen, die in Angst geraten
die wunderbare Rettung bringt?

5. Bist du ein Freund, dem ich vertraue
und dem ich alles sagen kann,
mit dem ich eine Bude baue
und über Mauern springen kann?

6. Bist du wie eine Kuscheldecke?
Ich kuschel mich in sie hinein.
Und wenn ich in der Decke stecke,
dann schlaf ich ganz zufrieden ein.

7. Mein Gott! Ich kann dich gar nicht sehen
und doch sagst du: Ich bin bei dir.
Mein Gott! Wie soll ich das verstehen?
Ich bitte dich: komm, zeig es mir.

Text: Reinhard Bäcker
Melodie: Detlev Jöcker

Hier kannst du lernen ...

- verschiedene Vorstellungen und Bilder von Gott zu beschreiben und zu erklären, wie diese mit persönlichen Lebenserfahrungen zusammenhängen können.
- biblische Gottesvorstellungen und Gottesbilder aus dem Alten und Neuen Testament aufzuzeigen.
- verschiedene Formen der Hinwendung zu Gott als Gottesbeziehung zu deuten.
- die Vorstellung eines Schöpfergottes mit einer mythologischen, einer naturwissenschaftlichen und einer philosophischen Auffassung der Welt zu vergleichen.

Gottesvorstellungen und Gottesbilder

Fragen nach Gott

Wir Menschen stoßen im Laufe unseres Lebens immer wieder auf schwierige und große Fragen, auf die es keine einfachen – und oft auch keine eindeutigen – Antworten gibt. Sicher gehört hierzu auch die Frage nach Gott, die man in unendlich viele kleinere Fragen unterteilen kann:

Was ist Gott? Wer ist Gott? Wie ist Gott?

Woran merkt man, dass es Gott gibt?

Wie stellen sich Menschen Gott vor?

Kann man Gott sehen, hören oder spüren?

Warum verhindert Gott nicht, dass es Krankheiten und Kriege gibt?

Ist Gott einer oder eine unter uns?

Ist Gott immer da? Beobachtet Gott alle Menschen und alles Geschehen auf der Erde?

Warum lässt Gott zu, dass wir manchmal traurig sind und unsere Liebsten sterben müssen?

Vorstellungen von Gott
Menschen haben verschiedene Vorstellungen von Gott. Manchmal sind sie an bestimmte Bilder angelehnt, wie z. B. Gott als Hirte, als Mutter oder als Licht – mal mehr und mal weniger anschaulich. Sie können jedoch auch von den Situationen abhängen, in denen die Menschen an Gott denken.
Gottesvorstellungen verändern sich im Laufe des Lebens, weil Geschichten von Gott in der Bibel und verschiedene Erfahrungen im Leben das eigene Bild von Gott beeinflussen.

Meine Vorstellung von Gott

Wozu dienen Bilder?

Vorstellungen vom Himmel auf S. 96

Aufgaben

1 Wenn du ein Bild von Gott im Kopf hast:
Gestalte deine Gottesvorstellung in einem Bilderrahmen oder beschreibe sie in einer Sprechblase.
Zur Vorbereitung kannst du auch zunächst Begriffe sammeln, die für dich zu Gott passen.

2 Vergleicht eure Gottesbilder und Gottesvorstellungen.

3 Erkläre, warum manche Menschen ihre Gottesvorstellung nicht zeichnen möchten oder sich nicht auf ein bestimmtes Bild festlegen wollen.

Wie Menschen sich Gott vorstellen

A

C

B

D

Wie ein Licht bist du

2. Wie ein Hirte bist du, wie ein König bist du,
du passt auf, immerzu. Lieber Gott, so bist du.
Wie der Wind bist du, wie die Luft bist du,
bist um uns, immerzu. Lieber Gott, so bist du.

3. Wie das Wasser bist du, wie das Brot bist du,
du versorgst uns, immerzu. Lieber Gott, so bist du.
Wie ein Felsen bist du, wie ein Baum bist du,
gibst uns Halt, immerzu. Lieber Gott, so bist du.

4. Wie ein Haus bist du, wie ein Nest bist du,
wir sind geborgen, immerzu. Lieber Gott, so bist du.
Wie ein Vater bist du, wie eine Mutter bist du,
stehst uns bei, immerzu. Lieber Gott, so bist du.

Text: Michael Landgraf, Musik: Reinhard Horn

Digital +
Hier kannst du dir das Lied anhören:
WES-152161-014

Meine Vorstellung von Gott ist, dass man, wenn man nicht einschlafen kann und aus dem Fenster schaut, Gott wie ein Licht wahrnimmt und es einem schön warm ums Herz wird und man sich sofort besser fühlt und einschlafen kann.

Meine Vorstellung von Gott ist, dass er oder sie auf einer großen Wolke lebt und von dort aus die ganze Welt beobachtet. Er selbst sitzt auf einem Thron und neben ihm steht ein „Gestorbenen-Bett“, wo alle Gestorbenen hinkommen. Sie werden dort von Gott „wiederbelebt“ und leben dann in den Wolken weiter.

Aufgaben

1 Arbeite aus den Gottesbildern und Gottesbeschreibungen heraus, wie Gott jeweils gesehen wird.
2 Fasse die Eigenschaften Gottes zusammen, die durch die Bilder und die Beschreibungen ausgedrückt werden.
3 Nenne weitere Eigenschaften, die du Gott zuschreiben würdest oder von denen du bereits erfahren hast.
4 Überprüfe, welche Vorstellungen du eher nachvollziehen kannst als andere und begründe warum.

Die Entstehung von Gottesvorstellungen

Wie hängen unsere Vergangenheit und die Gegenwart zusammen?

Als Kind habe ich Gott innerlich als einen Mann wie Jesus gesehen, nur älter. Jemand, der sich den Menschen liebevoll zuwendet und ihnen aufmerksam zuhört. Nachdem aber meine Oma plötzlich gestorben ist, war dieses Bild wie gelöscht. Immer wenn ich an Gott denken wollte, erschien vor meinen Augen nur ein schwarzes Viereck.

Für mich ist Gott kein Wesen aus irgendeinem Stoff oder mit einem bestimmten Aussehen. Ich fühle ihn eher als unsichtbare Schutzhülle, die die Erde umgibt und versucht, sie von Bösem und Schlechtem abzuschirmen. Wie eine Art Ritterrüstung aus Luft.

Ich glaube an Gott, weil er Wunder geschehen lässt und Menschen und Tiere in Not beschützt. Gleichzeitig ist er aber für mich auch die Ursache von z. B. Naturkatastrophen – wer sonst sollte so viel Macht haben, dass wir so vielfältige und große Dinge erleben können?

„Vater unser im Himmel, geheiligt werde dein Name" – jeden Abend betete mein Papa mit mir vor dem Schlafengehen dieses Gebet. Die Vorstellung, dass Gott fürsorglich und verständnisvoll, wie mein eigener Vater sein könnte, gab mir Sicherheit und Geborgenheit.

Für mich war Gott schon immer wie eine Oma: großherzig, mitfühlend, geduldig. Wie jemand, der nicht darüber urteilt, wie man ist oder was man leistet, sondern einen einfach so mag, wie man eben ist.

Als ich mit 16 auf einer Party das Lied „God is a Girl" von Groove Coverage zum ersten Mal hörte, habe ich mich gefragt: Ja, warum eigentlich nicht …? Seither ist Gott in meiner Vorstellung eine junge, sympathische Frau.

Aufgaben

1 Stelle die verschiedenen Gottesvorstellungen aus den Texten und die möglichen Gründe für ihre Entstehung in einer Tabelle dar.

2 Erkläre, welche Erfahrungen oder welche Ereignisse im Leben eines Menschen zu den Gottesbildern und Gottesbeschreibungen auf S. 46 geführt haben könnten.

3 Beschreibe, inwiefern es in deinem bisherigen Leben Momente gab, wo du Gott gespürt oder vermisst hast.

4 Prüfe, inwiefern diese Momente etwas mit deiner heutigen Vorstellung von Gott zu tun haben.

Moses Gotteserfahrung

Wie stellt man sich selbst vor?

Der Künstler Marc Chagall malte dieses Bild von 1960 bis 1966

Mose und der brennende Dornbusch

Mose hütete die Schafe und Ziegen seines Schwiegervaters Jitro, des Priesters von Midian. Als er die Herde tief in die Wüste hineintrieb, kam er eines Tages an den Gottesberg, den Horeb.

Dort erschien ihm der Engel des Herrn in einer lodernden Flamme, die aus einem Dornbusch schlug. Mose sah nur den brennenden Dornbusch, aber es fiel ihm auf, dass der Busch von der Flamme nicht verzehrt wurde.

„Das ist doch seltsam“, dachte er. „Warum verbrennt der Busch nicht? Das muss ich mir aus der Nähe ansehen!“

Als der Herr sah, dass Mose näher kam, rief er ihn aus dem Busch heraus an: „Mose! Mose!“

„Ja“, antwortete Mose, „ich höre!“

„Komm nicht näher!“, sagte der Herr. „Zieh deine Schuhe aus, denn du stehst auf heiligem Boden.“

Dann sagte er: „Ich bin der Gott, den dein Vater verehrt hat, der Gott Abrahams, Isaaks und Jakobs.“

Da verhüllte Mose sein Gesicht, denn er fürchtete sich, Gott anzusehen.

2. Mose 3,1–6 (Gute Nachricht Bibel)

Digital +
Hier kannst du dir den Bibeltext anhören:
WES-152161-015

Aufgaben

1 Gebt den Bibeltext mit verschiedenen Rollen wieder.

2 Zeige auf, was wir durch Moses Gottesbegegnung über Gott erfahren.

3 Vergleiche das Bild mit der biblischen Erzählung.

4 Formuliere mögliche Gedanken und Fragen, die Mose bei dieser Begegnung mit Gott durch den Kopf gehen.

Die Offenbarung des Gottesnamens an Mose

Was bedeutet dir dein Name?

2. Mose 3,13–15: Gott gibt sich Mose zu erkennen

Mose sagte zu Gott: „Wenn ich nun zu den Leuten von Israel komme und zu ihnen sage: ‚Der Gott eurer Vorfahren hat mich zu euch geschickt', und sie mich dann fragen: ‚Wie ist sein Name?' – was soll ich ihnen sagen?"
Gott antwortete: „Ich bin da", und er fügte hinzu: „Sag zum Volk Israel: ‚Der Ich-bin-da hat mich zu euch geschickt: der HERR! Er ist der Gott eurer Vorfahren, der Gott Abrahams, Isaaks und Jakobs.' Denn ‚HERR' (Er-ist-da) ist mein Name für alle Zeiten. Mit diesem Namen sollen mich auch die kommenden Generationen ansprechen, wenn sie zu mir beten.

2. Mose 3,13–15 (Gute Nachricht Bibel)

Ich bin, der ich bin.
(Einheitsübersetzung)

Ich werde sein, der ich sein werde.
(Lutherbibel)

Ich bin der, der da ist.
(Neue Genfer Übersetzung)

Ich werde dasein, als der ich dasein werde.
(Buber/Rosenzweig)

(hebräische Bibel)

Digital +
Hier kannst du dir den Bibeltext anhören:
WES-152161-016

Martin Buber und Franz Rosenzweig waren einflussreiche jüdische Philosophen des 20. Jahrhunderts, welche die hebräische Bibel übersetzt haben.

Mehr zu Mose auf S. 23

Tetragramm

Diese vier hebräischen Buchstaben stehen im hebräischen Text von 2. Mose 3,14. Man nennt sie auch „Tetragramm" *(griechisch: tetra = vier; gramm = Geschriebenes)*. Überträgt man sie in unsere Schrift, erhält man die Buchstaben „JHWH". Da der Gottesname aus Ehrfurcht und Respekt von jüdischen Gläubigen nicht ausgesprochen wird und im hebräischen Original keine Vokale standen, ist uns keine ursprüngliche Aussprache überliefert. Unter Christinnen und Christen wird manchmal die umstrittene Aussprache „Jahwe" oder „Jachwe" verwendet oder aber eine Umschreibung gewählt. In christlichen Bibeln finden wir an dieser Stelle die Formulierung „der HERR".

Aufgaben

1. Arbeite die Besonderheit des Gottesnamens aus 2. Mose 3,13–15 heraus.
2. Vergleiche den Gottesnamen in den unterschiedlichen Bibelübersetzungen.
3. Nenne weitere Bibelgeschichten, in denen Gott den Menschen durch Taten zeigt, dass Gott „da ist".
4. Beschreibe die Gefühle, die du verspürst, wenn jemand zu dir sagt: „Ich bin da".

Das Bilderverbot in der Bibel – Das goldene Kalb

2. Mose 20,4

Du sollst dir kein Gottesbild anfertigen.
(Gute Nachricht Bibel)

Der Künstler Raffael schuf dieses Kunstwerk „Der Tanz um das goldene Kalb" von 1515 bis 1518 in Rom.

2. Mose 32, 1–8: Der selbst gemachte Gott: Das goldene Kalb

Das Volk Israel hatte am Fuß des Berges auf die Rückkehr von Mose gewartet. Als er lange nicht kam, versammelten sich die Männer bei Aaron und forderten: „Mach uns einen Gott, der uns schützt und führt! Denn was aus diesem Mose geworden ist, der uns aus Ägypten hierher geführt hat – niemand weiß es."

Aaron sagte zu ihnen: „Nehmt euren Frauen, Söhnen und Töchtern die goldenen Ringe ab, die sie an den Ohren tragen, und bringt sie her!"

Alle nahmen ihre goldenen Ohrringe ab und brachten sie zu Aaron. Er schmolz sie ein, goss das Gold in eine Form und machte daraus das Standbild eines Jungstiers.

Da riefen sie: „Hier ist dein Gott, Israel, der dich aus Ägypten hierher geführt hat!"

Aaron errichtete vor dem goldenen Stierbild einen Altar und ließ im Lager bekannt machen: „Morgen feiern wir ein Fest für den Herrn!" Früh am nächsten Morgen brachten die Leute Tiere, die als Brandopfer dargebracht oder für das Opfermahl geschlachtet wurden. Sie setzten sich zum Essen und Trinken nieder und danach begannen sie einen wilden Tanz.

Da sagte der Herr zu Mose: „Steig schnell hinunter! Dein Volk, das du aus Ägypten hierher geführt hast, läuft ins Verderben. Sie sind sehr schnell von dem Weg abgewichen, den ich ihnen mit meinen Geboten gewiesen habe: Ein gegossenes Kalb haben sie sich gemacht, sie haben es angebetet und ihm Opfer dargebracht und gerufen: ‚Hier ist dein Gott, Israel, der dich aus Ägypten hierher geführt hat!' "

2. Mose 32,1–8 (Gute Nachricht Bibel)

Aufgaben

1. Arbeite aus der Geschichte vom goldenen Kalb die Botschaft heraus.
2. Vergleiche das Kunstwerk von Raffael mit der Bibelgeschichte und zeige Parallelen auf.
3. Erkläre mithilfe der Geschichte, wie das zweite Gebot – das Bilderverbot – zu verstehen ist.
4. Prüfe, inwiefern ein festes Bild von Gott problematisch ist.

Der gute Hirte

Was steckt hinter einem Istgleich-Zeichen?

Annegert Fuchshuber: Das verlorene Schaf

verlorenes Schaf
S. 93

Gleichnisse
S. 90

Das Leben eines Hirten

Hirten zur Zeit Jesu waren eher arme Leute. Sie hüteten für andere ihre Schafe in bergigen, steinigen Gebieten und gingen sehr fürsorglich mit ihnen um. Oft war diese Aufgabe jedoch beschwerlich und auch gefährlich.
Es war wichtig, die Herde zusammenzuhalten und möglichst gesund und unversehrt durch die Tage und Nächte zu bringen. Wurde ein Schaf krank oder lief weg, bedeutete dies für den Hirten, dass er es möglicherweise bezahlen musste und in schlechten Ruf geriet. Daher taten die Hirten alles, um sie zu beschützen.

Barmherzigkeit
Barmherzigkeit ist ein Wort, das wir in der Umgangssprache nicht mehr allzu häufig verwenden. Es ist eine Einstellung, die diejenigen Menschen haben, die Leid von anderen wahrnehmen und spüren können und sich ihnen deshalb zuwenden und versuchen, das Leid für sie zu lindern. Darüber hinaus sprechen Christinnen und Christen Gott im Besonderen diese Eigenschaft zu.

Werke der Barmherzigkeit
Seite 61

Aufgaben

1 Beschreibe das Bild und formuliere mögliche Gedanken und Gefühle des Schafs.

2 Lies den Beginn des biblisches Gleichnisses vom verlorenen Schaf in Lukas 15, 1–4 und setze dich mit der Frage auseinander, ob er das verlorene Schaf suchen soll oder nicht.

3 Arbeite – nach dem Lesen des ganzen Gleichnisses (Lukas 15,1–7) – heraus, für wen das Schaf und für wen der Hirte steht und begründe deine Zuordnung.

Kinder Gottes: Gott als Vater – Gott als Mutter

Auf dem Bild ist zu sehen, wie Jesus im Garten Gethsemane betet, während seine Jünger schlafen. In seinem Gebet spricht Jesus Gott mit den folgenden Worten an:

„Abba, Vater, alles ist dir möglich! Erspare es mir, diesen Kelch trinken zu müssen! Aber es soll geschehen, was *du* willst, nicht was ich will."
Markus 14,36 (Gute Nachricht Bibel)

Abba
„Abba" ist aramäisch und drückt die persönliche Anrede an den eigenen Vater aus, etwa „lieber Vater". Es ist in vielen Bibelübersetzungen nicht übersetzt, weil es als Wort auch „der Vater" oder „mein/dein/unser/euer Vater" bedeuten kann und man nicht genau sagen kann, welche Bedeutung gewollt war.

Erbarmen
Die Worte „er*barm*en" und „Er*barm*ung" teilen sich den Wortstamm „*barm*" und somit auch die Bedeutung mit dem Wort *Barm*herzigkeit (vgl. S. 51).

Es gibt viele weitere Bibelstellen, in denen Gott mit einem Vater oder einer Mutter verglichen oder mit väterlichen und mütterlichen Eigenschaften beschrieben wird:

Seht, welch eine Liebe hat uns der Vater erwiesen, dass wir Gottes Kinder heißen sollen – und wir sind es auch!
1. Johannes 3,1 (Lutherbibel)

Wie sich ein Vater über Kinder erbarmt, so erbarmt sich der Herr über die, die ihn fürchten.
Psalm 103,13 (Lutherbibel)

Ich will euch trösten, wie eine Mutter ihr Kind tröstet.
Jesaja 66,13 (Basisbibel)

Doch Gott antwortet:
Kann denn eine Frau ihren Säugling vergessen? Hat sie nicht Erbarmen mit dem Kind, das sie im Leib getragen hat?
Jesaja 49,15 (Basisbibel)

Ich war zu ihnen wie eine Mutter, die ihren Säugling an die Wangen hebt. Ich beugte mich zu ihm, um ihn zu füttern.
Hosea 11,4b (Basisbibel)

Gnade sei mit euch und Friede von Gott, unserm Vater, und dem Herrn Jesus Christus!
Römer, 1,7b (Lutherbibel)

Gottes Sohn
S. 83

Trinität
S. 63

verlorener Sohn
S. 93

Aufgaben

1. Nenne verschiedene Merkmale und Verhaltensweisen von Eltern, die sich Kinder von Eltern wünschen könnten.
2. Vergleiche diese Sammlung mit den Eigenschaften Gottes in den Bibelstellen und überprüfe, inwiefern deine eigenen aus deiner Sicht auch zu Gott passen würden.
3. Untersuche, was die Anrede „Vater" über die Beziehung zu Gott aussagt.

Gott und Jesus

(A) Geschichten mit Jesus sind Geschichten von Gott

(B) Jesus – wahrer Mensch und wahrer Gott: Jesus war ein Mensch und zugleich aber auch Gott

Bilder von Jesus
S. 72, 83, 88, 101

Gott in Jesus
S. 121

Screenshot aus dem Videospiel „One of 500“

Digital +
Hier kannst du dir den Trailer zum Spiel ansehen:
WES-152161-017

Das Videospiel „One of 500“ ist zur Zeit Jesu verortet und will einen Überblick über die Ereignisse um Jesus geben und welche Bedeutung er im Alltag der Menschen heute hat. Es wird in der Rolle eines Fischerjungen gespielt, der Entscheidungen treffen und diese verantworten muss.

Aufgaben

1. Erkläre die Bedeutung der Aussage (A) anhand eines Beispiels.
2. Belege die beiden Wesensaussagen zu Jesus in Behauptung (B) durch konkrete Beispiele.
3. Erläutere das Verhältnis **Gott – Jesus – Mensch** mithilfe der Grafik und der beiden Aussagen.
4. Das Videospiel hat seinen Namen aus der Bibelstelle 1. Korinther 15,6.
   Stelle mögliche Gründe für diese Namensgebung dar.
5. Hättest du Lust das Spiel auszuprobieren? Begründe deine Entscheidung.

Gott im Islam

Musliminnen und Muslime stellen Gott aufgrund des Bilderverbots nicht bildlich dar. In dieser Moschee findet man jedoch das arabische Wort für Gott „Allah" an einer Wand – in Schönschrift gezeichnet.

Bilderverbot im Islam S. 199

Musliminnen und Muslime haben außerdem 99 Namen für Gott. Sie stehen im Koran und deuten auf seine Eigenschaften hin.
Im Folgenden findest du eine kleine Auswahl:

Gott ✽ der Barmherzige ✽ der König ✽ der Heilige ✽ der Mächtige ✽ der Gestrenge ✽ der Schöpfer ✽ der Ordner ✽ der Nachsichtige ✽ der Herrscher ✽ der Wissende ✽ der Hörende ✽ der Sehende ✽ der Gerechte ✽ der Verzeihende ✽ der Großzügige ✽ der Große ✽ der Aufmerksame ✽ der Ernährer ✽ der Überwacher ✽ der Weise ✽ der Liebende ✽ der Erwecker ✽ der Wahre ✽ der Unerschütterliche ✽ der Beschützer ✽ der Lobenswerte ✽ der Vollkommene ✽ der Eine ✽ der Verborgene ✽ das Licht ✽ der Einzigartige ✽ der Ewige ✽ der Bleibende ✽ der Führer ✽ der Geduldige

Barmherzigkeit S. 51

Aufgaben

1 Nenne Beispiele für Texte, die du in Schönschrift schreiben würdest und begründe warum.

2 Beurteile, welche abgedruckten Namen Gottes du besonders passend für Gott findest und welche dir Schwierigkeiten bereiten.

3 Entwirf eine Liste mit Namen, die Christinnen und Christen Gott geben können.
Dazu kannst du auch ganz neue erfinden.

Gottesvorstellungen in modernen Medien

Der amerikanische Schauspieler Morgan Freeman spielte im Film *Bruce Allmächtig* die Rolle von „Gott“.

Im Film *Dogma* spielt die kanadisch-US-amerikanische Sängerin und Schauspielerin Alanis Morissette die Rolle von „Gott“.

Aufgaben

1 Arbeite aus dem Bild mit Morgan Freeman die Merkmale heraus, mit denen der Regisseur versucht „das Göttliche“ darzustellen und prüfe, wie überzeugend dies aus deiner Sicht gelungen ist.

2 Vergleiche die Gottesdarstellungen in den beiden Filmen.

3 Benenne mögliche Schwierigkeiten, die ein Zuschauer mit der jeweiligen Gottesdarstellung haben könnte.

4 Entfalte verschiedene Möglichkeiten, wie in einem Film deutlich gemacht werden kann, dass sich Gott nicht festlegen lässt.

5 Entwirf weitere Ideen, wie man in einem Film oder einer Serie die Anwesenheit Gottes ausdrücken kann.

Checkpoint WES-152161-018

Gottesglaube und Gottesbeziehung

A

B

C

D

E

F
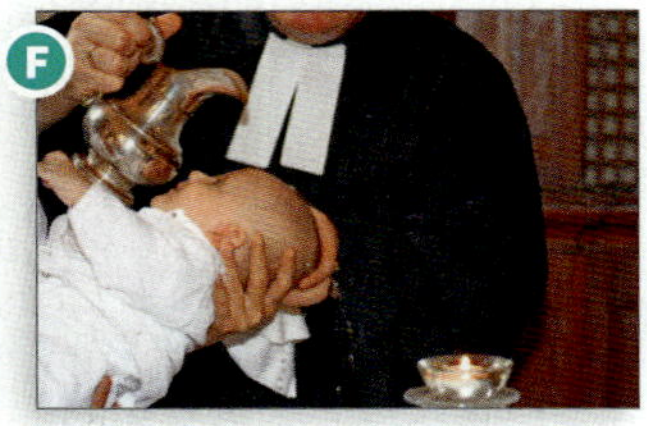

G

H

I

Gott – mein Schutz, mein Mutmacher, meine Hoffnung, mein Trost …

Wenn man eine gewisse Vorstellung von Gott hat oder viel über Gott nachdenkt, entwickelt sich bei manchen Menschen eine besondere Beziehung zu Gott. Diese ist oft sehr persönlich und kann sich im Laufe eines Lebens verändern. Sie beruht auf den Erfahrungen, die ein Mensch – auch mit Gott – macht. Die einen schöpfen während einer Predigt oder beim Lesen eines Bibeltextes neuen Mut für eine große Aufgabe, die vor ihnen liegt. Die anderen wenden sich in einem Gebet an Gott und erbitten Trost oder Schutz von ihm. Wieder andere verspüren beim gemeinsamen Singen während eines Gottesdienstes die Gemeinschaft aller Anwesenden mit Gott. Gottesbeziehungen sind demnach von Mensch zu Mensch sehr unterschiedlich.

Gebet

Im Gebet kann man sich Gott zuwenden und mit Gott sprechen. Man bringt dabei das, was einem auf dem Herzen liegt, vor Gott – das kann beispielsweise Dank, Lob, Klage, Bitte oder Fürbitte sein.
Die Ansprache kann auf unterschiedliche Weise geschehen: laut sprechend, still im Herzen, singend und sogar tanzend.
Für Situationen, für die man nur schwer Worte finden kann, gibt es ausformulierte Gebete, die man verwenden kann: zum Beispiel die Psalmen (vgl. S. 58), die auch gemeinsam in Gottesdiensten gebetet werden.
Man kann aber auch ganz frei beten und mit Gott wie mit einem Freund oder einer Freundin sprechen.

Beten und Gebetshaltungen

Beten auf dem Kreuzweg S. 88

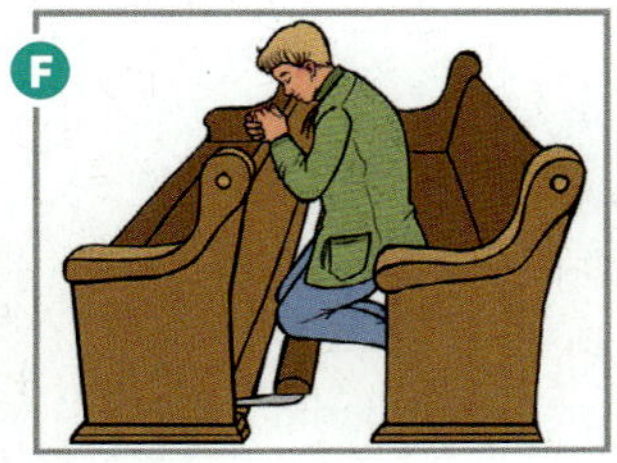

Mehr zum Gebet in anderen Religionen auf S. 205 – 207; 218 – 219

1 *Als Muslim nehme ich während eines Gebets mehrere verschiedene Gebetshaltungen ein, je nachdem, welcher Gebetstext gerade gesprochen wird. Das arabische Wort „Islam“ bedeutet auf Deutsch „Hingabe, Unterwerfung“, was in einer Gebetshaltung deutlich zum Ausdruck kommt.*

2 *Ich lege beim Gebet gerne meine Handflächen aneinander. Da sich die Hände berühren, passt nichts Anderes mehr dazwischen. So empfinde ich dann auch mein Gebet: Es ist nichts mehr zwischen mir und Gott.*

3 *Wenn der Pfarrer am Ende des Gottesdiensts den Segen spricht, kann ich meine Hände nicht falten. Das fühlt ich so geschlossen an, dabei will ich Gottes Segen doch am liebsten mit offenen Armen empfangen!*

4 *In unserer katholischen Kirche befinden sich zusätzlich zu den Sitzbänken auch Kniebänke, auf denen in bestimmten Teilen eines Gottesdiensts und während des stillen Gebets gekniet wird.*

5 *Die Hände während des Gebets zu falten hilft mir, meine Aufmerksamkeit und Konzentration ganz auf das Gebet und seinen Inhalt zu richten, um nicht mit den Gedanken abzuschweifen.*

6 *Wenn mir ein Gebet sehr wichtig ist, und ich unbedingt möchte, dass Gott es erhört, schaue ich zu ihm auf und hebe meine Hände zum Himmel, so dass Gott weiß, dass es mir wirklich sehr viel bedeutet.*

Aufgaben

1 Ordne die Sprechblasen-Texte und Bilder einander zu.

2 Beschreibe die abgebildeten Körperhaltungen beim Gebet und was mit ihnen ausgedrückt werden kann. Du kannst sie dazu auch selbst einnehmen und spüren, wie du dich dabei fühlst.

3 Nenne Beispiele für konkrete Situationen, in denen Menschen sich im Gebet an Gott wenden.

4 Erkläre, welche Wirkung das Beten auf den betenden Menschen haben kann.

Hinwendung zu Gott: Klage – Bitte – Dank

Wie fühlt sich Angst an?

Mehr zum Thema „Angst“ S.22

Hör mich doch, hilf mir schnell!
Sei mir ein rettender Fels, eine schützende Burg, dann bin ich in Sicherheit.
Psalm 31,3 (Gute Nachricht Bibel)

Die Flut geht mir bis an die Kehle!
Ich versinke im brodelnden Schlamm, meine Füße finden keinen Halt.
Ich treibe ab in tiefes Wasser,
die Strömung reißt mich mit sich fort!
Psalm 69,2f (Gute Nachricht Bibel)

Und ich sage euch auch:
Bittet, so wird euch gegeben;
suchet, so werdet ihr finden;
klopfet an, so wird euch aufgetan“
Lukas 11,9 (Lutherbibel)

Ich danke dir von ganzem Herzen,
für deine Güte und deine Treue.
Du hast dein Versprechen erfüllt,
ja, du hast noch viel mehr getan,
als wir von dir erwartet hatten!
Psalm 138,1f – gekürzt (Gute Nachricht Bibel)

Viele Feinde umzingeln mich,
kreisen mich ein wie wilde Stiere.
Sie reißen ihre Mäuler auf,
brüllen mich an wie hungrige Löwen.
Psalm 22,13f (Gute Nachricht Bibel)

HERR, wende auch jetzt unsere Not,
bring Glück und Frieden zurück,
so wie du das Wasser wieder zurückbringst
und die ausgetrockneten Bäche plötzlich füllst!
Psalm 126,4 (Gute Nachricht Bibel)

Psalmen
Im Alten Testament der Bibel stehen 150 Gebete, die im Christentum „Psalmen“ genannt werden. Diese wurden im Judentum früher meist gesungen, was das Christentum übernommen hat. Sie sind nach wie vor eine wichtige Gebetssammlung für das Christentum. Ihre Melodien kennen wir heute nicht mehr, stattdessen werden sie im Gottesdienst laut und oft im Wechsel gesprochen.

Aufgaben

1 Vergleiche die Gefühle, die durch die Körperhaltungen der beiden Personen auf den Bildern ausgedrückt werden.

2 Entwirf eine Erzählung über ein Ereignis, das der Beter oder die Beterin von Ps 31 oder Ps 138 erlebt haben könnte. Ordne den von dir ausgewählten Psalmvers an die passende Stelle in deiner Geschichte ein.

3 Ordne jedem Psalmvers eines der drei Gebetsanliegen Dank, Klage oder Bitte zu und gestalte jeweils ein passendes Standbild.

4 Interpretiere die verschiedenen sprachlichen Bilder in den Psalmausschnitten.

5 Formuliere selbst zwei sprachliche Bilder, die deine Gefühle in unterschiedlichen Lebenssituationen ausdrücken und gestalte ein Bild dazu.

Vertrauen auf Gott – Psalm 23 und Vaterunser

Wem kann man vertrauen und warum?

Der Herr ist mein Hirte, mir wird nichts
mangeln.
Er weidet mich auf einer grünen Aue
und führet mich zum frischen Wasser.
Er erquicket meine Seele.
Er führet mich auf rechter Straße
um seines Namens willen.
Und ob ich schon wanderte im finsteren Tal,
fürchte ich kein Unglück;
denn du bist bei mir,
dein Stecken und Stab trösten mich.
Du bereitest vor mir einen Tisch
im Angesicht meiner Feinde.
Du salbest mein Haupt mit Öl
und schenkest mir voll ein.
Gutes und Barmherzigkeit
werden mir folgen mein Leben lang,
und ich werde bleiben im Hause des Herrn
immerdar.

Psalm 23 (Lutherbibel)

Das „Vaterunser“ ist eines der wichtigsten Gebete der Christen, denn Jesus selbst hat es seinen Jüngerinnen und Jüngern – und somit auch allen Christen – gelehrt.
Es wird deshalb auch nahezu in jedem Gottesdienst laut gebetet.

Unser Vater im Himmel!
Dein Name werde geheiligt.
Dein Reich komme.
Dein Wille geschehe
wie im Himmel so auf Erden.
Unser tägliches Brot gib uns heute.
Und vergib uns unsere Schuld,
wie auch wir vergeben unsern Schuldigern.
Und führe uns nicht in Versuchung,
sondern erlöse uns von dem Bösen.
[Denn dein ist das Reich und die Kraft
und die Herrlichkeit in Ewigkeit.
Amen.]

Matthäus 6,9–13 (Lutherbibel)

Reich Gottes im Vaterunser S. 90

Weitere Beispiele für Vertrauen auf/in Gott auf S. 201

Digital +
Höre dir hier das Vaterunser an:
WES-152161-078

Aufgaben

1. Entwirf für jede Zeile der beiden Gebete eine passende Geste.
2. Arbeite aus dem Vaterunser verschiedene Anliegen des Betenden heraus und vergleiche diese anschließend mit Psalm 23.
3. Beschreibe die beiden Bilder und setze sie in Beziehung zum Vaterunser und zum Psalm 23.
4. Recherchiere die Grundgebete in Judentum und Islam und vergleiche sie mit den hier abgedruckten christlichen Gebeten.

Der Prophet Jona und seine Erfahrungen mit Gott

Im Bauch des Fisches betet Jona folgendes Gebet:

In meiner Not rief ich zu dir, Herr, und du hast mir geantwortet.
Aus der Tiefe der Totenwelt schrie ich zu dir und du hast meinen Hilfeschrei vernommen.
Du hattest mich mitten ins Meer geworfen, die Fluten umgaben mich; alle deine Wellen und Wogen schlugen über mir zusammen.
Ich dachte schon, du hättest mich aus deiner Nähe verstoßen, deinen heiligen Tempel würde ich nie mehr sehen.
Das Wasser ging mir bis an die Kehle. Ich versank im abgrundtiefen Meer, Schlingpflanzen wanden sich mir um den Kopf.
Ich sank hinunter bis zu den Fundamenten der Berge und hinter mir schlossen sich die Riegel der Totenwelt.
Aber du, Herr, mein Gott, hast mich lebendig aus der Grube gezogen.
Als mir die Sinne schwanden, dachte ich an dich und mein Gebet drang zu dir in deinen heiligen Tempel.
Ich aber will dir danken und dir die Opfer darbringen, die ich dir versprochen habe; denn du, Herr, bist mein Retter.

erzählt nach der Basisbibel

Digital +
Hier findest du die Geschichte zu Jona:
WES-152161-019

Prophet
Propheten und Prophetinnen erhielten von Gott den Auftrag, den Menschen eine Botschaft Gottes zu verkündigen, z. B. ihnen Hoffnung zu machen. Aber weil sie auch falsches Verhalten aufzeigten oder mögliche Strafen ankündigten, waren sie beim Volk nicht besonders beliebt und wurden verfolgt.

Aufgaben

1 Beschreibe das Bild und erkläre aufgrund des biblischen Buches Jona, was vor und nach dem Bild geschieht. Du kannst dir hierzu die Bibelgeschichte durchlesen.

2 Erläutere den Auftrag, den Jona von Gott bekommt.

3 Im Laufe seines Gebets verändert sich Jonas Haltung gegenüber Gott. Arbeite seine unterschiedlichen Erfahrungen mit Gott heraus und benenne die verschiedenen Anliegen seines Gebets.

Gott im Nächsten

Du bist ein Engel!

Du bist meine Rettung!

Ohne dich wäre ich verloren!

Wie gut, dass es dich gibt!

Du hast was gut bei mir!

Aufgaben

1 Entwirf eine Geschichte, in der eine Figur den Inhalt einer der Sprechblasen zu einer anderen sagt.

2 Beschreibe das Verhältnis des Sprechenden der Sprechblasen zu dem Angesprochenen.

3 Prüfe, inwiefern die Aussagen des Bibeltextes zu den Äußerungen in den Sprechblasen passen.

4 Arbeite Gottes Forderungen aus der ganzen Bibelgeschichte in Mt 25,31–40 heraus.

5 Zeige anhand konkreter Beispiele auf, wie heute unser Handeln aussehen muss, damit es der Geschichte entspricht.

6 Erörtere, inwiefern die Hände einen inhaltlich passenden Rahmen für die Bibelstelle darstellen.

Spuren im Sand

Wer steht zu mir?

Ich träumte, ich wäre von dieser Welt gegangen. Der Herr schritt neben mir – hinter uns blieben zwei Spuren im Sand. Weit über uns konnte ich das strahlende Himmelstor erkennen. Ich warf einen Blick zurück, um all meine Lebensschritte ein letztes Mal zu sehen. Auf den leichten, schönen Abschnitten meines Lebens sah ich zwei Spuren im Sand. Aber da wo der Weg steil und schwierig zu begehen war, sah ich nur eine Spur. Ich wandte mich an den Herrn und fragte: „Oh Herr, ich glaubte, Du seiest Seite an Seite mit mir durchs Leben gegangen – in guten wie in schlechten Zeiten. Aber auf den schweren Strecken meines Weges sehe ich nur eine Spur. Warum?“ Da sprach der Herr: „Mein Kind, ich begleitete dich dein ganzes Leben – doch in den schwersten Zeiten habe ich dich auf meinen Händen getragen.“

Aufgaben

1 Gib den Text „Spuren im Sand“ schauspielerisch wieder. Finde ein angemessenes Sprechtempo und geeignete Betonungen, um seinen Inhalt zu unterstreichen.

2 Nenne Beispiele für „leichte, schöne“ sowie für „steile, schwierige“ Abschnitte im Leben.

3 Erkläre, wie ein Mensch spüren kann, dass er in schweren Abschnitten des Lebens von Gott getragen wird.

4 Formuliere, was das Ich aus dem Text am Ende entgegnen könnte.

Trinität – Der dreieinige Gott

A

Taufet sie auf den Namen
des Vaters und des Sohnes
und des Heiligen Geistes.
Mt 28,19 (Lutherbibel)

B

Taufe Jesu S. 86

C

D

E

Das Auge Gottes …

… stellt ein Symbol für Gott dar. Ist es von einem Dreieck umschlossen, verweist dies auf die Dreifaltigkeit Gottes. Ist es von einem Strahlenkranz umgeben, deutet dies auf Gottes Heiligkeit hin.

Das Kreuzzeichen

Das Kreuzzeichen ist eine symbolische Handlung, mit der verschiedene Absichten verbunden sind. Zuerst berührt man die Stirn und denkt dabei an Gott **Vater**, den Schöpfer des Himmels und der Erde, der über allem steht. Dann geht die Hand nach unten und man denkt an den **Sohn** Jesus Christus, der sich zu uns nach unten auf die Erde begeben hat. Zum Schluss geht die Hand nach links und nach rechts, was symbolisiert, dass der **Heilige Geist** den Menschen ganz erfasst und ihn mit seiner Liebe und Kraft vor allem Bösen schützt.
(aus katholisch.de)

Trinität

Gott bildet für die Christinnen und Christen eine unauflösbare Einheit aus drei (lat: trinitas = Dreizahl) „Personen“ – dem Vater, dem Sohn und dem Heiligen Geist. Hierfür werden auch die Begriffe „Dreieinigkeit“, und „Dreifaltigkeit“ verwendet.

Trinitatis im Kirchenjahr S. 158

Aufgaben

1 Beschreibe die Orte der Kreuze auf den Bildern A – D und begründe, warum sie jeweils dort zu finden sind.

2 Recherchiere die Bedeutung des Kreuzes im Christentum und fasse die wichtigsten Informationen zusammen.

3 Beurteile, inwiefern ein Auge – wie in Bild C – ein passendes Symbol für Gott ist.

4 Eine Pfarrerin möchte durch einen Wandteppich im Gottesdienstraum ihrer Gemeinde die Dreieinigkeit Gottes mehr ins Bewusstsein rufen und gibt dessen Herstellung in Auftrag. Formuliere Gründe für das Anliegen der Pfarrerin und gestalte einen Entwurf des Teppichs.

5 Manche Christen bezeichnen das Kreuzzeichen als das kürzeste Gebet, weil diese kleine Geste für sie mit gewichtigem Inhalt gefüllt ist. Entwirf passende Gebetsworte zu den vier zu berührenden Körperstellen und trage diese vor.

Checkpoint WES-152161-020

Fragen nach der Welt und ihren Anfängen

Wie Menschen die Welt sehen

Alle Völker der Erde erzählen sich Geschichten über die Anfänge der Welt, der Natur und des Menschen. Diese Geschichten versuchen, den Fragen der Menschen nach der Welt und dem Leben zu begegnen. Sie beschäftigen sich also mit der Herkunft und dem Sinn des Lebens. Sie wollen den Menschen ein Gefühl von Sicherheit geben bei der Suche nach ihrem Platz in der Welt.

Naturwissenschaftliche Forscherinnen und Forscher stellen sich schon seit langer Zeit die Frage: „Wie ist unsere Welt entstanden?“ So ist es nicht verwunderlich, dass es im Laufe der Zeit viele verschiedene Theorien gab, die weiterentwickelt, aber auch zum Teil widerlegt und verworfen wurden.

Die Bibel spricht an verschiedenen Stellen von Gott, dem Schöpfer und seiner Schöpfung. Darunter versteht man die Welt, die von Gott gewollt und den Menschen anvertraut ist, zum Beispiel als deren Lebensraum. Christinnen und Christen sehen in Gott sowohl den Ursprung dieser Schöpfung, als auch ihren treuen Erhalter, der sich ihr immer wieder aufs Neue zuwendet. Hieran knüpfen die Grundfragen unseres Lebens an – zum Beispiel, wie die Welt ist und wie wir sie sehen.

Mehr zum Umgang mit der Schöpfung S. 177 – 182

Mehr zum Menschen in Gottes Schöpfung S. 25 – 32

Zum ökumenischen Tag der Schöpfung S. 149

Gott als Schöpfergott

Wie können Menschen Gottes Kraft spüren?

A

B

C

D

An Gott als Schöpfergott zu glauben, umfasst mehr als die Vorstellung, Gott habe die Welt erschaffen. Es geht beim Schöpfungsglauben vielmehr darum, darauf zu vertrauen, dass Gottes Wirken und seine andauernde Zuwendung zur Schöpfung für die Menschen erfahrbar wird. Dies kann auf unterschiedliche Art und Weise geschehen und ist von Mensch zu Mensch verschieden. Manche erleben Gottes Unterstützung durch einen anderen Menschen, manche durch eine unerklärliche Energie, die sie in sich spüren.

Aufgaben

1 Arbeite die unterschiedlichen Sichtweisen auf Gott als Schöpfer aus den Bildern heraus. Achte dabei darauf, wie Gott und sein Wirken jeweils dargestellt wird.

2 Untersuche die Bilder hinsichtlich der beiden im Text genannten Aspekte von Schöpfung.

3 Gestalte selbst ein Bild oder einen Text, um Gottes Gegenwart als Schöpfer auszudrücken.

Gott für seine Schöpfung loben

Psalm 104

Psalm ■ S. 58

Von der Schöpfung singen und weitere Schöpfungstexte ■ S. 128 – 129

Lobe den Herrn, meine Seele!
Herr, mein Gott, du bist sehr herrlich; du bist schön und prächtig geschmückt.
Licht ist dein Kleid, das du anhast.
Du lässt Wasser in den Tälern quellen, dass sie zwischen den Bergen dahinfließen,
dass alle Tiere des Feldes trinken und das Wild seinen Durst lösche.
Darüber sitzen die Vögel des Himmels und singen unter den Zweigen.
Du feuchtest die Berge von oben her, du machst das Land voll Früchte, die du schaffst.
Du lässt Gras wachsen für das Vieh und Saat zu Nutz den Menschen.
Du hast den Mond gemacht, das Jahr danach zu teilen; die Sonne weiß ihren Niedergang.
Du machst Finsternis, dass es Nacht wird, da regen sich alle wilden Tiere.
Herr, wie sind deine Werke so groß und viel.
Du hast sie alle weise geordnet, und die Erde ist voll deiner Güter.
Es warten alle auf dich, dass du ihnen Speise gibst zur rechten Zeit.
Und wenn du ihnen gibst, so sammeln sie,
wenn du deine Hand auftust, so werden sie mit Gutem gesättigt.
Verbirgst du dein Angesicht, so erschrecken sie,
nimmst du weg ihren Odem, so vergehen sie und werden wieder Staub.
Ich will dem Herrn singen mein Leben lang und meinen Gott loben, solange ich bin.
Lobe den Herrn, meine Seele! Halleluja!

abgewandelt auf Basis der Lutherbibel

Odem
Odem ist der „Atem des Lebens", der dem Menschen von Gott gegeben wird. Man kann sich darunter eine von Gott geschenkte Kraft zum Leben vorstellen.

Aufgaben

1 Gib den Textauszug aus Psalm 104 mit Betonung wieder.

2 Vergleiche den Inhalt der Psalmverse mit dem Bild.

3 Beschreibe Eindrücke aus deinem Leben, in denen du die Schönheit von Gottes Schöpfung sehen oder erfahren kannst.

4 Entwirf zu diesen Eindrücken weitere Psalmverse und ordne sie an einer passenden Stelle in Psalm 104 ein.

Die Maori erzählen – ein Schöpfungsmythos

Rangi – der Vater Himmel – und **Papa** – die Mutter Erde – waren das allererste Paar, das in fester Umarmung zusammenlebte. Sie hatten viele Kinder – lauter Jungs – die in der engen Dunkelheit zwischen den Eltern lebten. Diese Söhne wuchsen heran und unterhielten sich darüber, wie es wohl wäre, im Licht zu leben. Das grimmigste der Kinder, schlug vor, der beste Ausweg aus dieser misslichen Lage wäre, die Eltern zu töten. Aber einer der Brüder war strikt dagegen und hatte die Idee, die Eltern auseinanderzuschieben: Rangi wäre dann im Himmel, während Papa auf der Erde leben würde, um die Kinder weiter zu ernähren.

Gesagt, getan – sie versuchten gemeinsam, die Eltern auseinanderzuschieben, aber trotz all ihrer Anstrengungen blieben Rangi und Papa in ihrer festen Umarmung verbunden. Nach vielen vergeblichen Versuchen gelang es schließlich aber doch einem der Söhne – er hieß Tāne: Im Gegensatz zu seinen Brüdern benutzte er nicht die Hände, sondern legte sich auf den Boden und schob mit den Beinen. Unter entsetztem und überraschtem Aufschrei wurden Rangi und Papa getrennt.

Und so sahen ihre Kinder tatsächlich zum ersten Mal das Licht und hatten Platz, um sich zu bewegen. Während alle anderen der Trennung zustimmten, war einer der Söhne – Tāwhirimātea, der Gott der Winde und Stürme – sehr verärgert. Er konnte weder das verzweifelte Jammern seiner Eltern aushalten noch ihre Tränen sehen. Und so flog er gen Himmel, um sich seinem Vater Rangi anzuschließen. Er bekam Nachwuchs, so dass bis heute Winde aus allen Himmelsrichtungen überall hin wehen.

Tāne jedoch suchte nach himmlischen Körpern wie beispielsweise Lichtern, um seinen Vater angemessen zu schmücken: Er beschaffte Sterne und warf sie nach oben, zusammen mit dem Mond und der Sonne.

Rangi und Papa betrauern ihre Trennung bis heute. Rangis Tränen fallen zur Erde, um ihr zu zeigen, wie sehr er sie liebt. Manchmal hebt sich Papa, die Erde, nach oben und bricht fast auseinander, um Rangi, den Himmel, zu erreichen, aber es gelingt ihr nicht. Wenn der Dunst sich in den Wäldern hebt, ist dies ein Zeichen der Wärme von Papas Körper und ihrer Sehnsucht nach Rangi.

aus: www.evolution-mensch.de

Maori
Maori nennt man die Ureinwohner Neuseelands, deren Vorfahren wahrscheinlich im 13. Jahrhundert von Polynesien als erste Einwanderer nach Neuseeland kamen.

Mythos
Ein Mythos ist eine mündliche oder schriftliche Erzählung aus der Vergangenheit eines Volkes. Sie erzählen auf symbolische Weise von Göttern und der Erschaffung der Welt. Sie wollen den Menschen helfen, die Welt und ihr Leben zu verstehen und vertrauensvoll darin ihren Weg zu gehen.

Aufgaben

1 Skizziere den Ablauf der Weltentstehung, wie ihn die Maori in Neuseeland erzählen in einer Bilderserie oder einem Flussdiagramm.

2 Arbeite heraus, für welche Naturphänomene Rangis Tränen, Papas Emporheben und Papas Wärme stehen.

3 Vergleiche die Erzählung mit der neuseeländischen Briefmarke und beurteile, für wie gelungen du die Briefmarke hältst.

Eine naturwissenschaftliche Erklärung zur Entstehung der Welt

A

B

Der Urknall

Viele Astronomen gehen bis heute von der Theorie aus, dass unser Universum vor ungefähr 14 Milliarden Jahren bei einem großen Knall entstanden ist. Raum, Zeit und Materie – all das begann wohl mit dem sogenannten Urknall. Vorher war das gesamte Universum extrem heiß und wie in eine winzige Blase gepresst, die dann plötzlich explodiert ist und sich blitzschnell auf eine unvorstellbare Größe weitete. Es entstanden Teilchen, aus denen sich alles, was wir auf der Welt vorfinden, zusammensetzt. Bis heute nehmen Forschende weiterhin die Ausdehnung und Abkühlung des Universums wahr, was sie als möglichen Beweis sehen, dass die Urknalltheorie tatsächlich wahr ist. Endgültig bewiesen ist sie jedoch noch nicht und die Frage nach dem, was denn nun genau vor dem Urknall (da) war, ist auch noch offen …

Astronom:
Ein Astronom oder eine Astronomin erforscht mithilfe von naturwissenschaftlichen Methoden – wie z. B. Beobachtungen durch Teleskope – Himmelserscheinungen. Dazu gehören beispielsweise Sterne, Planetensysteme und Galaxien wie die Milchstraße.

Aufgaben

1 Ordne die Bilder zu passenden Stellen im Text zu und begründe deine Auswahl.

2 Formuliere Fragen zur Weltentstehung, deren Antwort ein Astronom oder eine Astronomin für dich erforschen soll.

3 Nimm Stellung zu der Frage, ob man darauf vertrauen kann, dass Gott die Welt erschaffen hat und gleichzeitig auch als Wissenschaftler oder Wissenschaftlerin an dem Beweis der Urknalltheorie mitarbeiten kann.

Eine naturwissenschaftliche Erklärung zur Entwicklung der Lebewesen – Die Evolutionstheorie

„Der Mensch stammt vom Affen ab" – bestimmt hast du diesen Satz schon einmal irgendwo aufgeschnappt und dich vielleicht gefragt, wie das sein kann und woher wir das wissen …

Evolution:
Der Begriff „Evolution" kommt aus dem Lateinischen und bedeutet „Entwicklung, Umwandlung, Weiterentwicklung". Er beschreibt, wie über eine lange Zeitspanne aus einfachen Lebewesen viele unterschiedliche Arten entstanden sind.

Der britische Naturforscher Charles Robert **Darwin** beobachtete im 19. Jahrhundert viele verschiedene Tierarten auf der ganzen Welt. Er erkannte dabei, dass sich Pflanzen und auch viele Arten von Tieren an verschiedenen Orten zwar ähneln und miteinander verwandt scheinen, sich jedoch in manchen Dingen wie z. B. Körperbau oder bevorzugte Nahrung auch grundlegend unterscheiden. Er vermutete daher, dass sie möglicherweise gemeinsame „Vorfahren" hatten, sich jedoch aufgrund der unterschiedlichen Bedingungen an den verschiedenen Orten jeweils anders entwickelten. Später wandte er diese Theorie – wir nennen sie heute **Evolutionstheorie** – auch auf den Menschen an, und behauptete, dass der Mensch und der Affe ebenfalls dieselben Vorfahren hätten. Bis zum heutigen Tag sind einige Menschen hierüber sehr empört, jedoch bestätigt die Wissenschaft im Grunde nach wie vor die Richtigkeit dieser Theorie.

Aufgaben

1 Vergleiche dich mit einem Klassenkameraden oder ungefähr gleichaltrigem Familienmitglied. Notiere dir hierzu stichwortartig Gemeinsamkeiten und Unterschiede und fasse am Ende dein Ergebnis in ein paar Sätzen zusammen.

2 Erkläre mithilfe des Textes und der beiden Bilder die Grundzüge von Darwins Evolutionstheorie.

3 Nenne mögliche Gründe für die Empörung der Menschen über die Vorstellung, dass Mensch und Affe auf einen gemeinsamen Vorfahren zurückzuverfolgen sein sollen.

Philosophische Zugänge zur Weltentstehung

Kann es irgendwann dazu kommen, dass wir ALLES wissen?

Bei der Entstehung des heutigen, geordneten Universums hat sich aus dem Unendlichen etwas abgesondert, das Wärme und Kälte erzeugt. Daraus ist eine Feuerkugel um die Luft gewachsen, die die Erde umgibt, wie die Rinde einen Baum. Als diese dann geplatzt ist und das Feuer in bestimmten Kreisen eingeschlossen wurde, haben sich Sonne, Mond und Sterne gebildet.
Der Raum auf der Erde war zunächst ganz von Feuchtigkeit erfüllt. Da ein Teil von ihr von der Sonne ausgetrocknet wird, ist das Verdunstete Ursache der Winde. Der restliche Teil ist das Meer.
Der Mensch ist aus einem anderen Lebewesen, einem Fisch, entstanden und diesem anfänglich ähnlich gewesen.
Anaximander

Was ist Philosophie?

Der Begriff **„Philosophie“** kommt aus dem Griechischen und heißt wörtlich übersetzt **„Liebe zur Weisheit“**. Ein **Philosoph** stellt sich Fragen nach der Welt, dem menschlichen Leben und der menschlichen Wahrnehmung der Wirklichkeit, um zu lernen, die Welt als Ganzes zu verstehen.
Diese Tradition ist schon sehr alt und geht bis ins 6. Jahrhundert v. Chr. zu einer Gruppe Philosophen zurück, zu denen auch Anaximander und Heraklit gehören. Diese beiden sind für uns interessant, da eines ihrer Hauptthemen die **Frage nach dem Ursprung aller Dinge** ist. Deshalb lassen wir diejenigen, die ihre Lehren zusammengefasst haben, zu Wort kommen:

Die gegebene schöne Ordnung aller Dinge ist weder von einem der Götter noch von einem der Menschen geschaffen worden, sondern sie war immer und wird immer sein.
Heraklit

Aufgaben

1 Da man sich „das Unendliche“, von dem Anaximander spricht, kaum vorstellen kann, versuchen Menschen Symbole und Bilder dafür zu finden. Bewerte die Versuche hierzu auf den Bildern und benenne weitere Gemeinsamkeiten der Bilder und Texte.

2 Entwirf eine eigene Idee zur Veranschaulichung des Unendlichen.

3 Gestaltet eine Klassenausstellung zum Thema „Unendlichkeit“.

Die Schöpfungserzählung als Glaubensaussage deuten

Ich stelle mir Gott so vor, dass er die Welt in seiner Hand hält und uns beschützt. Dass er immer da ist, auch wenn wir ihn nicht sehen und anfassen können. Und doch ist er immer für uns da.

Wen umarmen Menschen gerne und warum?

Er hält die ganze Welt

1. Er hält die ganze Welt in seiner Hand.
Er hält die ganze Welt in seiner Hand.
Er hält die ganze Welt in seiner Hand.
Gott hält die Welt in seiner Hand.

2. Er hält das winzig kleine Baby in seiner Hand.
Er hält die Mutter und die Tochter in seiner Hand.
Er hält den Sohn und den Vater in seiner Hand.
Gott hält die Welt in seiner Hand.

3. Er hält auch dich und mich, Schwester, in seiner Hand.
Er hält auch dich und mich, Bruder, in seiner Hand.
Er hält uns alle hier in seiner Hand.
Gott hält die Welt in seiner Hand.

4. Er hält die Erde und den Himmel in seiner Hand.
Er hält die Nacht und den Tag in seiner Hand.
Er hält die Sonne und den Mond in seiner Hand.
Gott hält die Welt in seiner Hand.

5. Er hält die Vögel und die Fische in seiner Hand.
Er hält den Wind und den Regen in seiner Hand.
Er hält den Frühling und den Herbst in seiner Hand.
Gott hält die Welt in seiner Hand.

6. Er hält die Jungen und die Alten in seiner Hand.
Er hält die Reichen und die Armen in seiner Hand.
Er hält alle Menschen in seiner Hand.
Gott hält die Welt in seiner Hand.

Ich bete nicht um Glück auf Erden,
nur ein Leuchten dann und wann,
dass sichtbar deine Hände werden,
ich deine Liebe ahnen kann.
(Annette von Droste-Hülshoff)

Digital +
Hier kannst du den englischen Song anhören:
WES-152161-021

Aufgaben

1. Erkläre, worum es im Lied „Er hält die ganze Welt in seiner Hand“ geht und welche Sichtweise auf Gott und die Schöpfung sich darin zeigt.
2. Untersuche die einzelnen Liedstrophen auf Besonderheiten und Gemeinsamkeiten.
3. Vergleiche die Aussage des Liedes mit der des Bildes und der der beiden Sprechblasen.
4. Entwerft weitere Strophen für das Lied. Singt das Lied im Anschluss mit euren eigenen Strophen.
5. Nimm Stellung zu der Idee, dass man die Strophen abwechselnd mit „sie hält …“ und „er hält …“ singt.

Ökumenischer Tag der Schöpfung S. 149

Checkpoint WES-152161-022

Jesus Christus

Spuren von Jesus im eigenen Leben
Zeit und Umwelt
Stationen seines Lebens nach den Evangelien
Botschaft und Wirken
Nachfolge Jesu

Auf einer Reise besucht ihr Lüneburg und kommt an der evangelischen Johanniskirche vorbei. Neugierig geht ihr hinein. In einem Seitenschiff liegt ein Baumstamm, aus dem hölzerne Figuren herausragen. In der Information steht: Das ist eine Weihnachtskrippe, die der aus Tanzania stammende Künstler Ernest Chibanga aus Ebenholz geschnitzt hat. Man erkennt Maria und Joseph, Ochs und Esel, das Kind, einen Engel, die Hirten und die Könige, den Stern.

„Huch, warum sind die alle aus einem Baumstamm und alle Figuren schwarz?", wundert sich deine Schwester. Da mischt sich eine Frau ein, die auch in der Kirche ist: „Warum wundert dich das? Wie sahen Jesus und seine Familie denn aus?"

A

Holzkrippe der evangelischen Johanniskirche

B

„Jesus der Herr der Welt (Pantokrator)", Sinai Mitte 6. Jahrhundert

C

„Rabbi Jesus Says to Love One Another" von Clara Maria Goldstein

D

KI-generiertes Bild von Jesus Christus am Kreuz

Ein Lied über Jesus

Der Gammler

1. Man sagt, er war ein Gammler. Er zog durch das ganze Land,
raue Männer im Gefolge, die er auf der Straße fand.
Niemand wusste, wo er herkam, was er wollte, was er tat.
Doch man sagte: Wer so redet ist gefährlich für den Staat.

2. Man sagt, er war ein Dichter. Seine Worte hatten Stil.
Wer ihn hörte, schwieg betroffen, und ein Sturm war plötzlich still.
Seine Bilder und Vergleiche waren schwierig zu versteh'n.
Doch die Leute saßen stundenlang, ihn zu hören und zu seh'n.

3. Man sagt, er war ein Zauberer. An Wundern fehlt es nicht.
Er ging zu Fuß auf einem See und gab den Blinden Augenlicht.
Machte Wein aus klarem Wasser, kannte Tricks mit Fisch und Brot.
Und er sprach von einer Neugeburt, weckte Menschen auf vom Tod.

4. Man sagt, er war Politiker, der rief: „Ich mach euch frei!“
Und die Masse wollte gern, dass er ihr neuer König sei.
Er sprach laut von Korruption und wies auf Unrecht offen hin.
Doch man hasste seinen Einfluss, und so kreuzigten sie ihn.

5. Er ist der Sohn des Höchsten, doch er kam, um Mensch zu sein,
offenbarte Gottes Art, um aus der Sünde zu befrei'n.
So hab ich ihn erfahren, ich begann ihn so zu seh'n.
Und ich meine, es wird Zeit – wir sollten ihm entgegengeh'n.

Text: Andreas Malessa; Original und Melodie: Larry Norman (1973)

Hier kannst du lernen ...

- ... die geografischen, sozialen, politischen und religiösen Verhältnisse zur Zeit Jesu zu beschreiben.
- ... wesentliche Stationen des Lebens Jesu, wie sie die Evangelien erzählen, wiederzugeben und zu christlichen Festen in Beziehung zu setzen.
- ... zu erklären, dass Jesus ein Jude war.
- ... den Zusammenhang von Gleichnissen und Wunder Jesu mit der Botschaft vom Reich Gottes aufzuzeigen.
- ... zu entfalten, wie Menschen Jesus nachfolgen.
- ... zu erklären, was der Name „Christus“ bedeutet.

Spuren von Jesus im eigenen Leben

Gegenstände und Figuren erzählen Geschichten

A

B

C

D

E

F

G

H

I

Kirchenjahr S. 156 – 157

Symbole der Religionen S. 198

Feiertage

Weihnachten und Ostern sind Feiertage. Feiertage sind im Unterschied zu Werktagen arbeitsfreie und gesetzlich geschützte Tage im Jahr. An Feiertagen wird an Ereignisse gedacht, die als besonders wichtig für das gemeinsame Leben angesehen werden. Offenbar gehören hierzulande Weihnachten und Ostern dazu.

Weihnachtsbräuche und was dahintersteckt

Was ist ein gutes Weihnachtsgeschenk?

Die Weihnachtskrippe

Manche wissen es noch nicht, doch die meisten wissen es: Beim Weihnachtsfest dreht sich alles um die Geburt Jesu. Das erzählt die Weihnachtskrippe mit dem Jesuskind, mit Maria und Josef sowie den Hirten und den drei Königen. Eigentlich gehören dazu auch ein Engel und der Weihnachtsstern. Mit ihnen kann man die Geburtsgeschichte Jesu erzählen.

Der Weihnachtsmann

Der Weihnachtsmann mit dem weißen Bart und dem roten Mantel, dem Rentierschlitten und den Geschenken in einem großen Sack wird meist mit einem großen Getränkeunternehmen in Verbindung gebracht. Dieses wirbt seit mehr als 100 Jahren mit dem freundlichen „Santa Claus“, dem heiligen Nikolaus. Der Weihnachtsmann ist jedoch älter. Er gehört als Father Christmas zum englischen, als Sinterklaas (Sankt Nikolaus) zum niederländischen und als Père Noel (Vater Weihnacht) zum französischen Weihnachtsfest.

Der Weihnachtsmann ist mit dem heiligen Nikolaus verwandt. Dieser war ein Freund der Kinder und rettete Menschen aus großer Not. Von ihm werden viele Wunder erzählt. Er war in vielem so wie Jesus. Ein bisschen erinnert auch der Weihnachtsmann an Jesus. Er bringt seine Geschenke den Kindern. Die Kinder sollen einmal im Jahr so richtig den Himmel auf Erden spüren. In manchen Familien bringt an Heiligabend der Weihnachtsmann die Geschenke, in anderen das Christkind.

Weihnachtsgeschichten ■ S. 121

Der Weihnachtsbaum und der Heilige Abend

Im Mittelalter wurden am 24. Dezember Schauspiele von Adam und Eva und vor allem mit der Vertreibung aus dem Paradies und dem Verschließen des Paradieses gezeigt. Ihnen folgten dann am nächsten Tag Krippenspiele mit der Darstellung der Geburt Christi. Dabei wurde ein Tannenbäumchen mitgeführt, an dem Äpfel als Zeichen des Sündenfalls befestigt waren. Zu den Äpfeln kamen später leckere „Früchte“ wie Nüsse, Gebäck oder Zuckerringe. Der immergrüne Tannenbaum erzählte damit von dem Baum des Lebens in der Mitte des Paradieses, dessen Früchte ein gutes Leben vermitteln. Die Geburt Jesu sagt: Die Tür zu Gott steht jetzt wieder sperrangelweit/ganz weit offen. Die Früchte am Baum des Lebens können wieder geschmeckt werden. Gott schaut nicht auf das, was man tut. Gott schenkt seine Liebe ohne Wenn und Aber. Freut euch!

Die Geschenke unter dem Baum sind Zeichen der Liebe. In guten Geschenken ist Liebe verpackt. Sie sind damit ein „Gleichnis“ für Jesus. In ihm ist die Liebe Gottes in einen Menschen verpackt.

Aufgaben

1 Gebt wieder, wer die einzelnen Figuren einer Weihnachtskrippe sind, welche Rolle sie spielen, was sie tun und sagen.

2 Zeigt auf, was das Öffnen des dunklen Weihnachtszimmers an Heiligabend und die Geschenke unter dem Baum mit Jesus zu tun haben.

3 Vergleicht den Weihnachtsmann mit dem Bischof Nikolaus.

4 Recherchiert, warum Weihnachten eigentlich am 25. Dezember gefeiert wird.

Osterbräuche und was dahintersteckt

Der Osterhase

Hasen haben im Frühjahr viele Jungen. Das machte sie zum Zeichen der Fruchtbarkeit und des neuen Lebens. Da sie keine Augenlider haben und im Schlaf die Pupillen nach oben schieben, sagte man, Hasen schlafen nie. Osterhasen sagen: So wie die Hasen nie schlafen, so ist auch Jesus für immer lebendig. Er hat den Tod überwunden.

Auf die Idee, dass Hasen Eier legen, kam man, weil Hasen im Frühjahr auf der Futtersuche bis in die Häuser kommen und es dort viele abgekochte Eier gab, die in der Fastenzeit vor Ostern nicht gegessen werden durften. Man hat dann gesagt, dass die Hasen die Eier gebracht hätten.

Das Osterlamm

Das Osterlamm ist ein Gebäck aus Rührteig. Es erzählt von Jesus: Jesus ist wie ein unschuldiges Lamm, das geopfert wird, um vor schlimmen Ereignissen zu bewahren, die Menschen selbst verschuldet haben. Er nahm sein Schicksal schweigend auf sich und wehrte sich nicht. Er hoffte, dass Gott ihn nicht fallen lässt. Die Fahne mit dem Kreuz erzählt von dem Sieg über den Tod. Gott hat Jesus zu neuem Leben auferweckt. Der Tod hat nicht das letzte Wort.

Das Osterei

In alten Zeiten durfte man in der Fastenzeit vor Ostern keine Eier essen. Dies führte zu einem Eierüberschuss. Ein Teil wurde abgekocht und aufbewahrt, ein Teil wurde in der Kirche geweiht, dann gefärbt oder verziert und an Ostern mit einem Segenswunsch verschenkt. Das geweihte Ei sollte Glück und Segen bringen. Doch es gibt noch eine andere Deutung des Ostereis.

Eine Legende deutet das Osterei

Katharina war eine Königstocher im Ägypterland. Sie lebte vor langer, langer Zeit in der Stadt Alexandria. Damals herrschte dort Maxentius, der Kaiser von Rom.

Eines Tages ließ er Katharina zu sich kommen. Sie sollte ihm von Jesus erzählen. Er hatte nämlich erfahren, dass sie eine Christin war. Katharina kannte viele Jesusgeschichten. Der Kaiser hörte gespannt zu. Ihm gefiel das, was Jesus unter den Menschen getan hatte. Alle seine Ratgeber wunderten sich darüber. Der Kaiser hatte nämlich die Christen verfolgt. Katharina erzählte vom Leben Jesu, von seinem Sterben und schließlich auch, dass er von den Toten auferstanden sei. Da lachte der Kaiser laut und rief: „Das will ich dir nur glauben, wenn du aus einem Stein neues Leben erwecken kannst“. Katharina ging betrübt davon. Aber dann kam ihr ein Gedanke. Sie kaufte von einem Bauern ein beinahe ausgebrütetes Entenei. Damit ging sie am nächsten Tag zum Kaiser.

Sie hielt ihm das Ei entgegen. Die junge Ente riss einen Spalt in die Schale. Der Kaiser schaute geduldig zu, wie das kleine Tier sich aus dem Ei befreite. Der Spott wich ihm aus seinem Gesicht. „Scheinbar tot und doch Leben“, sagte Katharina. Es heißt, dass der Kaiser sehr nachdenklich geworden sei.

So ist das Ei zum Osterei geworden als Zeichen für das, was kein Mensch begreifen kann: Christus ist auferstanden. Er ist wahrhaftig auferstanden.

Willi Fährmann

Was ist ein Sündenbock?

Kirchenjahr
S. 156 – 157

Aufgaben

1. Arbeite heraus, wie die einzelnen Osterbräuche einmal erklärt und zum anderen gedeutet werden.
2. Beurteile, ob Osterhase, Osterei und Osterlamm gut zu Jesus passen.
3. Entwirf die Verzierung eines Ostereis, das Hoffnung weckt.

Checkpoint WES-152161-023

Zeit und Umwelt Jesu

Das Land, in dem Jesus lebte

Digital +
Vergrößerte Landkarte
WES-152161-079

Das Land

Die römische Provinz Palästina bestand zur Zeit Jesu aus vier Herrschaftsgebieten: im Süden Judäa mit Samarien und Idumäa (rote Grenzen). Zentrum ist Jerusalem. Dieses Gebiet wurde von einem Stellvertreter des römischen Kaisers beherrscht. Das Gebiet Galiläa mit Peräa (grüne Grenzen) sowie ein kleineres Gebiet im Nordosten (gelbe Grenzen) wurden von zwei Söhnen Herodes des Großen regiert. Hauptstadt von Galiläa war Tiberias. Die sog. Dekapolis (blaue Grenzen) bestand aus zehn Städten, die sich selbst verwalteten.

Die Heimat Jesu

Jesus wuchs in Galiläa auf. Hier begann er mit seinem Wirken. Ein Zentrum seiner Tätigkeit bildete der See Genezareth. Sein Heimatort Nazaret war damals ein kleines Dorf auf dem Lande. Es gab in Galiläa reiche Großgrundbesitzer, die häufig in den Städten wohnten sowie arme Kleinbauern und Handwerker. Zu diesen gehörte Jesus und seine Familie. An sie richtete er seine Botschaft. Die Galiläer hielten sich zum Tempel in Jerusalem und legten großen Wert auf die Einhaltung der Gebote. Sie sprachen wie alle Juden aramäisch, aber sie hatten einen eigenen Dialekt.

Ein Dorf am See Genezareth

Die Zeichnung erinnert an den Ort Kapernaum, in dem Jesus eine ganze Weile gelebt hat. Sie zeigt, wie Menschen zu der Zeit Jesu gelebt haben. Jesus war in dieser ländlichen Umgebung zuhause und hat immer wieder darauf Bezug genommen, wenn er zum Beispiel Gleichnisse erzählt hat. Für die Zuhörenden und seine Anhängerschaft war das alles gewohnt und vertraut.

Digital +
Interaktives Bild mit Zusatzinformationen
WES-152161-024

Wie sieht mein Alltag aus?

Aufgaben

1 Beschreibe das Dorf und vergleiche es mit deinem Wohnort.

2 Arbeite an dem Bild heraus, wie Häuser gebaut sind, welche Tätigkeiten Frauen und Männer verrichten, welche Kleidung sie tragen, welche Geräte sie benutzen und welche Tiere und Pflanzen es gibt.

3 Beurteile, was dir an diesem Leben gefällt und nicht gefällt.

Die Parteien

Was ist mir ganz wichtig?

Modell vom Tempel in Jerusalem zur Zeit Jesu

Im Leben der Menschen in der Provinz Judäa spielen einige Parteien eine wichtige Rolle. Jesus trifft immer wieder auf sie und setzt sich mit ihnen auseinander. Zu ihnen gehören vor allem die Sadduzäer, die Pharisäer und die Zeloten. Alle verehrten den Tempel und gingen immer wieder dorthin.

Zadok, der Sadduzäer

Ich bin Zadok und gehöre zu den Sadduzäern. Unser Name bedeutet die Priesterlichen. Viele von uns sind wie ich Priester am Tempel und haben großen Einfluss im Volk. So mancher von uns war auch der „Hohepriester“ und damit der Vorsitzende des „Hohen Rates“, der höchsten Behörde in unserem Volk. Er ist der Einzige, der einmal im Jahr das Allerheiligste im Tempel betreten darf! Ganz besonders wichtig für uns ist, dass der Tempel und die Gottesdienste, die darin gefeiert werden, als heilig geachtet werden. Ganz wichtig sind für uns die Weisungen der fünf Bücher Mose. Alles, was da nicht steht, lehnen wir ab. Deshalb können wir auch nicht an eine Auferstehung der Toten glauben.

Tempel in Jerusalem

Etwa 20 Jahre vor der Geburt Jesu ließ Herodes der Große den Tempel in Jerusalem vergrößern und verschönern. Der äußere Tempelbezirk wurde erweitert. Es entstand der „Vorhof der Heiden“, in dem sowohl gelehrt als auch Handel mit Opfertieren getrieben wurde. Der innere Tempelbezirk ist von einer Mauer umgeben. Dahinter gibt es verschiedene Höfe für Frauen, Männer und Priester. Der Tempel selbst besteht aus einer Vorhalle, der Tempelhalle und dem mit einem Vorhang abgetrennten, dunklen Allerheiligsten.
Der Tempel galt als Wohnort Gottes, beherbergte aber auch den Tempelschatz, mit dem Baumaßnahmen im Tempel und in Jerusalem bezahlt wurden. Im Jahr 70 n. Chr. wurde der Tempel von den Römern zerstört. Auf dem Tempelplatz stehen heute zwei wichtige muslimische Gotteshäuser.

Gebetshäuser der Religionen ■ S. 206;
Tempel ■ S. 219

Simon der Pharisäer

Ich bin Simon und gehöre zu den Pharisäern. Unser Name bedeutet die „Abgesonderten“. Uns findet man in allen Berufen und Familien. Ganz wichtig für uns ist, dass die Gebote der fünf Bücher Mose und das, was unsere Vorfahren uns mündlich überliefert haben, genau eingehalten werden. Am Schabbat arbeiten wir nicht. Wir achten sehr auf Reinheit. Wir essen nur Fleisch von Tieren, die Mose erlaubt hat, und meiden das Fleisch von Tieren, die er verboten hat. Wir fasten jede Woche an zwei Tagen. Vor jedem Essen waschen wir die Hände. Alles, was wir berühren, waschen wir vorher ab. Von Menschen, die die Gebote nicht einhalten, halten wir uns fern. Sie sind unrein. Wir sagen ihnen aber, dass sie sich für Gottes Gebote entscheiden sollen. So zeigen wir, dass wir zu Gottes Volk gehören. Wir glauben an die Auferstehung der Toten. Wir glauben daran, dass der Messias kommt und das Reich Gottes aufrichtet, wenn alle Juden sich an die Weisungen der Tora halten. Dann ist auch die Herrschaft der Römer zu Ende.

Judas der Zelot

Man nennt mich „Judas der Galiläer“. Ich gehöre zu den Zeloten, was „Eiferer“ bedeutet. Einige von uns sind immer mit einem Dolch bewaffnet, weshalb diese die Römer „Sikarier“, Dolchmänner, nennen. Wie die Pharisäer halten wir die Gebote ein, die Mose uns gegeben hat. Uns ist ganz wichtig, dass Gott allein unser König ist. Nur Gott allein soll in unserem Land das Sagen haben. Auf keinen Fall darf man deshalb an die Römer Steuern bezahlen. Wir glauben, dass der Messias nur dann kommt, wenn wir selbst anfangen, gegen die Römer zu kämpfen. Deshalb überfallen wir sie immer wieder.

Rein und unrein

„Vor dem Essen Hände waschen!“ Vielleicht kennt ihr diesen Spruch. Wer sich vor dem Essen die Hände wäscht, wird nicht krank von Bakterien, die sich an den Händen befinden. Es geht bei diesem Händewaschen also darum, körperlich gesund zu bleiben. Simon meint mit „Reinheit“ aber etwas anderes. Manche Religionen – darunter das Judentum – ordnen Handlungen und Dinge nach „rein“ und „unrein“. Als „rein“ gilt das, was Gott gefällt, was zu ihm passt.

Aufgaben

1. Wende die Information auf das Modell des Tempels an und benennt die einzelnen Bereiche des Tempels.
2. Entwirf zu jeder Partei eine Geste, die zum Ausdruck bringt, was sie auszeichnet.
3. Zeige auf, was die Parteien gemeinsam haben und worin sie sich unterscheiden.
4. Gestaltet mit Gegenständen (Kerze, Stühle o. a.) die Nähe und den Abstand Jesu zu Vertretern der drei Parteien und begründet eure Darstellung. Hilfen finden sich in Mk 2,23.24; 12,13.14 und 12,18-33.

Die Herrschaft der Römer

Was ist eine gute Regierung?

So etwa sah ein römischer Legionär aus

Rufus der Legionär

Ich bin Rufus der Legionär. Ich bin römischer Staatsbürger und seit 6 Jahren Soldat in der X. Legion. Ich habe mich mit 18 Jahren freiwillig zum römischen Militär gemeldet. Meine Dienstzeit dauert 25 Jahre. Wir sind jetzt in der Provinz Judäa stationiert und unterstehen dem Oberbefehl des römischen Statthalters. Unsere Garnison befindet sich in der Burg Antonia am Tempel in Jerusalem. Wir Legionäre sorgen dafür, dass im römischen Reich Ruhe und Frieden herrscht, die Grenzen gesichert und Steuern ordentlich bezahlt werden. Gerade hier in Judäa müssen wir sehr aufpassen. Es gibt ständig Unruhen und Aufstände. Immer wieder kommt es vor, dass sich einer eine Krone aufsetzt, zum Kampf aufruft und uns Römer aus dem Land treiben will. Sie reden dann von einem Messias. Dann greifen wir ein.

Im Einsatz

Feldzeichen mit dem Bildnis des Kaisers

Gerade bin ich bei einem Einsatz in Caesarea. Pontius Pilatus, der derzeitige Stellvertreter unseres göttlichen Kaisers in Rom, hat in Jerusalem Feldzeichen mit dem Bild unseres Kaisers aufstellen lassen. Ich finde das gut. Als das aber die Juden bemerkten, gerieten sie außer Rand und Band. „Da werden unsere Gesetze mit Füßen getreten. Es ist nicht erlaubt, ein Bild in der Stadt anzubringen.“ Als man das auf dem Land hörte, strömte das Volk massenhaft nach Jerusalem. Es machte sich auf den Weg nach Caesarea, um Pilatus zu bewegen, die Feldzeichen aus Jerusalem fortbringen zu lassen und die Gesetze ihrer Väter zu respektieren. Pilatus weigerte sich. „Nein!“ Da warfen sich die protestierenden Juden auf die Erde und blieben so liegen. Am sechsten Tag rief Pilatus alle herbei. Als sich alle versammelt hatten, gab dieser uns ein verabredetes Zeichen. Wir bildeten einen dreifachen Kreis um die Juden. Pilatus sagte: „Ich werde euch alle umbringen lassen, wenn ihr das Bild des Kaisers nicht anerkennt.“ Nach diesen Worten haben wir unsere Schwerter gezogen …

Messias S. 101

Aufgaben

1 Beschreibe die Ausrüstung eines römischen Legionärs. Fasse anhand des ersten Textes zusammen, was ein Legionär ist, worin seine Aufgaben bestehen und was Rufus unter einem „Messias“ versteht.

2 Erkläre anhand des zweiten Textes, was zu dem Konflikt zwischen Pontius Pilatus und den Juden geführt hat.

3 Entwirf Möglichkeiten, wie es bei dem Einsatz weitergehen könnte. Zeige hierbei auf, wie sich diese bei dem jüdischen Volk, bei Pontius Pilatus, beim Kaiser in Rom und bei den Legionären auswirken.

Checkpoint WES-152161-025

Stationen seines Lebens nach den Evangelien

Bilder zum Leben Jesu

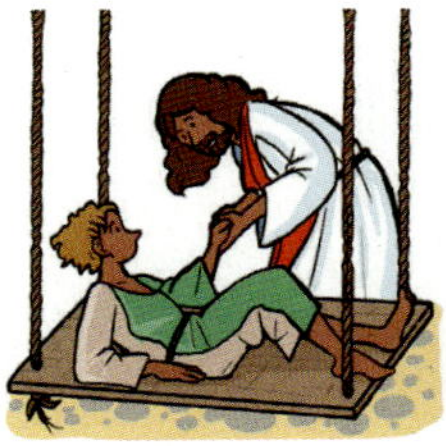

Kirchenjahr mit Bildern von Jesus S. 156 – 157

Eine jüdische Stimme:

Jesus war Jude. Er wurde von einer jüdischen Mutter geboren und mit acht Tagen beschnitten. Er hat die jüdischen Feste wie das Pessachfest gefeiert. Er hat den Schabbat begangen und ging in die Synagoge. Viele nannten ihn Rabbi. Der Tempel in Jerusalem war für ihn ein heiliger Ort. Er glaubte an den Gott, von dem die hebräische Bibel erzählt. Er hielt sich an die Gebote, wie sie sich in der Tora finden, allen voran das Gebot, Gott und den Nächsten zu lieben.

Eine christliche Stimme:

Ja, das stimmt. Jesus war Jude. Das erzählen die Evangelien. Christinnen und Christen glauben zudem, dass Jesus wie Gott war. Er hat Menschen geheilt. Er hat mit Menschen gegessen, mit denen andere lieber nichts zu tun haben wollten.
Er hat Menschen ermutigt, ihr Leben zu ändern und sich an Liebe und Versöhnung zu orientieren.
Wenn er da war, spürten Menschen: So ist Gott. Deshalb sagen Christinnen und Christen: Jesus ist Gottes Sohn. Er zeigt auf menschliche Weise, wie Gott ist.

Die Geburt Jesu (Lk 2,1–20)

Wie wird die Welt besser?

Rembrandt van Rijn (1606 – 1669): Anbetung der Hirten, 1646, Alte Pinakothek, München

Aus dem Lukasevangelium

Und es waren Hirten in derselben Gegend auf dem Felde bei den Hürden, die hüteten des Nachts ihre Herde. Und des Herrn Engel trat zu ihnen, und die Klarheit des Herrn leuchtete um sie; und sie fürchteten sich sehr. Und der Engel sprach zu ihnen: Fürchtet euch nicht! Siehe, ich verkündige euch große Freude, die allem Volk widerfahren wird; denn euch ist heute der **Heiland** geboren, welcher ist **Christus**, der **Herr**, in der Stadt Davids. Und das habt zum Zeichen: Ihr werdet finden das Kind in Windeln gewickelt und in einer Krippe liegen. Und alsbald war da bei dem Engel die Menge der himmlischen Heerscharen, die lobten Gott und sprachen: Ehre sei Gott in der Höhe und Friede auf Erden bei den Menschen seines Wohlgefallens. (Lutherbibel)

Weihnachtsgeschichten ■ S. 121

Digital + Hörtexte zu Lukas 2 und Matthäus 1 WES-152161-080

Die frohe Botschaft der Engel

Die Engel bringen zum Ausdruck, wer Jesus eigentlich ist und was seine Geburt bedeutet. Sie bezeichnen ihn als **„Heiland“** (griech. Soter, Erlöser), **„Christus“** (aram. Messias, griech. Christos, der Gesalbte) und **„Herr“** (griech. kyrios). Sie sagen: Heute ist für alle der Retter geboren. Er ist der von Gott gesandte König, der Friede und Gerechtigkeit bringt. Er gehört ganz nah zu Gott. Mit der Geburt Jesu beginnt eine neue, bessere Zeit. Hungrige werden satt, Kranke heil, Armen wird geholfen und Menschen, die sich verrannt haben, dürfen wieder neu anfangen.

■ S. 232; POZEK-Schlüssel ■ S. 125; schauspielerisch sprechen ■ S. 230

Aufgaben

1 Beschreibe das Bild und formuliere, was dem Künstler besonders wichtig ist.

2 Arbeite mit Hilfe des POZEK-Schlüssels an Lukas 2,1–20 heraus, was Lukas über die Geburt Jesu erzählt und was ihm besonders wichtig ist.

3 Gebt die Worte der Engel schauspielerisch wieder, formuliert ihre Botschaft mit eigenen Worten und vergleicht euer Ergebnis mit der Info.

4 Gestalte das Gespräch eines Hirten, als er am nächsten Morgen nach Hause kommt.

Der zwölfjährige Jesus im Tempel (Lk 2,41–52)

Was können Erwachsene von Kindern lernen?

Max Liebermann (1847 – 1935): Der zwölfjährige Jesus im Tempel (1879). Hamburger Kunsthalle.
Aus dem Tempel wird eine Synagoge (→ Religionen) aus der Zeit des Malers.
Auf Druck christlicher Kreise änderte Liebermann die Farbe der Haare von Jesus von schwarz zu rötlich-blond und versah seine Füße mit Sandalen.

Der bedeutende Maler Max Liebermann schuf dieses Bild vor etwa 150 Jahren. Der jüdische Künstler bezieht sich auf die Geschichte des zwölfjährigen Jesus im Tempel in Jerusalem, wie sie das Lukasevangelium erzählt.

Jesus war mit seinen Eltern von Galiläa nach Jerusalem gewandert, um dort das Pessachfest zu feiern. Als die Feiertage vorbei waren, zog die Familie mit vielen anderen wieder nach Hause. Unterwegs merkten sie, dass Jesus nicht dabei war. Sie gingen wieder nach Jerusalem zurück. Nach drei Tagen fanden sie ihn schließlich im Tempel. Jesus saß mitten unter den Lehrern. Alle wunderten sich über seine Fragen und Antworten.
Seine Eltern sind außer sich. Sie machen ihrem Sohn heftige Vorwürfe. „Wir haben uns große Sorgen gemacht!" Jesus reagiert ganz verwundert. „Wisst ihr nicht, dass ich da sein muss, wo mein Vater ist?" Aber seine Eltern verstehen ihn nicht. (Bibel elementar, verändert)

Aufgaben

1 Beschreibe das Bild von Max Liebermann. Vergleiche es mit der biblischen Geschichte.
2 Entwirf, was der zwölfjährige Jesus den Erwachsenen gerade sagen könnte.
3 Erkläre, was Jesus mit seiner Antwort auf seine Eltern gemeint haben könnte.
4 Erörtere, wie man in einem Bild die Nähe Jesu zu Gott zum Ausdruck bringen kann.

Die Taufe Jesu (Mk 1,9–11)

Was macht Mut?

Bartolomeo Coda 1540?

Viele Künstler haben sich daran gemacht, die Taufe Jesu darzustellen. Sie wussten nicht, wie Jesus und der Ort der Taufe aussahen. Sie wussten nur, was die Bibel erzählt:
Zu dieser Zeit kam Jesus aus Nazaret in Galiläa zu Johannes. Er ließ sich von ihm im Jordan taufen. Dann stieg Jesus aus dem Wasser. In diesem Moment sah er, wie der Himmel aufriss. Der Geist Gottes kam auf ihn herab wie eine Taube. Dazu erklang eine Stimme aus dem Himmel: „Du bist mein geliebter Sohn, an dir habe ich Freude." Markus 1,9–11 (Basisbibel)

Trinität S. 63
Taufe in der Kirche S. 139

Sohn Gottes
Die Bezeichnung Jesu als Sohn Gottes bringt zum Ausdruck, dass Jesus in besonderer Weise mit Gott verbunden ist und durch sein Leben zeigt, wie Gott ist.

POZEK-Schlüssel S. 125

Aufgaben

1 Wende den POZEK-Schlüssel auf den Bibeltext an.
2 Vergleiche das Bild mit dem biblischen Text und interpretiere die Unterschiede.
3 Entwirf eine Antwort von Jesus auf die Frage, was er bei seiner Taufe erlebt hat. Beziehe dazu die Info ein.
4 Benenne, was zu einer Taufe gehört, und vergleiche das mit der Taufe Jesu.

Die letzten Tage in Jerusalem (Mk 14–15)

Wie ist es, wenn man von anderen fertig gemacht wird?

Notizen eines Spions

Benjamin ist ein Spion der Römer. Er beobachtet die letzten Tage von Jesus in Jerusalem. Er macht sich jeden Tag Notizen auf verschiedene Zettel. Für seinen Bericht an seine Auftraggeber muss er sie in die richtige Reihenfolge bringen.

I Jesus zieht auf einem **Esel** in Jerusalem ein. Alle winken mit **Palmzweigen** und rufen „Hosianna! Gelobt sei, der da kommt im Namen Gottes!"

A Jesus muss sein **Kreuz** selbst tragen. Frauen gehen mit. Sie weinen.

B Noch in der Nacht. Verhör vor dem Hohen Rat. Der Hohepriester fragt: „Bist du der Sohn Gottes?" Jesus sagt: „Ich bin's." Kaiphas ruft: „Er hat Gott beleidigt!" Jesus wird mit einer Geißel geschlagen.

H Am nächsten Tag: Jesus wirft im Tempel Tische und Regale um. Es werden römische **Münzen** in Tempelgeld getauscht und Opfertiere verkauft. Jesus ruft: Das ist eine Räuberhöhle!"

C Am Morgen Verhör bei Pontius Pilatus. Der fragt: „Bist du der Juden König?" Jesus sagt kein Wort. Soldaten verspotten ihn. „Sei gegrüßt du König der Juden!" Nach einigem Hin und Her verurteilt Pilatus Jesus zum Tod am Kreuz.

G Jesus wird im Garten Getsemane von Soldaten gefangen genommen und gefesselt. Einer seiner Jünger hat ihn verraten. Einer greift zum Schwert. Jesus wird abgeführt.

Henri Lutzelmann, Christus in seiner Passion, um 1485

F Jesus und seine Jünger essen zu Abend. Jesus bricht das Brot und reicht den Wein. Er sagt: „Das ist mein Leib. Das ist mein Blut". Und: „Einer wird mich verraten."

D Jesus geht in den Garten Gethsemane. Er betet zu Gott. „Vater, nicht was ich will, sondern was du willst, das geschehe!"

E Jesus wird auf dem Berg Golgotha zusammen mit zwei Verbrechern gekreuzigt.

Symbol Kreuz
S. 76

Aufgaben

1. Beschreibe das Bild und formuliere, welche Empfindungen das Bild auslöst. Skizziere dann, was dem Bild vorausgeht und folgt.
2. Erkläre, wie die Notizen von Benjamin zusammenpassen und benenne Fragen, die offen bleiben.
3. Arbeite an den Notizen heraus, was sie über Jesus, über den Hohen Rat und über Pilatus aussagen.
4. Beurteile, wer für den Tod Jesu verantwortlich ist.

Der Tod am Kreuz (Mk 15)

Was ist Mitleid?

Mihály von Munkácsy (1844 – 1900): Golgata, 1894

Die Darstellung der Kreuzigung Jesu gehört zu den meistgemalten Bildern der europäischen Kunst. Jedes Bild ist anders! Ausgangspunkt sind immer die Erzählungen in den Evangelien. Der ungarische Künstler legt neben Jesus besonderen Wert auf die vielen Menschen, die bei der Kreuzigung dabei waren. Sie zeigen ganz unterschiedliche Reaktionen. Der Maler hebt durch Licht und Farbe einzelne Personen hervor. Die einen rückt er in die Mitte, andere auf die Seite, wieder andere in Hintergrund.

Kreuzweg
In den meisten katholischen Kirchen befindet sich ein Kreuzweg. Dieser stellt in sieben oder 14 Stationen den Weg Jesu von der Verurteilung durch Pilatus bis zur Grablegung dar. Katholische Christinnen und Christen betrachten immer wieder diese Stationen und beten davor. Sie nehmen Anteil an dem Leiden Jesu, schauen darauf, wie Jesus das alles getragen hat und denken an Menschen, die wie Jesus leiden.

Osterbräuche
S. 76

Aufgaben

1. Beschreibe das Bild und arbeite die unterschiedlichen Reaktionen auf den Kreuzestod Jesu heraus.
2. Untersucht, was der Künstler von Joh 19,16–34 und Mk 15,22–41 aufgenommen hat.
3. Prüfe, welche Worte am besten zu der künstlerischen Darstellung Jesu passen:
   - Mein Gott, mein Gott, warum hast du mich verlassen? (Markus 15, 34)
   - Vater, ich befehle meinen Geist in deine Hände! (Lukas 23,46)
   - Es ist vollbracht! (Johannes 19,30)
4. Der christliche Glaube geht davon aus, dass sich in der Geschichte Jesu Gott zeigt. Erörtere, was die Kreuzigungsgeschichte von Gott erzählt.

Die Auferstehung Jesu (Mk 16)

Was ist Hoffnung?

Der Tod Jesu löst bei den Anhängern Jesu einen tiefen Schock aus. Damit haben sie nicht gerechnet. Ihre Hoffnung auf eine friedliche und gerechte Welt bricht zusammen. Sie sind traurig und niedergeschlagen. Sie legen den toten Jesus in ein Grab und verschließen es mit einem Rollstein. Am Tag nach dem Schabbat gehen drei Frauen zum Grab, um den verstorbenen Jesus zu salben. Sie wollen ihm die letzte Ehre erweisen. Doch sie erleben eine Überraschung. Das Grab ist offen und leer! Sie gehen hinein und sehen einen hell leuchtenden Engel. Der sagt: „Jesus ist nicht hier. Er ist auferstanden. Erzählt das den anderen!" Die drei Frauen zittern und sind zugleich überglücklich. Jesus lebt! Auf dem Weg zurück begegnet ihnen der auferstandene Jesus. Auch Petrus und die anderen Jünger begegnen Jesus. Selbst Zweifler werden überzeugt. Paulus erzählt, dass der Auferstandene sogar 500 Anhängern auf einmal begegnet ist. Ihnen allen wird klar: Der Tod hat nicht das letzte Wort. Jesus lebt. Es gibt Hoffnung auf eine gute Welt trotz Gewalt und Tod.

Ein Auferstehungsfenster

Johannes Schreiter, Auferstehungsfenster Loccum, 2013

Der Glaskünstler will mit seinem Fensterbildbild die Auferstehung Jesu darstellen und zugleich Hoffnung wecken.

Aufgaben

1. Entwirf anhand des Textes eine Fieberkurve, die wiedergibt, was die Anhänger Jesu nach dessen Tod erlebt haben.
2. Beschreibe das Fensterbild von Johannes Schreiter und vergleiche es mit der Erzählung.
3. Gestalte für eine Kirche ein Bild der Auferstehung Jesu, das Hoffnung wecken will.
4. Erörtere, was die Auferstehung Jesu über Gott erzählt.

Checkpoint WES-152161-028

Botschaft und Wirken Jesu

Wie sieht eine gute Welt aus?

Das Reich Gottes ist nahe herbeigekommen

Reich Gottes

Im „Vaterunser“ beten Christinnen und Christen: „… dein Reich komme“. Gemeint ist das Reich Gottes. Es ist Jesu Traum von einer guten Welt, der auch unser Traum werden kann. Jesus ist überzeugt: Dieser Traum wird mit Gottes Hilfe Wirklichkeit, ja er verwirklicht sich manchmal schon. Wir müssen nur genau hinsehen und hinhören. Wo wird das Reich Gottes schon Wirklichkeit? Jesus gibt drei Hinweise. Er sagt: dort, wo Menschen friedlich zusammen essen – das siehst du auf dem Bild dargestellt; dort, wo sich Wunder ereignen; und dort, wo Menschen vom Reich Gottes erzählen. Zu allen drei Hinweisen findest du in diesem Kapitel Bilder und biblische Erzählungen.
Bei den gemeinsamen Mahlzeiten fällt auf, dass Jesus auch solche Menschen dazu einlädt, die das Gefühl hatten, nicht dazuzugehören: z. B. Zöllner, Arme und Menschen mit Behinderung. Durch Wunder heilt Jesus Menschen.

Gleichnisse

In seinen Gleichnissen setzt Jesus kleine Geschichten aus dem Alltag seiner Zuhörer in Beziehung zu dem Reich Gottes. Er will etwas, das man noch nicht richtig kennt (das Reich Gottes oder das richtige Handeln), mit etwas Bekanntem und Anschaulichem vergleichen. Damit will er die Zuhörer nachdenklich machen und etwas in ihrem Leben verändern. Gleichnisse sind „bewegende Geschichten“. Sie bringen das Nachdenken in Bewegung.

Das Reich Gottes ist da, wo Menschen heil werden

Was macht heil?

Die Heilung des Gelähmten

In einem Psalm aus dem Alten Testament heißt es:

„Gelähmt sind mir Hände und Füße". (Psalm 22,17)

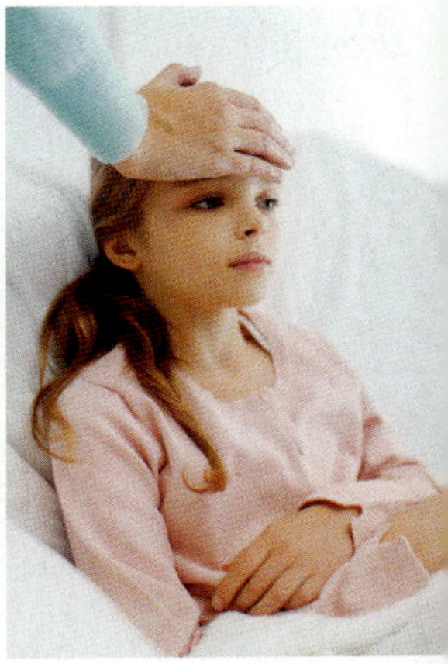

Psalmen ■ S. 58

Im Neuen Testament findet sich dazu eine Erzählung, die eigentlich aus zwei Erzählungen besteht. Sie wurden ineinander verschachtelt.

Die eine Erzählung handelt davon, dass vier Männer einen gelähmten Mann, der auf einer Trage liegt, zu Jesus bringen wollen. Jesus soll ihn heilen. Sie wissen, dass Jesus in einem bestimmten Haus ist und zu den Menschen spricht. Sie kommen aber nicht zu Jesus durch, weil eine Menschenmenge das Haus belagert – alle wollen Jesus hören. Da decken die Männer das Dach des Hauses ab und lassen den gelähmten Mann auf seiner Trage an Seilen herunter. Jesus spricht mit dem gelähmten Mann und heilt ihn. Der Mann steht auf, nimmt seine Trage und geht hinaus.

Die andere Erzählung handelt davon, dass Jesus dem gelähmten Mann seine Schuld vergibt. Darüber beschweren sich die Gesetzeslehrer, die auch im Haus sitzen. Sie meinen: Nur Gott kann Schuld vergeben. Jesus lässt das nicht gelten. Er will die Gesetzeslehrer davon überzeugen, dass er dazu berechtigt ist, Schuld zu vergeben.

Krankheit und Schuld
Zur Zeit Jesu waren viele Menschen der Ansicht, dass Krankheit durch Übertretung der Gebote verursacht wurde. Wenn man krank ist, so glaubte man, ist man also selbst daran schuld. Um gesund zu werden, bedurfte es der Bitte um Vergebung Gottes und der Änderung des falschen Verhaltens. Letztlich ist es Gott, der heilt.

Aufgaben

1 Gestalte zu dem Psalmvers eine Mindmap. In die Mitte schreibst du den Psalmvers, darum herum Stichwörter, die dir aus deinem Leben dazu einfallen. Du kannst auch mit Bildern arbeiten.

2 Entwerft ein Gespräch (z. B. als Chat) zwischen Jesus und den Gesetzeslehrern. Wie kann Jesus sie davon überzeugen, dass er dazu berechtigt ist, Schuld zu vergeben? Spielt das Gespräch mit verteilten Rollen nach.

3 Ordnet die beiden Erzählungen einander zu, so dass aus ihnen eine einzige Erzählung wird. Vergleicht eure Zuordnungen mit dem biblischen Text in Markus 2,1–12.

4 Gestaltet pantomimisch oder schriftlich eine Schluss-Szene der Erzählung: Die Menschen verlassen das Haus und reden und staunen dabei über das, was sie gerade erlebt haben.

Das Reich Gottes ist wie ...

Wann braucht man Geduld?

Vincent van Gogh (1853 – 1890): Der Sämann (1888)

... eine selbstwachsende Saat und ein Senfkorn

Wie immer erzählt Jesus Gleichnisse. Viele Leute hören ihm zu. Die Geschichten sind sehr anschaulich, manchmal richtig spannend. Sie handeln immer vom Reich Gottes und beginnen mit den Worten „Das Reich Gottes ist wie ...“. Etliche hören einfach gerne zu. Jesus ist ein guter Erzähler. Er kennt Land und Leute. Für manche wirken die Geschichten aber wie ein Rätsel. Andere nicken und stimmen zu. Aber es gibt immer auch einige, die sich darüber ärgern.
So ist es auch diesmal. Jonathan findet die Geschichten einfach schön. Es geht um einen Sämann und ein Senfkorn. Der Sämann sät Getreide und wartet dann ruhig ab, wie es weiter geht. Von ganz alleine wächst die Saat. Erst zeigt sich ein Halm, dann die Ähre, dann der volle Weizen. Dann ist es Zeit für die Ernte. Das Senfkorn wird gesät, geht auf, wird mehr als doppelt so groß wie ein erwachsener Mann und ganz verschiedene Vögel finden darin Wohnung. Was das mit dem Reich Gottes zu tun hat, versteht Jonathan nicht. Judas der Zelot aber regt sich auf. „Jesus ist ein Feigling. Abwarten – dass ich nicht lache. Man muss was tun!“ Simon der Pharisäer ist entrüstet. „Man kann sich doch nicht einfach auf die faule Haut legen.“ Maria aus Magdala atmet auf: „Jetzt geht es mir besser. Ich wollte schon aufgeben.“ Petrus hat einen Einfall. „Jetzt verstehe ich die Heilung des Gelähmten besser.“

Aufgaben

1 Entwirf Ergänzungen zu der Überschrift und erläutere diese.
2 Formuliere, was Jesus erzählt und vergleiche dies mit Markus 4,26–29.30–32.
3 Erkläre die Reaktionen der Zuhörer.
4 Beschreibe das Bild und vergleiche es mit den beiden Gleichnissen vom Säen und Wachsen. Wie passt dieses Bild zu Jesus?

Das Reich Gottes ist da, wo Verlorenes gefunden wird

Kann Gott verloren gehen?

Im Lukasevangelium erzählt Jesus nacheinander drei Gleichnisse, in denen es darum geht, dass jemand etwas oder jemanden verliert. Die Erzählungen heißen deshalb auch die Gleichnisse „Vom Verlorenen“. Zwei davon kennst du wahrscheinlich schon.

Das erste Gleichnis (Lukas 15,3–6) handelt von einem Hirten, der eines seiner 100 Schafe verliert. Er lässt seine Herde zurück, um nach dem einen Schaf zu suchen. Als er es gefunden hat, ruft er seine Freunde und Nachbarn zusammen, um sich mit ihnen zu freuen.

Im zweiten Gleichnis (Lukas 15,8–9) begegnet uns eine arme Frau, die nur zehn Münzen besitzt und eine davon in ihrem dunklen Haus verliert. Sie zündet ein Licht an und fegt den Boden, bis sie die Münze findet. Dann ruft sie die Frauen aus der Nachbarschaft zusammen, damit sie sich mit ihr freuen.

Im dritten Gleichnis (Lukas 15,11–32) geht es um einen Vater, der zwei Söhne hat. Der jüngere beschließt, fortzuziehen. Der Vater geht ihn nicht suchen, sondern bleibt auf dem Hof bei seiner Familie. Für den jüngeren Sohn läuft alles schief. Er beschließt, wieder nach Hause zu gehen. Als der Vater ihn sieht, läuft er ihm entgegen. Aus Freude veranstaltet er ein Fest für alle auf dem Hof. Der ältere Sohn will aber nicht mitfeiern. Er regt sich darüber auf, dass für seinen jüngeren Bruder ein Fest veranstaltet wird.

Batoni, Gleichnis vom verlorenen Sohn, 1773

Aufgaben

1 Beschreibe die beiden Personen auf dem Bild. Welcher Moment der Erzählung ist hier dargestellt?

2 Vergleiche die drei Gleichnisse anhand ihres „Bauplans“:
- Eine Person (wer?) verliert etwas (was?), was ihr sehr wichtig ist.
- Sie tut etwas, um es wiederzubekommen (was?).
- Andere Menschen freuen sich mit ihr – oder auch nicht (wer?).

3 Erläutere, wie Jesus in den Gleichnissen von sich selbst und von Gott erzählt.

4 Entwirf ein eigenes Gleichnis vom Verlorenen nach dem Bauplan. Setze an Stellen deiner Wahl auch dich und Gott ein.

Im Reich Gottes geht es gerecht zu

Was ist gerecht?

Gerechtigkeit
S. 170

Ephraim erzählt: Da ist für mich ein Wunder passiert

Und so haben wir dann in seinem Weinberg gearbeitet.
Es waren viele andere da, die waren ganz schön abgeschafft.
Wären wir doch schon heute früh hierher gekommen,
haben wir gedacht,
dann hätte es sich wenigstens gelohnt.
Kaum hatten wir angefangen,
war auch schon Schluss.
Schade! haben wir gedacht.
Der Boss der mit den feinen Kleidern, ihr wisst schon
hat uns dann den Lohn ausbezahlt.
Viel kann's ja nicht sein, hab' ich gedacht.
Aber dann habe ich die Tüte doch aufgemacht.
Was ich da gesehen hab',
war für mich vielleicht ein Schlag!
Ein ganzer Tageslohn!
Mensch, der kann sich nur geirrt haben!
Ich bin dann zu den anderen gelaufen.
Und was denkt ihr? Bei denen war's genauso!
Da haben wir gewusst:
So viel irren auf einmal kann sich einer gar nicht.
Der hat zwar feine Kleider an,
aber er weiß, wo uns der Schuh drückt!
Ich hab' an meine Frau und an meine zwei Kinder gedacht
und hab' dabei ein Gefühl gehabt,
wie Weihnachten, Ostern und Geburtstag auf einmal,
Jetzt nichts wie heim! hab' ich gedacht,
und ich glaube, jedem von uns ging es genauso.
Die anderen, die die ganze Zeit da waren,
haben das natürlich mitgekriegt
und rumgemotzt wegen Gerechtigkeit und so.
Ihr habt gut reden, haben wir gesagt, ihr habt einen sicheren Platz.
Von wegen Gerechtigkeit!
Leute, da ist für mich ein Wunder passiert, müsst ihr wissen!

Hans Heller

Denar
Römische Silbermünze, hier mit der Abbildung des Kaisers Augustus. Diese Silbermünze ist der Lohn eines Arbeiters für einen Tag Arbeit. Für 1 Denar kann man eine Tagesration Weizen kaufen.

Comic gestalten
S. 243

Aufgaben

1 Entwirf einen Comic zum Gleichnis von den Arbeitern im Weinberg. Lies dir dazu Mt 20,1–16 durch.
2 Gib die Erzählung von Ephraim so wieder, dass seine Gefühle zum Ausdruck kommen.
3 Erkläre, worin das Wunder besteht.
4 Für Jesus erzählt das Gleichnis von den Arbeitern im Weinberg vom Reich Gottes. Erläutere, wie es ist, wenn Gott im Spiel ist.

Im Reich Gottes geht es gerecht zu

Wie sieht ein Happy-End aus?

Vom reichen Mann und armen Lazarus

Einst lebte ein reicher Mann. Er trug einen Purpurmantel und Kleider aus feinstem Leinen. Tag für Tag genoss er das Leben. Aber vor dem Tor seines Hauses lag ein armer Mann, der Lazarus hieß. Sein Körper war voller Geschwüre. Er wollte seinen Hunger mit den Resten vom Tisch des Reichen stillen. Aber es kamen nur die Hunde und leckten an seinen Geschwüren. Dann starb der arme Mann, und die Engel trugen ihn in Abrahams Schoß, wo er darauf warten durfte, in den Himmel aufgenommen zu werden. Auch der Reiche starb. …

Gleichnis vom reichen Prasser und vom armen Lazarus, Darstellung aus dem Evangeliar von Echternach (Codex Aureus Epternacensis)

Aufgaben

1. Beschreibe, was auf dem Bild zu sehen ist.
2. Entwirf ein Ende für das Gleichnis. Formuliere einen gerechten Schluss und ein Happy-End. Das können auch zwei unterschiedliche Schlüsse sein.
3. Vergleiche deinen Schluss mit dem Ende von Lk 16,19–31.
4. Beurteile, welcher der Schlüsse am besten zu Jesus passt.

Das Reich Gottes ist wie ein großes Festmahl

Wofür nehme ich mir Zeit?

Der Erzählkern eines Gleichnisses

Ein Mensch bereitet ein großes Festmahl vor und lädt dazu ein. Als alles angerichtet ist, schickt er einen Boten, um die Geladenen zum Mahl zu bitten. Diese aber lehnen ab, weil sie anderes zu tun haben. Der Gastgeber wird zornig und schickt einen Boten auf die Straßen der Stadt, um andere einzuladen. Viele folgen der Einladung. Als immer noch Platz ist, schickt er den Boten vor die Stadt und bittet weitere, zu dem Festmahl zu kommen. Wenn die Eingeladenen später kommen, sollen sie ihre Plätze besetzt finden.

Himmel und Hölle

Ich, Rabbi Mendel, wünschte mir, Himmel und Hölle kennenzulernen. Da erschien der Prophet Elias und führte mich in die Hölle. Da war ein großer, langer Tisch, an dem die Menschen saßen. Ein großes Feuer brannte im Raum, der sonst leer und kahl war. Auf dem Tisch standen dampfende Suppenschüsseln, aus denen die Menschen zu essen versuchten. Aber was ich jetzt sah, war entsetzlich: Die Menschen hatten meterlange Löffel und waren nicht in der Lage, diesen Löffel an den Mund zu führen. So verschütteten sie die Suppe, stießen die Suppenschüsseln um, es herrschte ein entsetzliches Chaos. Sie wurden nicht satt, und die Begierde verbrannte ihr Herz.

„Genug! Genug“, rief ich da und bat den Propheten, mich schnell von diesem Ort wegzuführen und mir den Himmel zu zeigen. Der Prophet führte mich hin in Sekundenschnelle. Aber welch ein Erstaunen ergriff mich! Ich sah wieder einen großen Raum! Ein Feuer brannte auch hier! Ein großer, langer Tisch stand da, an dem die Menschen saßen. Auf dem Tisch dampfende Suppenschüsseln und meterlange Löffel. Aber statt das Unmögliche zu versuchen, mit diesen Löffeln selbst zu essen, speisten sie sich gegenseitig. So wurden alle satt, sie verschütteten nichts, und ihre Herzen schwangen in Harmonie und Frieden. Jetzt wusste ich den Unterschied zwischen Himmel und Hölle. Ergriffen dankte ich dem Propheten, der die Verzauberung löste, und ich fand mich wieder im stillen Gedenken.

Nach einer jüdischen Überlieferung

Elias/Elia ist ein Prophet aus dem 9. Jahrhundert v. Chr., von dem im Alten Testament erzählt wird.

Digital +
Höre dir hier die Geschichte von Rabbi Mendel an
WES-152161-026

Aufgaben

1 Entfalte den Erzählkern, indem du ihn nach deinen Vorstellungen ausformulierst. Mit welchen Gründen lehnen die einen die Einladung ab? Wer kommt stattdessen dazu?

2 Vergleiche deine Geschichte mit dem Gleichnis Jesu vom großen Gastmahl in Lk 14,16–24. Warum ist der Gastgeber so zornig?

3 Gestalte einen farbigen Comic zur Erzählung von Himmel und Hölle und vergleiche den Comic mit dem Gleichnis vom großen Gastmahl.

4 Entwirf ein eigenes Bild vom Himmel.

Checkpoint WES-152161-027

Nachfolge Jesu

Reaktionen auf Jesus

Mit der Botschaft vom Reich Gottes löst Jesus unterschiedliche Reaktionen aus – bis heute: Einige Menschen halten Jesus für den Christus, der die Welt total verändert und Frieden sowie Gerechtigkeit bringt, andere sehen in ihm einen guten Menschen, noch andere halten ihn für einen Spinner – und einige sind sich nicht so sicher.

Symbol Fisch
S. 198

Das war nicht anders, als Jesus noch nicht gekreuzigt war. Seine eigene Familie lehnte ihn anfangs ab, seine Jünger und Jüngerinnen folgten ihm nach – obwohl sie dafür ihre Häuser verlassen mussten. Das Neue Testament erzählt von unterschiedlichen Formen der Nachfolge: Die Jüngerinnen und Jünger zogen mit Jesus durch Galiläa, Zachäus dagegen blieb zuhause; Maria hörte Jesus zu, Martha bediente ihn.

Jesus hatte es im Leben nicht leicht. Er gab seinen Beruf als Zimmermann und sein Zuhause auf. Er verließ seine Familie, brachte Leute gegen sich auf, wurde verraten, verleugnet und verlassen. Jesus machte es den Menschen nicht leicht. Sie sollten umkehren und ihr Leben ändern. Sie sollten sich mit Menschen abgeben, die von anderen ausgegrenzt wurden. Wer Jesus nachfolgte, riskierte es, selbst verfolgt zu werden.

Folgt mir nach!

Woran erkennt man einen echten Fan?

Nachfolge bei den ersten Jüngerinnen und Jüngern

Nach seiner Taufe hat Jesus Jüngerinnen und Jünger in seine Nachfolge berufen. Er sagte:
„Folgt mir nach; ich will euch zu Menschenfischern machen."
Die Evangelien erzählen davon, dass Menschen, die als Fischer oder als Zöllner gearbeitet haben, sofort alles stehen und liegen ließen und mit Jesus durch das Land zogen. (nach Markus 1,14–18; 2,13–14)

Jüngerinnen und Jünger
Jüngerinnen und Jünger sind Männer und Frauen, die ihrem Rabbi bzw. Lehrer folgen und von ihm lernen wollen. Im Griechischen – der Sprache des Neuen Testaments – ist das Wort für Jünger dasselbe wie für Schüler.
Petrus gilt als der erste Jünger Jesu.

Nachfolge bei Zachäus

Jesus ging auch auf Menschen zu, die ihre Macht ausnutzten, z. B. auf Zöllner Sie galten als Verbündete der römischen Besatzungsmacht.
Zachäus war auch ein Zöllner. Als er hörte, dass Jesus ins Dorf kommen sollte, kletterte er auf einen Baum, um ihn besser sehen zu können. Jesus sprach ihn an und sagte: „Zachäus, steig herunter; denn ich muss heute in deinem Haus einkehren."
Zachäus freute sich und bewirtete Jesus. Er versprach, den Armen die Hälfte seines Besitzes zu geben und diejenigen, die er betrogen hatte zu entschädigen. Er blieb in seinem Haus. (nach Lukas 19,1–10)

Zöllner
Zöllner konnten die Höhe der Zölle selbst festlegen und wollten selbst Gewinn machen. Sie galten als Verbündete der nicht-jüdischen Römer und zugleich als Betrüger. Dies machte sie in den Augen strenggläubiger Juden „unrein". Man wollte mit ihnen nichts zu tun haben. Sie sollten spüren, dass Gott ein solches Verhalten verurteilt. Auf keinen Fall durfte man das Haus eines solchen Menschen betreten oder gar mit ihm essen.

Aufgaben

1. Beschreibe, worin bei den Jüngern und bei Zachäus „Nachfolge" besteht und erörtere, was Jesus verändert hat.
2. Erkläre den Ausdruck „Menschenfischer".
3. Beurteile unterschiedliche Formen der Nachfolge. Beziehe dabei die Fotos mit ein.

Jesus und seine Familie

Wer hält zu mir?

Ich möcht, dass einer mit mir geht

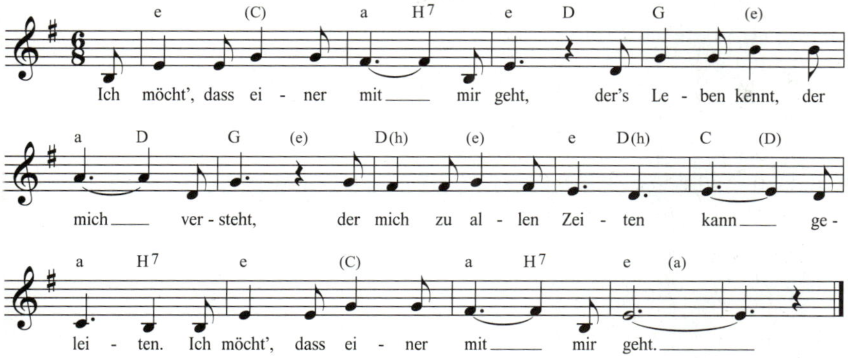

„Er ist von Sinnen!“

Die Familie von Jesus hörte davon, dass er Jünger berufen hatte und mit ihnen durch das Land zog. Sie hörten auch davon, dass er Kranke auf wundersame Art heilte. Das war ihnen nicht geheuer. Sie verstanden nicht, warum Jesus das tat. Sie sagten: „Er ist von Sinnen“. „Er hat den Verstand verloren.“ Warum konnte er nicht ganz normal leben, wie die anderen auch? Was würden die Nachbarn über die Familie sagen? So zogen sie los, um Jesus zurück zu holen. Seine Mutter Maria und seine Brüder gingen zu dem Haus, in dem er gerade war, und wollten ihn holen. Jesus wollte aber nicht mitgehen. Er war umringt von Menschen, die ihm zuhörten, und sagte zu ihnen: „Wer ist meine Mutter und meine Brüder?“ Und er gab selbst die Antwort: „Wer Gottes Willen tut, der ist mein Bruder und meine Schwester und meine Mutter.“ (nach Mk 3,21.31–35)

Mehr zu Maria aus katholischer Sicht findest du hier: WES-152161-085

Geschwister Jesu
Jesus hatte Brüder und Schwestern. Als Brüder und Schwestern konnten auch Cousinen und Cousins gelten. Jakobus gilt als der „Herrenbruder“. Nach der Kreuzigung hat er sich der Gemeinde in Jerusalem angeschlossen.

„Siehe, das ist deine Mutter!“

Als Jesus am Kreuz hing, standen seine Mutter und der Jünger, den er am liebsten hatte, in der Nähe. Jesus sagte zu dem Jünger: „Siehe, das ist deine Mutter!“ Und der Jünger nahm Maria nach Jesu Tod zu sich in sein Haus, um für sie zu sorgen. (nach Joh 19,27)

Kreuzigung Jesu
S. 88

Aufgaben

1 Beschreibe, wie sich das Mädchen auf dem Bild fühlt. Wie passt das Lied dazu?
2 Vergleiche, wie sich Jesus im Haus und am Kreuz gegenüber seiner Mutter verhält.
3 Beurteile das Verhalten Jesu in den beiden Geschichten.

Alles hat seine Zeit

Für welche Aufgaben bin ich zuständig?

Helfen und Zuhören

„Alles hat seine Zeit" – so heißt es in der Bibel (3. Mose 3,17). Das, was wir tun, ist oft nicht grundsätzlich richtig oder falsch. Es kommt darauf an, wann wir etwas tun und ob es gerade passt oder nicht. Wenn du deinen Eltern etwas erzählen möchtest, passt es beim gemeinsamen Abendessen wahrscheinlich besser als morgens, wenn gerade alle gestresst sind, weil sie zur Arbeit und zur Schule müssen.

Im Neuen Testament gibt es eine Erzählung, die davon handelt, wann etwas gerade passt – und auch davon, was gerade nicht passt. Die Erzählung handelt von Jesus und zwei Schwestern, Maria und Marta. Sie geht so:

Marta lädt Jesus zu sich nach Hause ein – wie Zachäus es auch gemacht hat. Sie bewirtet ihn, holt zu essen und zu trinken, läuft geschäftig hin und her. Ihre Schwester Maria dagegen setzt sich zu Jesus und hört zu, was er zu sagen hat.
Marta fühlt sich ungerecht behandelt. Sie beschwert sich bei Jesus über ihre Schwester, die nicht mithilft. Marta möchte, dass Jesus Maria dazu auffordert mitzuhelfen. Aber Jesus lehnt das ab. Denn „alles hat seine Zeit".

Wie es weiterging
Nach Jesu Tod trafen sich die Menschen, die ihm nachfolgten, in Häusern, um miteinander zu reden, zu beten und sich an Jesus zu erinnern und seine Auferstehung zu feiern. Als sie verfolgt wurden, nutzten sie Häuser als heimliche Versammlungsorte, die sie mit einem Fischsymbol kennzeichneten.

Aufgaben

1. Beschreibt das Bild. Gestaltet ein Standbild und formuliert, was die einzelnen Personen sagen.
2. Formuliere eine Begründung, mit der Jesus Martas Bitte ablehnt. Lies dazu zunächst den Text oben.
3. Vergleiche deine Begründung mit der Begründung, die Jesus in Lukas 10,41–42 gibt.
   Nimm nun Jesus aus der Szene heraus und entwirf einen Dialog zwischen Maria und Marta, in dem sich die beiden Frauen ohne Jesus einigen.
4. Beurteile, wie Helfen und Zuhören zusammenhängen könnten.

Ist er vielleicht der Christus?

Wie sehen andere mich?

Jesus erzählt vom lebendigen Wasser

Das Johannesevangelium erzählt davon, wie Jesus zu Fuß von Judäa aus zurück in seine Heimat Galiläa ging – ein weiter Marsch! Er musste Samaria durchqueren, das Gebiet, in dem die Samariter lebten. Als er müde wurde, setzte er sich an einen Brunnen, um sich auszuruhen. Da kam eine Frau, eine Samariterin, um Wasser aus dem Brunnen zu schöpfen. Juden sprachen damals nicht mit Menschen aus Samarien. Jesus unterhielt sich aber trotzdem mit ihr.

Jesus: Gib mir etwas zu trinken!

Frau: Du sprichst mit mir, obwohl ich aus Samarien bin?

Jesus: Gott schenkt den Menschen Wasser, das lebendig macht. Ich kann dir von diesem Wasser des Lebens zu trinken geben.

Frau: Du hast nichts, um Wasser zu schöpfen. Wie willst du mir Wasser geben?

Jesus: Wer von diesem Brunnenwasser trinkt, wird wieder Durst bekommen. Wer vom Wasser des Lebens trinkt, wird nie wieder durstig sein.

Frau: Gib mir von diesem Wasser des Lebens! Dann habe ich nie mehr Durst und muss nicht mehr herkommen, um Wasser zu schöpfen.

Die Frau ließ den Wasserkrug stehen, lief in den Ort und sagte zu den Leuten: „Kommt und schaut euch das an! Da ist ein Mensch. Ist er vielleicht der Christus?“ Da liefen die Leute aus dem Ort zu Jesus hin.

Christus
Das lateinische Wort „Christus“ ist eine Übersetzung des hebräischen „Messias“ und heißt übersetzt „der Gesalbte“. Gesalbt wurden damals wichtige Personen wie Priester oder Könige. Das Wort bezeichnet einen von Gott gesandten König und Retter, der die Welt total verändert und Frieden sowie Gerechtigkeit bringt. Er steht in besonderer Nähe zu Gott.

Christus ■ S. 198

Sohn Gottes ■ S. 73, 83, 86; Messias S. 82

Aufgaben

1 Stellt den Text szenisch dar.

2 Vergleiche das Wasser aus dem Brunnen mit dem Wasser des Lebens. Erkläre, was die Frau falsch verstanden hat, wenn sie meint, dass sie nie mehr zum Brunnen gehen muss, sobald Jesus ihr von seinem Wasser gibt.

3 Erörtere, wie die Frau auf die Idee kommt, dass der Mann am Brunnen der Christus sein könnte.

4 Jesus sagt auch von sich, dass er das Brot des Lebens sei. Jemand sagt: Jesus ist doch kein Brot! Erkläre, was Jesus meint.

5 Beschreibe, was du auf dem Kreuz siehst. Benenne das Mahl, auf das dieses Kreuz anspielt.

Checkpoint WES-152161-029

Bibel

Spuren der Bibel im Alltag
Aufbau und langer Weg der Bibel
Umgang mit der Bibel

Digital +
Verschaffe dir mithilfe dieses Kurzfilms einen Überblick über das, was dich in dem Kapitel erwartet.
WES-152161-030

Im Deutschunterricht stellen Schülerinnen und Schüler in Partnerarbeit jeweils ein Buch vor. Dabei sollen sie etwas zum Autor oder der Autorin und zur Zeit der Entstehung sagen, worum es in dem Buch geht, aber auch, für wen es vielleicht geeignet ist.

Die Lehrerin hat in einem Lostopf auf Zettel verschiedene Buchtitel geschrieben und diese gefaltet. Du ziehst ein Los und suchst dir eine Partnerin oder einen Partner und klappst das Los auf. Auf dem Los steht: „Die Bibel“.

Du fragst dich:
- ? Was weißt du darüber, wer dieses Buch geschrieben hat und wie alt es ist?
- ? Worum geht es in dem Buch?
- ? Wem würdest du das Buch empfehlen?

Die Bibel als Bibliothek

Bibel im Alltag

Mit der Bibel umgehen

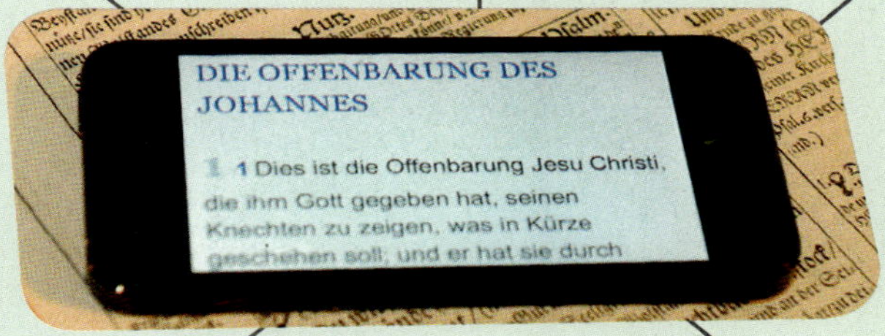

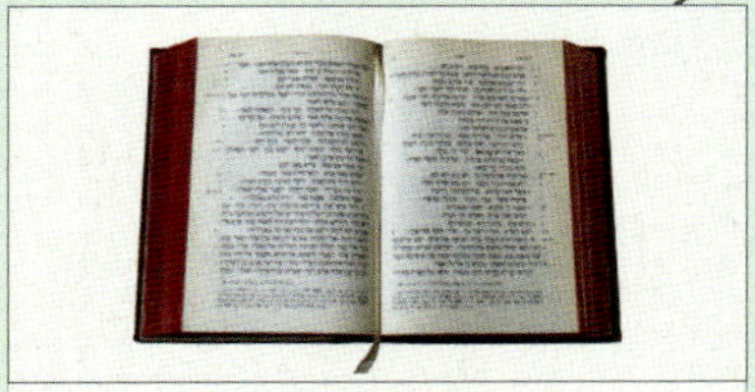

Sprachen der Bibel

Der Weg der Bibel zum Buch

Hier kannst du lernen …

- … aufzuzeigen, wo Spuren der Bibel in deinem Alltag zu finden sind.
- … zu erläutern, wie die Bibel aufgebaut ist und gezielt in ihr recherchieren.
- … den Weg der Bibel vom ersten Erzählen bis heute darzustellen.
- … Bibeltexte zu lesen, nachzuerzählen und kreativ zu gestalten.
- … zu erklären, was Bibeltexte ausdrücken und welche Bedeutung die Bibel für dich und andere hat.

Spuren der Bibel im Alltag

Wer sich umschaut, findet in seinem Umfeld viele Spuren der Bibel.
Es gibt viele Möglichkeiten, ihr im Leben zu begegnen.

? Wo und wie ist das bei dir bereits geschehen?

? Welche Erinnerungen hast du an sie, wenn du an deinen bisherigen Schulunterricht denkst?

! Gestalte einen Weg, auf dem die Spuren der Bibel als Fußstapfen verzeichnet sind.

Spuren der Bibel

Die Bibel ist das Buch mit den meisten Rekorden. Es ist der größte Bestseller, das meistgedruckte und meistverbreitete Buch der Welt. In über 3700 Sprachen liegt wenigstens ein Buch der Bibel vor. Damit ist sie auch das am meisten übersetzte Buch der Welt. Es gibt sie vollständig in über 750 Sprachen, rund 6,2 Milliarden Menschen können sie in ihrer Muttersprache lesen.
Viele Spuren hat die Bibel hinterlassen. Namen haben ihre Wurzeln in der Bibel. Geschichten oder einzelne Bibelworte finden sich als Texte oder Bilder an Häusern, Kirchen oder auf Grabsteinen. Man begegnet der Bibel in der Musik, in der Kunst oder in der Literatur. Auch die deutsche Sprache wurde von der Bibel geprägt. Weil die Bibel so verbreitet und bekannt ist, wird sie auch „Buch der Bücher" genannt. Vollständige Bibelausgaben gibt es in unterschiedlichen Übersetzungen. Hinzu kommen eine Vielzahl von Bibeln für Kinder und Jugendliche: Bilderbibeln, Erstlesebibeln, Erzählbibeln oder Erklärbibeln.

Unsere Bibelausstellung

„Wo seid ihr schon mal der Bibel begegnet?“ Die Lehrerin schaut in die Runde. „Bei uns im Reli-Unterricht der Grundschule wurden Bibelgeschichten erzählt“, erinnert sich Markus. „Ich fand die Geschichte von Mose spannend.“ Janine berichtet aus der Kinderkirche. „Dort liegt immer eine Bibel in der Mitte.“ „Ich hab eine Kinderbibel von meinen Großeltern geschenkt bekommen“, sagt Cornelia. „Die haben mir Geschichten daraus vorgelesen. Ich erinnere mich gut an die von Josef und seinen Brüdern.“ Die Lehrerin hat eine Idee. „Jeder von euch bringt etwas mit, was mit der Bibel zu tun hat. Wir machen eine Bibelausstellung. Fragt dazu auch eure Eltern und Verwandten.“ Manche wissen nicht, ob zu Hause etwas zu finden ist, andere nicken gleich. In der Woche darauf wird auf den Tischen die Bibelausstellung präsentiert. Alle sind überrascht, wie viel da zusammenkommt. Einige bringen ihre alten Reli-Hefte aus der Grundschule mit. Ein Leporello war auch dabei. Gezeigt werden Bilder von Bibelgeschichten, die ausgemalt oder selbst gestaltet wurden: über die Schöpfung, über Abraham und Sara, über Mose und Jesus. Manche erinnern sich wieder an diese Geschichten und können sie nacherzählen. Auf den Tischen liegen Kinderbibeln, Hochzeitsbibeln der Eltern sowie ein kleines Buch namens Losungen. Ein Film über den „Prinz von Ägypten“, eine Arche Noah aus Spielfiguren und ein Memory-Spiel mit Bildern aus der Bibel waren dabei. Martin hat die Krippe aus dem Keller geholt, denn die Weihnachtsgeschichte steht ja auch in der Bibel. Ein Mädchen hat ihre Taufkerze mitgebracht, auf der steht:
Jesus spricht: Ich bin das Licht der Welt.

Losungen: Bibelsprüche für jeden Tag, die seit dem Jahr 1731 zusammengestellt werden.

Taufe
S. 137, 139

Aufgaben

1. Fasse zusammen, welche Spuren der Bibel im Alltag auf den Bildern und im Text zu finden sind.
2. Gestalte mit deinen Mitschülerinnen und Mitschülern eine eigene Bibelausstellung.
3. Begründe, warum es viele Spuren der Bibel im Land gibt.

Die Bibel in unserer Sprache

Warum heiße ich so, wie ich heiße?

Römischer Scheffel, 4. Jahrhundert

Markus wird im Unterricht gelobt und bekommt einen roten Kopf. Nach der Stunde spricht ihn die Lehrerin an und sagt: „Mir ist aufgefallen, dass du nicht gerne gelobt wirst. Stell dein Licht nicht unter den Scheffel!“ Das ist als Aufmunterung gemeint. Doch Markus fragt: „Was meinen Sie damit?“

Schmunzelnd sagt sie: „Das kannst du selbst herausfinden. Lies Matthäus 5, 14–16 in einer Bibel nach.“

Zuhause holt Markus die Bibel seiner Eltern. Im Inhaltsverzeichnis entdeckt er viele Bücher. Manche Buchnamen erinnern ihn an Vornamen. Auch seinen Vornamen Markus findet er. Davor steht ein Buch namens Matthäus. Da kommt sicher der Vorname Matthias her, denkt er sich. Markus blättert in dem Buch. Er entdeckt eine fette 5 und eine kleine 14. Er liest:

„Ihr seid das Licht der Welt. ... Man zündet auch nicht ein Licht an und setzt es unter einen Scheffel, sondern auf einen Leuchter; so leuchtet es allen, die im Hause sind. So lasst euer Licht leuchten vor den Leuten, damit sie eure guten Werke sehen und euren Vater im Himmel preisen“.

Markus versteht: „Jesus vergleicht uns also mit Licht, das die Welt hell machen soll. Und wir sollen das, was in uns steckt, andere sehen lassen.“

Er weiß also: Licht ist hier als ein Symbol gemeint. Doch was ist ein Scheffel?

Er entdeckt im Inhaltsverzeichnis, dass hinten in der Bibel ein Lexikon zu finden ist. Er schaut bei „Maßen und Gewichten“ nach. Dort steht der Hinweis: Scheffel ist ein Maß, mit dem man Getreide misst.

Markus recherchiert sicherheitshalber nochmal mit dem Smartphone und entdeckt: mit dem Scheffel ist auch das Gefäß selbst gemeint und er findet hierzu ein Bild. Dann sucht er Bilder von Lampen aus der Zeit der Bibel und findet ein Foto mit kleinen Öllampen. Laut grübelt Markus:

„Wenn ich so eine Öllampe unter ein Gefäß stelle, dann ...“

Symbol: ein Zeichen mit einem tieferen Sinn, ein Sinnbild.

Symbole siehe S. 198 – 199

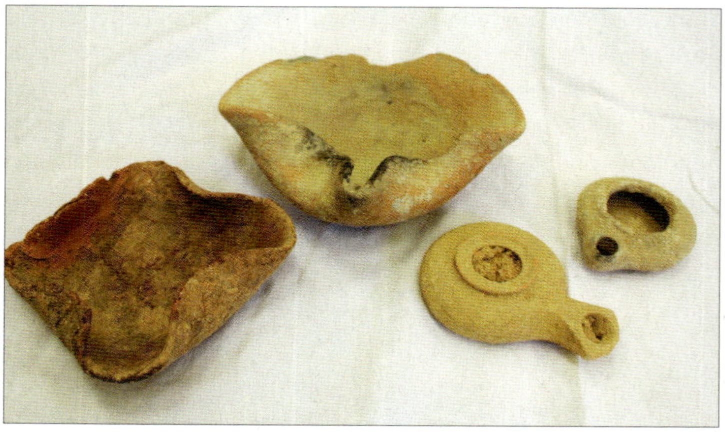

Öllampen aus Israel, 3200 vor Christus bis 20 nach Christus.

Aufgaben

1 Ergänze den Satz, der am Ende des Textes steht.

2 Markus ist ein biblischer Name. Sammelt alle Vornamen in eurer Klasse und untersucht, welche aus der Bibel stammen.

3 Das Wort „Licht“ wird hier mehrdeutig gebraucht. Finde ähnliche Worte, die man auch auf diese Weise anwenden kann und gestalte einen ähnlichen Vergleich.

Bibel im Ort

Spuren der Bibel lassen sich an vielen Orten entdecken. Das können Bibelsprüche an alten Häusern, Kirchen oder auf Friedhöfen sein. An Wegen finden sich Wegkreuze oder auch ein katholischer Kreuzweg.

A

B

C

D

E

F

Zum Kreuzweg, siehe
S. 88

Aufgaben

1. Beschreibe, was du auf den Bildern entdeckst.
2. Recherchiere in deiner Umgebung, wo Bibelsprüche oder Bibelbilder zu finden sind und dokumentiere dies.
3. Erläutere, warum manche einen Bibelspruch an ein Haus oder auf einen Grabstein schreiben.

Welche Bibel?

Welche Bibel passt zu mir?

In der Kindheit und Jugend entwickelt sich erst langsam die Fähigkeit, mit Texten umzugehen. Eltern lesen Vorschulkindern Bilderbücher vor. Grundschulkinder lernen lesen, wofür es Erstlesebücher gibt. Wer besser lesen kann, liest in Erzählbüchern. In Buchhandlungen und Büchereien gibt es daher sehr unterschiedliche Bibelausgaben. Welche ist die Richtige?

In einer **Bilderbibel** spielen die Bilder die Hauptrolle. Bereits im Vorschulalter können Kinder damit etwas anfangen, wenn sie eine Geschichte erzählt oder vorgelesen bekommen. Kinder „lesen" dann die Bilder.

Eine **Erstlesebibel** enthält Geschichten, Psalmen oder andere Texte der Bibel in einfacher Sprache. Kinder in den ersten Grundschuljahren können so selbst in einem Bibelbuch lesen.

Psalmen: Gebete und Lieder in der Bibel, siehe S. 58 – 59

In einer **Erzählbibel** werden Geschichten spannend nacherzählt. Sie sind für alle geeignet, die Erzählgeschichten gut lesen können – also etwa ab dem dritten Schuljahr.

Die Bilder auf der folgenden Seite zeigen den Anfang der Schöpfungserzählung. Mehr zur Schöpfung auf S. 129 sowie auf S. 64 – 71 und S. 179

Eine **Erklär-Bibel** enthält Bibeltexte, die nacherzählt oder zusammengestellt wurden. Dazu bietet sie Erklärungen und Bilder zum Text. So versteht man besser, was in der Bibel steht.

Vollbibeln sind vollständige Bibelausgaben. Sie unterscheiden sich je nach Übersetzung. So enthält die **Luther-Bibel** eine aktualisierte Übersetzung Martin Luthers. Die **Gute Nachricht Bibel** orientiert sich an der Sprache der Menschen heute. Die **Basisbibel** ist eine neue Übersetzung, die zusätzlich Verstehenshilfen am Rand und in der digitalen Version bietet. Die **Einheitsübersetzung** ist die Bibelausgabe für Katholikinnen und Katholiken. Vollbibeln gibt es auch mit Erklärungen wie die „Lutherbibel" oder „Gute Nachricht Bibel für Dich". Darin finden sich Informationen über den Aufbau, die Geschichte und über Themen der Bibel.

Aufgaben

1 Ordne die Bilder auf der rechten Seite den auf dieser Seite beschriebenen Bibelausgaben zu.

2 Erläutere, wie die Texte auf Seite 109 den Bibeltext von 1. Mose 1 zusammenfassen.
Wenn du eine eigene Kinderbibel hast, kannst du auch diese mit dem Bibeltext vergleichen.

3 Begründe, warum es unterschiedliche Bibelausgaben geben sollte.

Bibelausgaben im Vergleich

Am vierten Tag machte Gott Lampen, in die er das Licht hineingab: die Sonne, den Mond und die Sterne.
Das war der fünfte Tag.
„So ist es gut“, sagte Gott, als er sich alles anschaute.

Die Schöpfung

Menschen erzählen: Gott macht die Welt

Gott ist von Anfang an da.
Er macht Himmel und Erde,
Licht und Dunkelheit, Wasser und Land.

Dann lässt er Pflanzen wachsen,
mächtige Bäume und zarte Blumen.

Sonne, Mond und Sterne
setzt er an den Himmel.

Bald gibt es Fische im Wasser,
Vögel in der Luft
und Tiere auf dem Land.

Dann macht Gott die Menschen:
Mann und Frau.
Sie sollen wie er sein und
auf alles aufpassen können.

Am Ende ruht Gott.
So macht er den Ruhetag.

1 Mose / Genesis 1–2

GESCHICHTEN VOM ANFANG

Das Lied vom Anfang (*1. Mose 1–2*)

Am Anfang schuf Gott Himmel und Erde.
Und die Erde war wüst und leer*,
und Finsternis lag auf der Tiefe;
und der Geist Gottes* schwebte über dem Wasser.
Und Gott sprach: Es werde Licht! Und es ward Licht.
Und Gott sah, dass das Licht gut war.
Er trennte das Licht von der Dunkelheit.
Das Licht nannte er »Tag« und die Dunkelheit »Nacht«.
Es wurde Abend und wieder Morgen. Das war der erste Tag*.

Dann sagte Gott: »Im Wasser soll sich ein Dach* wölben. Es soll das Wasser oben vom Wasser unten trennen.« So geschah es.
Das Wasser über dem Dach nannte Gott »Himmel«.
Es wurde Abend und wieder Morgen. Das war der zweite Tag.

wüst und leer: heißt im Hebräischen »Tohuwabohu«, also »Durcheinander«. Als Gott die Welt schafft, bringt er Ordnung in dieses Chaos. So wird Leben möglich.

Geist Gottes: Das hebräische Wort für »Geist« bedeutet auch »Wind« und »Atem«. Gemeint ist Gottes Schöpferkraft. Sie ermöglicht Leben.

Tag: meint hier nicht einen Tag mit vierundzwanzig Stunden, sondern einen bestimmten Zeitabschnitt. Die Reihe der Tage steht also für einen Zeitraum.

Dann sagte Gott: »Das Wasser soll sich an einer Stelle sammeln, sodass trockenes Land hervorkommt.« So geschah es. Gott nannte das Land »Erde«, das Wasser nannte er »Meer«. Und er sah, dass es gut war.
Dann sagte Gott: »Die Erde soll grün werden! Gräser, Kräuter, Blumen und Bäume aller Art sollen auf ihr wachsen. Sie sollen Früchte und Samen tragen.« So geschah es. Und Gott sah, dass es gut war. Es wurde Abend und wieder Morgen. Das war der dritte Tag.

Dach: Die Menschen damals stellten sich die Welt als Scheibe vor, über der ein Gewölbe ausgespannt war. An diesem Gewölbe waren Sonne, Mond und Sterne als Lichter angebracht.

10

1. Mose/Genesis 1

Gen

Das erste Buch Mose/Genesis

Von der Erschaffung der Welt und der Menschen

1,1–3,24

Die Erschaffung der Welt

1 1 Am Anfang erschuf Gott Himmel und Erde. 2 Die Erde war wüst
und leer, und Finsternis lag über dem Urmeer. Über dem Wasser
schwebte Gottes Geist. 3 Gott sprach: »Es soll Licht werden!« Und es
wurde Licht. 4 Gott sah, dass das Licht gut war, und Gott trennte das
Licht von der Finsternis. 5 Er nannte das Licht »Tag« und die Finster-
nis »Nacht«. Es wurde Abend und wieder Morgen – der erste Tag.
6 Gott sprach: »Ein Dach soll sich wölben mitten im Urmeer! Es soll
das Wasser darunter von dem Wasser darüber trennen.« Und so ge-
schah es. 7 Gott machte das Dach und trennte das Wasser unter dem
Dach von dem Wasser über dem Dach. 8 Gott nannte das Dach »Him-
mel«. Es wurde Abend und wieder Morgen – der zweite Tag.
9 Gott sprach: »Das Wasser unter dem Himmel soll sich an *einem*
Ort sammeln, damit das Land sichtbar wird!« Und so geschah es.
10 Gott nannte das Land »Erde« und das gesammelte Wasser »Meer«.
Und Gott sah, dass es gut war.
11 Gott sprach: »Die Erde soll frisches Grün sprießen lassen und
Pflanzen, die Samen tragen! Sie soll auch Bäume hervorbringen mit
eigenen Früchten und Samen darin!« Und so geschah es. 12 Die Erde
brachte frisches Grün hervor und Pflanzen, die Samen tragen. Sie
ließ auch Bäume wachsen mit eigenen Früchten und Samen darin.
Und Gott sah, dass es gut war. 13 Es wurde Abend und wieder Mor-
gen – der dritte Tag.
14 Gott sprach: »Lichter sollen am Himmelsdach entstehen, um
Tag und Nacht voneinander zu trennen! Sie sollen als Zeichen die-
nen, um die Feste, die Tage und Jahre zu bestimmen. 15 Als Leuchten
sollen sie am Himmelsdach stehen und der Erde Licht geben.« Und
so geschah es. 16 Gott machte zwei große Lichter. Das größere Licht
sollte den Tag beherrschen und das kleinere die Nacht. Dazu kamen
noch die Sterne. 17 Gott setzte sie an das Himmelsdach, um der Erde
Licht zu geben. 18 Sie sollten am Tag und in der Nacht herrschen und
das Licht von der Finsternis trennen. Und Gott sah, dass es gut war.
19 Es wurde Abend und wieder Morgen – der vierte Tag.
20 Gott sprach: »Das Wasser soll von Lebewesen wimmeln, und Vö-
gel sollen fliegen über der Erde und am Himmel!« 21 Gott schuf die
großen Seeungeheuer und alle Arten von Lebewesen, von denen
das Wasser wimmelt. Er schuf auch alle Arten von Vögeln. Und Gott
sah, dass es gut war. 22 Gott segnete sie und sprach: »Seid fruchtbar,

Himmel und Erde: Bezeichnet die ganze Welt.

Urmeer: Wasser, das am Anfang die ganze Erde bedeckte. Es steht für das Chaos, das Gott bei der Erschaffung der Welt in seine Schranken weist.

Geist Gottes: Kraft, durch die Gott in der Welt wirkt.

Dach: Meint eine Art Platte, die auf den Bergen am äußeren Rand der Erde aufliegt. Sie bildet den Boden des Himmels und gleichzeitig das Dach der Erde.

zwei große Lichter: Meint Sonne und Mond.

Vögel: Meint alle fliegenden Lebewesen, von Insekten bis hin zu Fledermäusen.

Segen, segnen: Besondere Zuwendung Gottes zu seinen Geschöpfen. Gott schenkt durch seinen Segen Leben, Kraft und Wohlergehen.

Aufbau und langer Weg der Bibel

- Wie entsteht ein Buch?
- Wie findet man sich in der Bibel zurecht?
- Was sind das für Zahlen in einer Bibel?

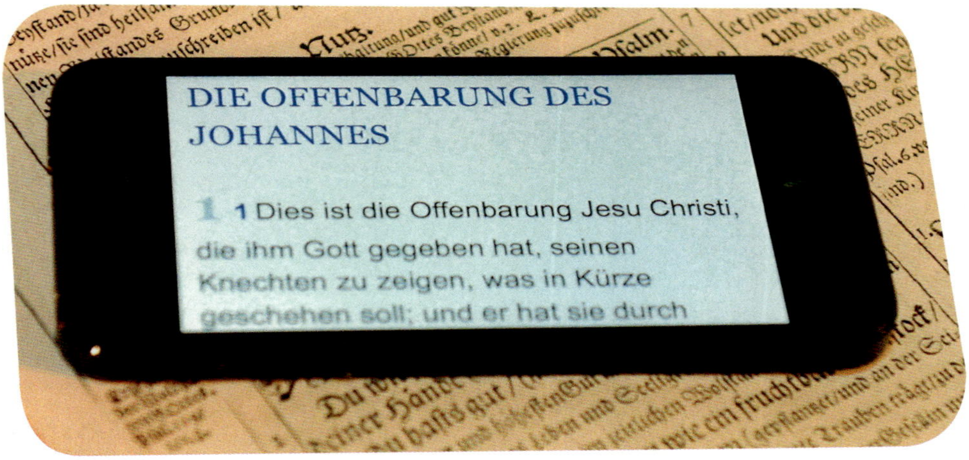

Der Aufbau der Bibel

Der Name Bibel ist schon sehr alt. Er leitet sich von einer Stadt namens Byblos ab, die am östlichen Mittelmeer liegt. Von hier aus wurde in der Antike Papyrus in alle Welt geschickt. Papyrus ist ein Vorläufer des Papiers, das aus gepresstem Sumpfgras hergestellt wurde. Später nannte man jedes Buch in der griechischen Sprache Biblion, also „Bibel".

Die Bibel ist eine Sammlung von vielen Schriften. Sie ist heute untergliedert in Bücher, Kapitel und Verse. Damit kann man Bibelstellen schneller finden und mit der Bibel besser arbeiten. Überschriften fassen die Bibeltexte kurz zusammen. Fußnoten zeigen, wo es vielleicht Übersetzungsprobleme im griechischen oder hebräischen Original gibt. Wenn man einen Begriff nicht kennt oder mehr über eine Person wissen will, gibt es dafür in vielen Bibelausgaben ein Lexikon.

Auf rund 1 000 Jahre wird die Entstehungszeit der Bibel geschätzt. Erlebtes wurde weitererzählt, dann wurden Geschichten, Lieder, Gebete und mehr aufgeschrieben, gesammelt und in Büchern zusammengestellt. Das Alte oder Erste Testament lag etwa 100 nach Christus auf Hebräisch komplett vor, das Neue oder Zweite Testament um 390 nach Christus in den Sprachen Griechisch und Latein. In ein verständliches Deutsch hat Martin Luther vor 500 Jahren die Bibel übersetzt. Doch bis heute muss die Bibel immer neu übersetzt werden, denn die Welt verändert sich und damit auch die Sprache. Die Bibel gibt es längst nicht mehr nur als Buch. Man kann sie auch am Computer oder über das Smartphone lesen.

Die Bibel aufschlagen

Du hast schon manches Buch „aufgeschlagen." Doch wieso schlägt man ein Buch? Ursprünglich wurden biblische Texte nicht in ein Buch geschrieben. Man schrieb sie auf Schriftrollen aus Papyrus und Pergament. Noch heute werden Tora-Rollen im Judentum aus Pergament verwendet. Um das Jahr 1400 wurde das erste Papier in Deutschland bei Nürnberg hergestellt, damals noch aus Fasern und Lumpen. Bei Kälte und Feuchtigkeit wellte sich das Papier. Damit an den kostbaren Büchern kein Schaden entsteht, hat man Ledereinbände mit Schließen versehen. Auf diese musste man draufschlagen, damit sie sich öffneten.

Heute brauchst du nicht mehr auf ein Buch zu schlagen. Du kannst in ihm blättern oder es Online lesen.

In einer Bibel findest du den Bibeltext, der in Bücher eingeteilt ist. Ein Überblick verschafft dir das Inhaltsverzeichnis. Ein Vorwort zum Buch informiert über den Hintergrund der Übersetzung. Vor Büchern oder Buchsammlungen finden sich Einleitungen. Hinten stehen Hilfen wie der Überblick über die damalige Zeit sowie Informationen über Maße, Gewichte und Münzen. Festtage der Bibel können mit unseren Feiertagen verglichen werden. Ein kleines Lexikon hilft bei schwierigen Begriffen. Hinweise auf Namen in der Bibel zeigen, wo von der Person überall berichtet wird. Durch Karten kann man die Orte finden, die in der Bibel vorkommen.

INHALT

Papyrus: Material aus einer Pflanze, die zu Blättern gepresst wurde

Pergament: geschabte Tierhaut. Der Name leitet sich von der griechischen Stadt Pergamon ab, die heute in der Türkei liegt.

Tora: fünf Bücher Mose, der wichtigste Teil der jüdischen Bibel, S. 211

Aufgaben

1 Fasst zusammen, worauf früher geschrieben wurde.

2 Das abgebildete Inhaltsverzeichnis unterscheidet sich von dem einer Luther-Bibel (siehe Seite 115). Recherchiere, zu welcher Bibelausgabe es gehören kann: Zur Basis-Bibel, der Einheitsübersetzung, der Zürcher Bibel oder zur Gute Nachricht Bibel.

3 Schlage Karten in einer Bibelausgabe nach und suche nach Jerusalem, Bethlehem, Rom und Babylon.

Sich in einer Bibel zurechtfinden

Initiale A aus der Zainer-Bibel von 1475, der ältesten gedruckten Bibel mit Bildern

Du hältst eine Bibel in der Hand – ob als Buch oder als Online-Ausgabe. Beim Bibeltext siehst du Überschriften und Zahlen. Manches ist fett hervorgehoben, anderes kleiner geschrieben. Überschriften, Hinweise und diese Zahlen waren ursprünglich nicht in den biblischen Schriften vorhanden. Um besser Bibelstellen finden zu können, entwickelte man über Jahrhunderte eine Reihe von Hilfen.

Zunächst gab es nur Initialen. Durch sie konnte man grob die Bücher der Bibel unterscheiden. Die Bibel teilte man in Kapitel und viel später erst in Verse ein. Wer heute eine Bibelseite aufschlägt, entdeckt darüber hinaus …

- **Überschriften.** Sie sind eine Lesehilfe, aber sie können auch den Text interpretieren. Überschriften gehören nicht zum Bibeltext.
- **Hinweise mit anderen Bibelstellen**, die zeigen, wo es vergleichbare Bibeltexte gibt.
- **Fußnoten oder Anmerkungen**, die zeigen, wenn ein Text besonders ist oder wenn er Probleme bereitet.
- **Buchnamen und Zahlen**, die die Kapitel und Verse im Buch anzeigen.

Initialen: große Anfangsbuchstaben, mit denen Bibelhandschriften seit dem 6. Jahrhundert geschmückt wurden

Kapitel: Um 1205 teilte Stephen Langton in Paris die Kapitel der Bibel ein

Verse: Das Neue Testament wurde um 1550 durch den Drucker Robert Etienne eingeteilt. 1568 und 1579 erschienen in Heidelberg und Neustadt an der Weinstraße die ersten deutschen Bibeln mit kompletter Verszählung.

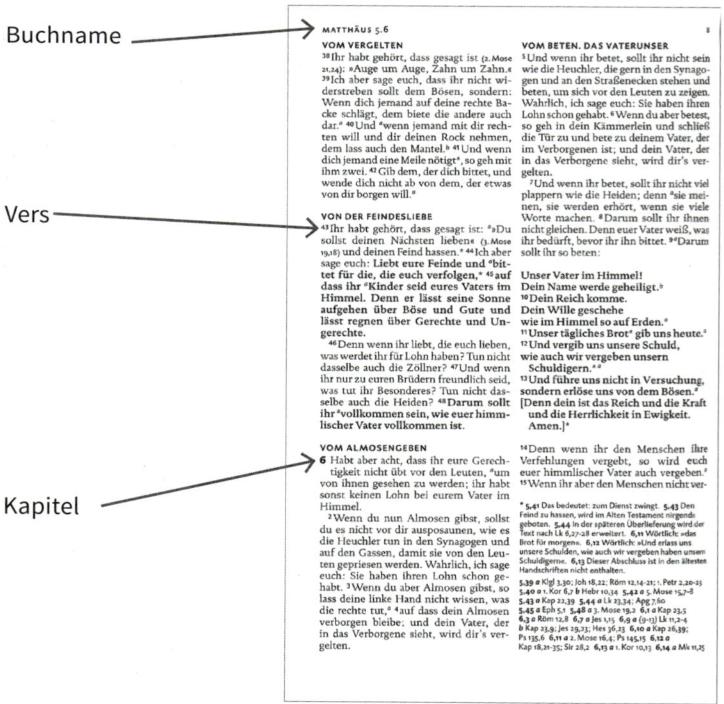

MATTHÄUS 5.6

8

VOM VERGELTEN

38 Ihr habt gehört, dass gesagt ist (2. Mose 21,24): »Auge um Auge, Zahn um Zahn.« 39 Ich aber sage euch, dass ihr nicht widerstreben sollt dem Bösen, sondern: Wenn dich jemand auf deine rechte Backe schlägt, dem biete die andere auch dar.[a] 40 Und [a]wenn jemand mit dir rechten will und dir deinen Rock nehmen, dem lass auch den Mantel.[b] 41 Und wenn dich jemand eine Meile nötigt*, so geh mit ihm zwei. 42 Gib dem, der dich bittet, und wende dich nicht ab von dem, der etwas von dir borgen will.[a]

VON DER FEINDESLIEBE

43 Ihr habt gehört, dass gesagt ist: [a]»Du sollst deinen Nächsten lieben« (3. Mose 19,18) und deinen Feind hassen.* 44 Ich aber sage euch: **Liebt eure Feinde und [a]bittet für die, die euch verfolgen,*** 45 **auf dass ihr [a]Kinder seid eures Vaters im Himmel. Denn er lässt seine Sonne aufgehen über Böse und Gute und lässt regnen über Gerechte und Ungerechte.**

46 Denn wenn ihr liebt, die euch lieben, was werdet ihr für Lohn haben? Tun nicht dasselbe auch die Zöllner? 47 Und wenn ihr nur zu euren Brüdern freundlich seid, was tut ihr Besonderes? Tun nicht dasselbe auch die Heiden? 48 **Darum sollt ihr [a]vollkommen sein, wie euer himmlischer Vater vollkommen ist.**

VOM ALMOSENGEBEN

6 Habt aber acht, dass ihr eure Gerechtigkeit nicht übt vor den Leuten, [a]um von ihnen gesehen zu werden; ihr habt sonst keinen Lohn bei eurem Vater im Himmel.

2 Wenn du nun Almosen gibst, sollst du es nicht vor dir ausposaunen, wie es die Heuchler tun in den Synagogen und auf den Gassen, damit sie von den Leuten gepriesen werden. Wahrlich, ich sage euch: Sie haben ihren Lohn schon gehabt. 3 Wenn du aber Almosen gibst, so lass deine linke Hand nicht wissen, was die rechte tut,[a] 4 auf dass dein Almosen verborgen bleibe; und dein Vater, der in das Verborgene sieht, wird dir's vergelten.

VOM BETEN. DAS VATERUNSER

5 Und wenn ihr betet, sollt ihr nicht sein wie die Heuchler, die gern in den Synagogen und an den Straßenecken stehen und beten, um sich vor den Leuten zu zeigen. Wahrlich, ich sage euch: Sie haben ihren Lohn schon gehabt. 6 Wenn du aber betest, so geh in dein Kämmerlein und schließ die Tür zu und bete zu deinem Vater, der im Verborgenen ist; und dein Vater, der in das Verborgene sieht, wird dir's vergelten.

7 Und wenn ihr betet, sollt ihr nicht viel plappern wie die Heiden; denn [a]sie meinen, sie werden erhört, wenn sie viele Worte machen. 8 Darum sollt ihr ihnen nicht gleichen. Denn euer Vater weiß, was ihr bedürft, bevor ihr ihn bittet. 9 [a]Darum sollt ihr so beten:

Unser Vater im Himmel!
Dein Name werde geheiligt.[b]
10 **Dein Reich komme.**
Dein Wille geschehe
wie im Himmel so auf Erden.[a]
11 **Unser tägliches Brot* gib uns heute.**[a]
12 **Und vergib uns unsere Schuld,**
wie auch wir vergeben unsern Schuldigern.*[a]
13 **Und führe uns nicht in Versuchung,**
sondern erlöse uns von dem Bösen.[a]
[Denn dein ist das Reich und die Kraft und die Herrlichkeit in Ewigkeit. Amen.]*

14 Denn wenn ihr den Menschen ihre Verfehlungen vergebt, so wird euch euer himmlischer Vater auch vergeben.[a] 15 Wenn ihr aber den Menschen nicht ver-

* **5,41** Das bedeutet: zum Dienst zwingt. **5,43** Den Feind zu hassen, wird im Alten Testament nirgends geboten. **5,44** In der späteren Überlieferung wird der Text nach Lk 6,27-28 erweitert. **6,11** Wörtlich: »das Brot für morgen«. **6,12** Wörtlich: »Und erlass uns unsere Schulden, wie auch wir vergeben haben unsern Schuldigern«. **6,13** Dieser Abschluss ist in den ältesten Handschriften nicht enthalten.

5,39 *a* Klgl 3,30; Joh 18,22; Röm 12,14-21; 1. Petr 2,20-23 **5,40** *a* 1. Kor 6,7 *b* Hebr 10,34 **5,42** *a* 5. Mose 15,7-8 **5,43** *a* Kap 22,39 **5,44** *a* Lk 23,34; Apg 7,60 **5,45** *a* Eph 5,1 **5,48** *a* 3. Mose 19,2 **6,1** *a* Kap 23,5 **6,3** *a* Röm 12,8 **6,7** *a* Jes 1,15 **6,9** *a* (9-13) Lk 11,2-4 *b* Kap 23,9; Jes 29,23; Hes 36,23 **6,10** *a* Kap 26,39; Ps 135,6 **6,11** *a* 2. Mose 16,4; Ps 145,15 **6,12** *a* Kap 18,21-35; Sir 28,2 **6,13** *a* 1. Kor 10,13 **6,14** *a* Mk 11,25

Aufgaben

1 Zeige auf, wozu Initialen gut waren.

2 Die Initiale oben steht am Anfang eines Bibelbuches. Beschreibe, was du erkennst.

3 Gestalte auf einem Blatt selbst eine Initiale zum Vaterunser und schreibe dieses Gebet in Schönschrift auf.

Wer mit der Bibel arbeitet, muss zitieren können. Dabei werden das biblische Buch, das Kapitel und der Vers genannt. Einer der bekanntesten Texte der Bibel ist das Vaterunser. Es findet sich in Matthäus 6,9b-13.

Initiale „P“ aus einer Lutherbibel von 1579.

Buch	Kapitel		Vers	Teil		bis …
Mt	6	,	9	b	–	13

Mt Dies ist der Name des Buches. In jeder Bibel findet sich ein Verzeichnis der Abkürzungen. „Mt“ ist die Abkürzung für das „Matthäus-Evangelium“.

Mt 6 Die Zahl hinter dem Namen bezeichnet das Kapitel.

Mt 6,9 Die Zahl hinter einem Komma bedeutet „Vers“.

Mt 6,9b Der Buchstabe hinter dem Vers zeigt an, welcher Teil des Verses gemeint ist. „b“ meint: im zweiten Teil.

Es gibt noch **weitere Abkürzungsmöglichkeiten**:

Mt 6,10.13: Ein Punkt bedeutet „und“: Also Vers 10 und Vers 13.

Mt 6; 26: Ein Strichpunkt bedeutet ebenfalls **„und.“** Aber er zeigt an, dass es um **Kapitel** geht. Also Matthäus-Evangelium, Kapitel 6 und Kapitel 26.

MATTHÄUS 6.7

gebt, so wird euch euer Vater eure Verfehlungen auch nicht vergeben.

VOM FASTEN

16 Wenn ihr fastet, sollt ihr nicht sauer dreinsehen wie die Heuchler; denn sie verstellen ihr Gesicht, um sich vor den Leuten zu zeigen mit ihrem Fasten. Wahrlich, ich sage euch: Sie haben ihren Lohn schon gehabt.[a] 17 Wenn du aber fastest, so salbe dein Haupt und wasche dein Gesicht, 18 damit du dich nicht vor den Leuten zeigst mit deinem Fasten, sondern vor deinem Vater, der im Verborgenen ist; und dein Vater, der in das Verborgene sieht, wird dir's vergelten.

VOM SCHÄTZESAMMELN UND SORGEN

19 [a]Ihr sollt euch nicht Schätze sammeln auf Erden, wo Motten und Rost sie fressen und wo Diebe einbrechen und stehlen. 20 Sammelt euch aber Schätze im Himmel, wo weder Motten noch Rost sie fressen und wo Diebe nicht einbrechen und stehlen. 21 Denn **wo dein Schatz ist, da ist auch dein Herz.**

22 [a]Das Auge ist das Licht des Leibes. Wenn dein Auge lauter ist, so wird dein ganzer Leib licht sein. 23 Wenn aber dein Auge böse ist, so wird dein ganzer Leib finster sein. Wenn nun das Licht, das in dir ist, Finsternis ist, wie groß wird dann die Finsternis sein![a]

24 **Niemand kann zwei Herren dienen: Entweder er wird den einen hassen und den andern lieben, oder er wird an dem einen hängen und den andern verachten. Ihr könnt nicht Gott dienen und dem Mammon.**[a]

25 [a]Darum sage ich euch: [b]Sorgt euch nicht um euer Leben, was ihr essen und trinken werdet; auch nicht um euren Leib, was ihr anziehen werdet. Ist nicht das Leben mehr als die Nahrung und der Leib mehr als die Kleidung? 26 Seht die Vögel unter dem Himmel an: Sie säen nicht, sie ernten nicht, sie sammeln nicht in die Scheunen; und euer himmlischer Vater ernährt sie doch. Seid ihr denn nicht viel kostbarer als sie?[a] 27 Wer ist aber unter euch, der seiner Länge* eine Elle zusetzen könnte, wie sehr er sich auch darum sorgt?

28 Und warum sorgt ihr euch um die Kleidung? Schaut die Lilien auf dem Feld an, wie sie wachsen: Sie arbeiten nicht, auch spinnen sie nicht. 29 Ich sage euch, dass auch [a]Salomo in aller seiner Herrlichkeit nicht gekleidet gewesen ist wie eine von ihnen. 30 Wenn nun Gott das Gras auf dem Feld so kleidet, das doch heute steht und morgen in den Ofen geworfen wird: Sollte er das nicht viel mehr für euch tun, ihr Kleingläubigen? 31 Darum sollt ihr nicht sorgen und sagen: Was werden wir essen? Was werden wir trinken? Womit werden wir uns kleiden?[a] 32 Nach dem allen trachten die Heiden. Denn euer himmlischer Vater weiß, dass ihr all dessen bedürft.

33 **Trachtet zuerst nach dem [a]Reich Gottes und nach seiner Gerechtigkeit, [b]so wird euch das alles zufallen.** 34 Darum sorgt nicht für morgen, denn [a]der morgige Tag wird für das Seine sorgen. Es ist genug, dass jeder Tag seine eigene Plage hat.

VOM RICHTEN

7 Richtet nicht, damit ihr nicht gerichtet werdet.[a] 2 Denn wie ihr richtet, werdet ihr gerichtet werden; und [a]mit welchem Maß ihr messt, wird euch zugemessen werden.

3 Was siehst du aber den Splitter in deines Bruders Auge und nimmst nicht wahr den Balken in deinem Auge? 4 Oder wie kannst du sagen zu deinem Bruder: Halt, ich will dir den Splitter aus deinem Auge ziehen! – und siehe, ein Balken ist in deinem Auge? 5 Du Heuchler, zieh zuerst den Balken aus deinem Auge; danach kannst du sehen und den Splitter aus deines Bruders Auge ziehen.

6 Ihr sollt das Heilige nicht den Hunden geben, und eure Perlen sollt ihr nicht vor die Säue werfen, damit die sie

* 6,27 Das griechische Wort kann »Lebenslänge« oder »Körpergröße« bedeuten.

6,16 a Jes 58,5-6 6,19 a (19-21) Lk 12,33-34; Kol 3,1-2; Jak 5,2-3 6,22 a (22-23) Lk 11,34-36 6,23 a Joh 11,10 6,24 a Lk 16,13; Jak 4,4 6,25 a (25-33) Lk 12,22-31 b Ps 145,15-16; Phil 4,6; 1. Petr 5,7 6,26 a Kap 10,29-31; Hiob 38,41 6,29 a 1. Kön 10,1-29 6,31 a Phil 4,6; 1. Petr 5,7 6,33 a Röm 14,17 b 1. Kön 3,13-14; Ps 37,4.25 6,34 a 2. Mose 16,16-19 7,1 a Lk 6,37; Röm 2,1; 1. Kor 4,5 7,2 a Jes 33,1; Mk 4,24

Überschrift

Fußnote

Mt 6,9b–13 Der Bindestrich bedeutet „bis“ und die Zahl dahinter „Vers“.

Die Abkürzung bedeutet also:
Matthäus-Evangelium, Kapitel 6, zweiter Teil von Vers 9 bis Vers 13.

Aufgaben

1 Recherchiere in der Bibel nach dem Abkürzungsverzeichnis. Wozu ist es gut?

2 Beurteile den Sinn von Kapitel- und Versangaben. Was wäre, wenn es sie nicht gäbe?

3 Schreibe mithilfe des Abkürzungsverzeichnisses der Bibel folgende Abkürzungen ganz aus. Achte darauf, ob du es mit einem Buch, einem Evangelium oder Brief zu tun hast: 2. Mose 20,2.6 – Gal 6,2a–6 – Mk 2,23–28; 3

Ein Buch – viele Bücher

Wieso ist die Bibel so umfangreich?

Im Inhaltsverzeichnis hatte Markus entdeckt: Die Bibel ist nicht nur *ein* Buch, sondern eine ganze Bibliothek voller Bücher.

Zwei Teile hat die Bibliothek: das Alte und das Neue Testament. Doch wo liegen die Unterschiede?

„Der wichtigste Unterschied ist, dass es im Neuen Testament um Jesus geht“, erklärt die Lehrerin.

„Die Bücher des Alten Testaments sind auch für die jüdische Religion heilig. Da Jesus und die ersten Christen dem jüdischen Glauben angehörten, waren dies auch die ersten heiligen Schriften der Christinnen und Christen.“

Markus entdeckt weiter, dass das Alte und das Neue Testament in drei Abschnitte unterteilt sind: Bücher, die aus der Geschichte Israels erzählen, die sogenannten „Lehrbücher“, und schließlich Bücher, die Propheten zugeschrieben werden. Auch im Neuen Testament entdeckt er drei „Regale.“ Zuerst kommen die „Geschichtsbücher“, also die Evangelien und die Apostelgeschichten, die über das Leben Jesu und der ersten Christen berichten. Es folgen die „Briefe“ der Apostel und schließlich ein prophetisches Buch, die „Offenbarung“ des Johannes.

Altes und Neues Testament werden auch Erstes und Zweites Testament genannt. Alt bedeutet nicht veraltet, sondern älter. Testament meint hier „Bund“. Gemeint ist der Bund, den Gott mit den Menschen eingeht.

Evangelium bedeutet „gute“ oder „frohe Botschaft“.

S. 120: Hier findest du mehr zu den Evangelien.

Propheten sind Boten, die für Gott eine Botschaft überbringen sollen.

Auf S. 187 lernst du einen Propheten kennen.

Regal: Inhalt einer Lutherbibel

Digital +
Bücher digital einsortieren
WES-152161-033

Aufgaben

1 Benenne mithilfe des Textes die leeren Regalschilder und ordne anhand des Inhaltsverzeichnisses die Bücher neben dem Regal in das Regal ein. Die App hinter dem QR-Code und die BiBox helfen dabei.

2 Erläutere, warum manche das Alte Testament lieber das Erste Testament oder die Hebräische Bibel nennen.

3 Begründe, warum man die Bibel als Bibliothek darstellen kann. Kann man anstatt eines Regals anders darstellen, wie die Bibel aufgebaut ist? Gestalte eine Idee.

Der Kanon der Bibel

„Seit wann ist die Bibel vollständig?“, fragt Martin. Die Lehrerin erklärt: „Es dauerte bis ins Jahr 390, bis sich Vertreterinnen und Vertreter des Christentums auf einen ‚Kanon‘ der Bibel geeinigt hatten.“ „In meiner Bibel stehen mehr Bücher als in der Luther-Bibel“, entdeckt Pia. Sie hat die katholische Einheitsübersetzung dabei.

„Das stimmt“, sagt die Lehrerin. „Martin Luther sah die Apokryphen als weniger wichtig an. Daher stehen in Luther-Bibeln nur 66, in katholischen Bibeln oder Ausgaben 73 Bücher.“

Lange wurde die Reihenfolge der biblischen Bücher mit einem Gedicht kennen- und auswendig gelernt. Es kann mit der Melodie „Auf der Schwäb'sche Eisebahne“ gesungen werden.

Inhaltsverzeichnis Lutherbibel aktuell

In des Alten Bundes Schriften
merke dir an erster Stell:
Mose, Josua und Richter,
Ruth und zwei von Samuel.
Zwei der König, Chronik, Esra,
Nehemia, Esther mit
Hiob, Psalter, dann die Sprüche,
Prediger und Hoheslied.
Jesaja, Jeremia,
Ezechiel und Daniel,
dann Hosea, Joel, Amos,
Obadja und Jonas Fehl.
Micha, welchem Nahum folget,
Habakuk, Zephania,
nebst Haggai, Sacharja
und zuletzt Maleachia.

In dem Neuen steht Matthäus,
Markus, Lukas und Johann,
samt den Taten der Apostel
unter allen vornean.
Dann der Römer, zwei Korinther,
Galater und Epheser,
der Philipper und Kolosser,
beide Thessalonicher.
An Timotheus und Titus
Philemon und Petrus zwei,
drei Johannes, der Hebräer,
Jakob, Judas Brief dabei.
Endlich schließt die Offenbarung,
das gesamte Bibelbuch.
Mensch, bewahre, was du liest,
dir zum Segen, nicht zum Fluch.

Kanon bedeutet Richtschnur oder auch „festgelegte Ordnung“.

Apokryphen („verborgene“ Bücher) sind Schriften, die nicht allgemein anerkannt oder spät entstanden sind.

Zum frühen Christentum, siehe S. 137 – 139.

Digital +
Hier kannst du dir das Lied anhören.
WES-152161-034

Aufgaben

1 Vergleiche das Inhaltsverzeichnis einer Lutherbibel mit der katholischen Einheitsübersetzung. Notiere dabei die lateinischen Begriffe der fünf Bücher Mose.

2 Begründe, warum es gut war, dass irgendwann ein „Kanon“ festgelegt wurde.

3 Das Gedicht kann mit unterschiedlichen Melodien vertont werden – so auch mit der Deutschen Nationalhymne oder als Sprechgesang. Probiere unterschiedliche Versionen aus.

Der lange Weg der Bibel

Die Bibel hat einen langen Weg hinter sich. Es wurde weitererzählt, aufgeschrieben, gesammelt und in Büchern zusammengestellt.

Erleben

Viele Geschichten der Bibel erzählen von Erlebnissen und Erfahrungen. Sie berichten davon, wie Menschen von Gott auf ihrem Weg begleitet wurden. Eine dieser Weggeschichten ist die von Mose und der Rettung des Volkes Israel aus Ägypten. Andere Geschichten zeigen, wie Jesus von Gottes Liebe erzählte, oder sie überliefern, wie Anhängerinnen und Anhänger Jesu seine Auferstehung erlebten. Diese Erfahrungen und Erlebnisse wurden nicht nur erzählt, auch in Liedern, Gedichten und Gebeten wurden sie wiedergegeben. Dies zeigt, dass Menschen auf unterschiedliche Weise daran erinnern, wie sie Gott als Begleiter auf ihrem Weg erlebt haben.

Erzählen

Erlebnisse wurden zunächst mündlich weitergegeben, da nur wenige Menschen lesen und schreiben konnten. In der Zeit der Nomaden hatten die Israeliten nicht einmal eine eigene Schrift. Noch zu Jesu Zeiten erzählte man die Geschichten über ihn zunächst weiter. Frauen erzählten, wenn sie an Mühlsteinen stundenlang Mehl mahlten, Männer, wenn sie auf das Vieh aufpassten. Gerne wurde auch abends erzählt, wenn die Familie am Feuer zusammensaß. Beim Erzählen stellte man auch Fragen über das Leben und deutete die Welt. So geben Geschichten und Lieder wieder, wie Gott die Welt seit ihrem Anfang begleitet und danken ihm dafür. In die Geschichten wurden auch Stammbäume eingebaut, um sich an Vorfahren zu erinnern. Regeln und weise Sprüche gab man an die nächste Generation weiter. Manche Texte wie das Lied der Miriam (2. Mose 15,21) oder das der Maria (Lukas 1,46–55) wurden gesungen.

Nomaden: Menschen, die mit Herden nach Weiden suchen. Die Zeit der hebräischen Nomaden war bis etwa 1200 vor Christus.

Viele Erzählungen der Bibel antworten auf Fragen, die sich die Menschen damals gestellt haben. Auch wie Menschen vor über 2000 Jahren lebten, lässt sich durch sie entdecken. Dieses Leben unterscheidet sich von dem, wie Menschen heute leben.

Aufgaben

1. Erzähle die Entstehung der Bibel allein mithilfe der Bilder auf der Doppelseite nach.
2. Erläutere die wichtigsten Unterschiede zwischen einem Leben heute und einem zur Zeit der Bibel.
3. Beschreibe, wie du heute über Erlebnisse und Erfahrungen erzählen würdest.

Der lange Weg der Bibel

Aufschreiben

Geschichten, Lieder, Gebete und Regeln wurden aufgeschrieben, um sie zu bewahren. Dazu brauchte man eine Schrift. Ihre Schrift entwickelten die Israeliten vermutlich erst zur Zeit der Könige David und Salomo, also um 1000 vor Christus. Schreiber am Hof sollten Erinnerungen des Volkes zusammentragen. Auch die Geschichten über Jesus und seine Worte wurden erst Jahre nach seinem Tod von den Evangelisten aufgeschrieben. Die Erinnerungen an Jesus haben sie für ihre Gemeinden so zusammengefasst, dass der Glaube ihrer Gemeinde gestärkt wird. Daher haben sie eine persönliche Note.

Evangelisten: Schreiber, die Geschichten über Jesus aus ihrer Sicht beschrieben. Es gibt vier in der Bibel: Matthäus, Markus, Lukas und Johannes. S. 120

Sammeln und zusammenstellen

Das Aufgeschriebene wurde in Büchern gesammelt und zusammengestellt. Lieder und Gebete aus vielen Jahrhunderten sind in den Psalmen zusammengefasst. Erzählungen über den Anfang oder die Befreiung aus Ägypten wurden zusammen mit Regeln und Liedern in der Tora überliefert, dann kamen Schriften und Prophetenbücher hinzu. Beim Neuen Testament wurden aus vielen Evangelien und Briefen die wichtigsten ausgewählt. Seit die ersten Geschichten der Bibel aufgeschrieben wurden, waren über tausend Jahre vergangen.

Tora: fünf Bücher Mose, der wichtigste Teil der jüdischen Bibel, S. 127.

mehr zur Tora S. 211

Weitergeben

Bis zum Jahr 1450 wurden die Bibeltexte von Hand abschrieben und der nächsten Generation weitergegeben. Dann erfand Johannes Gutenberg den Buchdruck. Seither wird die Bibel als Buch gedruckt. Das erklärt auch den Erfolg von Martin Luthers Bibel, die 1534 fertig gestellt wurde. Heute wird die Bibel als Buch auch digital gelesen. Dafür gibt es eine Bibel-App, in der unterschiedliche Übersetzungen zu finden sind. So kann man leicht Bibelübersetzungen vergleichen.

Digital +
Zuordnen der Bilder
WES-152161-035

Aufgaben

1 Nenne Fehler, die beim Auf- und Abschreiben auftreten können.

2 Formuliere Fragen, die sich die Menschen stellen mussten, als sie die vielen Bücher der Bibel zusammenstellten.

3 Gestalte mithilfe der Angaben oben den langen Weg der Bibel vom Erlebnis bis zur Digitalisierung.

Sprachen der Bibel – Hebräisch und Griechisch

Warum gibt es so viele Sprachen?

Das Alte Testament wurde in der Sprache Hebräisch verfasst, der Sprache des alten Israels. Daher wird dieser Teil auch Hebräische Bibel genannt. Jüdische Kinder und Menschen, die Theologie studieren, lernen heute noch Hebräisch, um die Texte lesen und verstehen zu können.
So sieht der erste Satz der Bibel aus, mit der deutschen Übersetzung darüber und der Umschrift, wie man die hebräischen Worte liest, darunter. Hebräisch wird rechts nach links gelesen.

EDRE EID DNU LEMMIH NED TTOG FUHCS GNAFNA MA

בְּרֵאשִׁית בָּרָא אֱלֹהִים אֵת הַשָּׁמַיִם וְאֵת הָאָרֶץ

ZÄRA-AH TE-EW MIJAMAHCS-AH TE MIHOLÄ ARAB TIHCSER-EB

א

Aleph – der erste Buchstabe des hebräischen Alphabets. Es werden nur Mitlaute (Konsonanten), aber keine Selbstlaute (Vokale) geschrieben.

Buchstabe	Name	entspricht
Α α	Alpha	a
Β β	Beta	b
Γ γ	Gamma	g
Δ δ	Delta	d
Ε ε	Epsilon	e
Ζ ζ	Zeta	z
Η η	Eta	ä
Θ θ	Theta	th
Ι ι	Iota	i, j
Κ κ	Kappa	k
Λ λ	Lambda	l
Μ μ	My	m
Ν ν	Ny	n
Ξ ξ	Xi	x
Ο ο	Omikron	o (kurz)
Π π	Pi	p
Ρ ρ	Rho	r
Σ σ	Sigma	s
Τ τ	Tau	t
Υ υ	Ypsilon	y, ü
Φ φ	Phi	f (hier auch für w)
Χ χ	Chi	ch
Ψ ψ	Psi	ps
Ω ω	Omega	o (lang)
ΟΥ ου		u

Im Hebräischen sind die Buchstaben Konsonanten. Erst viel später wurden Punkte als Vokale hinzugefügt.
Weil Schreibmaterial teuer war, gab es keine Zwischenräume zwischen den Wörtern. So sähe der Satz mit deutschen Buchstaben heute so aus:

DRDNLMMHNDTTGFHCSGNFNM

Das Neue Testament wurde in Altgriechisch geschrieben. Jesus und seine Jüngerinnen und Jünger sprachen Aramäisch. Hebräisch war da schon nicht mehr die Sprache des Volkes in Israel. Griechisch war die Sprache der Gelehrten, die man rund um das Mittelmeer verstand.

α

Alpha ist der erste Buchstabe des griechischen Alphabets.

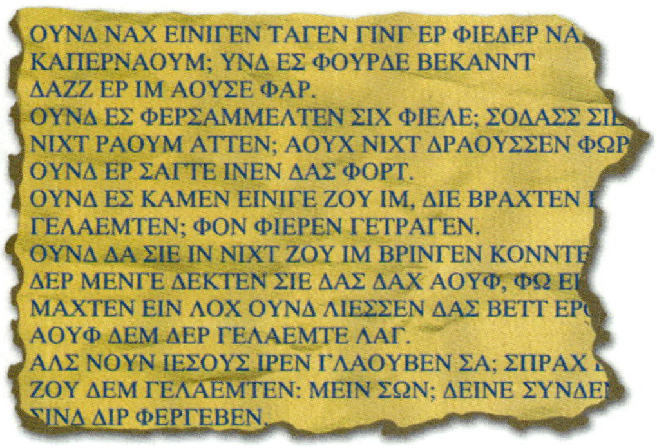
ΟΥΝΔ ΝΑΧ ΕΙΝΙΓΕΝ ΤΑΓΕΝ ΓΙΝΓ ΕΡ ΦΙΕΔΕΡ ΝΑ
ΚΑΠΕΡΝΑΟΥΜ; ΥΝΔ ΕΣ ΦΟΥΡΔΕ ΒΕΚΑΝΝΤ
ΔΑΖΖ ΕΡ ΙΜ ΑΟΥΣΕ ΦΑΡ.
ΟΥΝΔ ΕΣ ΦΕΡΣΑΜΜΕΛΤΕΝ ΣΙΧ ΦΙΕΛΕ; ΣΟΔΑΣΣ ΣΙ
ΝΙΧΤ ΡΑΟΥΜ ΑΤΤΕΝ; ΑΟΥΧ ΝΙΧΤ ΔΡΑΟΥΣΣΕΝ ΦΩΡ
ΟΥΝΔ ΕΡ ΣΑΓΤΕ ΙΝΕΝ ΔΑΣ ΦΟΡΤ.
ΟΥΝΔ ΕΣ ΚΑΜΕΝ ΕΙΝΙΓΕ ΖΟΥ ΙΜ, ΔΙΕ ΒΡΑΧΤΕΝ
ΓΕΛΑΕΜΤΕΝ; ΦΟΝ ΦΙΕΡΕΝ ΓΕΤΡΑΓΕΝ.
ΟΥΝΔ ΔΑ ΣΙΕ ΙΝ ΝΙΧΤ ΖΟΥ ΙΜ ΒΡΙΝΓΕΝ ΚΟΝΝΤΕ
ΔΕΡ ΜΕΝΓΕ ΔΕΚΤΕΝ ΣΙΕ ΔΑΣ ΔΑΧ ΑΟΥΦ, ΦΩ ΕΙ
ΜΑΧΤΕΝ ΕΙΝ ΛΟΧ ΟΥΝΔ ΛΙΕΣΣΕΝ ΔΑΣ ΒΕΤΤ ΕΡ
ΑΟΥΦ ΔΕΜ ΔΕΡ ΓΕΛΑΕΜΤΕ ΛΑΓ.
ΑΛΣ ΝΟΥΝ ΙΕΣΟΥΣ ΙΡΕΝ ΓΛΑΟΥΒΕΝ ΣΑ; ΣΠΡΑΧ
ΖΟΥ ΔΕΜ ΓΕΛΑΕΜΤΕΝ: ΜΕΙΝ ΣΩΝ; ΔΕΙΝΕ ΣΥΝΔΕ
ΣΙΝΔ ΔΙΡ ΦΕΡΓΕΒΕΝ.

Aufgaben

1. Wende die Regeln des Hebräischen an und finde heraus, um welchen bekannten Satz es sich hier handelt: TRHNMTSRRHRD
2. Schreibe deinen Namen mit griechischen Buchstaben und lies den Text mithilfe des griechischen Alphabets.
3. Erörtere, in welcher Sprache heute die Bibel verfasst werden müsste, damit sie möglichst viele Menschen erreicht.

Übersetzung der Bibel

Bereits 300 vor Christus übersetzte man das Alte Testament aus dem Hebräischen ins Griechische. Die Übersetzung heißt Septuaginta. Sie war die Heilige Schrift der griechisch sprechenden Jüdinnen und Juden sowie der ersten Anhängerinnen und Anhänger Jesu.

Das Neue Testament wurde in griechischer Sprache verfasst. Weil einfache Leute im Römischen Reich Griechisch nicht verstanden, übersetzte man etwa ab 150 nach Christus in die Alltagssprache Latein. Der Gelehrte Hieronymus fertigte bis zum Jahr 420 die lateinische Bibel an, die als „Vulgata" über Jahrhunderte verbreitet wurde. Nach dem Ende des Römischen Reiches wurde Latein im Mittelalter von Gelehrten und von Priestern weiterverwendet. Die meisten Menschen wünschten sich eine Bibel in ihrer Sprache. Deutsche Übersetzungen biblischer Bücher gab es bereits im frühen Mittelalter. Aber erst Martin Luther gelang es, die Bibel so ins Deutsche zu übersetzen, dass sie die Leute verstanden. Im Jahre 1522 erschien sein Neues Testament, 1534 seine vollständige Bibelübersetzung.

Martin Luther kannte die lateinische Vulgata gut, doch für seine Bibelübersetzung verwendete er den ihm vorliegenden hebräischen Text des Alten Testaments. Das Neue Testament übersetzte er aus dem Griechischen. Für ihn waren aber nicht nur die Originaltexte wichtig. Er sagte sinngemäß: „Ich muss Männern, Frauen und Kindern beim Übersetzen aufs Maul schauen." Das heißt, er orientierte sich auch daran, wie die Menschen um ihn herum sprachen.

Septuaginta bedeutet „70", benannt nach etwa 70 Gelehrten, die das Alte Testament übersetzt haben sollen.

Vulgata bedeutet „die allgemein Verbreitete". Sie ist heute noch Grundlage für die römisch-katholische Kirche.

Siehe den Vergleich zwischen evangelischen und katholischen Christinnen und Christen S. 138–141

Auch andere übersetzen die Bibel zu dieser Zeit. Huldrych Zwingli vollendete vier Jahre vor Luther die „Zürcher Bibel". Selbst katholische deutsche Bibeln gab es damals. Doch galt für Katholiken bis ins 20. Jahrhundert hinein die lateinische Bibel als Grundlage für den Gottesdienst.

Die „Luther-Bibel" und die „Zürcher Bibel" gibt es noch heute. Seither wird die Bibel aber immer wieder neu übersetzt, denn die Sprache der Menschen verändert sich dauernd.

Die Bibel ist längst nicht in alle Sprachen der Welt übersetzt. Doch immerhin ist sie das am meisten übersetzte Buch der Welt. In über 3700 Sprachen liegen Bibeln oder Bibelteile vor.

Aufgaben

1 Fasse zusammen, warum die Bibel übersetzt wurde.

2 Beschreibe, was dir beim Übersetzen leicht und was schwer fällt.

3 Recherchiere, wieviele Sprachen es auf der Welt gibt.

Entstehung der Bibel – Evangelien

Was ist für mich eine „frohe Botschaft“?

Evangelienhandschrift Heinrichs des Löwen, um 1173.

Vier Evangelien stehen am Anfang des Neuen Testaments: Matthäus, Markus, Lukas und Johannes. Sie sind nach ihren angeblichen Schreibern benannt, den „Evangelisten“.
Ab etwa 40 Jahre nach dem Tod Jesu entstanden die Evangelien. In den ersten Gemeinden wollte man den Menschen von Jesus erzählen. So sammelte man alles, was es an Geschichten über ihn gab: wie er Menschen heilte, was er über Gottes Liebe erzählte und dass Jesus nach seinem Tod wieder lebendig war, was seine Anhängerinnen und Anhänger froh gestimmt hat. Daher nannte man all das, was über Jesus erzählt wurde, „Evangelium“, das bedeutet „frohe Botschaft“.
Die ersten Evangelien stimmen oft bis zum Wortlaut überein. Deswegen nennt man sie „synoptische“ Evangelien. Das besondere Interesse eines Evangelisten kann man da entdecken, wo sich die Texte unterscheiden. So gebraucht Matthäus häufig Worte aus dem Alten Testament, die für Jüdinnen und Juden wichtig waren. Lukas hat dagegen „Verlorene“ im Blick: Ausgestoßene und Arme, aber auch Frauen spielen bei ihm eine besondere Rolle.
Eine Theorie erklärt die Entstehung der Evangelien: Das Markus-Evangelium sei zuerst entstanden (um 70 nach Christus). Matthäus und Lukas benutzten es später als Vorlage und dazu noch eine Sammlung von Worten Jesu (Reden- oder Logienquelle). Daher nennt man diese Theorie die Zwei-Quellen-Theorie. Matthäus und Lukas kannten auch eigene Geschichten und Worte Jesu, ihr „Sondergut“. Das Johannes-Evangelium unterscheidet sich dagegen deutlich von den anderen und soll zuletzt entstanden sein. Jesu Reden stehen hier im Zentrum.

Synopse (griech.): Zusammenschau, Vergleich

Logien (griech.): Worte

Zum Leben Jesu kannst du dich auch auf S. 77 – 82 informieren.

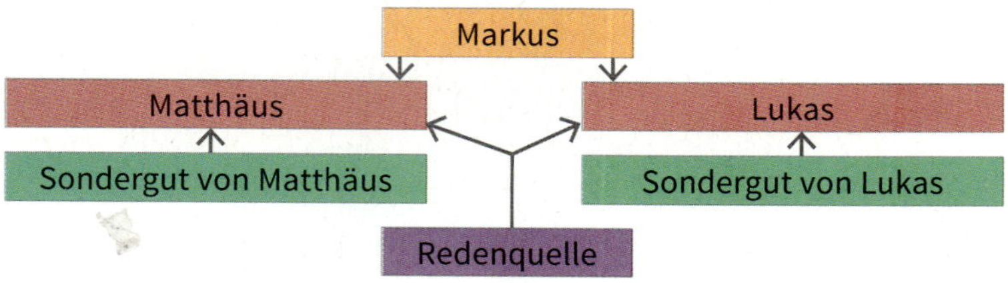

Was waren die Evangelien? Jedenfalls keine reinen Tatsachenberichte. Die Evangelisten glaubten, dass Jesus Gottes Sohn war. Der Glaube an ihn und an Gott sollte durch die Texte gestärkt werden. Und da sich die Evangelisten an unterschiedliche Gemeinden richteten, sehen die Evangelien jeweils anders aus.

Aufgaben

1 Fasse zusammen, worum es in der beschriebenen Theorie zur Entstehung der Evangelien geht.

2 Erläutere, warum Evangelium „frohe Botschaft“ heißt. Worin liegt die frohe Botschaft, die mitgeteilt werden soll?

3 Das Bild oben zeigt ein Evangelienbuch aus dem Mittelalter. Gestalte ein Titelblatt „Evangelien“ mit Jesusgeschichten, die aus deiner Sicht wichtig sind.

Wieso zwei Weihnachtsgeschichten?

„Kennst du die Weihnachtsgeschichte?" Auf diese Frage müsste man eigentlich antworten: „Welche?" Es gibt nämlich zwei, die nach Lukas und die nach Matthäus:

Bei Matthäus leben Maria und Josef in Bethlehem. Ein Engel kommt zu Josef. Er erfährt, dass seine Verlobte Maria ein besonderes Kind bekommt. Sterndeuter aus dem Osten folgen einem Stern. Sie gehen zuerst zu König Herodes. Danach finden sie das Kind in einem Haus in Bethlehem. Sie bringen dem Kind wertvolle Geschenke: Gold, Weihrauch und Myrrhe, die für einen König gedacht sind. König Herodes fürchtet das Kind und will es umbringen. So flieht die Familie von Jesus nach Ägypten. Später zieht sie nach Nazareth.

Bei Lukas leben Maria und Josef in Nazareth. Der Engel kommt zu Maria und kündigt ihr die Geburt von Jesus an. Dass ein Engel einer Frau erscheint, ist ungewöhnlich. Frauen waren damals weniger geachtet als Männer. Maria zieht mit Josef wegen einer Volkszählung nach Bethlehem. Dort kommt das Kind in ärmlichen Verhältnissen bei den Tieren zur Welt. Ein Engel erscheint Hirten auf dem Feld. Obwohl diese ebenfalls wenig geachtet werden, sind sie die Ersten, die erfahren, wer dieses Kind sein wird. Und sie sind die Ersten, die dies anderen weitererzählen. So kommt bei Lukas Gott in Jesus also zunächst zu den „kleinen Leuten" und verkündet ihnen Gottes Liebe.

Trotz dieser Unterschiede haben beide Geschichten vieles gemeinsam. Ein Engel kündigt die Geburt an und legt den Namen Jesus fest. Maria ist schwanger, bevor sie mit ihrem Verlobten Josef zusammenlebt. Bethlehem soll der Geburtsort sein. Schließlich wird in beiden Evangelien Jesus als „Retter der Welt" bezeichnet.

Jesus, S. 75 und 84

Digital +
Zwei Videos zu den Weihnachtsgeschichten
WES-152161-036

Aufgaben

1 Gestalte mithilfe der Informationen aus dem Text eine Weihnachtskrippe, jeweils nach Matthäus und Lukas.

2 Zu den Weihnachtsgeschichten gibt es alle möglichen kreativen Umsetzungen, z. B. hat eine Konfirmandengruppe die Geschichten als Open-World-Computerspiel mit Blockgrafiken umgewandelt. Schaue dir dazu die Videos an und fasse deine Entdeckungen zusammen. WES-152161-036

3 „Weil es manche Leute verwirren kann, dass es zwei Weihnachtsgeschichten gibt, soll man besser nur eine beachten." Nimm Stellung zu dieser Aussage.

Checkpoint WES-152161-037

Umgang mit der Bibel

? Worum geht es in der Bibel?
? Wie kannst du das, worum es geht, lesen, erfassen und weitergeben?
? Was denkst du über die Bibel und ihre Bedeutung?

Umgang mit der Bibel

Die Bibel ist ein Buch, in dem es über Gott, die Menschen und die Welt geht. Da die Geschichten, Lieder, Briefe und mehr darin vor rund 2000 bis 3000 Jahren entstanden, sind sie manchmal nicht einfach zu verstehen. Daher muss man sich schon beim Lesen Gedanken darüber machen, wie man liest. Dann stellt sich die Frage, wie man diese Geschichten weitergibt, beispielsweise gut nacherzählen kann. Auch dafür gibt Methoden, was übersetzt „Lernwege“ bedeutet. Hier kommt es immer darauf an, dass man sich nicht zu weit vom Kern des Bibeltextes entfernt.
In der Bibel werden viele Geschichten erzählt, die den Weg Gottes mit den Menschen beschreiben – wie in den Erzählungen von Abraham und Sara. Darüber hinaus gibt es Bibelworte, die zum Nachdenken anregen. Wichtig für das Verstehen der Bibel sind die Erzählungen, die an ihrem Anfang stehen. Sie haben eine tiefere Bedeutung.
Im Umgang mit der Bibel kommt es auch darauf an, wie man zu ihr steht. Schließlich ist für viele die Bibel kein Buch wie jedes andere. Sie ist für sie die „Heilige Schrift“. Damit ist gemeint, dass die Bibel die Grundlage des Glaubens ist und dass durch sie ein Weg zu Gott gefunden werden kann. An ihr kann man sich orientieren und sie macht Mut, denn es wird darin Gottes Wille und Trost vermittelt.

Die Bibel lesen – aber wie?

Bibel bedeutet „Buch“ – und Bücher wollen gelesen werden. Nun gibt es aber nicht nur unterschiedliche Bibelausgaben, sondern auch viele Wege, wie man liest.

Bei der **Vers-für-Vers-Methode** wird jeder Vers einer Geschichte durch einen oder eine andere vorgelesen. Durch die unterschiedlichen Stimmen hört sich der Text immer ein wenig anders an. Eine Möglichkeit ist, dass Lesende die Nächsten benennen, die weiterlesen.

Aus der jüdischen Tradition stammt die Methode des sich **gegenseitigen Vorlesens**. Dabei sitzen sich zwei Personen gegenüber, die sich den Text direkt abwechselnd vorlesen. Dies ermöglicht eine persönliche Begegnung mit dem Text.

Ein Text kann in **verteilten Rollen** gelesen werden. Dazu muss man sich ihn zuvor anschauen und herausfinden, wo unterschiedliche Erzähl- und Sprechrollen sind. Diese werden von verschiedenen Personen gelesen.

Ein besonderer Weg ist das **kommentierende Lesen – die Västeras-Methode**. Sie ist nach einem schwedischen Dorf benannt, wo sie entwickelt wurde. Man liest den Bibeltext mit einem Bleistift in der Hand und setzt an den Rand des Textes kleine Kommentarzeichen.

Zachäus

19 Und er ging nach Jericho hinein und
zog hindurch.
2 Und siehe, da war ein Mann mit Namen
Zachäus, der war ein Oberer der Zöllner
und war reich.
3 Und er begehrte, Jesus zu sehen, wer er
wäre, und konnte es nicht wegen der
Menge; denn er war klein von Gestalt.
4 Und er lief voraus und stieg auf einen
Maulbeerbaum, um ihn zu sehen; denn
dort sollte er durchkommen.
5 Und als Jesus an die Stelle kam, sah er
auf und sprach zu ihm: Zachäus, steig ei-
lend herunter; denn ich muß heute in dei-
nem Haus einkehren.
6 Und er stieg eilend herunter und nahm
ihn auf mit Freuden.
7 Als sie das sahen, murrten sie alle und
sprachen: Bei einem Sünder ist er einge-
kehrt.[a] *a* Kap 15,2
8 Zachäus aber trat vor den Herrn und
sprach: Siehe, Herr, die Hälfte von mei-
nem Besitz gebe ich den Armen, und
wenn ich jemanden betrogen habe, so
gebe ich es vierfach zurück.[a]
a 2.Mose 21,37; Hes 33,14-16
9 Jesus aber sprach zu ihm: Heute ist die-
sem Hause Heil widerfahren, denn [a]auch
er ist Abrahams Sohn. *a* Kap 13,16
10 **Denn der Menschensohn ist gekommen,
zu suchen und selig zu machen, was verlo-
ren ist.**[a] *a* Kap 5,32; Hes 34,16; 1.Tim 1,15

! find ich gut!

Warum macht er das?

?

Was bedeutet das?

Gut eignen sich dafür Bibelausgaben mit Rand oder Arbeitsblätter. In der Gruppe kann danach eine Kopie des Bibeltextes in die Mitte gelegt werden. Jeder kann seine Kommentar-Symbole darauf festhalten. Miteinander wird besprochen, wo Übereinstimmungen und Unterschiede vorliegen. So können Unklarheiten beseitigt und persönliche Eindrücke besprochen werden. Über die „Richtigkeit“ einer Beobachtung wird nicht diskutiert.

Västeras-Methode:
Sie schlägt Symbole für Kommentare vor.
? – Fragezeichen: „Das ist mir unklar; das habe ich nicht verstanden!“
! – Ausrufezeichen: „Habe ich verstanden; mir ist klar geworden...“
→ – Pfeil: „Ich bin angesprochen, nachdenklich, ärgere mich, freue mich.

Aufgaben

1 Lies die Geschichte von David und Goliath in 1. Samuel 17 mit den unterschiedlichen Lesemethoden.

2 Entwirf eigene Symbole für das Kommentieren – beispielsweise zu:
„das verstehe ich nicht“; „ich freue mich über das, was da steht“; „ich widerspreche dem“; „es ging mir ein Licht auf“ ... Kommentiere dann den Bibeltext.

3 Gestalte mit anderen ein Kommentar-Blatt oder eine digitale Form davon, auf dem Kommentare mehrerer Schülerinnen und Schüler zum Bibeltext stehen. Klärt offene Fragen zum Text und deutet ihn mithilfe der Kommentare.

Warum wird eine Geschichte erzählt?

Die biblischen Geschichten wurden über eine lange Zeit weitererzählt. Eine ausführliche Erzählung ist die von Josef und seinen Brüdern (1. Mose 37–50). Landkarten in der Bibel zeigen: es gab Stämme in Israel, die wie Josefs Brüder und seine Söhne Ephraim und Manasse hießen. Diese Familiengeschichte von Josef und seinen Brüdern diente so als Erzählung über die Anfänge Israels.

zum Erzählen in biblischer Zeit S. 116

Digital +
Vergrößerte Ansicht der Karte:
WES-152161-082

Erzählt wird das Auf und Ab im Leben des Josef. Am Anfang steht der Konflikt zwischen Josef und seinen Brüdern. Es steht die Frage im Raum: Will Josef über seine Brüder herrschen? Josef wird von seinen Brüdern nach Ägypten verkauft. Dort dient er sich vom Sklaven zum Verwalter eines bedeutenden Mannes hoch. Doch ihm geschieht Unrecht und er kommt ins Gefängnis. Weil er Träume des Pharaos richtig deuten kann, macht der ihn zum Verwalter über Ägypten. Die Traum-Visionen besagen: es kommen sieben Jahre mit reicher und sieben mit magerer Ernte. So kann Ägypten vorsorgen, während andere Länder später hungern. Das führt Josefs Brüder auf Nahrungssuche nach Ägypten. Die Brüder erkennen Josef nicht und so kann er sie hinters Licht führen. Am Ende steht die Versöhnung der Brüder, die dann in das damals sichere Ägypten zogen.

Pharao: Herrscher über Ägypten

Josef empfängt seine Brüder

Warum die Geschichte an dieser Stelle in der Bibel erzählt wird, erklärt sich durch die anschließende Mose-Erzählung. Sonst ist nicht klar, warum Israeliten in großer Zahl in Ägypten leben. Nur ab und an wird Gott erwähnt. Doch fragt man nach dem Kern der Josef-Erzählung, fällt ein Satz auf, den Josef am Ende sagt:

Mehr zu Mose findest du auf S. 48 – 50

> 1. Mose 50,20 (BasisBibel):
> *Ihr hattet Böses für mich geplant. Aber Gott hat es zum Guten gewendet. Er wollte tun, was heute Wirklichkeit wird: ein großes Volk am Leben erhalten.*

Aufgaben

1 Erläutere, wie durch 1. Mose 50, 20 die Geschichte von Josef und seinen Brüdern gedeutet werden kann.

2 Recherchiere in 1 Mose 30, 23–24, was Josefs Name bedeutet.

3 Lies die Josefsgeschichte in einer Kinder- oder vollständigen Bibel nach und gestalte hierzu eine Grafik, die das Auf und Ab im Leben Josefs zeigt.

Bibel erzählen – aber wie?

Wie kann ich spannend erzählen?

Wie erzählt man eine biblische Geschichte, damit Hörerinnen und Hörer ihr gut folgen können? Der sogenannte „POZEK-Schlüssel“ kann eine Hilfe sein:

P = Personen

Stelle dir beim Erzählen echte Personen vor: Ein alter Mann, ein junges Mädchen ... Beschreibe Gesichtszüge oder die Haltung. Mach dir klar, welche Rolle die Person spielt, was sie tut oder was mit ihr geschieht. Auch ihre Gedanken und offene Fragen kannst du in die Erzählung einbauen.

O = Ort

Stell dir den Ort so konkret wie möglich vor. Du kannst dir zur Vorbereitung ein Foto suchen, beispielsweise vom See Genezareth oder von Jerusalem. Präge dir die Umgebung oder die Farben der Landschaft ein. Du kannst Geräusche einbauen wie etwa den Wind, der über ein Kornfeld weht. Auch Gerüche gehören zur Atmosphäre eines Ortes.

Z = Zeit

Wie Menschen damals lebten, ist oft schwer zu begreifen. Man kann daher erzählen, wie ein Leben ohne Autos, fließendes Wasser oder Strom aussah. Zu welchen Tages- oder Jahreszeiten fand das Erzählte statt? Herrscht Abenddämmerung oder brennt die Sonne? All dies kann eine Geschichte anschaulich und farbig werden lassen.

E = Ereignis

Eine Geschichte lebt von ihrem Höhepunkt. Baue die Geschichte um ihn herum auf. Ist der Höhepunkt ein Geschehen, eine Tat oder ein Ausspruch? Hierzu muss ein Spannungsbogen aufgebaut werden.

K = Kern

Was ist der Kerngedanke, also der Erzählkern einer Geschichte? Dieser sollte in eigenen Worten kurz auf den Punkt gebracht werden können. Wer nicht klar sagen kann, worum es geht, erzählt meist auch eine Geschichte langatmig und langweilig.

David und Goliath. Lübecker Bibel 1492

Aufgaben

1 Nenne weitere Fragen, die zur Person, zum Ort oder zur Zeit geklärt werden können.

2 Zeige Probleme auf, die sich ergeben, wenn eine Bibelgeschichte zu kurz wiedergegeben oder zu sehr ausgemalt wird.

3 Das Bild oben zeigt die Geschichte von David und Goliath (1. Samuel 17). Lies diese Geschichte in deiner Bibel. Gestalte eine Erzählung, bei der du den Kerngedanken in das Zentrum stellst.

Was in der Bibel steht – Abraham und Sara

> Verlass dein Land, deine Verwandtschaft und das Haus deines Vaters! Geh in das Land, das ich dir zeigen werde! Ich will dich zum Stammvater eines großen Volkes machen. Ich will dich segnen und deinen Namen groß machen, sodass du ein Segen sein wirst.
> 1 Mose 12,1–2 (BasisBibel)

Die Erzählungen von Abraham und Sara gehören zu den großen im 1. Buch Mose. Zusammen mit denen von Isaak, Jakob und Josef werden Ereignisse aus der Frühzeit des Volkes Israel als Familiengeschichte überliefert.

Abraham wird zunächst Abram genannt, Sara heißt Saraj.

Alles beginnt in der Stadt Ur, wo Abraham und Sara leben. Abraham hört eine Stimme. Die fordert ihn auf, mit seiner Frau Sara in ein unbekanntes Land ziehen.

Beide haben das Gottvertrauen und den Mut zum Aufbruch. Sie wandern die Flüsse Euphrat und Tigris hinauf und über Haran nach Bethel (1. Mose 12,1–9).

In einer Hungersnot ziehen sie nach Ägypten. Dort kommt Abraham durch einen Trick zu Reichtum, denn der Herrscher begehrt Sara. Abraham gibt sie als seine Schwester aus und erhält für sie Tiere und Diener als Geschenk (1. Mose 12,10–20).

Auf diese Weise reich geworden, ziehen sie nach Hebron. Sara ist ohne Kinder, trotz des Versprechens von Gott an Abraham. Ihrem Wunsch gemäß bekommt Abraham mit ihrer Dienerin Hagar einen Sohn. Den nennen sie Ismael (1. Mose 16,1–15).

Drei Männer besuchen Abraham und Sara. Sie sagen voraus, dass Sara doch noch schwanger wird. Sara lacht darüber, denn sie ist viel zu alt (1. Mose 18,1–15).

Doch Sara wird schwanger und so kommt Isaak als Erbe zur Welt. Hagar und Ismael werden bald darauf weggeschickt (1. Mose 21,1–20).

Schwer zu verstehen ist, dass Abraham seinen Sohn Isaak opfern soll. Stellt Gott Abraham auf die Probe? Ein Engel weist schließlich Abraham an, einen Widder zu opfern, der sich in einer Hecke verfangen hat (1. Mose 22,1–19).

Abraham und Sara sterben in Hebron. Dort wird auch deren Grab verehrt (1. Mose 25,1–11).

Ur, eine der ältesten Städte der Welt, liegt wie Haran im Zweistromland, Bethel und Hebron im heutigen Land Israel

Ismael spielt in muslimischer Tradition hier die Hauptrolle, Siehe ■ S. 201

opfern: Das islamische Opferfest hat hier seine Wurzel. siehe ■ S. 208

Aufgaben

1 Wähle eine der Episoden aus, lies sie in der Bibel nach und fasse deine Gedanken hierzu zusammen.

2 Recherchiere in einer Karte zur Bibel den Weg, den Abraham und Sara zurückgelegt haben.

3 Fasse zusammen, was der Kern der Erzählung von Abraham und Sara sein kann.

Abraham in den Heiligen Schriften

Wie ist es, das Kind von jemandem zu sein?

Die Tora, die Bibel und der Koran sind die Heiligen Schriften des Judentums, des Christentums und des Islam. In allen drei wird von Abraham und Sara erzählt. Sie sind Menschen mit Stärken und Schwächen, mit Höhen und Tiefen und mit Beziehungsproblemen. Dadurch werden sie nicht als Heldinnen oder Helden wahrgenommen. Beide erreichen ein hohes Alter. Das gilt als Hinweis auf ein erfülltes Leben und als Geschenk Gottes.

Abraham und Sara sollen laut der Erzählung in einer Welt gelebt haben, in der viele Gottheiten verehrt wurden. In Ägypten, im Zweistromland oder bei den Kanaanäern waren überall Tempel mit Figuren und Bilder der Gottheiten zu sehen. Abraham aber glaubte an nur einen Gott, der ihn und seine Familie unsichtbar auf seinem Weg begleitet. Daher gilt er als Urvater der monotheistischen Religionen, des Judentums, Christentums und des Islam.

Abrahams Herberge

Für das Judentum spielt eine wichtige Rolle, dass Gott mit Abraham einen Bund schließt. (1. Mose 15 und 17). Der Grund ist, dass Abraham an Gott glaubt (1. Mose 15,6). Als Zeichen des Bundes gilt die Beschneidung. Diese ist heute ein wichtiges Lebensfest, das acht Tage nach der Geburt gefeiert wird.

Das Christentum sieht Abraham als Vater des Glaubens und damit auch des Christentums. So nennt der Apostel Paulus alle, die an Gott glauben, „Abrahams Kinder“ (Galater 3,6–9).

Im Islam heißt Abraham „Ibrahim“, der „Aufrichtige“ (Sure 2,135). Muhammed nannte ihn den „Anvertrauten Gottes“ und den Islam als Glaubensrichtung Ibrahims.

Abrahams Herberge

In Beit Jala nahe Bethlehem gibt es eine Begegnungsstätte für Menschen unterschiedlichen Glaubens, die „Abrahams Herberge“ heißt. Das Haus sowie das Schulprojekt „Abrahams Zelt“ im Westjordanland laden zum friedlichen Miteinander von Muslimen, Juden und Christen ein.

Tora: die fünf Bücher Mose und heilige Schrift des Judentums (siehe S. 211)

Kanaanäer: lebten in der Zeit vor 1200 vor Christus auf dem Gebiet des heutigen Landes Israel

Monotheistisch: Religionen, die nur an einen Gott glauben

Abrahams erster Name war Abram.

Beschneidung: Siehe S. 203

Zu Ibrahim: siehe S. 201

Aufgaben

1 Zeige mithilfe des Textes auf, warum Abraham „Vater des Glaubens“ genannt wird.

2 Erläutere, was damit gemeint sein kann, dass Gott mit Abraham einen Bund schließt.

3 Abrahams Herberge will Menschen unterschiedlichen Glaubens zusammenführen. Entwickle Ideen, was getan werden kann, dass sich diese besser verstehen.

Was in der Bibel steht: Die Anfangsgeschichten

Wie erkläre ich mir die Welt?

Warum wurden biblische Geschichten aufgeschrieben? Was war bei der Zusammenstellung der Texte wichtig? Viele Bibelgeschichten wurden so zusammengestellt, dass sie auf Fragen der Menschen antworten. Dies wird anhand der Geschichten, am Anfang der Bibel in 1. Mose 1–11 deutlich. Dort werden auf Fragen, die sich Menschen immer schon stellten, Antworten gesucht:

- Wie erkläre ich mir den Anfang des Lebens?
- Welche Rolle spielte Gott dabei?
- Warum gibt es uns Menschen?

Die ersten beiden Geschichten in der Bibel sind ein Lied und eine Erzählung. Sie sagen: Gott hat die Welt geschaffen, indem er Ordnung in das Tohuwabohu gebracht hat. Auch das Leben und die Menschen sind für die Schreibenden der Texte von damals nicht zufällig entstanden, sondern nach einem Plan. Die Menschen haben Aufgaben in der Welt, denn sie sind für die Welt verantwortlich.

Aber die damaligen Erzählenden sahen auch, dass die Welt nicht mehr so sein kann, wie Gott sie am Anfang gedacht und gemacht hat. Sie fragten sich:

- Woher kommt das Leid in der Welt?
- Warum verstehen sich die Menschen oft nicht?
- Steht Gott uns bei, auch wenn wir Schlimmes tun?

Auf diese Fragen geben das Lied von der Schöpfung (1. Mose 1–2), die Erzählungen vom Garten Eden (1. Mose 2–3), von Kain und Abel (1. Mose 4), von Noah und der Arche (1. Mose 6–8) und vom Turmbau in Babel (1. Mose 11) Antworten. Sie wurden gesungen und erzählt, um zu zeigen: Gott hat alles gut geschaffen, auch die Menschen. Aber diese sind frei. Und zur Freiheit gehört, dass man Schlimmes tun und sich von Gott abwenden kann. Trotz alledem steht Gott zu seiner Schöpfung und hält an den Menschen fest.

Tohuwabohu: Der Begriff steht für Chaos oder Durcheinander.

mehr zur Schöpfung findest du auf S. 64 – 71 und S. 179

Der Turm von Babel, Pieter Brueghel d. Ä., 1563.

Aufgaben

1 Vergleiche die Fragen der Menschen damals, die im Text genannt werden, mit Fragen von Menschen heute. Welche Antworten würdest du auf diese Fragen geben?

2 Das Bild zeigt den Turm zu Babel (1. Mose 11, 1–11). Lies die Geschichte und erläutere, auf welche Eigenschaft der Menschen sie anspielt.

3 Recherchiere nach weiteren Anfangsgeschichten aus anderen Kulturen. Was verbindet sie, wo unterschieden sie sich von der biblischen Geschichte?

Von der Schöpfung singen und erzählen

Zwei Bibeltexte, die zu unterschiedlichen Zeiten entstanden, stehen am Anfang der Bibel. Sie deuten, wie Gott die Welt gemacht hat, und loben ihn dafür.

Der erste Text (1. Mose 1,1–2,4a) ist ein Lied. Das erkennt man an wiederkehrenden Versen wie „Und Gott sprach …" oder „Und Gott sah, dass es gut war." Das Lied muss entstanden sein, als die Israeliten in Babylon gefangen waren. Das war ab 587 vor Christus. Sie erfuhren dort, wie sich die Babylonier den Anfang der Welt vorstellten. Die Israeliten nahmen deren Vorstellungen auf, machten aber zugleich deutlich: Unser Gott hat die Welt erschaffen. Er hat Ordnung in das Chaos gebracht und allem Grenzen gesetzt: Licht und Finsternis, Wasser und Land. Im Unterschied zu den Babyloniern waren für die Israeliten Sonne, Mond und Sterne keine Götter. Sie waren nur Lichter, die Gott am Himmel angebracht hat. Wichtig war für sie, dass Gott den siebten Tag als Schabbat gemacht hat. Dieser Ruhetag unterschied die Israeliten von allen anderen Völkern.

Der zweite Text (1. Mose 2,4b–3), die Erzählung vom Garten Eden, ist älter. In ihm steht die Erschaffung des Menschen im Mittelpunkt. Gott brachte ihn in einen wasserreichen Garten, den Garten Eden. Den sollten Mann und Frau „bebauen und bewahren". Doch am Ende müssen sie durch eigenes Verschulden dieses „Paradies" verlassen.

Lucas Cranach (1472 – 1553): Schöpfungsbild aus der Lutherbibel, 1534

Die Geschichten sind zu unterschiedlichen Zeiten entstanden, aber beide sagen aus: Es ist kein Zufall, sondern Gottes Plan, dass es die Welt gibt. Beide Texte wollen aber keine wissenschaftlichen Berichte sein. Sie wollen Gott loben und Dank sagen dafür, dass er die Welt gemacht hat und sie bis heute begleitet. Das sagen auch andere Texte der Bibel, beispielsweise Psalm 104.

Digital +
Hier kannst du dir beide biblischen Texte zur Schöpfung anhören: WES-152161-081

Schabbat: bedeutet auf Hebräisch Ruhetag, der siebte Tag der Woche.

Mehr zur Schöpfung auf den Seiten 109 (Bibelausgaben) sowie S. 64 – 71 und S. 179

Psalm 104 siehe Gott S. 66

Aufgaben

1 Das Bild oben entstand vor rund 500 Jahren und stammt aus einer Lutherbibel. Beschreibe was du siehst und was es über die Welt aussagt.

2 Untersuche den Text rund um 1. Mose 2,4 und zeige auf, warum man hier den Übergang von zwei Geschichten vermutet.

3 „Es ist problematisch, aus Sicht der Naturwissenschaften die Schöpfungsgeschichten zu beurteilen." Nimm Stellung zu dieser Aussage mithilfe der Informationen aus dem Text.

Die Bibel ist …

Was ist mein Lieblingsbuch?

Viele Bücher gib es, gedruckt oder als E-Book. Manche Menschen schauen sich gerne Bildbände an, andere verschlingen Erzählungen und Romane. Dann gibt es Sachbücher, Reiseführer, Comics, Mangas, und eben Bibeln. Da die Bibel heute das meistverbreitete Buch der Welt ist, gibt es viele Meinungen über sie. Die Bibel wird gerne das „Buch der Bücher“ genannt. Manche meinen, es ist das wichtigste Buch überhaupt, weil es überall vorkommt: in der Religion, aber auch in der Kunst, in der Musik oder in der Literatur.

Die Bibel wird als „Heilige Schrift“ bezeichnet, weil sie von Gott und der Welt erzählt. „Heilig“ bedeutet hier, dass in ihr zu lesen „Heil“ bringen, also Gutes bewirken kann. Evangelische Christen legen daher immer eine offene Bibel auf den Altar. Jeder soll darin lesen können.

Die Bibel gilt als das wichtigste Buch des Christentums und der Kirchen. Sie ist Grundlage des christlichen Glaubens, alle wichtigen Geschichten finden sich darin. Da das Alte oder Erste Testament und besonders die fünf Bücher Mose als „Tora“ für das Judentum die Heilige Schrift ist, ist dieser Teil der Bibel auch das wichtigste Buch des Judentums.

Die Bibel ist für einige ein Zeugnis aus einer vergangenen Zeit. Durch die Geschichten können sie entdecken, wie Menschen vor 2 000 bis 3 000 Jahren dachten und wie ihr Glaube aussah.

Die Bibel ist schließlich für viele ein Buch, das ihnen persönlich Mut macht und im Leben wie ein Wegweiser ist. Sie suchen darin Geschichten und Worte, die ihnen im Leben weiterhelfen.

Mehr zum Thema Judentum und zur Tora findest du in ab S. 210

Die Stiftskirche Neustadt an der Weinstraße

Aufgaben

1. Fasse die Aussagen im Text über die Bibel zusammen.
2. Nenne fünf Bücher, die du kennst. Was ist dein Lieblingsbuch?
3. „Die Bibel ist das wichtigste Buch, um das Christentum zu verstehen.“ Beurteile diese Aussage.

Zur Bibel Stellung nehmen

Die Bibel ist für mich …

Was ist die Bibel? Ist sie ein Buch wie jedes andere? Oder ist sie eine Heilige Schrift? Wenn man Menschen befragt, erhält man sehr unterschiedliche Antworten, was sie von der Bibel halten und wie sie sie einschätzen:

„Die Bibel ist für mich wichtig, weil ich vieles in der Kunst, der Literatur oder Musik erst begreife, wenn ich die Bibelgeschichte dahinter kenne."

„Die Bibel ist in einer Zeit geschrieben worden, die nicht unsere ist. Was kann sie schon mit uns zu tun haben? Vieles ist mir da fremd – wenn von Jakob die Rede ist, der mehrere Frauen hat, oder wenn jemand getötet werden soll, weil er am Ruhetag arbeitet."

„Als mein Mann starb, war ich fertig mit der Welt. Doch immer wieder erinnerte ich mich an ein Bibelwort, das zur Beerdigung gesprochen wurde: Meine Zeit steht in deinen Händen (Psalm 31,16). Mich tröstet, dass Gott bei mir ist, wenn meine Lebenszeit endet."

„Die Bibel ist etwas für alte und kranke Leute. Das bin ich nicht. Aber mal sehen, was passiert, wenn ich mal alt oder krank werde."

„Für mich und für viele Menschen in Lateinamerika und Afrika ist die Bibel Basis für die Hoffnung auf ein besseres Leben. Mose führte sein Volk in die Freiheit und Jesus spricht von einer gerechten Welt. Diese Botschaft ist für unterdrückte Menschen immer aktuell."

„Die Bibel ist für mich die Heilige Schrift. Erzählungen und besonders die Psalmen machen mir Mut. Da ist davon die Rede, dass man sich auf Gott verlassen kann – egal, was passiert. Das hilft mir, wenn ich nicht weiter weiß."

Vergleiche hierzu die Meinungen über Gott auf S. 46 – 47.

Aufgaben

1 Formuliere zum Bild Aussagen von Schülerinnen und Schülern, mit denen du rechnest.

2 Erläutere, was die Aussagen im Text meinen und wo sie sich unterscheiden.

3 Nimm aus deiner Sicht Stellung: „Die Bibel ist für mich …".

Checkpoint WES-152161-038

Kirche und Kirchen

Anfänge der Kirche benennen
Konfessionen unterscheiden
Ökumenische Zusammenarbeit gestalten
Zeit erleben und gestalten

Digital +
Schau dir hier das Kunstwerk als 3D-Bild an:
WES-152161-039

Das Kirchenfenster des amerikanischen Künstlers James Rizzi befindet sich in der Kreuzeskirche in Essen.

Christusbilder
S. 72

Du fragst dich:

- ? Passt das Bild in eine Kirche?
- ? Welche Merkmale von Kirche kann ich in dem Bild wiederfinden? Welche fehlen?
- ? Wo könnte mein Platz in dem Kirchenfenster sein?

Anfänge der Kirche benennen

Konfessionen unterscheiden

Ökumenische Zusammenarbeit gestalten

Zeit erleben und gestalten

Hier kannst du lernen …

- die Entstehung der frühen Gemeinden zu beschreiben und zu erklären.
- Erfahrungen mit Kirche zu formulieren.
- verschiedene christliche Konfessionen miteinander zu vergleichen.
- Beispiele ökumenischer Zusammenarbeit zu benennen.
- zu erklären, wie das Christentum den Kalender prägt.
- Feiern im Lebenslauf und christliche Feste im Jahreskreis zu erläutern.
- Orte gelebten Glaubens zu erklären und religiöse Praktiken mitzugestalten.

Anfänge der Kirche benennen

Pfingstbild von Salvador Dali

Die Anfänge der Kirche

Kirche bezeichnet nicht an erster Stelle ein Gebäude oder eine Institution, sondern die Gemeinschaft derer, die Jesus nach seiner Auferstehung nachfolgten.
Die Apostelgeschichte des Lukas nennt an erster Stelle die Jüngerinnen und Jünger, die Jesus begleitet haben, aber auch die, die sich später anschlossen.
Am Anfang waren die Gemeinden kleine Gruppen, die sich in Privathäusern trafen um gemeinsam zu beten, von Jesus zu erzählen und zu essen. Öffentlich sichtbar wurden sie vor allem, wenn sie im Sinne Jesu handelten: wenn sie seine Botschaft vom Reich Gottes weitergaben und sich um Menschen kümmerten, die Unterstützung und Zuwendung brauchten.
Die Apostelgeschichte beschreibt das Pfingstfest als Beginn zu umfangreicher Werbung, Jesus Christus nachzufolgen, weil der Geist Gottes die Apostel dazu befähigt. Der Geist Gottes stiftet eine große Gemeinschaft, auch wenn die Kirche weiterhin aus eher kleinen Gemeinden besteht. Pfingsten wird deshalb auch oft als Geburtstag der Kirche bezeichnet.

Das deutsche Wort „Pfingsten“ geht auf das griechische Wort „pentekoste“ (der Fünfzigste) zurück, weil das erste Pfingstfest 50 Tage nach dem Pessachfest gefeiert wurde. Seit dem 4. Jahrhundert feierte man Pfingsten immer 50 Tage nach Ostern.

Die Anfänge der christlichen Gemeinden

Warum ändern Menschen ihr Leben?

Im Neuen Testament und weiteren Texten, die etwa zeitgleich geschrieben wurden, lesen wir, welche Ideen und Praktiken das beginnende Christentum leiteten. Ein Grundtext für das Zusammenleben der Christinnen und Christen ist die Darstellung des Lukas in Apostelgeschichte 4, 32–37. Daneben war es auch üblich, dass Frauen und Männern umherzogen und für das Bekenntnis zu Jesus Christus warben. Eine solche Wandermissionarin war im 1. Jahrhundert Thekla. Von ihr wird folgendes berichtet:

Alles fing an, als sie Paulus kennenlernte. Er predigte in einem Nachbarhaus über Jesus Christus und betonte dabei: „Es ist besser, ehelos zu leben wie ich, anstatt zu heiraten." Als Thekla das hörte, entschied sie: „So will ich auch leben. Und ich will anderen Menschen von Jesus Christus erzählen." Als erstes hat sie ihre Verlobung gelöst, um Paulus zu folgen. Der Ex-Verlobte und ihre Mutter zeigten sie daraufhin bei der Stadtbehörde an und man beschloss, dass sie in der Arena zu Tode kommen sollte. Aber die wilden Tiere rührten sie nicht an. Für Thekla war klar: „Gott hat mich gerettet!" Danach ist sie Paulus gefolgt und hat ihn bei seiner Mission unterstützt. Nachdem sie eine weitere Verurteilung in der Arena überlebt hatte, sagte Paulus: „Du bist eine glaubwürdige Christin. Ich erlaube dir, selbstständig zu missionieren." So brachte sie vielen Menschen das Evangelium von Jesus Christus. Weil sie viel erleiden musste, wurde sie von manchen Menschen fast wie eine Heilige verehrt.

Arena: Kampfplatz in einem römischen Amphitheater (offenes Rundtheater)

Die Höhle, in der Thekla gelebt haben soll und auch starb. Sie wurde zu einem Wallfahrtsort, den viele Gläubige besuchten. Später hat man über der Höhle eine Kirche errichtet.

Aufgaben

1 Zeige mithilfe der Apostelgeschichte und der Theklageschichte wichtige Kennzeichen der frühen christlichen Gemeinschaften auf.

2 Vergleiche die Lebensstile der frühen Hausgemeinden und der Menschen, die umherwanderten und an vielen Orten missionierten. Was ist das Besondere an Thekla?

3 Arbeite heraus: Welche Chancen bietet der Eintritt in die christliche Gemeinschaft? Was könnte abschrecken, sich den christlichen Gemeinden anzuschließen? Hinweise findest du in folgenden Texten: Matthäus 18, 15–17; 1. Korinther 5, 1–3; Kolosser 3, 18–4,1; 1. Korinther 14, 33–35.

Zusammenleben in den frühen christlichen Gemeinden

Was gehört zu einer guten Gemeinschaft?

In den frühen christlichen Gemeinden trafen sich die unterschiedlichsten Menschen, sodass Konflikte nicht zu vermeiden waren. Paulus hat in seinen Briefen Tipps gegeben, wie Gemeinschaft funktionieren kann. So könnte ein Interview mit ihm aussehen:

Die Ikone zeigt Petrus und Paulus.

Interviewerin: Paulus, ich habe erfahren, dass es Konflikte innerhalb vieler Gemeinden gibt, weil es unterschiedliche Vorstellungen gibt, wie man christlich leben kann. Worum geht es da genau?

Paulus: Das ist kompliziert. Alle Gruppen unserer christlichen Gemeinschaften sind jüdisch geprägt. Man denke nur an den Gebrauch der Tora oder die Vorstellungen von Gott, der in der Welt wirkt. Grob kann man jüdische und nicht-jüdische Christusgläubige unterscheiden.

Interviewerin: Was heißt denn grob?

Paulus: Nun ja, es gibt jüdische Christusgläubige, welche die Gebote der Tora einhalten. Manche nichtjüdische Anhängerinnen und Anhänger des Evangeliums tun das ebenfalls, weil sie die Gebote als hilfreich empfinden. Und dann gibt es jüdische und nicht-jüdische Christusgläubige, denen die Einhaltung der Toragebote nicht mehr wichtig ist. Die sagen, dass allein das Festhalten am Glauben an Jesus Christus zum Heil führt.

Interviewerin: Und wo ist da jetzt das Problem?

Paulus: Gut erkannt. In manchen Gemeinden gibt es Konflikte darüber wer Recht hat.

Interviewerin: Und was denkst du?

Paulus: Ich denke, dass der Glaube an Jesus Christus uns verbindet, auch wenn wir unterschiedliche Einstellungen zu den jüdischen Traditionen haben. Wir leben unseren Glauben unterschiedlich, aber wir glauben alle, dass wir in ihm erlöst sind und ewiges Leben haben werden.

Digital +
Lied:
Wir alle sind ein Leib
WES-152161-040

Aufgaben

1 Notiere wichtige Kennzeichen der unterschiedlichen Gruppierungen, von denen Paulus spricht.

2 Entwirf ein Gespräch zwischen diesen und Paulus darüber, was ein christliches Leben kennzeichnet. Nimm dazu auch Römer 12 und 1. Korinther 12 zu Hilfe.

3 Setze die Darstellung der Ikone in Beziehung dazu.

4 Formuliere eine Empfehlung an die streitenden Gruppen.

Merkmale der frühen christlichen Gemeinden

Wie zeigt sich, dass man zu einer Gruppe gehört?

Wie die frühen christlichen Gemeinden Gottesdienst gefeiert haben, lässt sich nur vermuten. Wahrscheinlich haben sie sich in größeren Privathäusern getroffen. Die Hauskirche von Dura Europos (Anf. 3. Jh.) ist das bekannteste Beispiel.

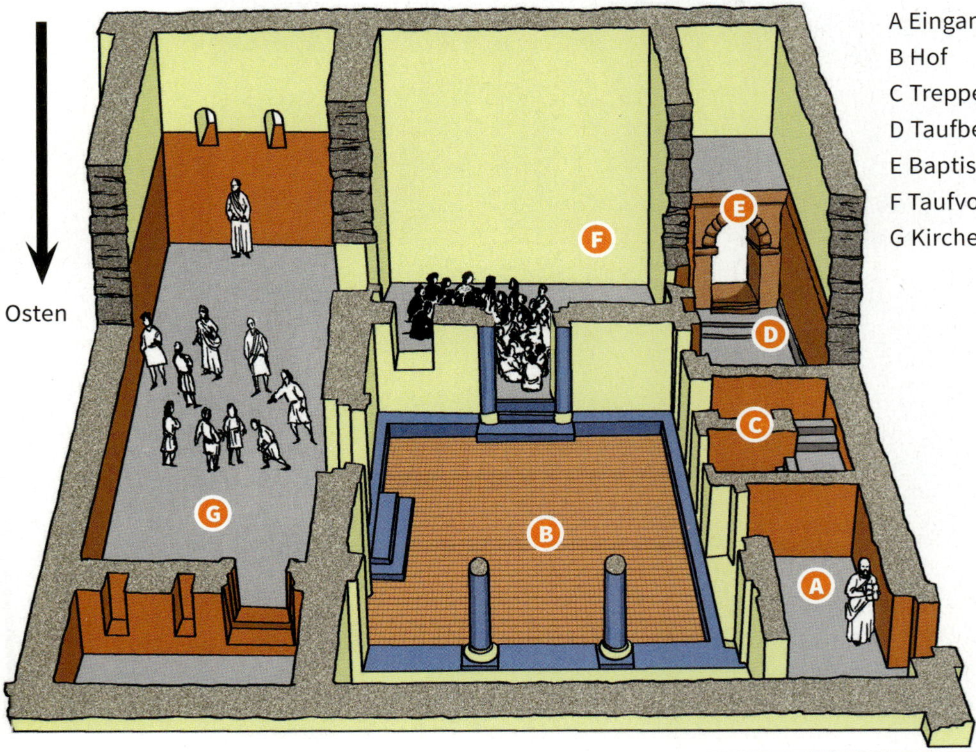

A Eingangsbereich
B Hof
C Treppe zum Obergeschoss
D Taufbecken
E Baptisterium
F Taufvorbereitungsraum
G Kirche

Wichtiger als die Frage nach dem Ort der Zusammenkunft sind die wesentlichen Merkmale der Zugehörigkeit zur christlichen Gemeinde: **Taufe** und **Eucharistie**. Eucharistie ist die Mahlfeier, die an das letzte Abendmahl Jesu vor seinem Tod erinnert. Menschen, die sich für den christlichen Glauben entschieden hatten, mussten eine dreijährige Lern- und Probezeit durchlaufen, bevor sie getauft wurden. In dieser Zeit lernten sie wesentliche Glaubensinhalte und mussten beweisen, dass sie nach christlichen Werten leben. Nach der Taufe durften sie an der Eucharistiefeier teilnehmen. Vor der Taufe durften sie nur am Gottesdienst teilnehmen und mussten den Raum vor der Eucharistie verlassen.

Aufgaben

1 Beschreibe mithilfe der Darstellung der Hauskirche und des Textes, wie du dir die Aufnahme eines Menschen in die christliche Gemeinde vorstellst.

2 Begründe, weshalb Taufe und Eucharistie eine so große Bedeutung haben. Siehe dazu auch Seiten 139 und 148.

3 Nimm Stellung: Was ist heute noch ähnlich wie in der Anfangszeit? Was hat sich geändert?

Checkpoint WES-152161-041

Konfessionen unterscheiden

A

B

Gebetshäuser in verschiedenen Religionen ■ S. 206

C

D

E

Du siehst hier verschiedene christliche Gottesdiensträume und einzelne Gegenstände, die sich darin befinden.

Vielfalt der Kirche: Konfessionen

In Deutschland wie in der ganzen Welt gibt es unterschiedliche Kirchen und kirchliche Gemeinschaften, die man Konfessionen nennt. Das lateinische Wort „confessio" meint ursprünglich, dass sich Menschen zu einem bestimmten Gott und einem bestimmten Glauben bekennen, das heißt zugehörig fühlen, und das auch öffentlich kundtun. Heute steht der Begriff Konfession vornehmlich für die organisierten Kirchen und Gemeinschaften.
Die evangelische und römisch-katholische sind die bekanntesten Konfessionen, aber es gibt noch viel mehr, zum Beispiel evangelische Freikirchen, orthodoxe Ostkirchen oder die altkatholische Kirche. Sie unterscheiden sich in vielen Gebräuchen, was man vor allem im Gottesdienst beobachten kann, aber auch im Alltagsleben.

Konfessionen in der Welt ■ S. 195

Gemeinsamkeiten der evangelischen und katholischen Kirche

Woran erkennt man Christinnen und Christen?

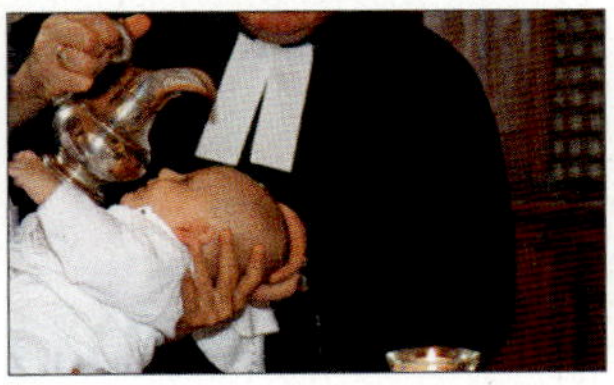

Die **Taufe** ist ein Zeichen für die bedingungslose Annahme eines Menschen durch Gott. Die Mehrzahl der Christinnen und Christen wird als Baby oder kleines Kind getauft. Weil man nur einmal getauft werden kann, erkennen die evangelische und katholische Kirche die Taufe der jeweils anderen Konfession an.

Taufe Jesu
S. 86

Das **Abendmahl**, das in der katholischen Kirche Eucharistie heißt, geht auf das letzte Abendmahl Jesu vor seinem Tod zurück. Christinnen und Christen feiern es regelmäßig im Gottesdienst. Während in der evangelischen Kirche alle Brot und Wein oder Saft bekommen, trinken in der katholischen Kirche in der Regel nur die Priester den Wein, während die Gemeinde die Hostie erhält.

Abendmahl, Taufe
S. 137

Hostie: Abendmahlsbrot, meist in Form einer Oblate

Die **Bibel** ist für Gläubige aller Konfessionen die Heilige Schrift.

Heilige Schrift
S. 130

Matthäus und Lukas berichten, dass Jesus uns das **Vaterunser** oder Herrengebet als wichtigstes Gebet empfohlen hat. Evangelische und katholische Christinnen und Christen beten es gemeinsam im Gottesdienst, aber auch für sich allein.

Vaterunser
S. 59

Der **Gottesdienst** in der evangelischen Kirche wird von einer Pfarrerin oder einem Pfarrer geleitet. In der katholischen Kirche wird der Gottesdienst mit Eucharistiefeier in der Regel von einem Priester geleitet. Dieser ist zu diesem Amt geweiht worden, es können aber auch Nichtgeweihte den Gottesdienst leiten.

Die evangelischen und katholischen **Gesangbücher** unterscheiden sich zwar, haben aber viele gemeinsame Lieder. Die katholische Kirche hat manche Lieder der Protestanten übernommen; manche liturgischen Gesänge im evangelischen Gesangbuch stammen aus der katholischen Tradition.

Aufgaben

1. Benenne die Elemente, zu denen du schon Erfahrungen hast. Welche weiteren fallen dir ein?
2. Ordne die genannten Elemente der beiden Konfessionen danach, ob diese Elemente eher die beiden Konfessionen trennen oder verbinden.
3. Begründe deine Entscheidung.

Projektvorschlag 1: Was ist evangelisch?

Evangelisch heißen die Kirchen, für die das biblische Evangelium, also die frohe Botschaft von Jesus Christus, die einzig gültige Basis für das christliche Leben ist. Ihren Ursprung haben die evangelischen Kirchen in den Reformationen, d. h. den kirchlichen Erneuerungsbewegungen des 16. Jahrhunderts. Aus dieser Zeit stammt auch die Bezeichnung protestantisch. Die Evangelischen machten sich für die Veränderungen in der Kirche stark. Damit protestierten sie gegen die, die die alten Traditionen der Kirche beibehalten wollten. Damit wollten sie sich für das Seelenheil und den rechten Glauben der Untertanen einsetzen.

Es gibt einige Kennzeichen, die für das evangelische Christentum typisch sind.

Viele evangelische Jugendliche feiern in der Regel mit etwa 13 Jahren ihre Konfirmation, mit der sie sich zu ihrem Glauben bekennen.

In der evangelischen Kirche können Frauen und Männer das Pfarramt übernehmen. Sie dürfen wie alle anderen Menschen auch heiraten und Familien gründen.

Im evangelischen Gottesdienst steht die Predigt über einen biblischen Text im Mittelpunkt.

Weitere Besonderheiten …

Digital +
Hier findest du geeignete Internetseiten
WES-152161-042

Aufgaben

1 Benenne mithilfe der Texte und Fotos die wichtigsten Kennzeichen des evangelischen Christentums. Was kennst du schon, zum Beispiel aus einer Gemeinde an deinem Wohnort? Was ist dir neu?

2 Formuliere Fragen, die dir bei der Bearbeitung eingefallen sind.

3 Projektaufgabe: Recherchiere im Internet nach weiteren Kennzeichen für evangelisches Christentum und Antworten auf deine Fragen. Gestalte ein Plakat oder eine digitale Präsentation dazu.

Projektvorschlag 2: Was ist katholisch?

Der Name katholisch stammt aus dem Griechischen und bedeutet „allumfassend“. Damit ist gemeint, dass die Kirche von Jesus Christus in die ganze Welt, zu allen Menschen gesandt ist. Außerdem bedeutet katholisch, dass alle Gemeinden eine einheitliche Lehre und Liturgie (= Gottesdienst) haben, d. h. eine große, weltweite Gemeinschaft bilden. Seit den Reformationen des 16. Jahrhunderts bezeichnet katholisch die Konfession im Unterschied zum evangelischen Christentum. So gebrauchen wir den Begriff bis heute.

Es gibt einige Kennzeichen, die für das katholische Christentum typisch sind.

Katholische Kinder feiern im Alter von 8 oder 9 Jahren ihre Erstkommunion und werden zur Eucharistie zugelassen. Als Jugendliche im Alter von 12 bis 16 Jahren oder älter bestätigen sie in der Firmung ihren Glauben und die Bindung an die katholische Kirche.

Katholische Gemeinden werden meist von Priestern geleitet, die für Gottesdienst, Sakramente und Seelsorge zuständig sind. Sie dürfen nicht heiraten, weil sie sich mit ungeteilter Aufmerksamkeit nur Gott und den Menschen widmen sollen. Im katholischen Gottesdienst steht die Feier der Eucharistie im Mittelpunkt.

Das Oberhaupt der katholischen Kirche ist der Papst. Er gilt als Nachfolger des Apostels Petrus und ist Bischof von Rom.

Digital +
Hier findest du geeignete Internetseiten
WES-152161-043

Weitere Besonderheiten …

Aufgaben

1 Stelle mithilfe einer Skizze die drei Bedeutungen des Begriffs katholisch dar.

2 Benenne die wichtigsten Kennzeichen des katholischen Christentums. Was kennst du schon, zum Beispiel aus einer Gemeinde an deinem Wohnort? Was ist neu?

3 Formuliere Fragen, die dir bei der Bearbeitung eingefallen sind.

4 Projektaufgabe: Recherchiere im Internet nach weiteren Kennzeichen für katholisches Christentum und Antworten auf deine Fragen. Gestalte ein Plakat oder eine digitale Präsentation dazu.

Projektvorschlag 3: Was ist orthodox?

Das griechische Wort „orthodox" heißt übersetzt „strenggläubig" oder „rechtgläubig". Orthodoxie als Glaubenseinstellung gibt es in fast allen Religionen. Die orthodoxe Kirche versteht sich selbst als diejenige, die die ursprüngliche christliche Botschaft am besten bewahrt hat. Sie ist in verschiedene regionale Kirchen gegliedert, versteht sich aber als eine große Gemeinschaft. Sie ist vor allem im Osten Europas verbreitet. Die bekanntesten orthodoxen Kirchengemeinschaften sind die griechisch-orthodoxe und die russisch-orthodoxe Kirche.

Es gibt einige Kennzeichen, die für das orthodoxe Christentum typisch sind.

Orthodoxe Priester sind jeweils einer Gemeinde zugeordnet, deren Gottesdienst sie leiten. Es gibt verheiratete Priester und Priestermönche.

Ikonen sind Gemälde von Jesus Christus und den Heiligen, zum Beispiel Maria oder Nikolaus. Sie werden von vielen Gläubigen verehrt.

Digital +
Hier findest du geeignete Internetseiten
WES-152161-044

Orthodoxe Christinnen und Christen feiern manche Feste (z. B. Weihnachten) an anderen Terminen als in den evangelischen und katholischen Kirchen, da sie einen anderen Kalender haben.

Weitere Besonderheiten …

Aufgaben

1. Stelle die verschiedenen Bedeutungen von orthodox dar.
2. Benenne die wichtigsten Kennzeichen des orthodoxen Christentums. Was kennst du schon, weil es vielleicht eine orthodoxe Gemeinde an deinem Heimatort gibt? Was ist neu?
3. Formuliere Fragen, die dir bei der Bearbeitung eingefallen sind.
4. Projektaufgabe: Recherchiere im Internet nach weiteren Kennzeichen für orthodoxes Christentum und Antworten auf deine Fragen. Gestalte ein Plakat oder eine digitale Präsentation dazu.

Kirche(n) als Raum zur Begegnung

Wie stelle ich mir einen guten Gottesdienst vor?

Kirche und Konfessionen zeigen sich besonders in ihren Gottesdiensten, die oftmals sehr traditionell durchgeführt werden. Es geht aber auch anders, wie das Beispiel Kirche Kunterbunt zeigt. Aus einem Interview mit einer Organisatorin von Kirche Kunterbunt:

frech und wild und wundervoll
Kirche Kunterbunt

Interviewer: Was steckt hinter dem Namen Kirche Kunterbunt? Der Name kommt mir irgendwie bekannt vor.

Organisatorin: Ja, wir haben uns tatsächlich etwas von Pippi Langstrumpf abgeschaut, nämlich die Kreativität und Offenheit für alle. Unser Konzept richtet sich vor allem an Familien, die wenig Kontakt zur „normalen" Kirche haben. Die Treffen finden in unterschiedlichen Gemeinden statt, meistens einmal im Monat und dauern ca. 3 Stunden.

Mehr zu religiösen Feiern ab S. 146

Interviewer: Das ist ja ziemlich lang, oder? Ein normaler Sonntagsgottesdienst dauert doch höchstens eine Stunde.

Organisatorin: Ja, aber wir sind auch anders ausgerichtet. Wir wollen die Beziehung der Menschen untereinander stärken.

Interviewer: Und das sieht konkret – wie – aus?

Organisatorin: Es gibt drei wesentliche Elemente der Treffen. Wie beginnen mit Kreativstationen zu einem Thema oder Bibeltext. Da können sich vor allem die Kinder beteiligen und austoben. Daran schließt sich ein kurzer Werkstatt-Gottesdienst an, mit Liedern, Bibeltext und Predigt, Gebet und Segen.

Interviewer: Also eigentlich ein normaler Gottesdienst.

Organisatorin: Nicht ganz. Der Gottesdienst greift noch stärker Themen aus dem alltäglichen Leben auf, und anschließend bauen wir ein Buffet auf und essen gemeinsam. Das ist schon eher so wie die Gottesdienstfeiern, wie Paulus sie in seinen Briefen beschreibt.

Interviewer: Klingt spannend. Ich bedanke mich für das Gespräch.

Organisatorin: Gerne.

Aufgaben

1 Fasse zusammen, worin die Besonderheiten eines Gottesdienstes der Kirche Kunterbunt bestehen.

2 Erläutere, was du gut und weniger gut findest. Du kannst dazu auch im Internet nach Material zur Kirche Kunterbunt recherchieren.

3 Vergleiche das Modell der Kirche Kunterbunt mit Gottesdiensten, die du schon erlebt hast, zum Beispiel zur Einschulung oder an Weihnachten. Was unterscheidet einen Gottesdienst von anderen Feiern oder Treffen?

Kirchenräume erkunden

A

B

C

D

Kirchenräume lassen sich auch online erkunden. Bei Kirche-entdecken.de könnt ihr die unterschiedlichen Räume einer virtuellen evangelischen Kirche durchstöbern und vieles entdecken.

Digital +
Kirchen virtuell erkunden
WES-152161-045

Aufgaben

1 Beschreibe deine ersten Eindrücke der drei abgebildeten Kirchenräume.

2 Erkläre, woran man evangelische, katholische und orthodoxe Kirchen erkennt.
Benenne die Elemente, die allen Kirchenräumen gemeinsam sind. Hilfestellung bieten dir neben den Bildern die digitalen Zusatzmaterialien.

3 Kirchenräume sind auch ein Gedächtnis des christlichen Glaubens. Überlegt im Gespräch, was damit gemeint sein könnte. Die vorhergehenden Seiten können euch dabei helfen.

Projekt:
Kirchen und andere Gebetshäuser erkunden

In deinem Wohnort gibt es vermutlich mehr Gebetsräume als christliche Kirchen. Es gibt verschiedene Möglichkeiten, diese zu erkunden. Viele Kirchengemeinden, jüdische Synagogengemeinden und muslimische Moschee-Gemeinden stellen auf ihren Internetseiten ihre Gebäude vor. Dort könnt ihr euch grundlegend informieren.
Anschließend könnt ihr euch einen ersten Eindruck verschaffen, indem ihr das Gebäude vor Ort erkundet. Der Erkundungsbogen auf dieser Seite hilft euch dabei.

Mehr zu Gebetshäusern
■ S. 206

ERKUNDUNGSBOGEN

1. Schritt: Außenbereich

Betrachte das Gebäude aus etwas größerer Entfernung und versuche, folgende Fragen zu beantworten: Wo liegt das Gebäude? Wie groß ist es? Gibt es äußerliche Besonderheiten (Größe des Gebäudes, Türme, Minarett, Farben u. a.)? Was fällt auf, wenn man um das Gebäude herumgeht? Gibt es Hinweise darauf, dass hier ein besonderer Ort ist? Manchmal ist es hilfreich, ein Fernglas zu Hilfe zu nehmen, um beispielsweise Kirchenfenster in großer Höhe besser zu erkennen.

2. Schritt: Eingangsbereich

Beschreibe den Eingangsbereich, z. B. Treppenaufgang, Türverzierungen u. a. Was empfindest du beim Überschreiten der Schwelle ins Innere? Gibt es besondere Rituale, die beim Eintreten zu beachten sind? Beschreibe den Weg von draußen ins Innere des Gebäudes.

3. Schritt: Innenraum

Lass den Raum erst einmal auf dich wirken, danach schau dich genauer um. Beschreibe die Einrichtungsgegenstände, die dir besonders auffallen. Notiere dir, was du schon kennst, und notiere ebenfalls, was dir fremd ist / wozu du etwas fragen möchtest. Schau dich nach besonderen Symbolen, Bildern etc. um und beschreibe sie, male sie ab oder mach ein Foto. Gibt es im Gotteshaus einen Platz, den du besonders schön findest? Beschreibe seine Besonderheit für dich.

Wenn ihr die wichtigsten Eindrücke und Informationen gesammelt und sortiert habt, könnt ihr mit diesem Material weiterarbeiten, indem ihr Erkundungsmöglichkeiten für andere Kinder und Jugendliche entwerft.

Projektvorschläge:
Viele christliche Kirchengemeinden haben spezielle Kirchenführer für Kinder. Ihr könnt einen Kirchenführer für eine Kirche, eine Synagoge oder eine Moschee vor Ort entwerfen. In manchen Kirchengemeinden gibt es sogar Programme, Kinder und Jugendliche zu Kirchenführerinnen und Kirchenführern auszubilden. Eine weitere Möglichkeit, Gebetshäuser zu erkunden, ist eine digitale Schnitzeljagd.

Checkpoint WES-152161-047

Ökumenische Zusammenarbeit gestalten

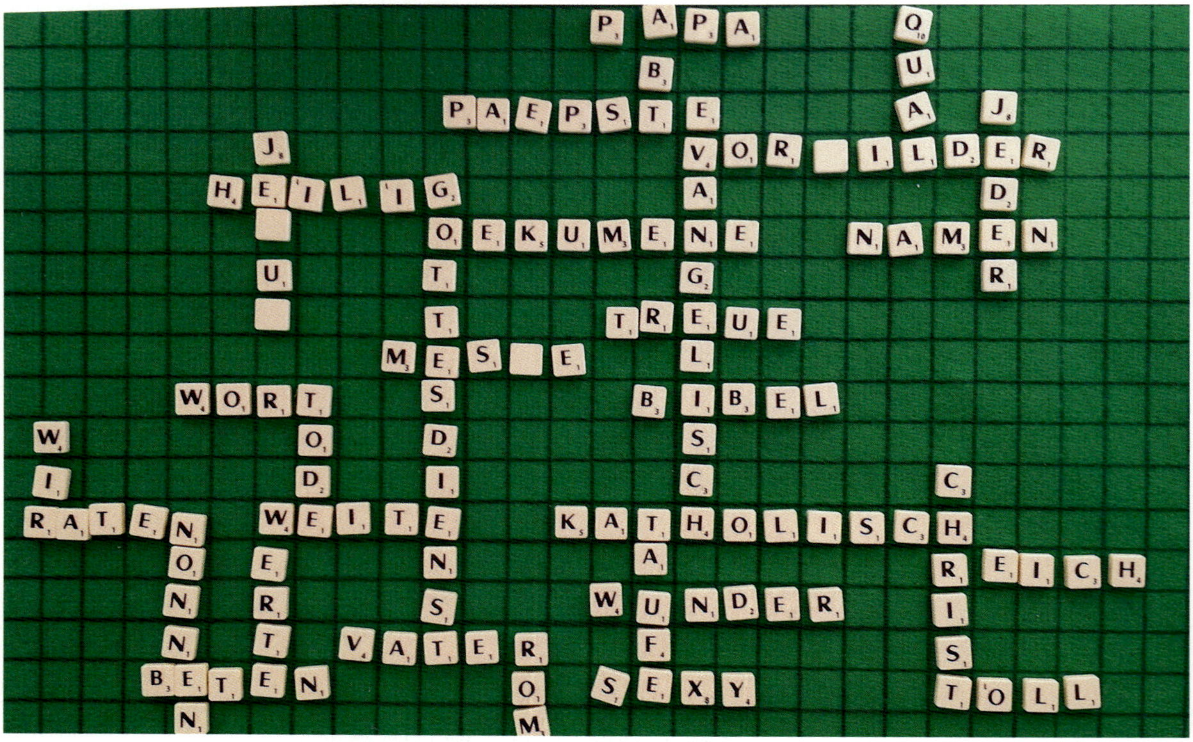

Ökumene

Das Wort Ökumene kommt aus dem Altgriechischen, der Sprache der ersten Christinnen und Christen, und meint ursprünglich „bewohnte Welt“. Im Alltag sprechen wir von Ökumene, wenn evangelische und katholische Christinnen und Christen zusammenarbeiten, zum Beispiel in der Jugendarbeit oder in Gottesdiensten. In den Gemeinden vor Ort und in der Schule funktioniert das meistens gut, da sich alle kennen und miteinander sprechen können.

Ökumene meint aber grundsätzlich auch das Wissen darum, dass alle Christinnen und Christen auf der Welt eine Gemeinschaft bilden. Kirchen sollen diese Gemeinschaft erfahrbar machen. Ökumene als Blick auf die Welt schließt zugleich alle Menschen als Weltgemeinschaft ein und trägt dann Verantwortung für die Menschen und den Planeten.

Ökumenisches Handeln kann in ganz unterschiedlicher Weise konkret werden. Dabei ist eine Grundvoraussetzung wichtig, nämlich die Bereitschaft, anderen aufmerksam zu begegnen und deren Sichtweisen anzuerkennen.

Ökumene in der Schule

Wer darf am Reli-Unterricht teilnehmen?

Am Ende der 5. Klasse werden Schülerinnen und Schüler, die an Konfessionell-kooperativem Religionsunterricht (das bedeutet: Evangelische, Katholische und alle anderen, die gern teilnehmen wollen, in einer Lerngruppe) teilgenommen haben, nach ihrer Meinung gefragt.

Interviewerin: Wie habt ihr den Reli-Unterricht erlebt?

Jakob: Es macht mehr Spaß mit allen zusammen Reli zu haben als nur in der eigenen Religruppe. Man lernt dann auch die andere Seite etwas kennen.

Kim: Es ist auch schön, wenn man mal in die andere Kirche geht. Da erkennt man dann die Unterschiede und weiß eher, was sie bedeuten.

Leon: Ich hätte lieber richtigen evangelischen Reli-Unterricht gehabt. Wenn man katholisch und evangelisch zusammen hat, lernt man halt auch viel mehr katholisch und vergisst leichter das mit der eigenen Religion.

Karla: Finde ich nicht. Man lernt vor allem, dass die Konfessionen nicht viel Unterschiedliches haben, weil die eigentlich fast gleich sind.

Interviewerin: Vielen Dank für eure Antworten, die ja sehr unterschiedlich sind. Ich denke, es gibt noch viel über eure Erfahrungen zu diskutieren.

Doris Lindner (verändert)

Aufgaben

1 Ordne die Antworten der Schülerinnen und Schüler danach, ob sie für oder gegen konfessionell-kooperativen Religionsunterricht sind. Ergänze weitere Argumente, die dir einfallen. Das Foto kann dir dabei helfen.

2 Veranstaltet eine Podiumsdiskussion zum Thema: Ist konfessionell-kooperativer Religionsunterricht ein geeignetes Modell für den Reli-Unterricht in der Schule?

3 Konfessionell-kooperativer Religionsunterricht ist ein Beispiel dafür, dass Ökumene zwischen Evangelischen, Katholischen und Menschen, die nicht einer christlichen Konfession angehören, in der Schule stattfindet. Zeige weitere Beispiele auf, wo an deiner Schule ökumenische Zusammenarbeit funktioniert. Entwirf eigene Vorschläge.

Taufe als sichtbares Zeichen der Ökumene

Wie kann man zeigen, dass man zusammengehört, auch wenn man unterschiedlich ist?

ACK gewinnt Preis

Taufkreuze machen Verbundenheit sichtbar

VS-Villingen. Mit dem Projekt „Ökumenische Taufkreuze" hat die Arbeitsgemeinschaft Christlicher Kirchen (ACK) Villingen die Jury des Ökumenepreises der ACK 2015 überzeugt. [...]
Alle getauften Kinder und Erwachsene in den Mitgliedskirchen der ACK Villingen erhalten ein kleines Taufkreuz aus Holz, auf dem alle 13 Mitgliedskirchen der Villinger ACK mit einem Symbol abgebildet sind. Außerdem wird das gleiche Kreuz in zwei Meter Größe einmal im Jahr durch alle Mitgliedskirchen weitergereicht. So wird auch im Gottesdienst die Zusammengehörigkeit sichtbar gemacht. Hergestellt werden die Kreuze in den Caritas-Werkstätten für Menschen mit Behinderung in Freiburg. Das große Kreuz und die kleinen Taufkreuze sind ein Zeichen dafür, dass die Mitgliedskirchen und die Gemeindeglieder durch die Taufe miteinander verbunden sind.

Digital +
Webseite der ACK
WES-152161-048

Taufkreuz
Die Grundlage für das Taufkreuz ist die Magdeburger Tauferklärung von 2007. Hier haben Vertreter der evangelischen, katholischen, orthodoxen und anglikanischen Kirchen erklärt, dass sie die Taufe jeder Kirche wechselseitig anerkennen. Das bedeutet, dass sie einmalig und unwiederholbar ist.

Digital +
Hier kannst du online nach Taufsprüchen recherchieren
WES-152161-049

Aufgaben

1. Beschreibe, weshalb das Taufkreuz ein sichtbares Zeichen der Ökumene in Villingen ist.
2. Benenne weitere Elemente, die zur Taufe gehören.
3. Der Taufspruch, meist aus der Bibel, ist eine Art Motto für das eigene Leben. Prüfe deinen Taufspruch, ob er zu dir passt. Wenn du nicht getauft bist, suche dir einen geeigneten Spruch, zum Beispiel aus der Bibel.

Ökumene vor Ort und weltweit

Wie kann man zeigen, was einem wichtig ist?

MisterZ
@MisterZ

Ökumenischer Tag der Schöpfung – was soll das denn bloß sein? Wer weiß was?

Lizzy14
@Lizzy14

Die Idee zur Feier eines solchen Tages entstand schon 1989. Der ökumenische Patriarch Dimitros I. hatte den Vorschlag gemacht, einmal im Jahr einen Schöpfungstag zu begehen, damit sich die Christinnen und Christen an ihre Verantwortung für die Erde und deren Erhaltung erinnern.
In Deutschland feiern wir diesen Tag – es ist übrigens der erste Freitag im September – erst seit 2010 regelmäßig. Es gibt sicher nicht in jeder Gemeinde eine Veranstaltung.

MisterZ
@MisterZ

Was hat man denn von so einem Tag, das ändert doch auch nichts daran, dass Menschen die Umwelt verschmutzen, dass Tierarten verschwinden, dass viele Menschen zu wenig zum Leben haben.

Lizzy14
@Lizzy14

Das ist die Frage. Zunächst geht es mal um einen anderen Blick auf die Welt. Am ökumenischen Tag der Schöpfung bemühen sich die Menschen, die Welt mit Gottes Augen zu sehen, nämlich als Lebenshaus, das er uns geschenkt hat und das wir bewohnen dürfen. Aus der veränderten Sichtweise können dann auch kleine Schritte zur Veränderung werden.

MisterZ
@MisterZ

Na ja, vielleicht. Es wäre gut, wenn möglichst viele da mitmachen würden. Vielleicht sollte man dafür mal Werbung machen.

Ökumenischer Tag der Schöpfung 2024
Im Jahr 2024 lautete das Motto „Lass jubeln alle Bäume des Waldes". Es ist angelehnt an Psalm 96 („Jubeln sollen alle Bäume des Waldes") und zeigt auf, dass den Wäldern in der aktuellen Zeit wenig Grund zum Jubeln gegeben wird. Die Anpassung durch den Imperativ „Lass" nimmt einerseits die Menschen in die Pflicht, den Wäldern wieder zu alter Stärke zurück zu verhelfen und kann andererseits als eine Bitte an Gott verstanden werden, uns bei der Aufgabe der Schöpfungsbewahrung zu unterstützen.

Das sagten Schülerinnen und Schüler am Ende einer Unterrichtseinheit zur Ökumene:

„Wenn Fredy und Clemens zusammen den Müll aus unserer Klasse gut entsorgen oder zusammen den Säuberungsdienst auf dem Schulhof übernehmen, hat das mit der kleinen und der großen Ökumene zu tun, weil dann ein evangelischer und ein katholischer Schüler gemeinsam etwas Konkretes machen, was zur Lösung eines großen Problems der Erde beiträgt."

Aufgaben

1 Beschreibe die allgemeine Zielsetzung des ökumenischen Tags der Schöpfung. Wie passt das Motto von 2024 dazu?

2 Erläutere, in welcher Weise Ökumene und Schöpfung zusammengehören. Nimm dazu auch die Seiten 177 f. und die Aussage in der Sprechblase zur Hilfe.

3 Plant eine eigene Aktion zum Ökumenischen Tag der Schöpfung. Hilfreiche Hinweise findet ihr im Internet unter dem Stichwort „Ökologischer Handabdruck".

Ökumene in der Schule feiern

Was bringen christliche Schulfeiern?

Nach diesem Vorbild: Einladung zum Weihnachtsgottesdienst „Frieden auf Erden“

Interview in der Schulzeitung

„Frieden auf Erden“, so lautete die Einladung zum Weihnachtsgottesdienst an unserer Schule, der von den evangelischen und katholischen Religionsgruppen der 6. Klassen vorbereitet und geleitet wurde. Unsere Schul-Reporterin Vanessa hat mit zwei der Schülerinnen und Schüler gesprochen, die die Feier organisiert haben.

Vanessa: Was waren eure grundlegenden Ideen für die Feier bzw. den Gottesdienst?

Moritz: Wir wollten einen Weihnachtsgottesdienst gestalten, also ein christliches Fest in den Mittelpunkt stellen. Das verbindet ja evangelische und katholischen Menschen.

Lisa: Aber wir wollten auch alle anderen, d. h. die Orthodoxen, Muslime und auch die, die nicht in Reli sind, einladen, als Gäste sozusagen.

Vanessa: Warum war euch das wichtig?

Lisa: Wir wollten zeigen, dass Schule ein Ort ist, an dem wir christliche Traditionen leben können, ohne andere auszuschließen.

Moritz: Schließlich ist die Botschaft von Weihnachten doch, dass Frieden etwas ist, das sich alle Menschen wünschen und wofür wir uns einsetzen sollen.

Vanessa: Und wie war die Feier?

Lisa: Ich denke, ein ziemlicher Erfolg. Wir haben gesungen, Gebete gesprochen und in Spiel-Szenen dargestellt, wo und wie man etwas für den Frieden tun kann.

Vanessa: Vielen Dank für das Interview.

Aufgaben

1. Beschreibe, wie du dir die Schulfeier von Lisa und Moritz vorstellst.
2. Finde einen passenden Namen für die Form der Feier. Was hat sie mit Ökumene zu tun?
3. Gestaltet eine Schulfeier nach dem Modell von Lisa und Moritz. Auf der folgenden Seite findet ihr Hilfestellungen zur Organisation.

Eine Schulfeier mit christlichen Elementen gestalten

Eine Schulfeier muss gut vorbereitet sein. Dazu braucht ihr die Hilfe eurer Lehrerinnen und Lehrer. Zuerst müsst ihr mit der katholischen Religionsgruppe einen Termin finden, ein gemeinsames Thema festlegen und einen geeigneten Raum in der Schule reservieren. Danach müsst ihr die Aufgaben bestimmen und klären, wer welche Aufgabe übernimmt. Einige Teile einer solchen Feier werden besser von Lehrerinnen oder Lehrern übernommen, andere können gut von euch gestaltet werden. Die Schulfeier orientiert sich in manchem am Ablauf christlicher Gottesdienste, ist jedoch besonders darauf ausgerichtet, alle Mitglieder der Schulgemeinschaft einzuladen.

Wichtige christliche Elemente einer solchen Schulfeier sind:

Gebet
Lieder / Musik
Inhaltlicher Input (Thema mit Bezug zur Bibel)
Vaterunser
Verabschiedung mit Segen

Element im Gottesdienst	Wer macht's? Schüler/-in	Wer macht's? Lehrer/-in
Begrüßung und thematische Einführung		
Psalm oder Eingangsgebet		
Lied		
Biblischer Impuls: Text oder Anspiel / Pantomime etc.		
Textauslegung (Predigt)		
Lied		
Fürbittengebet		
Vaterunser		
Segenslied		
Segen		
Musik		
Verabschiedung, vielleicht „Mitgebsel"		

Welche Themen sind geeignet?

Man kann Feiern zu bestimmten kirchlichen Festen und zu bestimmten Anlässen, z. B. Schuljahresende, gestalten. Auch Themen, die euch im Alltag beschäftigen, sind denkbar, zum Beispiel Naturschutz. Im Kursbuch findet ihr sicher genug weitere Anregungen.

Werbung nicht vergessen! Damit eure Schulfeier ein Erfolg wird, müsst ihr Einladungen gestalten, die ihr in den anderen Klassen verteilt. Es ist auch gut Plakate zu entwerfen, die ihr im Schulhaus aufhängt. Vielleicht kann die Einladung auch auf der Homepage der Schule erscheinen.

Checkpoint WES-152161-050

Zeit erleben und gestalten

Kalender

Kalender erfassen die Zeit. Die persönliche Wahrnehmung der Zeit ist eingebettet in eine vorgegebene Zeitordnung, die die Zeit einteilt und in verschiedene Abschnitte gliedert. Der Kalender ist von religiösen Traditionen geprägt. Die Siebentagewoche stammt vermutlich aus Babylon und zeigt sich in der biblischen Schöpfungsgeschichte. Unsere Wochentage sind eine Kombination aus der römischen Planetenwoche (zum Beispiel Mond, Sonne, Mars, Saturn), die sich in vielen Sprachen spiegelt, und den heiligen Tagen des Christentums und Judentums (Samstag, Sonntag). Die Zeitstruktur des Kalenders prägt die persönliche Zeiteinteilung: Wochentage wechseln sich mit Sonn- und Feiertagen ab.

Auch die gängige Jahreszählung ist von der christlichen Tradition geprägt. Seit dem 6. Jahrhundert wird die Zeit in die Epochen vor Christi Geburt und nach Christi Geburt eingeteilt. Inzwischen gibt es Versuche, sich von dieser christlichen Sichtweise zu lösen. Die Begriffe „vor bzw. nach unserer Zeitrechnung“ oder „before common era / common era“ gelten als neutraler und setzen sich allmählich durch.

Keine Feste ohne Anlass – Feste tun gut

Was wäre, wenn es keine Feste und Feiern gäbe?

Am Morgen ihres Geburtstages, der in diesem Jahr auf einen Samstag fiel, stürmten die Zwillinge Lena und Mads schon früh die Treppe hinunter ins Esszimmer. Doch welche Enttäuschung! Keine Dekoration, keine Torte mit Kerzen, keine Geschenke wie in den Jahren zuvor. Offensichtlich hatten ihre Eltern diesen wichtigen Tag vergessen, denn sie deckten geschäftig wie jeden Samstag den Frühstückstisch und machten es sich daran gemütlich. Lena und Mads schauten erst sich gegenseitig an, dann den Kalender, der in der Küche hing. Doch, da stand es: heute war der 10. Juni, also war heute ihr elfter Geburtstag.

Nach dem Frühstück, das die Zwillinge ziemlich schweigsam einnahmen, erklärten die Eltern, dass sie zum Einkaufen fahren würden. Lena und Mads sollten in der Zwischenzeit ihre Zimmer aufräumen und mit den Hausaufgaben anfangen. Was für eine blöde Idee, dachten die beiden, sagten aber nichts.

Gegen Mittag waren die Eltern zurück und schlugen vor, eine Radtour zum nahegelegenen Baggersee zu machen. Obwohl Lena und Mads wenig begeistert waren, willigten sie ein. „Komisch“, dachte Mads, „diesmal packt Mama gar keinen Proviant ein. Ob sie allmählich vergesslich wird? Das wäre zumindest eine Erklärung für heute Morgen.“

Als sie eine halbe Stunde geradelt waren, kam der Baggersee in Sichtweite. Doch was war da noch? Die Zwillinge trauten ihren Augen kaum. Ein großer, schön geschmückter Tisch war aufgebaut, eine Geburtstagstorte stand in der Mitte. Um ihn herum saßen die Großeltern, die Paten und die Freundinnen und Freunde der Geburtstagskinder. Als Lena und Mads ankamen, standen alle auf und sangen „Happy birthday“. Die Zwillinge schauten überrascht, denn …

Digital +
Wortwolkengenerator
WES-152161-051

Aufgaben

1 Beschreibe die Situation der Zwillinge und ergänze den letzten Satz. Arbeite heraus, was zu einem Fest gehört.

2 Ordne die Feste, die in der Wortwolke stehen, danach, ob es eher persönliche, eher gemeinschaftliche oder religiöse Feste sind.

3 Gestalte mit dem Smartphone, Tablet oder auf Papier deine eigene Wortwolke mit den Festen, die für dich wichtig sind. Präsentiere sie in der Klasse.

Rhythmen des Lebens

Was wäre, wenn es keinen Sonntag gäbe?

In einem Roman von 1719 hat sich Robinson Crusoe auf einer einsamen Insel eingerichtet, um seine Grundbedürfnisse zu befriedigen. Aber das reicht nicht:

Nach etwa zwölf Tagen fiel mir ein, dass, wenn ich keine Vorkehrungen träfe, ich aus Mangel an Büchern, Feder und Tinte in der Zeitrechnung irre werden müsse und bald sogar den Sonntag nicht mehr von den Wochentagen würde unterscheiden können. Um dies zu verhindern, erfand ich folgendes Auskunftsmittel: ich schnitt mit meinem Messer auf eine große Tafel, die ich kreuzförmig an einen Pfahl befestigte, den ich da, wo ich gelandet war, in die Erde getrieben hatte, die Worte ein: ‚Hier bin ich am 30. September 1659 gelandet.' An den Seiten dieses viereckigen Pfahls machte ich täglich mit dem Messer einen Einschnitt, an jedem siebenten Tage einen doppelt so langen als an den übrigen und wiederum am ersten Tage jedes Monats eine doppelt so große Einkerbung, als diejenigen für die Sonntage waren. Auf diese Weise führte ich meinen Kalender, meine Wochen-, Monats- und Jahresrechnung.

Daniel Defoe, Robinson Crusoe

Sonntag
Der Sonntag hat seinen Ursprung im so genannten Herrentag, der auf griechisch „Hemera Kyriake" und auf lateinisch „dies dominica" heißt. Damit ist der Tag der Auferstehung Jesu Christi gemeint. An diesem Tag feierten die frühen Christen ihren Gottesdienst, was sich bis heute erhalten hat. Der Name Herrentag für den Sonntag hat sich in vielen Sprachen erhalten, zum Beispiel im französischen dimanche oder im spanischen domingo.

Zum Sonntag S. 40, zum Schabbat S. 217

Aufgaben

1 Erkläre, weshalb Robinson einen Kalender benötigt. Woher stammt seine Einteilung der Zeit?

2 „Ein Tag pro Woche soll sich vom Rest der Tage unterscheiden. Offensichtlich ist es ein menschliches Bedürfnis, alle sieben Tage etwas Außergewöhnliches zu unternehmen." (Marli Huijer). Nimm Stellung zu dieser Aussage.

3 Entwirf einen „Fahrplan" für einen gelungenen Sonntag. Wie fühlt sich der Sonntag an?

Wochenrhythmen – im Christentum und anderen Religionen

Der Schabbat ist nach dem jüdischen Kalender der siebte Tag der Woche. Weil Gott am 7. Tag ruhte, sollen auch Menschen und Tiere ruhen. Jüdinnen und Juden begehen den Schabbat gemeinsam mit Familie und Freunden. Für viele gehört auch der Synagogengottesdienst dazu.

Schabbat ■ S. 217

Der Sonntag gilt im Christentum als der erste Tag der Woche, nicht als zweiter Tag des Wochenendes. Ursprünglich versammelte sich die frühchristliche Gemeinde, um gemeinsam zu beten und eine Mahlfeier zu halten. Später hat sich daraus der christliche Gottesdienst mit Eucharistie bzw. Abendmahl entwickelt.

Sonntag ■ S. 154

Im Islam hat das Freitagsgebet die jüdische Schabbatruhe abgelöst. Es ist das wichtigste Gebet der Woche und sollte nach Möglichkeit in der Moschee verrichtet werden. Ein Ruhetag wie Schabbat oder Sonntag ist der Freitag für Muslime jedoch nicht. Oft geht der normale Alltag nach dem Moscheebesuch weiter.

Moschee ■ S. 207

Digital +
Links zu Feiertagen in den Religionen
WES-152161-052

Aufgaben

1 Beschreibe die wöchentlichen Feiertage in Judentum, Christentum und Islam. Beziehe dazu auch die Bilder mit ein.

2 Zeige Gemeinsamkeiten und Unterschiede auf. Nimm dazu auch Informationen aus dem Internet zu Hilfe.

3 Recherche-Aufgabe: Finde Gründe, weshalb es nur in den drei Weltreligionen Judentum, Christentum und Islam einen wöchentlichen Feiertag gibt, nicht aber im Buddhismus und Hinduismus.

Der Kalender der christlichen Kirchen – das Kirchenjahr

Im Kirchenjahr haben manche Sonntage eine besondere Bedeutung, zum Beispiel das Erntedankfest oder die Adventssonntage. Die wichtigsten Festzeiten und Feste im Kirchenjahr zeichnen die bedeutendsten Lebensstationen Jesu nach. Das gilt im Kern für alle christlichen Konfessionen.

christliche Feiertage S. 74

Osterbräuche S. 76

weitere Bilder zum Leben Jesu S. 83 – 89

D

E

F

G

Aufgaben

1 Ordne den Bildern Ereignisse im Leben Jesu zu. Nimm dazu folgende Bibeltexte zu Hilfe: Markus 15, Lukas 1, Lukas 2, Lukas 24, Apostelgeschichte 1, Apostelgeschichte 2 und Matthäus 2. Bringe die Bilder anschließend in die richtige Reihenfolge.

2 Die Reihenfolge gliedert das Kirchenjahr. Begründe, weshalb das Kirchenjahr mit der Adventszeit beginnt.

3 Stelle Thesen auf, welchen Sinn das Kirchenjahr haben könnte.

Das Kirchenjahr im Überblick – evangelische und katholische Festzeiten

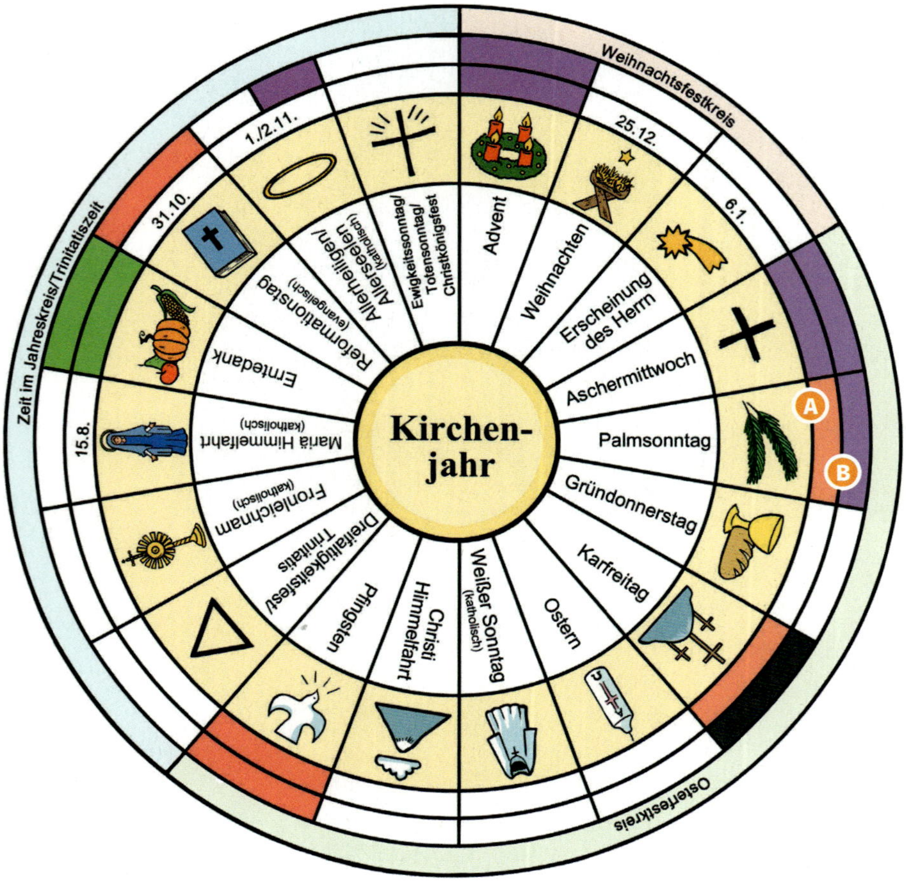

Neben dem gängigen Kalenderjahr haben die christlichen Kirchen eine eigene Einteilung des Jahres, die mit dem 1. Advent beginnt und dem Ewigkeitssonntag bzw. Christkönigsfest endet. Die Abbildung verbindet beide Konfessionen im sogenannten Jahreskreis. Die Zeit zwischen dem Weihnachts- und dem Osterfestkreis ist in diesem Jahreskreis nicht dargestellt.
Die in Kreis A eingefärbten Felder entsprechen den liturgischen Farben der katholischen Kirche, die in Kreis B denen der evangelischen Kirchen.

Digital +
Hier findest du Links zu den liturgischen Farben
WES-152161-053

Aufgaben

1 Erstelle eine Liste mit drei Spalten:
- evangelische Feste und Feiertage
- katholische Feste und Feiertage
- gemeinsame christliche Feste und Feiertage.

Ordne ihnen auch die liturgischen Farben zu.

2 Erkläre die Bedeutung der Feste. Über dir bis jetzt unbekannte Feste kannst du dich im Internet informieren.

3 Erörtere, woher die Gemeinsamkeiten und Unterschiede im christlichen Kirchenjahr kommen.

Kalender der Religionen ■ S. 209

Welcher Tag ist heute?

„Wir befinden uns im Jahr 15 nach Launch des ersten iPhone, im Jahr 124 nach Abfüllung der Brause Club Mate (damals noch „Sekt Bronte“) und im Jahr 64 nach Geburt der Sängerin Madonna Louise Ciccone. Der muslimische Kalender schreibt das Jahr 1443. Der christlich-gregorianische Kalender zeigt das Jahr 2022 an. Nach jüdischem Kalender befinden wir uns übrigens im Jahr 5782. Ist der (Termin-)Kalender, der unser aller Leben strukturiert, also reine Willkür?
Ganz so ist es nicht. Es handelt sich immerhin um Aneinanderreihungen von Zahlen, die eines beschreiben: Wo wir uns im Laufe der Zeit befinden. Ausgangspunkt der Zählung ist immer ein Ereignis, das sich (meist im Nachhinein) als bedeutsam für Gruppen von Menschen herausgestellt hat. Dazu zählen der Aufbruch Mohammeds von Mekka nach Medina im Islam und die Geburt Christi im Christentum. Dazu kommen die vielen jahreszeitbezogenen Feiertage, die es in allen Religionen gibt – zum Beispiel Erntedank.
Es ist aber mindestens bemerkenswert, dass unsere Zeitrechnung auf reinen Glaubensvorstellungen basiert.“

MDR (verändert)

A

B

C

Digital +
Webseite zum Umrechnen des Kalenders
WES-152161-054

Aufgaben

1 Benenne die unterschiedlichen Startpunkte der Jahreszählung in den Religionen Judentum, Christentum und Islam. Erläutere sie. Siehe dazu auch das Religionenkapitel.

2 Rechne mithilfe eines Umrechners im Internet aus, wie dein Geburtstag nach jüdischer und muslimischer Zeitrechnung lauten würde.

3 Gestalte eine Grußkarte zum Neujahr einer der drei Religionen. Wähle dazu die richtige Jahreszahl und geeignete Symbole aus.

Christliche Feiertage – ein Auslaufmodell?

Was wäre, wenn wir uns unsere Feiertage selbst aussuchen könnten?

Die deutsch-iranische Journalistin Susan Djahangard hat Menschen aus unterschiedlichen Kulturen befragt, welche Feiertage ihnen hier in Deutschland fehlen. Daraus hat sie die Idee entwickelt, festgelegte Feiertage durch „schwimmende Feiertage" zu ergänzen oder sogar zu ersetzen:

„Inklusiver und einfacher erscheint mir, wie die Vereinten Nationen das regeln. Jeder Standort legt Feiertage fest, angelehnt an diejenigen, die im jeweiligen Land gelten. Zusätzlich bekommt jeder Mitarbeitende seit 2015 einen ‚Floating Holiday', einen schwimmenden Feiertag, den man aus einer Liste wählen kann – um die Vielfalt des Personals zu respektieren.

Wir könnten mit einem schwimmenden Tag anfangen. Und langfristig, für alle, bundesweit, 13 Feiertage schwimmen lassen […].

Die schwimmenden Tage müssten sich überhaupt nicht auf religiöse oder kulturelle Traditionen aus verschiedenen Ländern beschränken. Meryem würde auch gern einen Tag der Freundschaft feiern. Ricardo will, dass der 8. Mai, der Tag der Befreiung Deutschlands vom Nationalsozialismus, Feiertag wird. Patricia begeht, seit sie ein Kind hat, nicht mehr Weihnachten, sondern am 21. Dezember ein Lichtfest mit ähnlichen Traditionen, aber ohne christlichen Hintergrund. Und Sophie wünscht sich den Tag des Baumes. Das klingt wie ein Witz, ich habe auch kurz gelacht. Sie denkt dabei aber an den Klimawandel. […]

Ein schöner demokratischer Prozess: Alle Menschen dürften Vorschläge einreichen, welche Tage sie feiern wollen.

Wie bei den Vereinten Nationen würden alle Menschen in Deutschland ihre ‚Floating Holidays' aus einer Liste wählen. Dafür bräuchten wir zunächst so eine Liste, aber das könnte ein schöner demokratischer Prozess werden. Mehrere Monate lang dürften alle Menschen, die hier leben, Vorschläge mit Begründungen einreichen, welche Tage sie feiern möchten. Eine Kommission würde daraus die Liste zusammenstellen."

Susan Djahangard

Aufgaben

1 Beschreibe das Gedankenexperiment von Susan Djahangard.

2 Entwirf deinen Kalender mit Feiertagen, die dir wichtig sind, z. B. für Kinder, ausgewählte Tiere und Pflanzen oder auch ideelle Dinge wie Frieden, Spiele usw.

3 Gestalte ein Werbeplakat für deinen Feiertag.

Zu viel oder zu wenig Zeit?

Wie erlebe ich Zeit?

Die Uhr, die Smartwatch, der Kalender, der Wochenplan, der Klassenarbeitsplaner – Zeit bestimmt unser Leben. Oft haben wir das Gefühl, zu wenig Zeit zu haben. Manchmal haben wir auch zu viel Zeit, mit der wir nichts anfangen können.
Der Religionsunterricht ist eine Chance, einen bewussten Umgang mit der Zeit auszuprobieren und einzuüben. Rituale wie Stilleübungen sind eine gute Möglichkeit, die Zeit anzuhalten und selbstbestimmt zu nutzen. Probiert es aus.

Ein einfache Stilleübung

- Die Lehrperson bringt eine Sanduhr mit, die in einer Minute abläuft. Sie wird auf dem Pult platziert. Es kann aber auch die Stoppuhr des Handys benutzt werden.
- Ziel ist es, die Länge oder Kürze einer Minute zu erspüren. Dazu legen alle Schülerinnen und Schüler alle Gegenstände aus den Händen und reden nicht mehr. Sie schließen die Augen. Wer will, legt den Kopf auf die Arme.
- Die Lehrkraft gibt das Startsignal, dass die Zeit läuft.
- Wer glaubt, dass die Minute um ist, öffnet die Augen und setzt sich aufrecht.
- Austausch im Gespräch: War die Minute lang oder kurz? War die Stille angenehm oder unangenehm? Was hast du gehört oder gedacht?

Aufgaben

1 Beschreibe deine Zeitwahrnehmungen. Passt das Bild zu deinem Zeitgefühl?

2 Begründe, weshalb viele Menschen der Meinung sind, nie Zeit zu haben.

3 Entwirf Ideen, wie der Umgang mit der eigenen Zeit bewusster gestaltet werden kann. Tipp: Unterscheide, ob du etwas tun musst oder tun willst.

Checkpoint WES-152161-055

Ethik

Regeln für ein gutes Miteinander
Lüge und Wahrheit
Verantwortung für die Schöpfung
Kinder haben Rechte

www.henry-dunant-gymnasium.de/schulregeln

Die Klassenregeln der 5a

Unser Motto:
Behandelt andere Menschen genauso, wie ihr selbst behandelt werden wollt.

Klassenregeln

1. Ich verletze niemanden mit Worten oder Taten.
2. Ich respektiere das Eigentum des anderen.
3. Müll kommt in den Eimer und wird getrennt.
4. Fehler helfen beim Lernen.
5. Die oder der Letzte macht das Licht aus und gießt die Blumen.

Gesprächsregeln

1. Niemanden auslachen oder herabsetzen.
2. Nebengespräche und sonstige Störungen vermeiden.
3. Sich melden, wenn Beitrag gewünscht.
4. Laut und deutlich sprechen.
5. Meinungen und Behauptungen begründen.

Zu Beginn des neuen Schuljahres soll jede Klasse ihre Klassenregeln bestimmen und der Schulleitung vorlegen. Euer Klassenlehrer sagt, er hätte im Internet einen Vorschlag von einer anderen Schule gefunden, den er gut findet.

? Wie sinnvoll findet ihr die Regeln?

Die Bibel bezeichnet das als gut, was dem Zusammenleben aller Geschöpfe förderlich ist. Regeln sollen dabei helfen. Kann das Bild in der Mitte ein Beispiel für gute Gemeinschaft sein? Die anderen Bilder dagegen zeigen Situationen, in denen Regeln für ein gutes Miteinander verletzt werden.

Hier kannst du lernen ...

- Situationen zu beschreiben, in denen die Frage nach dem guten und richtigen Handeln gestellt werden.
- biblische Weisungen für ein gutes Miteinander zu erläutern und ihre Bedeutsamkeit heute zu beurteilen.
- in schwierigen Konfliktsituationen einen eigenen Standpunkt zu formulieren und zu begründen.
- Beispiele von Menschen zu entfalten, die sich für die Bewahrung der Schöpfung, Gerechtigkeit, Frieden und die Kinderrechte einsetzen.

Regeln für ein gutes Miteinander

In nahezu allen Bereichen unseres Alltags gibt es Regeln, die wiederum Teil unterschiedlicher Regelwerke sind.

Spielregeln beim Gaming

Spielregeln im Sport

Streitschlichtungsregeln

Verkehrsregeln

Familienregeln

Schulregeln

Regeln, Gebote, Verbote

Gebote und Verbote sind Anweisungen, wie Menschen handeln sollen. Auch in der Bibel finden wir Regeln und Gebote für ein verantwortliches Handeln gegenüber unseren Mitmenschen, gegenüber der Natur und den Tieren und gegenüber Gott, aber auch gegenüber uns selbst. Die biblischen Regeln und Gebote wollen dazu beitragen, dass unser aller Leben gut gelingt. Die Frage, wann sich ein Mensch gut und wann schlecht verhält, ist nicht leicht zu beantworten. Was in der einen Gruppe erlaubt ist, ist in einer anderen verboten. Oft zeigt sich von Situation zu Situation, ob etwas als gut oder schlecht einzuschätzen ist. Häufig gibt es gute Gründe für ein bestimmtes Handeln, aber auch gute Gründe dagegen. Die Bibel bezeichnet das als gut, was dem Zusammenleben aller Geschöpfe förderlich ist, böse ist das, was das Zusammenleben in der Schöpfung zerstört.

Regeln und Regelverstöße

Welche Regeln gelten bei euch in der Familie?

Wo es Regeln gibt, gibt es auch Konflikte: Ein Auszug aus Lauras Online-Tagebuch

www.laurascrazyblog.de

Am Morgen hat der Wecker nicht geklingelt. Da gibt es erst einmal Stress im Bad. Außerdem war meine weiße Lieblingshose nicht gewaschen. Mama nervt. …
Die ersten beiden Stunden sind dann ganz okay: Reli und Deutsch. Englisch war schrecklich. Die aus der hinteren Reihe haben nicht zugehört. Ständig war Unruhe im Zimmer … Auf dem Pausenhof: eine Rauferei zwischen Finn und Calvin … Regel: Wir reden, statt zu schlagen … Aber: DER STÄRKERE HAT DOCH IMMER RECHT!? … In der folgenden Stunde kam die Ansage durch die Klassenlehrerin: Nach dem Gong begeben sich alle unverzüglich in ihr Klassenzimmer, Ballspiele auf dem Pausenhof sind strikt verboten. Wir respektieren den anderen, wie er ist! Wir belügen und verletzen andere nicht! Und zu guter Letzt: Jeder Lehrer hat ein Recht auf ungestörten Unterricht!!!! Ja … LEHRER HABEN IMMER RECHT! Zugabe aus dem Deutschunterricht: NOMEN werden großgeschrieben … Der Tag ging dann auch rum. Auf dem Heimweg: Polizeikontrolle. Fahrrad ohne Licht geht auch am Tag nicht. Bitte mit Helm fahren… peinlich, aber geschafft. DIE POLIZEI HAT IMMER RECHT! Dann im Training…Foul. Pfiff. Gelbe Karte, das nächste Mal gelb-rot … Zu Hause: Gemüsepfanne mit Reis und Pilzen. Ich hasse Pilze. Kannst picken, aber gegessen wird, was auf den Tisch kommt. Außerdem kein Handy am Esstisch … Und dann hagelte es Regeln … Sitz nicht so viel am Laptop. Hast du Klavier gespielt? Hör auf deinen Bruder ständig zu ärgern! Um halb Neun bist du heute im Bett. Ohne Handy… ERWACHSENE HABEN IMMER RECHT?! Zugabe: Bring den Müll runter … und dann hat Papa seine neuen roten Socken mit der weißen Wäsche gewaschen. 😢
Was für ein Tag. Regeln, Regeln, Regeln … Habe gerade mein Handy gecheckt, meine Freundin Lilly fragt: Wie wäre es wohl in einem Land, in dem alle Regeln und alle Verpflichtungen abgeschafft sind?

Konflikte
Bei einem Konflikt stehen sich verschiedene Ansichten oder Interessen gegenüber. Da diese Widersprüche nicht miteinander vereinbar sind, müssen Lösungen gefunden werden. Werden keine Lösungen gefunden, mit denen alle einverstanden sind, kann sich ein Konflikt zuspitzen und außer Kontrolle geraten. Konflikte gibt es, weil Menschen verschieden sind und verschiedene Interessen haben. Wichtig ist es jedoch, dass Wege gefunden werden, Konflikte ohne Gewalt auszutragen.

Regelwerke sind Sammlungen von Regeln zu einem bestimmten Thema: Regelwerke sind z. B. die Schulordnung. Hier werden alle Regeln zusammengefasst, die das Zusammenleben an einer Schule regeln. Andere Regelwerke sind die FIFA-Fußballregeln, der Duden oder das Grundgesetz.

Aufgaben

1 Einzelne Regeln werden in Regelwerken zusammengefasst: Ordne die Regeln im Text den dir bekannten Regelwerken zu.

2 Beschreibe das Bild. Spielt einen Familienkonflikt als Rollenspiel.

3 Formuliert eine gute Lösung und vergleicht eure Lösungen.

4 Entwirf eine Geschichte mit dem Thema „Der Tag, an dem alle Regeln außer Kraft gesetzt waren.“ Beurteile, ob diese Welt für dich besser wäre.

Rollenspiel ■ S. 237

Worte, die weh tun

Welche Worte sollte man vermeiden?

Gewalt hat viele Gesichter

Wer seine Ruhe haben wollte, musste seinen Frieden mit der Clique machen: Sie gehörte nicht dazu. Irgendwas hatte Lea gegen sie. Schon von Anfang an. Ständig wiegelte sie die anderen gegen sie auf. Ganz deutlich zeigte sie ihr: Zu uns gehörst du nicht. „Die hockt ja nur zu Hause, hat ja noch Kleider aus der Kinderabteilung an. Habt ihr ihre neue Frisur gesehen, sieht aus wie die von meiner Oma. Schleimt sich bei den Lehrern ein. Kein Wunder, dass sie gute Noten hat.“ Wie die Geier das Aas zerreißen, so hackten sie auf ihr herum: „Pummelchen“, „Dickerchen“... Im Klassenchat hatten sie Sticker von ihr verschickt. Am Anfang tat sie so, als wäre ihr das alles egal. Neue Schule, neue Gesichter, neue Fächer, neue Klassenkameraden. Aber dann immer das Raunen, wenn der Lehrer sie lobte. Wer gelobt wurde, war verdächtig, wurde als Streber abgestempelt. Was soll’s dachte sie sich. Ich bin halt auch besser als die anderen.
Doch schließlich wurde sie krank, morgens hatte sie keinen Hunger mehr; und wenn sie nach der Schule nach Hause kam, verkroch sie sich erst einmal in ihrem Zimmer. Dann brachen die Tränen aus ihr heraus: „Ich will nicht mehr in die Schule, meine Klasse ist blöd.“ „Hannah, du musst dir halt andere Freunde suchen, geh ihnen doch aus dem Weg“, entgegnete ihre Mutter, „oder soll ich mit der Klassenlehrerin sprechen?“

zu Mobbing
S. 18
zum Streiten
S. 20

Aufgaben

1 Gestalte Sprech- und Gedankenblasen zum Bild oben.

2 Hannah gehört nicht dazu. Nun denkt sie darüber nach, die Schule zu wechseln. Bewerte, ob dies eine gute Lösung ist.

3 Recherchiere, was hinter der „Nummer gegen Kummer“ steckt. Beurteile, ob man die Nummer braucht.

4 „Wörter können oft schmerzhafter sein als Fäuste.“ Erörtert die Behauptung in Kleingruppen.

Nett im Netz – Regeln im Internet

Welche Regeln sind im Internet wichtig?

Eine Klassenchat-Gruppe gibt es fast in jeder Klasse. Sie erleichtert vieles wie z. B. den Informationsaustausch. Wer Teil des Klassenchats ist, gehört dazu. Leider haben Klassenchats auch ihre Schattenseiten, denn ob Belästigung, Mobbing oder das Posten strafbarer Inhalte: Schnell kann die anfangs positive Stimmung ins Negative kippen.

Klassenchat der Klasse 6a

Aufgaben

1 Untersuche den Chatverlauf der Klasse.

2 Begründe, weshalb eine Klassengruppe sinnvoll sein kann. Wo siehst du Schwierigkeiten?

3 Entwerft Klassenregeln für euren Klassenchat. Ihr könnt euch an die sieben Schritte zur Erstellung von Chat-Klassenregeln halten.

4 Untersucht eine Woche lang, wie die Regeln in eurer Klassengruppe eingehalten wurden. Berichtet von euren Erfahrungen.

7 Schritte zur Erstellung von Chat-Klassenregeln

1. Probleme sammeln, die im Klassenchat entstehen können, z. B. Was tun bei vielen unnötigen Nachrichten, bei Lästern und Beleidigen?
2. Lösungen benennen
3. Regeln formulieren und begründen
4. Ergebnisse präsentieren und sich auf wichtige Regeln einigen
5. Vergleich mit Verhaltensempfehlungen aus dem Internet
6. Einigung auf maximal 10 Regeln.
7. Überprüfung und Erfahrungsaustausch

Biblische Weisungen: Die Goldene Regel

Wie sollen sich andere mir gegenüber verhalten?

Mit gutem Beispiel vorangehen

Die Goldene Regel ist eine grundlegende und einfache Regel für ein gutes Miteinander, an der sich Menschen orientieren können, wenn sie keine anderen Regeln haben. In der Bibel wurde sie in der Bergpredigt Jesu (Matthäus 7,12) aufgeschrieben. Aber auch im Judentum, im Islam und anderen Religionen und Kulturen ist sie eine wichtige Verhaltensregel. Das Sprichwort in gereimter Form ist wohl im 13. Jahrhundert entstanden und lautet: „Was du nicht willst, dass man dir tu', das füg auch keinem andern zu." Nach der Goldenen Regel soll man sich seinen Mitmenschen gegenüber so verhalten, wie man selbst auch behandelt werden möchte. Es ist also wichtig, die Welt aus der Sicht seines Gegenübers sehen zu lernen.

> „Behandelt andere Menschen genauso, wie ihr selbst behandelt werden wollt."
>
> Matthäus 7,12
> (Basisbibel)

Die Goldene Regel auf Einzelfälle anwenden

(1) Bob hat fast nie seine Schulsachen dabei. Um keinen Ärger zu bekommen, leiht er sich von Ioana Blätter aus.

(2) Im Sportunterricht wird Leon immer als letztes gewählt.

(3) Janus ist gut befreundet mit Felix. Einmal bekommt er mit, wie Felix im Supermarkt, ohne zu bezahlen, einen Energiedrink mitgehen lässt.

(4) Leni lästert über die neue Mitschülerin, weil die noch ein älteres Smartphone hat.

(5) Luca liebt Fußball. Er sammelt alles, was damit zu tun hat. Leo findet Fußball blöd. Leo hat Luca zu seinem Geburtstag eingeladen. Luca schenkt ihm einen neuen Fußball.

(6) Ayleen verteilt Gummibärchen zu ihrem Geburtstag. Ruya möchte keine. Das findet Ayleen blöd.

Aufgaben

1 Überprüfe die Fälle mithilfe der Goldenen Regel.

2 Erkläre die Goldene Regel anhand von eigenen Beispielen.

3 Beurteile, ob wir uns mit der Goldenen Regel alle Regeln sparen können.

4 Recherchiere, wie die Goldene Regel in anderen Religionen und Kulturen formuliert wird. Untersuche, wie sich die Formulierungen unterscheiden.

Anleitung zum Streitschlichten

Wann MUSS man STOPP sagen?

Sich Respekt verschaffen

Es war am Ende der großen Pause, die Lehrerinnen und Lehrer hatten mal wieder Verspätung. Plötzlich wurde es bei den Jungs immer lauter. Dann wälzten sich zwei von ihnen auf dem Boden: Der größere war Ben, der kleinere Leon. Leon war dafür bekannt, dass er gerne austeilte. Er liebte es, die anderen schon am Morgen zu reizen. Er konnte so fies sein. Alle und vor allem wir Mädchen hatten beschlossen, ihn mit seinem blöden Gerede zu ignorieren. Nur Ben konnte das nicht. So war es auch zu der Ohrfeige gekommen. Ben hatte Leon gefragt, ob er der sei, der die 5 in Mathe geschrieben habe. Und Leon hatte ihm einen bekannten Finger gezeigt und geantwortet: „Nein, stell dir vor – das war ein großer dünner langer Lauch mit dem Namen Big Ben." Daraufhin hatte Ben Leon eine Ohrfeige verpasst und dann nahm die Sache Fahrt auf. Luca, Bens bester Freund, war dazwischen gegangen. Calvin war auf der Seite von Leon. Die anderen hatten zugesehen. Eine große Rauferei. Luca hat sich letztendlich zwei dicke Striemen am Hals und ein kaputtes T-Shirt eingehandelt. Nur gut, dass Frau Fischer endlich kam. Im anschließenden Klassenrat hat Ben vor sich hingebrummt, dass sein Vater ihm geraten habe: Wenn du von anderen gemobbt wirst, dann hau zurück. Das verschafft dir Respekt.

Schritte einer Streitschlichtung

1. Schritt: Vorphase Die Streitschlichtenden führen die Grundregeln für die Schlichtung ein: sich gegenseitig zuzuhören und ausreden zu lassen. Es darf keine Beleidigungen oder Handgreiflichkeiten geben. Alles, was gesprochen wird, bleibt in der Gruppe, ist also vertraulich und darf nicht weitererzählt werden.

2. Schritt: Klärungen Alle Beteiligten schildern aus ihrer Sicht den Konflikt. Dabei ist es wichtig, auch zu sagen, wie es einem im Konflikt geht (welche Gefühle man hat). Die Streitschlichtenden achten darauf, dass alle gleichberechtigt zu Wort kommen.

3. Schritt: Lösungen Schließlich wird eine gemeinsame Lösung gesucht. Wenn alle beteiligten Seiten dem Vorschlag zustimmen, wird eine schriftliche Vereinbarung erstellt und von allen unterschrieben.

Aufgaben

1 Beschreibe, welche Grenzen beim Streit zwischen Ben und Leon überschritten wurden. Wann hätte man Stopp sagen müssen?

2 Beurteile das Verhalten aller am Streit Beteiligten.

3 Entwerft eine Streitschlichtung zwischen Ben und Leon als Rollenspiel.

4 Recherchiere, worum es am „Red Hand Day" geht, und beurteile die Aktion.

Biblische Weisungen: Sich versöhnen

Wie gelingt Versöhnung?

Regeln für den Streitfall

Da wandte sich Petrus an Jesus und fragte ihn: „Herr, wenn mein Bruder oder meine Schwester mir Unrecht tut, wie oft soll ich ihnen vergeben? Bis zu siebenmal?“ Jesus antwortete: „Nicht nur siebenmal! Ich sage dir: Bis zu siebenundsiebzigmal!“

Das Gleichnis vom hartherzigen Verwalter

Jesus fuhr fort: „Das Himmelreich gleicht einem König, der mit den Verwaltern seiner Güter abrechnen wollte. Gleich zu Beginn wurde einer zu ihm gebracht, der ihm 10 000 Talente Silber schuldete. Er konnte ihm nichts davon zurückzahlen. Da befahl der König: ‚Er soll als Sklave verkauft werden, ebenso seine Frau und seine Kinder. Verkauft auch seinen ganzen Besitz. Dann kann wenigstens ein Teil zurückbezahlt werden.‘ Der Mann fiel auf die Knie und flehte den König an: ‚Hab Geduld mit mir! Ich werde dir alles zurückzahlen!‘ Da bekam der Herr Mitleid mit dem Mann. Er gab ihn frei und erließ ihm die Schulden. Der Mann ging hinaus und traf dort einen anderen Verwalter. Dieser schuldete ihm 100 Silberstücke. Er packte ihn an der Kehle, würgte ihn und sagte: ‚Bezahl deine Schulden!‘ Der andere fiel vor ihm auf die Knie und flehte ihn an: ‚Hab Geduld mit mir! Ich werde es dir zurückzahlen.‘ Aber das wollte der Mann nicht. Im Gegenteil: Er ging weg und ließ seinen Mitverwalter ins Gefängnis werfen. Dort sollte er bleiben, bis seine Schulden bezahlt waren.

Als die übrigen Verwalter davon erfuhren, waren sie empört. Sie gingen zum König und berichteten ihm alles … (Basis Bibel 18, 21–31)

Talent ist eine Währung, mit der zur Zeit Jesu bezahlt wurde.
1 Talent = 6 000 Denare,
100 Denare = 50 €,
10 000 Talente = ?

Zum Gleichnis von den Arbeitern im Weinberg S. 94

Zur Versöhnung S. 21

Versöhnung

Versöhnung ist wie Brückenbauen: Wo die Gräben des Streits, der Wut oder des Hasses entzweien, braucht man Brücken, damit sich Menschen wieder verstehen. Der christliche Glaube sagt, dass Gott durch Jesus eine Brücke zu den Menschen gebaut hat, die für alle Zeit gilt. Der Mensch ist mit Gott versöhnt, deshalb soll er sich auch mit seinem Nächsten versöhnen.

Aufgaben

1. Entwirf zu den beiden Bildern von Asterix und Obelix eine Geschichte und erkläre, wie es zur Versöhnung kommt.
2. Gestalte das Gleichnis als Comic und zeichne eine gute Lösung.
3. Vergleiche deine Lösung mit Matthäus 18, 21–35 und beurteile das Ende der biblischen Erzählung.
4. Soll man einem Schuldigen siebzigmal siebenmal vergeben? Benenne Gründe, die dafür und die dagegensprechen.

Comic S. 243

Gewaltfrei für Gerechtigkeit kämpfen

Wann muss man gegen eine Regel verstoßen?

Die Welt stand auf, als Rosa Parks sitzen blieb

Anfang der 1950er-Jahre durften in den USA Schwarze und *Weiße* nicht nebeneinander im Bus sitzen. Die vorderen Sitzplätze waren für *Weiße* reserviert, Schwarze Menschen mussten hinten sitzen. Auch an der Bushaltestelle warteten sie getrennt voneinander. Dort trennte eine Absperrung Schwarze Menschen und *weiße* Menschen, die auf den Bus warten. Eine mutige Frau hat sich damals dagegen gewehrt: Rosa Parks. Sie lebte als Näherin in Montgomery im Bundesstaat Alabama in den USA und war in der Bürgerrechtsbewegung aktiv. Als sie am Abend des 1. Dezember 1955 von der Arbeit nach Hause fuhr, war in ihrem Bus nur noch vorne ein Platz frei. Rosa Parks setzte sich. Der Busfahrer forderte Frau Parks auf, ihren Platz für einen *weißen* Fahrgast zu räumen. Rosa Parks weigerte sich, sie blieb einfach sitzen.

www.kindernetz.de (verändert)

zu Fremd sein
S. 18

Rassismus in der Sprache

„Schokokuss heißt für mich Negerkuss." Wer solche Formulierungen verwendet, sollte sich im Klaren sein, woher diese Worte kommen. Der Begriff „Neger" stammt aus der Zeit des Sklavenhandels. Im 16. Jahrhundert wurden Menschen in Afrika versklavt und dann in Schiffen nach Amerika, Brasilien und Jamaika gebracht. Damals waren die *Weißen* der Meinung, dass Menschen mit schwarzer Hautfarbe primitiv und minderwertig seien. Sie hatten also die Vorstellung, dass Schwarze Menschen keine richtigen Menschen sein. Eine solche Einstellung nennt man rassistisch. Damit begründeten *Weiße* ihr Recht, Schwarze zu unterdrücken und misshandeln zu dürfen. Wer heutzutage „Neger" sagt, verwendet dieselbe abwertend menschenverachtende Sprache. Daher kürzen manche Menschen das Wort ab und sagen N-Wort oder suchen neue Begriffe wie „Schokokuss" oder „Schaumkuss". Menschen, die aufgrund ihrer zugeschriebenen Hautfarbe ähnliche Erfahrungen mit Rassismus machen, bezeichnen sich selbst als Schwarze Menschen (schwarz großgeschrieben, da damit nicht die Farbe gemeint ist!) oder als People of Color, Menschen of Color.

Digital +
Mehr zu Rassismus in der Sprache findest du hier:
WES-152161-056

Aufgaben

1 Beschreibe, was auf dem Bild zu sehen ist. Formuliere für Rosa Parks und einige der Mitfahrenden Gedanken und Aussagen.

2 Recherchiere, wie die Geschichte von Rosa Parks und den Schwarzen US-Amerikanern weiterging.

3 „Auch wenn Rosa Parks gegen das damals geltende Recht in den Südstaaten der USA verstieß, war sie doch im Recht." Formuliere Gründe für diese Behauptung.

Checkpoint WES-152161-057

Lüge und Wahrheit

Langweilige Vertretungsstunden

„Geschichte fällt aus, lass uns in die Stadt gehen.“ Lotte und Ella sind beste Freundinnen. Auf die Vertretungsstunde haben sie beide keine Lust. „Der Müller blickt das doch eh nicht.“ „Der kontrolliert doch nicht, wer da ist, der kennt ja noch nicht mal unsere Namen.“ Außerdem hatte Frau Storz ihre Geschichtslehrerin sicher wieder keine Aufgaben gegeben – wieder mal nur eine Stunde langweiliges Rumsitzen – Stillbeschäftigung. „Komm lass uns in die Stadt gehen!“ Gemeinsam beschließen sie in die Stadt zum Drogeriegeschäft zu gehen. Vielleicht würden sie ja noch ein Geschenk für Anna finden, die hatte nächste Woche Geburtstag.
Sie fragen auch Theo, ob er mitkommt, aber er der lehnt ab und geht lieber in die Stunde. Und dann kommt alles ganz anders: Die Vertretungslehrerin ist die Mathematiklehrerin der Klasse. Ihr fällt sofort auf, dass die beiden Mädchen fehlen. Weil sie weiß, dass die Mädchen mit Theo befreundet sind, fragt sie diesen, wo die beiden stecken würden.

Theo befindet sich in einer Situation, in der man zwei oder mehrere Entscheidungsmöglichkeiten gibt. Für alle Möglichkeiten gibt es gute Gründe.

A

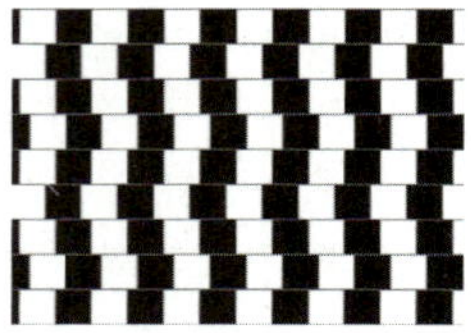

B

C

Scherzlüge, Notlüge, Schadenslüge

Lügen gibt es zu allen Zeiten und überall. Schummeln, mogeln, bewusst die Unwahrheit sagen oder betrügen – wo ist da eigentlich die Grenze zwischen Wahrheit und Lüge? Die Scherzlüge wird oft zur Unterhaltung erzählt. Viele zählen sie nicht als Lüge. Nicht immer ist es eine gute Idee, Menschen stets nur die Wahrheit zu sagen. Manchmal gibt es gute Gründe, nicht die Wahrheit zu sagen: Mit einer Notlüge will man sich oder einen anderen schützen. Die Schadenslüge wird mit der Absicht genutzt, jemanden zu täuschen. Die Wahrheit wird dabei absichtlich verschwiegen, verdreht oder nicht beachtet. Solche Lügen zerstören Vertrauen und sie erschweren das Zusammenleben in einer Gemeinschaft. Solche Lügen führen zu Konflikten. Auf der anderen Seite ist es manchmal gar nicht einfach, auf Anhieb zu erkennen, was wahr ist. Manchmal gibt es je nach Blickwinkel auch verschiedene Sichtweisen.

Die Wahrheit ist wie ein Schwert

Wann darf man lügen?

Der Hirte und der Wolf

Aus dem Film „Knietzsche und die Wahrheit – Knietzsche der kleinste Philosoph der Welt"

Ein Hirtenjunge hütete Schafe. Weil ihm langweilig war, rief er eines Tages: „Hilfe! Ein Wolf!" Daraufhin liefen sofort die Leute aus dem Dorf herbei, um zu helfen, aber da war kein Wolf, und der Hirtenjunge lachte nur. Am nächsten Tag war ihm wieder langweilig und er rief wieder: „Hilfe, Hilfe! Ein Wolf!" Wieder kamen die Dorfbewohner gelaufen, wieder war kein Wolf da, und wieder lachte der Junge. Am dritten Tag aber kam tatsächlich ein Wolf und griff die Schafe an. Der Hirtenjunge rief: „Hilfe, Hilfe! Ein Wolf!" Die Dorfbewohner hörten ihn, dachten aber, er lügt wieder, da ist gar kein Wolf, und kamen nicht zur Hilfe. Deshalb fraß der Wolf die Schafe.

Rainer Erlinger

Digital +
Schaue dir hier das Video von Knietzsche an
WES-152161-058

Lügengeschichten?

- Die 6c hat Schwimmen. Ein Freund fragt Liam: „Woher hast du denn die blauen Flecken auf dem Rücken?" Liam antwortet: „Ich bin gefallen." (Sein Vater hat ihn verprügelt.)
- Mia liegt im Krankenhaus. Die Eltern sagen ihr: „Wenn du weiter solche Fortschritte machst, kommst du bald nach Hause." (Mia ist unheilbar krank.)
- Während der NS-Zeit, in der Menschen jüdischen Glaubens verfolgt und ermordet wurden, wird Samuel gefragt, ob er Jude sei. Er antwortet: „Nein". (Er hat eine jüdische Mutter, ist also Jude, gleichzeitig rettet er so sein Leben.)
- In New Jersey (USA) erzählt ein Grundschullehrer seiner Klasse, dass der Weihnachtsmann den artigen Kindern die Geschenke bringt. (Der Weihnachtsmann bringt die Geschenke nicht.)
- Jona sagt, Valentin habe den Schnellball geworfen, der den Fünftklässler schwer am Auge verletzte. (Valentin hat zwar einen Schnellball geworfen, es war aber der Schnellball von Jona, der traf.)
- Als Jesus verhaftet worden war, wird Petrus dreimal als dessen enger Mitarbeiter und Freund erkannt. Petrus bestreitet, dass er Jesus kennt. (Er würde verhaftet und eventuell mitangeklagt werden.)
- Ein Radiosender behauptete, dass es in der Schweiz einen Baum gibt, auf dem Spagetti wachsen. (In der Schweiz wachsen keine Spagetti auf den Bäumen – Vorsicht 1. April)

Aufgaben

1 Erkläre, weshalb dem Hirtenjungen der Spaß am Lügen vergangen ist.

2 „Wer einmal lügt, dem glaubt man nicht, und wenn er auch die Wahrheit spricht." Beurteile das Sprichwort.

3 Bewerte die Situationen auf einer Skala von 0 bis 10 von der schlimmsten zur harmlosesten Lüge und begründe deine Entscheidung.

4 Knietzsche denkt darüber nach, ob es das Beste ist, immer die Wahrheit zu sagen und kommt zu der Erkenntnis: Die Wahrheit ist ein zweischneidiges Schwert. Überprüfe diese Aussage.

Zwickmühlen – Zwischen zwei Stühlen sitzen

Wann würdest du eine Freundschaft beenden?

Tom Sawyer: Wahre Freunde

Die Geschichte spielt irgendwann Mitte des 19. Jahrhunderts in einer kleinen Stadt am Ufer des Mississippi. Der Waisenjunge Tom Sawyer lebt dort bei seiner Tante Polly, zusammen mit seinem Halbbruder Sid und seiner Cousine Mary. Sid ist ein braver angepasster Junge, der Tom bei jeder Gelegenheit verpetzt. Bei allen Schwierigkeiten, die deshalb auftreten, weiß Tom es immer wieder, sich mit List und Verstand herauszuwinden. Er ist ein richtiger Lausbub und spielt gerne Streiche. Lieber als in der Schule verbringt er seine Zeit mit seinem besten Freund Huck Finn, der gar nicht zur Schule geht und immer draußen durch die Natur streunt. Die beiden sind richtig beste Freunde. Eines Nachts beobachten sie auf dem Friedhof, wie Indianer Joe den Arzt der Stadt, Mr. Robinson, mit einem Messer niedersticht. Dieser hat ihn zuvor beleidigt. Anschließend schiebt Joe dem Sargmacher Muff Potter die Schuld für die Tat in die Schuhe, indem er ihm die Tatwaffe in die Hand drückt. Dieser hat ein Alkoholproblem und war zu dem Zeitpunkt bewusstlos. Muff Potter wird verhaftet und als Mörder angeklagt. Nur Tom und Huck wissen, was wirklich passiert ist. Aus Angst vor Joe schwören sich die beiden Freunde, niemandem etwas von der Tat auf dem Friedhof zu sagen. Am Tag der Gerichtsverhandlung sitzt Tom im Gerichtssaal. Muff Potter droht die Todesstrafe. Was soll Tom jetzt tun? Sein Mut wird auf eine harte Probe gestellt …

Mississippi: Großer Fluss inmitten den USA

Zu Rassismus siehe S. 171

Zur Methode Doppeln S. 234 f.

Dilemma und Zwickmühle

1 Wenn man sich in einem Dilemma befindet, dann befindet man sich in einer Zwickmühle. Man spricht auch davon, dass sich das anfühlt, als würde man zwischen zwei Stühlen sitzen. Bezeichnet wird eine Situation, in der es mindestens zwei Wahlmöglichkeiten gibt, in der man aber nicht so richtig weiß, wie man sich entscheiden soll. Für beide Möglichkeiten gibt es gute Gründe dafür, aber auch gute Gründe dagegen. Das Schwierige ist, dass man sich entscheiden muss. Die Herausforderung ist es, eine gute Entscheidung zu treffen.

Aufgaben

1 Untersuche, welche Zwickmühle Tom zu klären hat. Stelle seine Lösungsmöglichkeiten in einer Grafik dar.

2 Das Bild zeigt die Geschichte von Huck und Muff Potter in einer Verfilmung. Huck hat große Angst vor der Rache von Indianer Joe. Formuliere seine Gedanken in einer Denkblase.

3 Vor Gericht: Im Film wird Indianer Joe immer wieder von den Bewohnern der Stadt und von Mr. Robinson, dem Arzt, rassistisch beleidigt. Es kommt zur Gerichtsverhandlung. Du bist der Richter. Formuliere und begründe ein Urteil.

Biblische Weisungen: Der Dekalog (2. Mose 20)

Wann können Regeln frei machen?

Zehn Worte für ein gutes Miteinander

Die Zehn Gebote gehören zu den wichtigsten Regeln des Christentums und des Judentums. Vor rund 3000 Jahren lebten die Israeliten in Ägypten im Exil: Sie hatten ihre Heimat verlassen müssen, weil dort eine große Hungersnot herrschte. Die Bibel erzählt, dass der Pharao sie nicht leiden konnte. Er zwang sie zu unbezahlter Arbeit und unterdrückte sie auf schreckliche Weise. Das Volk Israel, das von Gott erwählte Volk, lebte in Ägypten rechtlos und unfrei. Erzählt wird, wie Gott Mose beauftragt, sein Volk von der Unterdrückung zu befreien. Der Pharao will sie jedoch nicht ziehen lassen. Erst nach zehn Plagen gibt der Pharao auf, lässt sie ziehen, schickt aber kurze Zeit später seine Streitwagen hinterher, um die Israeliten zu vernichten. Doch die Flucht gelingt. Nun sind sie frei und sie müssen ihr Zusammenleben neu regeln. Bisher hatte der Pharao für sie entschieden. Damit ihre von Gott geschenkte Freiheit nicht wieder verloren gehen konnte, übergibt Gott an Mose die Zehn Gebote. Sie sollen die neugewonnene Freiheit wie ein Zaun schützen.

Die Zehn Gebote

1. Ich bin der Herr, dein Gott. Ich habe dich aus der Sklaverei geführt. Du sollst keine anderen Götter haben neben mir.
2. Du sollst den Namen des Herrn, deines Gottes, nicht missbrauchen.
3. Du sollst den Feiertag heiligen.
4. Du sollst deinen Vater und deine Mutter ehren.
5. Du sollst nicht töten.
6. Du sollst nicht ehebrechen.
7. Du sollst nicht stehlen.
8. Du sollst nicht falsch Zeugnis reden wider deinen Nächsten.
9. Du sollst nicht begehren deines Nächsten Haus.
10. Du sollst nicht begehren deines Nächsten Frau, Knecht, Magd, Vieh noch alles, was dein Nächster hat.

Nach 2. Mose, 2–3.7–8.12–1

Digital +
Hier findest du ein Video zu den Zehn Geboten
WES-152161-059

Die Zehn Gebote als Orientierung
Menschen sollen die Zehn Gebote als Orientierung für ihr Handeln nutzen. Sie sollen die Werte, die mit den Regeln verbunden sind, achten und sich an die Regeln halten, wenn nicht etwas Wichtiges dagegenspricht. Die Zehn Gebote wollen so eine Lebenshilfe sein, wie Leben gut gelingen kann. Je nach Übersetzung und Glaubensrichtung unterscheiden sich die Reihenfolge und der Text.

Aufgaben

1 Stelle in einer Zeichnung dar, welche Erfahrungen und Lebensbereiche in den Zehn Geboten angesprochen werden. Zeichne in die Mitte dich selbst.

2 Erläutere, weshalb die einzelnen Gebote gut für das Zusammenleben in einer Gemeinschaft sind.

3 Ein Künstler hat zu den Zehn Geboten jeweils ein Bild entworfen, eines davon siehst du hier. Begründe, um welches Gebot es sich handelt. Gestalte eigene Bilder.

4 „Die Zehn Gebote wollen Freiheit ermöglichen. Man kann sie sich vorstellen wie einen Zaun.“ Erkläre diese Aussage. Achte auf die Entstehungsgeschichte und die ersten Worte.

Das 8. Gebot: Kein falsch Zeugnis reden

Woran erkennt man einen Lügner?

Vorurteile und ihre Wirkung

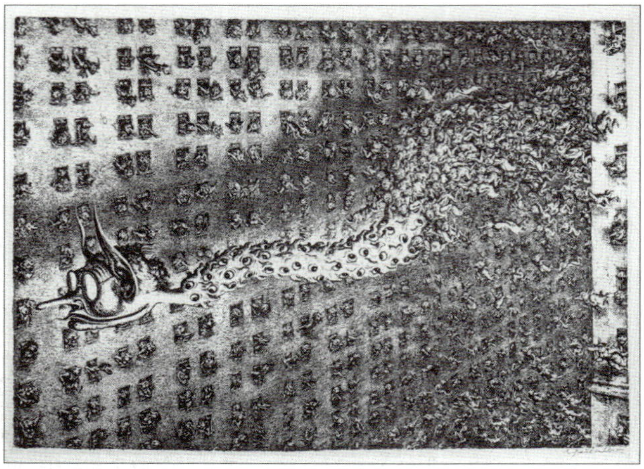
A. Paul Weber: Das Gerücht

Jakob und sein jüngerer Bruder Paul besuchen Oma und Opa. Opa wirkt irgendwie komisch, wenn er über den neuen Nachbarn spricht. Der sei ein übler Gesetzesbrecher. Da fliegt der Ball über den Zaun. Was sollen sie jetzt tun? Verstohlen schleichen Jakob und Paul in den Nachbargarten. Ihr Opa hatte sie doch gewarnt, was für böse Menschen da wohnen würden. Plötzlich tritt der Sohn des Nachbarn hinter der Hausecke hervor. Er fragt Jakob, ob das ihr Ball sei und ob er mitspielen dürfe. Erschrocken schauen sich beiden an. Paul hat schon Opa um Hilfe gerufen, da schnappt Jakob den Ball. Ohne aufzuschauen, rennt er zurück in Opas Garten. Hinter dem Zaun warten Opa und Paul. „Ich habe dir doch gesagt, dass du dich vor diesen Leuten fernhalten sollst", schimpft Opa. Beim Essen fragt Paul nach: „Ist das ein Mörder?" „Auf jeden Fall war er im Gefängnis", sagt Opa. Oma erwidert, dass Opa das doch gar nicht wisse. Der Apotheker habe es ihm erzählt. Und der wisse es von seinem Cousin und der muss es ja schließlich wissen, der sei nämlich Kommissar bei der Polizei.

Doppelgebot der Liebe S. 185

„Du sollst nicht lügen"

In der Bibel steht nicht „Du sollst nicht lügen". In der Bibel steht: „Du sollst nichts Falsches über deinen Nächsten sagen" (Basisbibel). Ursprünglich bezieht sich diese Zeile nur auf Situationen vor Gericht, in denen eine falsche Zeugenaussage zur Verurteilung eines Unschuldigen führen konnte. Der Reformator Martin Luther legt das Gebot, wie folgt aus: Wir sollen über unseren Nächsten keine Lügen verbreiten, ihn nicht schlecht machen, seinen Ruf nicht durch erlogene Geschichten beschädigen. Er verknüpft dies mit dem Doppelgebot der Liebe und fordert, dass wir über seine Schwächen und Fehler milde hinwegsehen sollen, gut von ihm reden und sein Ansehen schützen sollen.

Aufgaben

1. Jakob, Paul und ihr Opa haben große Vorurteile gegenüber den neuen Nachbarn. Beurteile, ob sie gegen das 8. Gebot verstoßen.
2. Vergleiche das Bild mit dem Titel des Bildes. Entwirf eine eigene Geschichte zu dem Bild mit einem Ende, bei dem das 8. Gebot befolgt wird.
3. Recherchiere, wie es vor Gericht gelingt, Lügen zu entlarven. Erkläre, welche Probleme durch lügende Zeugen entstehen.
4. Formuliere, wie man nach Luther in der Geschichte handeln sollte und bewerte dieses Handeln.

Verantwortung für die Schöpfung

A

B

C

D

E

F

? Was ist gut an unserer Welt? Was soll nicht so bleiben, wie es ist?

Gott und das Gute

„Und siehe, es war alles gut." Ganz am Anfang erzählt die Bibel in einem Lied (1. Mose 1,1–2,4a) von einer Welt, in der alles gut ist. Diese sehr gute Schöpfung unterscheidet sich von der Welt, wie wir sie heute erleben. Es gibt vieles, was uns beglückt und wofür wir dankbar sind, aber auch Dinge, die uns Angst machen, bei denen wir uns ohnmächtig fühlen. Es gibt Gutes, das ohne menschliches Zutun entstanden ist, z. B. die Berge und Täler, die Flüsse und Meere, die Planeten oder die Pflanzen- und Tierwelt. Und es gibt Gutes, das mit menschlichem Zutun entstanden ist, z. B. Krankenhäuser und andere Bauwerke, das Fahrrad, das Internet oder auch das Smartphone. Auf der anderen Seite gibt es Schlechtes, das ohne Zutun des Menschen da ist, wie z. B. Naturkatastrophen, Krankheiten und der Tod: Dann ist Klagen angemessen und auch erlaubt. Ebenso gibt es aber auch Schlechtes, was von Menschen verursacht wird und wurde: Dann gilt es gute und begründete Lösungen zu finden. Die Wissenschaft, die sich damit beschäftigt, nennt man Ethik. Zwei grundlegende ethische Fragestellungen lauten: „Was soll ich tun?" und „Wie verhalte ich mich richtig?".

Gott als Schöpfergott
S. 65
Von der Schöpfung singen
S. 129

ethische Fragen
S. 230

Zur bedrohten Schöpfung
S. 31

Mit Tieren leben

Wie unterscheiden sich Tier und Mensch?

„Gute“ Tiere – „böse“ Tiere

Jesus-Christus-Echse

Von Menschen und Tieren

Nach biblischer Vorstellung sind Tiere Gottes gesegnete Geschöpfe, geschaffen am selben Tag wie der Mensch. Anderseits werden Tiere als dem Menschen untergeordnet beschrieben. Auf der einen Seite sind Tiere Gefährten und einfühlsame Begleiter des Menschen, auf der anderen wird erzählt, dass die Tiere dem Menschen dauerhaft nicht als Gegenüber genügen: Ein Mensch braucht andere Menschen. Ursprünglich sind Tiere nach biblischer Vorstellung nicht als Speise der Menschen vorgesehen. Nach der Sintflut und dem Neubeginn wird dem Menschen in der Bibel erlaubt, Tiere unter bestimmten Bedingungen zu essen. Zur Zeit des alten Israels wurden Tiere geopfert, um Gott wohlwollend zu stimmen. Dafür gab es besondere Regeln. Die Geschichten der Bibel erzählen aber auch, dass Gott viel lieber als Tieropfer die Achtsamkeit und Zuneigung des Menschen im Verhältnis zu den Tieren hat.

Aufgaben

1 Beschreibe die einzelnen Bilder. Welches gefällt dir am besten?

2 Ordne die Bibelstellen den Aussagen des Textes zu: 1. Mose 1,24–27; 1. Mose 1,28, 1. Mose 2,19, 1. Mose 2,20; 1. Mose 1,29; 1. Mose 9,3 f.; 1. Mose 22,13; Hosea 6,6.

3 Nicht alles im Zusammenleben von Mensch und Tier läuft gut: Nenne Probleme und erläutere jeweils Lösungsideen.

4 Entwirf Regeln für ein gutes Verhalten der Menschen gegenüber den Tieren.

Biblische Weisungen: Der Schöpfungsauftrag

Warum zerstören Menschen ihr eigene Umwelt?

„Seid fruchtbar und vermehrt euch! Bevölkert die Erde und nehmt sie in Besitz! Herrscht über die Fische im Meer und die Vögel am Himmel und über alle Tiere, die auf dem Boden kriechen!"
(1. Mose 1,28 Basisbibel)

Der Herr nahm den Menschen und brachte ihn in den Garten Eden. Er sollte ihn bearbeiten und bewahren.
(1. Mose 2,15 Basisbibel)

Zum Schöpfungsauftrag S. 33
Zur Schöpfungserzählung S. 71

Der Mensch in der Schöpfung

Der Mensch ist der mit Abstand größte Veränderer des Planeten Erde. Er baut Häuser, Tunnel, Brücken, Autobahnen und vieles mehr. Der Tierschutz und der Naturschutz kommen dabei oft zu kurz. Die Bibel erzählt, dass Gott den Menschen zutraut, verantwortlich mit der Schöpfung umzugehen. Gemeint ist damit kein zerstörerisches nur am eigenen Nutzen orientiertes Ausbeuten der Erde, sondern ein wertschätzender und nachhaltiger Umgang mit den Lebensgrundlagen und den Mitgeschöpfen. Der Begriff Nachhaltigkeit bedeutet, dass wir heute so leben, dass Menschen in der Zukunft auch gut leben können. Wenn Menschen den Schöpfungsauftrag Gottes verletzen, dann entstehen ethische Fragestellungen: Dann müssen wir darüber nachdenken, was richtiges Verhalten ist und danach handeln.

Zum ökumenischen Schöpfungstag S. 149

Schöpfung im Koran

„Er hat die Himmel und die Erde in Wahrheit erschaffen. Er faltet die Nacht über den Tag und faltet den Tag über die Nacht. Er hat die Sonne und den Mond dienstbar gemacht, jedes zieht seine Bahn bis zu einer festgesetzten Frist. Seid achtsam! Er ist der Ruhmreiche von unwiderstehlicher Macht, der Vergebende." (39:5) Koranübersetzung von Fatima Grimm/Ali Ünal

Aufgaben

1 Arbeite mithilfe des Textes heraus, zu was der biblische Schöpfungsauftrag auffordert und erkläre, inwieweit das Bild dieses zum Ausdruck bringt.

2 Nenne Beispiele, bei denen es den Menschen gelingt, dem Auftrag gerecht zu werden.

3 Vergleiche 1. Mose 1,28 und 1. Mose 2,15 und prüfe, ob der Koranvers dazu passt.

4 Beurteile, ob der Bau von Robotern wie Pepper eher dem biblischen Auftrag von 1. Mose 2,15 oder dem von 1. Mose 1,28 entspricht. Wie könnte man aus muslimischer Sicht argumentieren?

Tiere schützen

Was ist eine artgerechte Tierhaltung?

Am 4. Oktober wird jedes Jahr der Welttierschutztag begangen, ein weltweiter Aktionstag für den Schutz von Tieren. Das Datum wurde in Erinnerungen an Franziskus von Assisi festgelegt. Dieser lebte von 1181 bis 1226 im italienischen Assisi und war der Gründer des Franziskaner-Ordens, einer Gemeinschaft von Mönchen, die in besonderer Weise Gott dienen wollten. Franziskus war ein großer Freund der Tiere und der gesamten Schöpfung. Ihre Bewahrung war ihm besonders wichtig. Franziskus sah in jedem Tier einen ernstzunehmenden Bruder oder eine geliebte Schwester. Legenden erzählen, dass Franziskus mit den Tieren sprechen konnte. Aufgrund seines besonderen Verhältnisses zu Tieren wird er auch als erster Tierschützer bezeichnet. In der Katholischen Kirche wird er als Heiliger und besonderes Vorbild verehrt.

Legenden: Historische Erzählungen mit wahrem Kern und späteren Hinzufügungen

Franziskus-Legenden

Als Franziskus in der Nähe des Ortes Greccio war, brachte ein Mitbruder einen kleinen Hasen zu ihm, den er in einer Schlinge gefangen hatte. Da sagte Franz zu dem Hasen: „Kleiner Bruder Hase, warum bloß hast du dich auf diese Weise überlisten lassen?“ Das beschämte den Mitbruder. […]

Mehr zu Assisi und Tieren in der Schöpfung S. 29

Eines Tages kam Franziskus nach Gubbio, einem kleinen Städtchen im nördlichen Italien. In der Gegend war ein Wolf, vor den sich alle fürchteten. Als Franziskus dorthin kam, waren die Tore fest verschlossen. „Warum fürchtet ihr euch? Warum sind eure Tore verschlossen?“, fragte Franziskus die Wächter am Tor. „Es ist wegen dem Wolf. Es traut sich kaum noch einer allein aus der Stadt heraus, wenn er hungrig ist und kein Schaf zum Fressen findet, dann hat er sogar schon Männer, Frauen und Kinder angegriffen …“

Aufgaben

1 Erkläre, was Franziskus im Umgang mit Tieren wichtig war.

2 Beschreibe die Zwickmühle, in der sich Franziskus befindet. Entwirf jeweils einen eigenen Schluss der Legenden.

3 Nenne weitere Situationen, in denen es zu Konflikten zwischen Menschen und Tieren kommen kann und entwirf mögliche Lösungen.

4 Beschreibe den Cartoon und erkläre, worauf dieser aufmerksam machen möchte. Begründe, ob es eine „artgerechte Menschennahrung“ gibt.

Paradising = Paradiese schützen

Wie kann man friedlich Unrecht verändern?

Lasst uns gemeinsam die Welt verändern

Seit Anfang der Menschheit gestaltet der Mensch seine Umwelt. Vieles ist dabei unfair. Vieles ist dabei schon kaputt gegangen: Die Vereinten Nationen warnen beispielsweise schon lange davor, dass in den nächsten Jahrzehnten eine Million Arten vom Aussterben bedroht sind, jährlich verschmutzen schätzungsweise über 6 Millionen Tonnen Plastik unsere Weltmeere und die Folgen des menschengemachten Klimawandels sind unübersehbar. Nein, diese Welt ist nicht heil und nicht paradiesisch.

Paradising konkret

Die Idee des Paradising sieht vier Aufträge an die Menschen:

1. Schütze bestehende Paradiese!
2. Entdecke Paradiese, die bereits existieren.
3. Du bist als Partnerin und Partner Gottes aktiv an der Gestaltung der Welt beteiligt und auch verantwortlich.
4. Manchmal muss du aktiv eingreifen, um Paradiese zu retten. Manchmal ist notwendig, dass du dich zurückziehst, damit kleine Paradiese von allein entstehen können.

Als Geschöpf bin ich nicht ein Einzelner, der nichts bewegen kann. Ich bin mit der gesamten Welt, mit allen Lebewesen und Gott in einer Schöpfungsgemeinschaft verbunden. Die biblischen Schöpfungsgeschichten, aber auch die Schöpfungstexte im Koran, sind dabei Ermutigungsgeschichten, sich für gutes und gelingendes Leben einzusetzen. Paradising zielt dabei nicht weniger als auf die Veränderung der gesamten Welt ab. Ganz konkret vor Ort. In kleinen Schritten. Los geht's!

Paradiese
S. 39

Aufgaben

1 Nenne Beispiele für bestehende Paradiese in deiner Umgebung. Prüfe, wann es manchmal besser ist, dass sich der Mensch zurückzieht, statt aktiv gestaltend einzugreifen.

2 Erläutere, wie man mithilfe der Schöpfungstexte seinen Einsatz für Umweltschutz und eine gerechtere Welt begründen soll.

3 Das Bild von Jan Brueghel trägt den Titel „Das irdische Paradies". „Irdisch" ist ein altes Wort und bedeutet „zur Erde als Planet gehörend". Begründe, wo auf dem Bild Platz für den Menschen ist.

4 Gestalte Ideen für Paradising-Projekte an deiner Schule bzw. in deinem Alltag. Recherchiere, wo es eine Aktion gibt, der du dich gerne anschließen würdest.

Sich für Umweltschutz und Nachhaltigkeit einsetzen

Ein Interview mit den Plastik-Piratinnen

Am Oberrheingymnasium in Weil am Rhein, ganz im Süden Deutschlands an der Grenze zur Schweiz, gibt es schon einige Jahre eine Fairtrade- und Nachhaltigkeits-AG. Gemeinsam sammeln engagierte Schülerinnen und Schüler Ideen für einen gerechteren und nachhaltigen Umgang mit unserer Welt.

Eine Fairtrade – und Nachhaltigkeits-AG – was bewegt euch da mitzumachen?
Unser Ziel ist es, das Bewusstsein für ein faires Handeln zu stärken. Wir informieren bespielsweise darüber, unter welchen Bedingungen bestimmte Produkte hergestellt werden. Jeden Tag in der großen Pause verkaufen wir fair gehandelte Produkte. Mit dem Gewinn unterstützen wir ein Schulprojekt in Madagaskar, einem der ärmsten Länder der Welt.

Projekte zur Nachhaltigkeit
S. 33

Wann trefft ihr euch und wie kann man sich eure Treffen vorstellen?
Wir treffen uns immer montags in der Mittagspause. Wir sammeln dann Ideen, was so ansteht. Manchmal planen wir größere Projekte und natürlich organisieren wir den Pausenverkauf bei uns an der Schule. Alles eigenverantwortlich.

Ihr seid eine richtig aktive Gruppe. Was waren eure Projekte im letzten Jahr?
Jedes Jahr organisieren wir an unserer Schule eine Kleidertauschbörse: Man kann gebrauchte Kleidung bringen und andere Kleider dafür mitnehmen. Echt vintage. Alles kostenlos. Zum Valentinstag haben wir eine Rosenaktion durchgeführt, mit fair gehandelte Rosen. Dabei erzählen wir auch von den Arbeitsbedingungen der Rosenpflückerinnen auf den Rosenfarmen in Kenia, Äthiopien und Tansania und deren schlechter Bezahlung. Außerdem haben wir uns während der Fairen Woche, eine Challenge, ausgedacht, in der wir jeden Tag Ideen für einen nachhaltigen und fairen Lebenstil vorgestellt haben und zum Ausprobieren einluden. Wer sich darauf einließ, konnte Punkte sammeln. Am Schluss gab es einen Überraschungspreis für den engagiertesten Schüler bzw. Lehrer. Ja, und dann waren wir natürlich noch Plastik sammeln, waren echte Plastic Pirates.

Digital +
Hier findet ihr Informationen zur Aktion „Faire Woche".
WES-152161-061

Aufgaben

1. Untersuche, was die Plastik-Piratinnen auf dem Bild feiern.
2. Die Aktionen „Plastic Pirates" und „Faire Woche" finden jedes Jahr statt, zum Teil sogar in ganz Europa. Recherchiere, welche Ziele diese verfolgen und wie man dabei mitmachen kann.
3. Erkläre den Begriff „Fair Trade". Begründe, warum es notwendig ist, nicht nur die Umwelt zu schützen, sondern auch unfaire Lebensbedingungen zu ändern.
4. Beurteile, ob die jungen Menschen der Fairtrade- und Nachhaltigkeits-AG für dich Vorbilder sind.
5. Gestaltet eine Aktionswoche an eurer Schule zum Thema „Nachhaltig leben".

Kinder haben Rechte

Kinder haben ein Recht auf Schutz vor Gewaltanwendung und Missbrauch. Artikel 19	Kinder haben ein Recht auf gute medizinische Versorgung! Artikel 24	Kinder haben ein Recht auf Bildung und Ausbildung. Artikel 28

? Welche Rechte sollten für alle Kinder weltweit gelten? Warum?

i Kinderrechte

Nach dem Zweiten Weltkrieg schlossen sich die Staaten der Erde zu den Vereinten Nationen (engl. United Nations, abgekürzt UN) zusammen. Schon lange war es das Anliegen, die Rechte von Kindern auf besondere Weise zu schützen. In der UN-Kinderrechtskonvention wurden die Rechte der Kinder 1989 in 54 verbindlichen Regeln festgehalten. Diese Rechte sollen für alle Kinder auf der ganzen Welt gelten. Gefordert wird unter anderem ein Recht auf Freizeit, ein Recht auf Bildung, aber auch ein Recht auf Schutz vor Gewalt. Christinnen und Christen begründen diese Rechte damit, dass alle Menschen Gottes Ebenbild sind. Deshalb ist jeder Mensch wertvoll. Jeder Mensch, ganz gleich, wie alt er ist, welches Geschlecht er hat, welche Hautfarbe oder Religion er hat, auch ganz gleich welche Taten er getan hat oder wie er aussieht, ob arm oder reich, jeder hat einen ganz besonderen Wert, der ihm nicht genommen werden kann. Man sagt auch: Jeder Mensch hat eine unantastbare Menschenwürde. Ein Vorkämpfer für die Rechte von Kindern war der jüdische Arzt Janusz Korczak.

Der Mensch als Ebenbild Gottes S. 14

Rechte von Kindern weltweit schützen

Warum beachten viele Erwachsene die Kinderrechte nicht?

Die zehn wichtigsten Kinderrechte der UN-Kinderrechtkonvention kurzgefasst

1. Alle Kinder haben die gleichen Rechte. Kein Kind darf benachteiligt werden. (Artikel 2)
2. Kinder haben das Recht gesund zu leben, Geborgenheit zu finden und keine Not zu leiden und vor Drogen und Suchtmittel geschützt zu werden. (Artikel 24 und 33)
3. Kinder haben das Recht zu lernen und eine Ausbildung zu machen, die ihren Bedürfnissen und Fähigkeiten entspricht. (Artikel 28)
4. Kinder haben das Recht zu spielen, sich zu erholen und künstlerisch tätig zu sein. (Artikel 31)
5. Kinder haben das Recht bei allen Fragen, die sie betreffen, mitzubestimmen und zu sagen, was sie denken. (Artikel 12 und 13)
6. Kinder haben das Recht auf Schutz vor Gewalt, Missbrauch und Ausbeutung. (Artikel 19, 32 und 34)
7. Kinder haben das Recht sich alle Informationen zu beschaffen, die sie brauchen, und ihre eigene Meinung zu verbreiten. (Artikel 17)
8. Kinder haben das Recht, dass ihr Privatleben und ihre Würde geachtet werden. (Artikel 16)
9. Kinder haben das Recht im Krieg und auf der Flucht besonders geschützt zu werden. (Artikel 22 und 38)
10. Kinder mit Behinderung haben das Recht auf besondere Fürsorge und Förderung, damit sie aktiv am Leben teilnehmen können. (Artikel 23)

Aufgaben

1 Ordne die Bilder den Kinderrechten zu. Recherchiere weitere Bilder und Schlagzeilen, die zu den Kinderrechten passen.

2 Vergleiche die Kinderrechte mit den biblischen Weisungen.

3 Benenne die für dich fünf wichtigsten Rechte für alle Kinder weltweit und begründe deine Entscheidung.

Biblische Weisungen: Das Doppelgebot der Liebe (Mt 22,37–40)

Warum soll ich anderen helfen?

Als Jesus von den Schriftgelehrten zu seiner Zeit nach dem wichtigsten Gebot der Bibel gefragt wird, antwortet er mit dem Doppelgebot der Liebe: „Du sollst den Herrn, deinen Gott, lieben mit deinem ganzen Herzen, mit deiner ganzen Seele und mit deinem ganzen Denken. Dies ist das größte und wichtigste Gebot. Aber das folgende Gebot ist genauso wichtig: ‚Liebe deinen Mitmenschen wie dich selbst. Diese beiden Gebote fassen alles zusammen, was das Gesetz und die Propheten von den Menschen fordern.“

Matthäus 22,37–40 (Basisbibel)

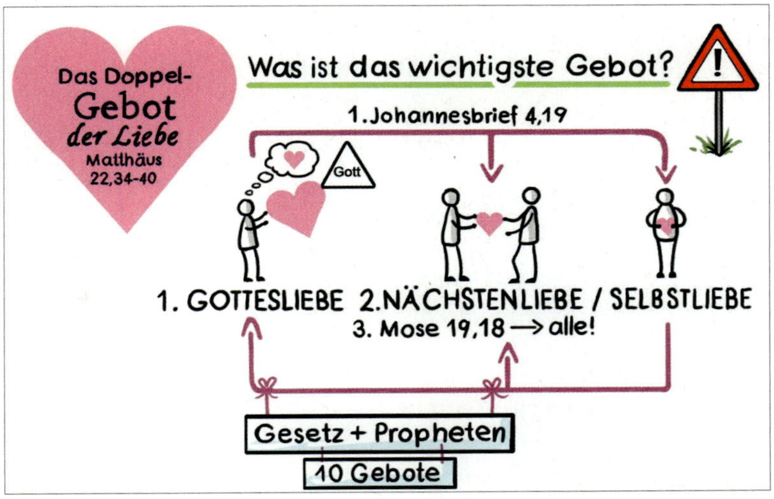

Gott im Nächsten
S. 61

„L“ wie Liebe

Um zu begründen, welches für ihn das wichtigste Gebot in der Bibel ist, greift Jesus auf die jüdische Bibel zurück. Das Gebot der Nächstenliebe ist keine Erfindung von Jesus. Das erste Mal wird es im 3. Mose 19,18 im jüdischen Teil der Bibel erwähnt. Die Besonderheit Jesu ist es aber, dass er dieses Gebot auf alle Menschen ausweitet. Das Gebot gilt für alle Menschen, auch für die die uns nicht so nahestehen und sogar gegenüber unseren Feinden. Eine solche Form der Liebe scheitert oft. Als Voraussetzung um sich selbst und andere zu lieben, sieht die Bibel die bedingungslose Liebe Gottes zu uns Menschen. Der Buchstabe „L“ steht hierfür symbolisch: Die Liebe, die man „von oben“ (der vertikale Strich des „L“) bekommt, gibt man „unten“ (der horizontale Strich des „L“) an seine Mitmenschen und die ganze Schöpfung weiter.

Aufgaben

1 Interpretiere die Zeichnung und beziehe dazu 3. Mose 19,18 und 1. Johannes 4,19 ein. Wo hast du Fragen, was würdest du anders zeichnen?

2 Erläutere, warum in der Grafik unten die Zehn Gebote stehen.

3 „Um andere zu lieben, ist es notwendig sich selbst lieben zu können.“ Begründe diese Ansicht.

4 Wenn Menschen aufgrund des Klimawandels Not und Armut leiden, wenn Tiere aussterben, der Wald stirbt, leidet auch der Mensch. Gestalte eine Grafik, in der du die Liebe zur Schöpfung, zu den Tieren und der Natur einfügst.

Biblische Weisung: Das Gleichnis vom barmherzigen Samaritaner (Lukas 10,30–37)

Wer ist mein Nächster?

Ein war einmal ein Mann, der von Jerusalem nach Jericho ging ...

Aber es geschah, dass ein Priester aus Jerusalem des Weges kam ...

Dann kam Sadduzäer vorbei ...

Als nächstes kam ein Mann aus Samaria vorbei ...

Samariter oder Samaritaner
Die Samaritaner sind eine Religionsgemeinschaft, die wie die Juden aus den zwölf Stämmen Israels hervorgegangen ist. Zur Zeit von Jesus gab es große Spannungen zwischen den religiösen Juden und den Samaritanern. Diese zweifelten daran, ob Samaritaner die Gebote der Tora richtig einhalten würden. Deshalb wurden ihr Glaube damals als Irrglaube bezeichnet. Außerdem hatten die Samaritaner statt dem Tempel in Jerusalem ein eigenes Heiligtum in Samaria. Auch heute gibt es noch Samaritaner.

Mehr zu Gleichnissen
S. 90

Aufgaben

1 Beschreibe, was auf den Bildern passiert sein könnte.
2 Vergleiche Lukas 10, 30–37 mit den Bildern. Entwirf für jede Person eine Gedanken- oder eine Sprechblase.
3 Auch der Schweizer Geschäftsmann Henry Dunant befand sich 1859 auf einer besonderen Geschäftsreise. In Folge seiner Erlebnisse wurde das Internationale Rote Kreuz gegründet. Recherchiere seine Geschichte und vergleiche sie mit dem Barmherzigen Samariter.

4 Entwerft ein Rollenspiel, wie die Samaritergeschichte heute passieren könnte.

STOPPt Ungerechtigkeit!

Was ist (un-) gerecht?

Schokolade teilen

A „Um Streit zu vermeiden: Gerecht ist doch, wenn jeder und jede gleich viel von der leckeren Schokoladentafel bekommen?!“

B „Ich bin der Älteste. Und damit ist die Sache klar: Mir steht ein besonders großes Stück zu!“

C „Ich habe so einen Riesenhunger, also muss ich auch ein großes Stück bekommen.“

D „Ich will abnehmen, ich nehme nur ein ganz kleines Stück.“

E „Leider ist Milch in der Schokolade und die löst bei mir Allergie aus.“

F „Schaut mich doch mal an. Hat jemand von euch schönere blaue Augen als ich? Die Tafel gehört mir!“

Gerechtigkeit in der Bibel
S. 94

Biblische Weisung: Amos tritt für Gerechtigkeit ein

Der Prophet Amos ist ein einfacher Landarbeiter aus dem Städtchen Tekoa, das ca. 10 km von Bethlehem im Südreich Juda liegt. Angetrieben davon, Gottes Willen einzufordern, macht er sich auf den Weg in das reiche Nordreich Israel, in dem die einen in Luxus und die anderen in Armut und Hunger leben. Den Menschen dort hat er etwas zu sagen:

Hört her, die ihr auf dem Armen herumtrampelt! Die Bedürftigen im Land, die wollt ihr ruinieren! Ihr sagt: „Wann ist der Neumondtag vorbei? Dann können wir wieder Getreide verkaufen. Wann ist der Sabbat endlich vorüber? Dann wollen wir unsere Kornsäcke öffnen. Beim Verkauf geben wir weniger Getreide her und verlangen einen höheren Preis dafür. Beim Abwiegen verwenden wir falsche Gewichte. Auch den Abfall des Getreides verkaufen wir noch!“ Für Geld kauft ihr den Hilflosen als Arbeitskraft und den Armen zum Preis von einem Paar Schuhe. Doch der Herr hat bei sich geschworen, bei dem Stolz Jakobs: Niemals werde ich vergessen, was sie getan haben!

Amos 8, 4–7 (Basisbibel)

Südreich: Nach dem Tod von König Salomo (965 – 925 v. Chr.) werden die größten Teile des heutigen Land Israel in das Südreich „Juda“ und das Nordreich „Israel“ aufgeteilt. Samaria wird die neue Hauptstadt des Königreichs Israel.

Aufgaben

1 Bewerte die Begründungen für ein gerechtes Teilen von Schokolade. Benenne ähnliche Beispiele aus anderen Lebensbereichen wie Familie, Schule usw.

2 Formuliere die Gedanken des Jungen auf dem Bild, wie dieser über Weihnachten denkt. Beurteile, ob man auch arm sein kann, obwohl man reich ist.

3 Sprich die Rede von Amos wie ein Schauspieler: Beschreibe dann die Missstände zur Zeit Amos und arbeite heraus, was Amos so schlimm findet.

4 Gestalte eine Rede von Amos für die heutige Zeit.

STOPPt Kinderarbeit!

Was ist Kinderarbeit?

Kinderarbeit weltweit

Weltweit gehen geschätzt über 152 Millionen Kinder einer Arbeit nach: Dabei ist die Arbeit von Kindern unter 14 Jahren fast überall auf der Welt verboten. Auf den Kakaoplantagen in Südamerika und Afrika arbeiten oft Kinder. Bei der Ernte schlagen sie mit Macheten Früchte von den Bäumen. Andere Kinder arbeiten in Steinbrüchen, Minen und Bergwerken. Die Kinder können nicht zur Schule gehen, manchmal bekommen sie nicht mal einen Lohn für ihre Arbeit. Um auf diese Situation aufmerksam zu machen, gibt es jedes Jahr am 12. Juni den Tag der Kinderarbeit. Unter Kinderarbeit versteht man Tätigkeiten, die gefährlich oder ausbeuterisch sind, die körperliche oder seelische Entwicklung schädigen oder die Kinder vom Schulbesuch abhalten.

Kind bei der Kakaoernte

Dirk Nowitzki: ehemaliger deutscher Basketballspieler

Digital +
Hier findest du Informationen zu Schokofair
WES-152161-063

Ein Brief aus Bolivien

Liebes Kinderrechtsteam,

mein Name ist Gerald, ich bin 12 Jahre alt und arbeite seit drei Jahren als Schubkarrenfahrer. In Bolivien, da wo ich herkomme, gehört Kinderarbeit zum Alltag: Einige arbeiten als Schuhputzer, Zeitungsverkäufer oder Hausmädchen. Andere schuften als Maurer oder Minenarbeiter. Kinderarbeit gilt auch bei uns als Ausbeutung, dennoch arbeitet hier fast jedes dritte Kind. Wir haben von eurer Aktion gegen Kinderarbeit gehört und dennoch kämpfen wir hier für das Recht, arbeiten zu dürfen. Manche von uns gehen morgens in die Schule und arbeiten dann nachmittags, abends oder sogar nachts. Andere können sich die Schule gar nicht leisten: Wer soll denn das Geld für die Schulsachen bezahlen? Was ziehen wir an? Was sollen wir essen? Mein Traum ist es, einmal als Architekt zu arbeiten: Dafür muss ich aber jetzt Geld verdienen, sonst kann ich mir die Schule und das Studium nicht leisten. Seitdem die reichen Länder der Welt das Verbot der Kinderarbeit in Bolivien durchgesetzt haben, müssen wir illegal arbeiten. Anders geht es nicht. Wir müssen arbeiten, sonst können wir nicht überleben. Bitte helft uns!

Euer Gerald Alejandro Fernandez

illegal: ungesetzlich, gegen das Gesetz

Aufgaben

1 Kinderarbeit gibt es nicht nur in der Schokoladenherstellung: Recherchiere weitere Länder, in denen viele Kinder arbeiten müssen. Gibt es auch in Deutschland Kinderarbeit?

2 Informiere dich über das Projekt „Schokofair“. Begründe, warum sich Dirk Nowitzki für solche eine Aktion engagiert.

3 Setze dich aufgrund des Briefes aus Bolivien mit der Frage auseinander, ob man Kinderarbeit erlauben soll.

4 Nimm aus der Sicht des Propheten Amos Bezug auf das Thema Kinderarbeit.

Das Recht auf Asyl – Gehen oder bleiben

Wann würde ich meine Heimat verlassen?

Umziehen – die Heimat verlassen

Schon immer haben Kinder ihre Heimat verlassen und sind umgezogen. Schon vor zehntausenden von Jahren haben sich Menschen auf den Weg gemacht und haben von Afrika aus die Erde bevölkert. Dass Menschen ihr ganzes Leben nur an einem Ort leben, ist eher die Ausnahme. Gründe, weshalb Menschen ihre Heimat verlassen, sind vielfältig: eine neue Arbeit, eine bessere Wohnung oder vielleicht weil sich man sich woanders verliebt hat. Nicht immer verlassen Menschen ihre Heimat freiwillig: Krieg, Verfolgung, Hunger oder die Unbewohnbarkeit der Heimat durch den Klimawandel können Gründe hierfür sein. Auch wenn man wegen seiner Überzeugungen oder seines Glauben vertrieben wird, beantragen Menschen oft Asyl in einem anderen Land und hoffen, dass sie dort ohne Verfolgung und Bedrohung leben und arbeiten können.

Asyl: Das Wort Asyl kommt aus dem Griechischen und bedeutet übersetzt so viel wie „sicher“ oder „nicht von Räubern überfallen werden“. Ein Asyl ist ein sicherer Ort. Wenn man sagt, jemand habe Asyl bekommen, so meint man: Der Staat hat ihm erlaubt zu bleiben.

Aufgaben

1. Nenne Gründe, weshalb Kinder ihre Heimat verlassen. Begründe, welche für dich besonders wichtig sind.
2. Hast du und deine Familie immer am selben Ort gewohnt? Gestalte ein Herkunftskarte deiner Familie.
3. Weltweit leben etwa eine Milliarde Kinder – fast die Hälfte aller Kinder in Ländern, die aufgrund des Klimawandels als extrem stark gefährdet gelten. Gib den Kindern auf den Bildern deine Stimme: Sollen sie gehen oder bleiben? Formuliere Gründe dafür und dagegen.
4. Auch in der Bibel gibt es viele Geschichten, weshalb Menschen ihre Heimat verlassen haben, untersuche dazu die Geschichte von Mose, Ruth und Jesus: Inwieweit wird hier Nächstenliebe gezeigt?

STOPP! Das ist my Space!

Wie helfen komische Gefühle?

Eine Gruppe Kinder und Jugendlicher gerät im Umgang miteinander, aber auch mit Vertrauenspersonen immer wieder in unangenehme Situationen. Das ist die Handlung des Theaterstücks „Das ist my Space" der Lörracher Theatergruppe Tempus fugit. Immer wieder werden Grenzen ausgetestet und überschritten. Junge Menschen sollen bei dem Stück lernen, zwischen guten und schlechten Erfahrungen zu unterscheiden. Die dargestellte Szene spielt im Schwimmbad.

Schutz-Rap für gute Gefühle

Strophe	Text	Bewegung
1	Meine Gefühle sind richtig und wichtig! deine Gefühle sind richtig und wichtig!	rechte Hand auf linke Brust linke Hand auf rechte Brust
2	Ich sag nein – lass das sein! Grenzen setzen nicht verletzen!	Hände in Neinhaltung nach vorn Hände nacheinander in Kreuzhaltung vor die Brust
3	Ein gutes Geheimnis behalte ich für mich ein schlechtes Geheimnis sage ich weiter!	linke Hand bildet eine Schale, rechte Hand deckt Schale zu Hände bilden einen Trichter vor dem Mund, Stimme laut
4	Ich kann helfen und mir Hilfe holen!	mit ausgestreckten Armen und Händen Hilfe anbieten mit ausgestreckten Armen Hilfe holen
5	Denn eines sag ich dir, mein Körper gehört mir!	Zeigefinger zeigt auf sich und dann ausgestreckt nach vorn

Text: Sonja Blattmann, 2006

My Space
Wie gehe ich mit anderen um? Wie darf ich mit anderen umgehen? Jeder Mensch ist und fühlt einzigartig. Vor allem beim Umgang mit seinem eigenen Körper hat jeder Mensch unterschiedliche Wahrnehmungen. Wichtig ist dabei zu wissen: Meine Gefühle sind immer richtig für mich selbst. Sie sind nie falsch. Kinder und Jugendliche haben das Recht, sich zu selbstbestimmten, selbstbewussten und eigenverantwortlichen Persönlichkeiten zu entwickeln. Die Rechte auf Schutz vor Gewalt und Misshandlung, auf Schutz vor sexualisierter Gewalt und auf freie Meinungsäußerung sind dabei wichtige Kinderrechte.

Aufgaben

1 Zeige auf, wo im Schwimmbad Grenzen überschritten werden und was man dann tun kann. Was bedeutet der rote Würfel?

2 Nenne weitere Situationen, in denen unangenehme „komische" Gefühle auftreten können.

3 Der Schutz-Rap ist eigentlich für Kindergartenkinder und Grundschulkinder entworfen. Entwerft eine weitere Strophe für ältere Kinder und Jugendliche. Stellt diese musikalisch dar.

Janusz Korczak: Wegbereiter für Kinderrechte

Was ändert sich, wenn Kinder beurteilen, was gut und richtig ist?

Kinder stark machen – das Kindergericht von Janusz Korczak

In seinem Waisenhaus errichtete Korczak eine kleine Kinderrepublik. Dort bestimmten nicht die Erwachsenen die Regeln des Zusammenlebens, sondern die Kinder. Fehler, Regelverstöße, kleinere oder größere Vergehen kamen vor das Kindergericht. Auch die Erwachsenen konnten vor Gericht gestellt werden und mussten sich den Urteilen unterwerfen. Natürlich hat die Sache nicht auf Anhieb funktioniert, aber Korczak vertraute darauf, dass die Kinder aus ihren Erfahrungen lernen und sich selbst korrigieren würden. So kam es auch.[...] Die fünf Richter, jede Woche neu aus den Kindern gewählt, bei denen kein Verfahren anstand, kannten jeden der tausend Artikel des Gesetzwerks auswendig. Nach den Artikeln 1 bis 99, die kleinere Vergehen behandelten, wurde dem Beklagten sofort vergeben: „Du hast falsch gehandelt, aber es war dir nicht bewusst“ oder „Es war das erste Mal, und du hast versprochen, es nicht wieder zu tun.“ Artikel 100 war die Grenze, zwischen Vergebung und Verweis. Er lautete: „Ohne zu vergeben, stellt das Gericht fest, dass du die Tat, der du beschuldigt wirst, begangen hast.“ [...] Artikel 900 enthielt die strenge Warnung, das Gericht habe „die Hoffnung verloren“: Der Angeklagte musste ein anderes Kind finden, das bereit war, sich für ihn zu verbürgen. Der gefürchtete Artikel 1000 bedeutete Ausweisung vom Heim. Die schuldige Partei hatte die Möglichkeit, nach drei Monaten die Wiederaufnahme zu beantragen. Die 1000 Artikel haben die Kinder selbst erarbeitet.

Schritte für einen Klassenrat:
1. Problem vortragen
2. Nachfragen
3. Lösungsmöglichkeiten sammeln
4. Sich für eine Lösung entscheiden
5. Die Ergebnisse werden in einem Protokoll festgehalten und zeitnah überprüft.

Aufgaben

1 Das Bild zeigt wie Schülerinnen und Schüler einer fünften Jahrgangsstufe an der Anne-Frank-Schule Bargteheide (Schleswig-Holstein) den wöchentlichen Klassenrat abhalten. Formuliere, welche Probleme sie bearbeiten könnten.

2 Vergleiche den Ablauf des Klassenrats mit dem Ablauf des Klassengerichts in Korczaks Waisenhaus.

3 Entwirf eine kurze Präsentation zu Janusz Korczak. Begründe, ob du ihn als Vorbild bezeichnen würdest.

4 „Kinder werden nicht erst Menschen, sie sind es bereits.“ Erkläre, was Janusz Korczak mit diesem Ausspruch Kindern und Erwachsenen sagen möchte.

Checkpoint WES-152161-064

Religionen und Weltanschauungen

Religionen begegnen
Religionen vergleichen
Das Judentum erkunden

Du suchst in deinem Smartphone Emojis für Kurznachrichten. Bei den Gebäuden entdeckst du einige, die wohl zu einer Religion gehören.
Anhand der Symbole und der Form der Gebäude kannst du sagen, zu welcher Religion das jeweilige Haus gehört, nämlich …

Hier kannst du lernen ...

- verschiedene Religionen und Konfessionen zu benennen.
- Fragen und Symbole der Religionen zu erläutern.
- Feste und Gebetshäuser der Religionen zu vergleichen.
- Grundzüge des Islams darzustellen.
- wichtige Merkmale des Judentums zu erklären.
- das Judentum mit dem Christentum zu vergleichen.

Religionen begegnen

? Kennst du noch mehr Religionen und Konfessionen?

Religion und Religionen

Das Wort „Religion“ stammt aus dem Lateinischen. Es bedeutet „etwas sorgfältig beachten“, „sich an etwas festhalten“. Menschen suchen in einer Religion nach Antworten auf tiefergehende Fragen, beispielsweise nach Gott, dem Leben nach dem Tod oder welchen Sinn das Leben hat.

Über acht Milliarden Menschen leben auf der Erde. Derzeit ist die Religion mit den meisten Gläubigen auf der Welt das **Christentum**. Über zwei Milliarden Menschen gehören einer christlichen Glaubensrichtung an. In Deutschland leben rund 45 Millionen Christinnen und Christen. Der **Islam** ist die zweitgrößte Religion der Welt. Rund 1,8 Milliarden Muslime und Musliminnen gibt es, so werden die Gläubigen des Islam genannt. In Deutschland leben über fünf Millionen. Der Islam und das Christentum gingen aus dem **Judentum** hervor. Es gibt weltweit rund 15 Millionen Menschen, die dieser Religion angehören. In Asien gehören rund 900 Millionen Menschen dem **Hinduismus** und rund 400 Millionen dem **Buddhismus** an. Dazu kommen noch Religionen in China oder in Japan. In Afrika, Asien und Südamerika gibt es rund 500 Millionen Menschen, die den sogenannten **„traditionellen Religionen“** angehören. Die rund eine Milliarde Menschen umfassende Gruppe der **Konfessionslosen** gehört keiner Religion an oder man kann sie keiner Religion zuordnen, weil keine Zahlen vorliegen.

Religionen und Konfessionen in der Welt

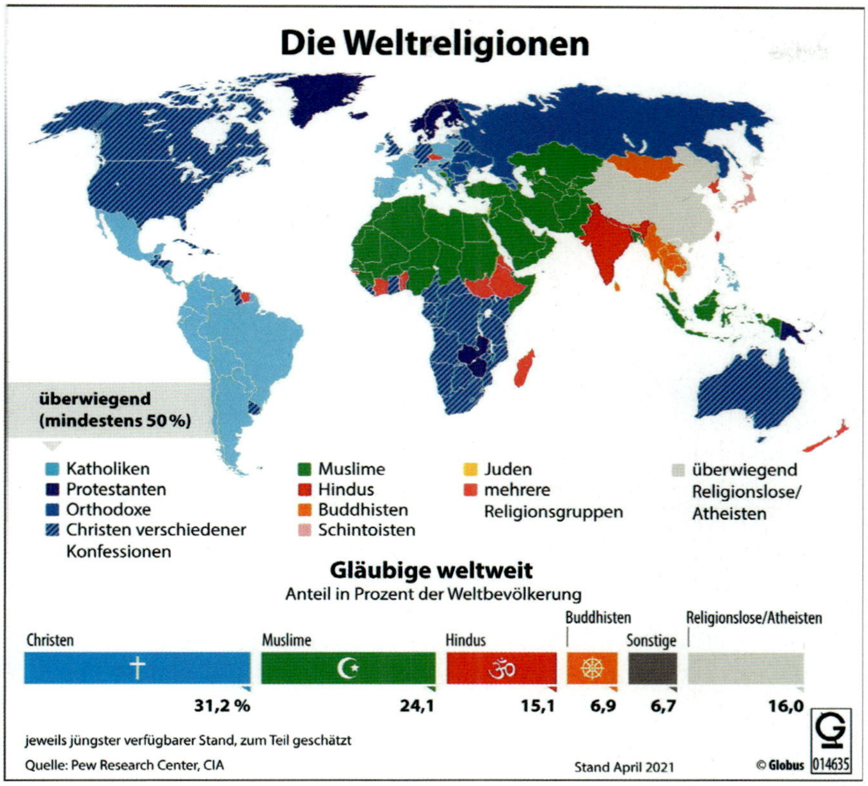

In deinem Umfeld leben Menschen mit unterschiedlicher Herkunft. Ihre Lebensart, Kultur und Religion unterscheiden sich. Wer aus Südeuropa oder Südamerika stammt, ist meist katholisch, in Nordeuropa leben viele evangelische und in Osteuropa meist orthodoxe Christinnen und Christen. Auch gibt es Freikirchen wie die Baptisten oder Mennoniten. Wessen Wurzeln in der Türkei, im Nahen Osten oder Nordafrika liegen, gehört meist dem Islam an. In Asien leben Buddhisten, Hindus sowie Anhänger der Religionen Chinas oder japanische Schintoisten. In Afrika, Asien und Amerika gibt es Anhängerinnen und Anhänger traditioneller Religionen, beispielsweise des Schamanismus. Überall gibt es auch eine große Zahl an Menschen, die keiner Religion angehören. Zeichen von Religionen kann man in den Städten entdecken. Es gibt evangelische, katholische, orthodoxe und freikirchliche Kirchengebäude sowie Moscheen und Synagogen. Und man findet in Läden Schmuck mit religiösen Symbolen: Kreuze, Figuren aus Asien oder den siebenarmigen Leuchter.

Warum gibt es verschiedene Religionen?

Eine Konfession ist eine Glaubensgemeinschaft innerhalb einer Religion, beispielsweise im Christentum die evangelische und katholische Kirche.

Konfessionen siehe auch S. 138 – 142

In *traditionellen Religionen* glauben Menschen, dass der Natur und jedem Lebewesen Geister innewohnen. In manchen nehmen Schamanen Kontakt zu den Geistern auf.

Recherchieren im Internet siehe S. 227

Aufgaben

1 Ordne Religionen und Konfessionen den Kontinenten zu.

2 Zahlen, wie viele Menschen zu welcher Religion gehören, ändern sich schnell. Recherchiere die aktuellen Zahlen der Religionszugehörigkeit und vergleiche sie mit den Angaben im Infokasten Seite 194. Hat sich die Anzahl der Gläubigen verändert?

3 Untersucht, welche Konfessionen und Religionsgemeinschaften es in eurem Umfeld gibt, z. B. in der Schule oder in eurem Heimatort. Beachtet dabei auch, wie viele in etwa keiner Religion angehören.

Fragen der Religionen

Welche Fragen stellen sich Menschen überall?

Welchen Sinn hat das Leben?

Wie muss ein Gebetshaus aussehen?

Warum gibt es „Gut“ und „Böse“?

Wie betet man?

Was macht eine gute Gemeinschaft aus?

Warum gibt es diese Welt?

Wohin geht es mit der Welt?

Was passiert, wenn ich sterbe?

Religionen suchen nach Antworten auf Lebens- und Glaubensfragen. Oft geht es um etwas, das man nicht sehen oder nicht einfach beantworten kann. Fragen wie die genannten stellen sich Menschen überall auf der Welt. Die Wege, wie man auf diese Fragen Antworten sucht, und die Antworten, die Religionen und Weltanschauungen auf die Lebens- und Glaubensfragen geben, können jedoch sehr unterschiedlich sein. Daher unterscheiden sich die Religionen, auch wenn sie auf dieselben Fragen Antworten suchen.

Fragen zu Gott S. 44

Menschen haben sich schon lange mit solchen Fragen auseinandergesetzt. Daher geht man davon aus, dass es bereits lange Religionen gibt. Funde aus der Steinzeit belegen, dass man damals schon Verstorbene mit Beigaben beerdigte. Wissenschaftler schließen daraus, dass man ihnen etwas mit auf den Weg ins Jenseits geben wollte. Man stellte sich also damals schon religiöse Fragen wie:

- **?** Gibt es ein Jenseits? Gibt es Gott oder Gottheiten?
- **?** Wie geht es mit mir nach dem Tod weiter?

Aus solchen Fragen haben sich dann Religionen und Weltanschauungen entwickelt.

Aufgaben

1 Fasse zusammen, worum sich religiöse Fragen drehen.

2 Nenne weitere Lebens- und Glaubensfragen. Auf welche hast du selbst schon Antworten gesucht?

3 Auf diese Fragen gibt es unterschiedliche Antworten. Erörtere am Beispiel einer der Fragen oben, wie dies aussehen kann.

Woran glaube ich? Woran glaubst denn du?

Text: Michael Landgraf; Melodie: Reinhard Horn

2. Für Juden und Muslime
gibt's nur einen Gott.
Hindus kennen viele,
die helfen in der Not.
Kippa und nen Teppich,
Licht im Hausaltar,
nimmt man zum Beten,
wie auch das Mandala.
Refrain

3. Tora und die Bibel
Veden und Koran,
sieht man als Heilige
Schriften an.
Man betet in Häusern,
Synagoge und Moschee,
im Tempel und der Kirche,
gibt's auch mal nen Tee.
Refrain

4. Feste gibt es viele,
im Leben und im Jahr.
Am Anfang und am Ende,
feiert man – ja klar!
Juden feiern Pessach,
Ostern ein Christ,
Ramadan Muslime,
Vesak der Buddhist.
Refrain

5. Juden und Muslime
essen kein Schwein.
Und für die Hindus
darf's kein Rindfleisch sein.
Rad und Davids Stern,
Halbmond, Kreuz und Om,
das sind Symbole
einer Religion.
Refrain

Digital +
Hier kannst du dir das Lied anhören.
WES-152161-065

Aufgaben

1 Beschreibe, worum es in dem Lied geht.

2 Zeige an dem Lied auf, was dir bereits begegnet ist und was dir fremd ist. Du kannst zum Abschluss des Schuljahres das Lied noch einmal singen und prüfen, was du nun kennst.

3 Gestalte das Lied als Sprechgesang, als Lied mit einer eigenen Melodie oder entwirf eine neue Strophe.

Symbole der Religionen

Wozu sind Symbole gut?

Manche Menschen zeigen offen, zu welcher Religion sie gehören. Sie tragen ein Symbol ihrer Religion als Schmuck oder kleben es auf ihr Auto. Fünf Jugendliche erklären die Symbole ihrer Religionen:

Leni (Christentum)

„Symbole, die man bei uns Christen häufig sieht, sind neben dem Kreuz die griechischen Buchstaben ChR und der Fisch. Alle drei Symbole erinnern an Jesus Christus.
Mit **ChR** (griechisch: Chi-Rho, geschrieben XP) beginnt das Wort „Christus“. Das ist nicht der Nachname von Jesus, sondern meint: „der Gesalbte“ oder „Messias“. Christen glauben nämlich, dass Jesus der lange erwartete Retter der Welt ist.
Das **Kreuz** ist ein Symbol für den Glauben, dass Jesus am Kreuz gestorben und an Ostern von den Toten auferweckt wurde. Es lässt hoffen, dass auch für uns der Tod nicht das Ende ist. Gott wird mit Jesus die Welt neu machen. Es gibt unterschiedliche Kreuze. Ein Kruzifix ist eines, an dem ein leidender Christus zu sehen ist. Viele evangelische Christen verwenden lieber ein einfaches Kreuz.
Hinter dem Symbol **Fisch** steht das griechische Wort „IChThYS“ (Fisch). Die Buchstaben stehen für den Glauben, dass „Jesus Christus Gottes Sohn und der Retter der Welt“ (griechisch: Jesous Christos Theou Hyios Soter) sei.“

Leon (Judentum)

„Ein Symbol wurde im Lauf der Geschichte wichtig für das Judentum, auch wenn es ursprünglich nicht jüdisch war. Es ist ein Stern aus zwei Dreiecken. Er ist nach König David benannt, der Israel vor 3 000 Jahren von Feinden befreit hat. Daher heißt bei uns das Symbol **‚Davidstern‘** oder Schild Davids. Der Davidstern wurde später Teil der Flagge Israels.
Ein anderes Symbol ist der siebenarmige Leuchter, die **Menora**. Er steht sinnbildlich für die sieben Schöpfungstage. Der Leuchter unterscheidet sich vom Chanukka-Leuchter, der neun Arme hat.“

Symbol: Der Begriff stammt aus dem Griechischen und bedeutet „Zusammenfügen“. Ein Symbol ist ein Sinnbild, ein Zeichen, das für eine größere Sache steht, die man anders nicht gut darstellen kann.

Zu den Titeln Jesu wie Messias oder Christus kannst du dich auf S. 101 informieren.

Mehr zum Kreuz und zur Kreuzigung erfährst du hier: S. 88

Chanukka, S. 215

Symbole erschließen ■ S. 233

Maryam (Islam):

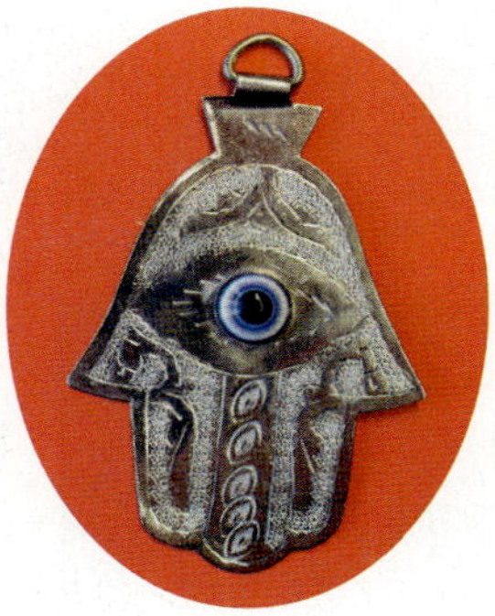

„An unserer Moschee findet man ein Symbol des Islam: die **Mondsichel**. Das Zeichen findet sich mit Stern auch auf Flaggen islamischer Länder, beispielsweise der Türkei. Dies erinnert daran, dass der Islam das Jahr nach dem Mondkalender berechnet.

Manche Muslime tragen auch eine Halskette mit einer **Hamsa**, der „Hand der Fatima“. Die fünf Finger der Hand erinnern an die fünf Säulen des Islam, das Auge an Gott, der über alles wacht.
Es gibt auch Muslime, die ein Symbol für den Islam ablehnen, weil sie allgemein keine Bilder wollen. Stattdessen verwenden sie das arabische Wort für Gott – Allah.“

Fatima war die Tochter von Muhammed, dem wichtigsten Propheten des Islam.

Keno (Buddhismus)

„Für uns ist eine Abbildung des **Buddha** das wichtigste Symbol unserer Religion. Es erinnert an Siddharta Gautama, genannt Buddha, der vor rund 2500 Jahren unsere Religion gründete.

Dann ist für uns das **Rad der Lehre** mit acht Speichen ein wichtiges Symbol. Es weist auf die Lehre Buddhas hin, die man den achtfachen Weg nennt. Sie zeigt, wie man richtig lebt, das Richtige erkennt, richtig redet, handelt und meditiert.“

Mehr zum islamischen Kalender findest du auf ■ S. 208 – 209

Mehr zu den fünf Säulen des Islam findest du auf ■ S. 204

Buddha bedeutet „der Erleuchtete“

Indra (Hinduismus)

„Ich trage eine Halskette mit dem Symbol **Om**. Es enthält drei Schriftzeichen der alten indischen Sprache Sanskrit: das für „Geburt“ (links), das für „Leben“ (rechts) und das für „Tod“ (oben). Das Wort „Om“ gilt für uns Hindus als heilig, denn in ihm soll alle Lebenskraft versammelt sein. Da wir viele verschiedene Gottheiten verehren, dienen auch Abbildungen als Symbol. Wir Schüler tragen oft den Elefantengott **Ganescha** bei uns, denn er hilft uns beim Lernen und ist zuständig für das Glück.“

Aufgaben

1 Zeige auf, welche religiösen Symbole dir bereits begegnet sind.

2 Begründe, warum Menschen ein religiöses Symbol als Schmuckstück tragen oder es sich ans Auto kleben.

3 Ein weiteres bekanntes Symbol der Religionen stammt aus China und heißt „Yin und Yang“. Recherchiere die Bedeutung dieses Symbols.

Checkpoint WES-152161-066

Religionen vergleichen

A

B

C

D

E

F

! Nenne religiöse Feste, die du kennst.

i Wer eine Religion mit der anderen vergleicht, muss Vergleichbares suchen. Beispielsweise sehen das Judentum, das Christentum und der Islam Abraham als „Vater“ ihrer Religion. Dies zeigen die heiligen Schriften Tora, Bibel und Koran.
Religionen vergleichen kann man auch anhand ihrer Feste und Feiertage. Sie zeigen unterschiedliche Wege, wie und wo miteinander gefeiert und gebetet werden kann. So feiert man Feste im Leben, heißt nach der Geburt, beim Erwachsenwerden, bei einer Hochzeit und zu einer Beerdigung. Religionen prägen auch den Jahreskalender, denn es gibt viele religiöse Feste im Jahr.
Innerhalb von Religionen gibt es Glaubensrichtungen, die neue Gemeinschaften bilden. Im Christentum heißen sie „Konfessionen“. Im Christentum sind dies beispielsweise die römisch-katholische, die orthodoxen Kirchen sowie die evangelischen Kirchen. Die evangelischen Christen gehören meist großen Landeskirchen an, aber es gibt auch Freikirchen wie die Baptisten, die Methodisten und die Mennoniten.
Wer einer anderen Religion oder Konfession begegnet, sollte dies respektvoll tun und sich nach Regeln erkundigen, beispielsweise beim Besuch eines Gebetshauses.

Abraham – Vater dreier Religionen

Für das Judentum, das Christentum und den Islam hat Abraham eine zentrale Bedeutung. Für manche gilt er als ein Vater der drei Religionen. Nach der biblischen Erzählung (1. Mose 12–25) vertrauen Abraham und seine Frau Sara Gott und ziehen in ein unbekanntes Land. Im Koran heißt Abraham „Ibrahim", das bedeutet „der Freund Gottes" (Sure 2,135). Über ihn erzählen Muslime folgende Geschichten:

Zu Abraham in der Bibel, siehe S. 126 – 127

Koran: Heilige Schrift des Islam

Sure: Kapitel des Koran

Hadschar (Hagar) und Ismael

Ibrahim und Sara waren alt. Sie hatten keine Kinder und waren traurig. Da sagte Sara: Warum nimmst du nicht meine Dienerin Hadschar als zweite Frau? Sie soll für uns Kinder bekommen." So geschah es. Hadschar bekam einen Sohn, der Ismael genannt wurde. Zu dieser Zeit waren sie in Arabien. Als sie weiterzogen, befahl Gott Ibrahim, Hadschar und Ismael zurückzulassen, um das Land zu bewohnen. Ibrahim vertraute Gott, dass er die beiden versorgen wird. Als sie alleine war, suchte Hadschar nach Wasser. Da kam ein Engel Gottes und zeigte an die Stelle, wo der kleine Ismael lag. Genau dort war eine Quelle. Hadschar und Ismael blieben dort und andere kamen hinzu. Als Ibrahim nach langer Zeit wieder zurückkam, war eine ganze Stadt entstanden: Mekka.

Ibrahim und Ismael

Ibrahim wurde von Gott geprüft. Er befahl ihm, seinen Sohn Ismael zu opfern. Ismael fügte sich in sein Schicksal und sagte: „Lieber Vater, tu, was dir befohlen wird." (Sure 37,102). Doch dann befahl Gott seinem Diener Ibrahim, anstelle seines Sohnes ein Schaf zu opfern. Ismael wurde zum Stammvater der arabischen Stämme. Um an das Gottvertrauen von Ibrahim und Ismael zu erinnern, feiern Muslime das Opferfest.

Opferfest: eines der wichtigsten Feste im Islam (Siehe S. 208)

Mekka liegt in Saudi-Arabien und ist die heiligste Stadt des Islam.

Digital +
Höre dir hier die biblischen Texte zu Hagar und Ismael sowie Abraham und Isaak an: WES-152161-083

Aufgaben

1 Arbeite heraus, welche Eigenschaften hier Ibrahim zugeschrieben werden.

2 Vergleiche die Erzählungen oben mit den biblischen in 1. Mose 21,1–21 (Hagar und Ismael) und 1. Mose 22,1–19 (Abraham und Isaak). Was fällt besonders auf?

3 Zeige auf, welche Chancen es bietet, wenn sich Menschen jüdischen, christlichen oder muslimischen Glaubens als „Kinder Abrahams" bezeichnen.

Feste im Leben

In jeder Religion gibt es Lebensfeste. Das sind Feste, die im Leben eines Menschen gefeiert werden. Ein erster Anlass ist die Geburt eines Kindes, wenn die Gemeinschaft es willkommen heißt. Ein zweiter Anlass ist das Erwachsenwerden, wenn man vollständig in einer Glaubensgemeinschaft aufgenommen wird, mit Rechten und Pflichten. Ein dritter Anlass ist die Eheschließung. Ein vierter ist, wenn Verstorbene feierlich von ihrer Gemeinschaft verabschiedet werden. Alle Lebensfeste haben also einen persönlichen Hintergrund und eine wichtige Funktion für eine Gemeinschaft. Leni, Leon und Maryam erzählen über die Lebensfeste in den Religionen Christentum, Judentum und Islam.

Leni erzählt: Bei katholischen, orthodoxen und vielen evangelischen Christinnen und Christen werden Kinder meist als Kleinkind getauft und dadurch in die Kirche aufgenommen. Bei Evangelischen kann das auch später sein, bei einer Freundin von mir erst im Alter von dreizehn. Mit etwa acht Jahren erhalten katholische Kinder erstmals die Heilige Kommunion, für sie ein wichtiges Fest. Jetzt dürfen Kinder am Gottesdienst voll teilnehmen. In der Regel mit etwa 13 Jahren werden evangelische Jugendliche konfirmiert. Katholische Jugendliche erhalten im selben Alter die Firmung. Früher galt man nach der Konfirmation oder der Firmung als erwachsen und ging in eine Lehre. Bei einer Trauung in der Kirche bekommt das Paar den Segen Gottes mit auf den Weg. Auch bei einer Beerdigung wird dem Verstorbenen und den Hinterbliebenen Gottes Segen und die Hoffnung auf Auferstehung zugesprochen. Auf diese Weise verabschiedet sich die Gemeinde feierlich von ihm.

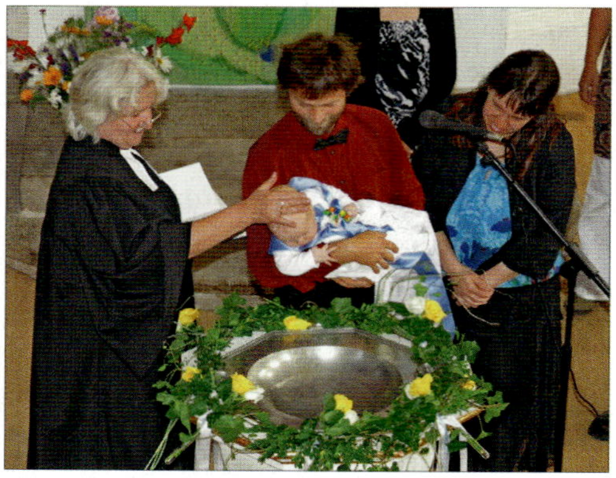

Taufe in einer christlichen Kirche

Taufe: ■ S. 148

Eine katholische Eheschließung geht über den Segen hinaus. Sie ist ein Sakrament, also eine heilige Handlung, die nur ein katholischer Priester vollziehen darf.

Maryam erzählt: Nach der Geburt eines Kindes hält man dessen Kopf in Richtung Mekka und flüstert ihm den Gebetsruf ins Ohr. Für uns ist aber ein Kind bereits nach der Geburt ein Muslim. Bei einem Fest wird dann der Name des Kindes allen genannt.

Wenn Jungs älter sind, feiern sie ihr Fest der Beschneidung. Davon steht zwar nichts im Koran, aber das Fest hat bei uns eine große Tradition. Die Jungs werden dann als Prinzen gekleidet und zeigen sich so stolz der Familie. Für manche gelten sie danach als erwachsen.

Auch eine Hochzeit wird bei uns vom Segen Gottes begleitet. Ein Imam führt die Trauung durch. Manche Frauen bemalen sich die Hände kunstvoll mit roter Henna-Farbe. Bei der Beerdigung wird darauf geachtet, dass der Verstorbene in Richtung Mekka schaut und ein weißes Gewand trägt.

Als Prinzen gekleidete Jungen beim muslimischen Beschneidungsfest

Mekka: Heilige Stadt der Muslime

Muslim: ■ S. 204

Beschneidung: die Vorhaut beim männlichen Glied wird abgetrennt.

Imam: Muslimischer Geistlicher

Ein Mädchen trägt bei der Bat Mizwa aus der Tora vor

Leon erzählt: Im Judentum gibt es kurz nach der Geburt ein Namensfest für Mädchen. Der Name der Jungs wird acht Tage nach der Geburt beim Fest der Beschneidung verkündet. Bei diesen Festen wird das Kind in der jüdischen Gemeinde aufgenommen und der Name laut verkündet. Mit 13 Jahren gibt es ein Fest, das bei den Mädchen Bat Miwza und bei den Jungs Bar Mizwa heißt. Da darf der Junge in der Synagoge den Tallit anlegen und auf Hebräisch einen Text aus der Tora vortragen. Nun gilt er als vollwertiges Mitglied der jüdischen Gemeinde, also als erwachsen. Nur in liberalen und auch einigen konservativen Gemeinden lesen Mädchen zu ihrer Bat Mizwa aus der Tora. In den meisten jüdischen Gemeinden halten sie stattdessen ein kurzes Referat zu einem religiösen Thema.
Bei einer Hochzeit versammelt sich die Gemeinde und das Hochzeitspaar steht unter einer Chuppa. Ein Rabbiner oder eine Rabbinerin spricht den Segen. Auch eine Beerdigung findet in Gemeinschaft statt. Es wird das Kaddisch-Gebet gesprochen. Männer beerdigt man in einem weißen Hemd und in Israel auch in ihrem Tallit.

Bar oder Bat Mizwa: „Sohn“ oder „Tochter der Pflicht“

Tallit: Gebetsschal, Gebetsmantel

Tora: die fünf Bücher Mose

Chuppa: Stoffdach

Kaddisch: wichtiges jüdisches Gebet, oft (aber nicht nur) bei Trauerfeiern verwendet

Rabbiner oder Rabbinerin: religiöser Lehrer/Lehrerin und Geistlicher/Geistliche

Mehr zum Judentum ab Seite 210

Aufgaben

1 Entwirf anhand der Informationen eine tabellarische Übersicht, welche Lebensfeste in den drei Religionen gefeiert werden.

2 Benenne Ideen, was für dich alles zu einem Fest gehören soll, bei dem man ein neugeborenes Kind in einer Gemeinschaft begrüßt.

3 Zeige Gründe auf, warum Eltern Kinder später taufen lassen.

4 Erörtere, welche Lebensfeste es noch geben sollte und wie man diese feiern kann.

Was Musliminnen und Muslime glauben

Ramazan erzählt:

„Salam – Friede sei mit euch. Ich bin Ramazan und meine Religion ist der Islam. Früher wurden in Deutschland die Anhänger unserer Religion „Mohammedaner“ genannt – also Anhänger des Propheten Muhammed. Das ist nicht richtig, denn wir nennen uns **Musliminnen** und **Muslime**, das bedeutet: „jemand, der sich ganz Gott hingibt“. Unsere Religion heißt **Islam**. Der Name bedeutet: „Hingabe an Gott“.

Der Name Muhammed ist uns aber dennoch wichtig, da er für uns der letzte Prophet ist. Prophet, das bedeutet Bote oder Gesandter Gottes.

Wir glauben, es gibt nur einen Gott. Auf Arabisch heißt das Wort „Gott“ Allah. Mehrmals jeden Tag sprechen wir die **Schahada,** unser Bekenntnis:

Für den Propheten Muhammed (571 – 632) gibt es unterschiedliche Schreibweisen, mal mit „e“ und mal mit „a“ am Ende. Die Schreibform „Mohammed“ mit „o“ ist ebenfalls sehr verbreitet.

zu den Namen Gottes im Islam, siehe S. 54

„Es gibt keinen Gott außer dem einen Gott, und Muhammed ist sein Gesandter.“

Der **Koran** ist unsere Heilige Schrift. Wir glauben, dass ein Engel dem Propheten Muhammed die Worte des Korans mitgeteilt hat.

Im Koran finden sich die **fünf Pflichten**, die jeder Muslim im Leben hat. Sie werden auch „die fünf Säulen des Islam“ genannt und lauten:

- Wir sollen uns zu Gott und Muhammed bekennen.
- Wir sollen fünf Mal am Tag beten.
- Für die Armen sollen wir etwas abgeben.
- Im Monat Ramadan sollen wir tagsüber fasten.
- Einmal im Leben soll man nach Mekka pilgern.

Wichtig ist uns das **Gebet**. Fünf Mal am Tag beten, das bedeutet früh am Morgen, bevor es dämmert, am Mittag beim Höchststand der Sonne, am Nachmittag zwischen Mittag und Abend, nach dem Sonnenuntergang und in der Nacht. Wir beten auf Gebetsteppichen. Selbst wenn ich am Wochenende mit den Pfadfinderinnen und Pfadfindern unterwegs bin, haben wir welche dabei. Vor dem Beten reinigen wir uns und ziehen die Schuhe aus. Dann nehmen wir verschiedene Haltungen ein: Wir stehen, verbeugen und knien uns und berühren mit der Stirn den Boden. Damit zeigen wir, dass wir uns Gott ganz hingeben.

zum Thema Beten, siehe S. 56 – 59

Es gibt weitere Regeln, an die wir uns halten. Wichtig sind uns zum Beispiel die **Speisegebote**. Essen muss für uns **halal**, also „rein“ sein. Das Wort findet sich auf vielen Verpackungen. Gerne kaufen wir in Läden ein, in denen wir uns darauf verlassen können, dass es dort nur Nahrungsmittel gibt, die den Speisegeboten unterliegen. Wir essen beispielsweise kein Schweinefleisch. Weiß man, ob eine Pizza, die in einem normalen Supermarkt gekauft ist, mit Schweinefett gebacken wurde?

Speisegebote gibt es auch im Judentum. Dazu kannst du dich auf S. 210 informieren.

Aufgaben

1 Fasse zusammen, was unter den Begriffen „Islam“, „Schahada“, „Koran“ und „halal“ zu verstehen ist.

2 Erkläre, warum der Name „Mohammedaner“ problematisch ist.

3 Überlege, ob es einen Pflichtenkatalog auch im Christentum geben kann. Wie könnte dieser aussehen?

4 Gestaltet einen Speiseplan für ein gemeinsames Fest und befragt muslimische Mitschülerinnen und Mitschüler dazu.

Gebetshäuser vergleichen

Wo betet man am besten?

In jeder Religion gibt es Häuser, in denen Menschen zusammenkommen und gemeinsam beten.

Christinnen und Christen nennen ihr Gebetshaus **Kirche**, was „zum Herrn gehörend" bedeutet. Die Blickrichtung ist meist Richtung Osten. Glaubensgemeinschaften gestalten Kirchen unterschiedlich. Gottesdienst findet meist am Sonntag statt.

Orthodoxe Kirche in Darmstadt

mehr zur Kirche findest du in S. 144–145, mehr zur Synagoge S. 218 und zur Moschee S. 207

Im Judentum heißt das Gebetshaus **Synagoge**, das meint „Ort der Zusammenkunft". Die Heilige Schrift Tora steht im Mittelpunkt. Gottesdienst wird am Schabbat gefeiert, meist am Freitagabend und Samstagmorgen.

Das Gebetshaus der Musliminnen und Muslime heißt **Moschee**. Gebetet wird dort in Richtung Mekka, am Freitag gibt es eine Predigt über die Heilige Schrift, den Koran.

Menschen, die dem Hinduismus oder Buddhismus angehören, nennen ihr Gebetshaus **Tempel**. Bei Hindus werden Gottheiten verehrt, von denen es Abbildungen gibt. Im buddhistischen Tempel steht Buddha im Zentrum. Daher gibt es von ihm viele Figuren und Bilder. In einem buddhistischen Tempel sitzt man beim Meditieren und Gebet auf dem Boden.

Buddhistischer Tempel in Ludwigshafen

Gebets- oder Gotteshaus?

Manche Christinnen und Christen nennen ihre Kirche „Gotteshaus." Menschen jüdischen und islamischen Glaubens sehen diesen Ausdruck kritisch. So sagt ein Imam: „Gott ist viel zu groß, als dass ein Haus ihn fassen könnte."

Aufgaben

1 Vergleiche die Informationen und Bilder im Buch zu den Gebetshäusern der Religionen zur Synagoge S. 218f. und zu den Kirchen S. 144.

2 Formuliere Regeln, wie man sich in einem Gebetshaus verhalten soll.

3 Entwirf einen Raum, in dem Menschen gut beten und meditieren können.

Gebetshäuser: Besuch in einer Moschee

Maryam erzählt:

„Unser Gebetshaus heißt Moschee. Auf Arabisch bedeutet das Wort „Ort der Niederwerfung". Dieser Name kommt von einer Haltung, die wir beim Gebet einnehmen.

Fünf Mal am Tag kommen viele Gläubige in der Moschee hier zum Gebet zusammen. Man sitzt auf Teppichen und betet Richtung Mekka, unserer heiligen Stadt. Eine Nische zeigt uns die Richtung an.

Unsere Moschee ist aber auch sonst tagsüber für das Gebet offen. Manchmal gehe ich dort hin, um in Ruhe über etwas nachzudenken und Gott um Rat zu bitten. Oder ich lese in unserer Heiligen Schrift, dem Koran. Beim Beten und beim Lesen sitze ich auf dem Boden. Der Koran wird zum Lesen auf einen kleinen Holzständer gelegt. Freitags kommen viele in die Moschee, denn da wird eine Predigt gehalten. Dafür gibt es eine Kanzel, die neben der Nische steht.

In islamischen Ländern sind Moscheen an einem Turm zu erkennen, dem Minarett. Entweder steht ein Muezzin, das heißt ein Gebetsrufer, oben auf dem Turm, oder über oben angebrachte Lautsprecher werden die Gläubigen zum Gebet aufgerufen.

Unsere Moschee hat ein Minarett, doch ist das nicht überall in Deutschland erlaubt. Viele Moscheen befinden sich in normalen Wohnhäusern und sind kaum von außen erkennbar. In manchen Moscheen gibt es zusätzlich Räume, in denen wir uns treffen können. Bei uns gibt es ein Café."

Betende am Tag der offenen Moschee in der DITIB-Zentralmoschee in Köln

DITIB-Zentralmoschee in Köln

Aufgaben

1 Zeige auf, woran man eine Moschee erkennen kann.

2 Recherchiere nach Moscheen in deinem Umfeld und beschreibe, wie sie aussehen.

3 Erörtere Gründe, warum es manchmal Streit um den Bau von Minaretten gibt.

Feste im Jahr: Islam

Warum feiern Menschen Feste?

In allen Religionen gibt es Feste, die im Jahr gefeiert werden. Der muslimische Kalender richtet sich, wie der jüdische, nach dem Mond und nicht nach der Sonne. Daher „wandern" der Jahresanfang und die Festtage im Vergleich zum christlichen Kalender. Maryam erzählt, welche Feste im Islam wichtig sind:

„Das Neujahrsfest feiern wir am ersten Tag des Monats Muharram, dem ersten Monat im Jahr. Wir erinnern uns da besonders an den Propheten Muhammed, der im christlichen Jahr 622 aus Mekka aufgebrochen ist. Für uns fängt da die Zeitrechnung an.
Im siebten Monat des Jahres feiern wir am 27. Tag die Nacht der Himmelsreise. Der Prophet ist für uns an diesem Tag in Jerusalem erschienen.
Der neunte Monat des Jahres ist der Fastenmonat Ramadan. 30 Tage essen und trinken wir tagsüber nichts, um besser über Gott nachdenken zu können. In dem Monat liegt die Nacht der Bestimmung. In ihr erinnern wir uns daran, dass uns der Koran geschenkt wurde. Am Ende des Ramadans feiern wir das Fest des Fastenbrechens, an dem wir uns Geschenke machen und Süßes essen.
Im letzten Monat des Jahres machen sich viele Muslime auf eine Pilgerfahrt nach Mekka auf. Während des Monats feiern alle Muslime auf der Welt miteinander das Opferfest. Es erinnert an Ibrahim und dass wir Gott vertrauen sollen."

Zu den christlichen Festen im Jahr findet ihr mehr auf S. 158 – 160, zu jüdischen auf S. 214 – 217

Ibrahim S. 201, siehe auch S. 126 – 127

Aufgaben

1 Fasse zusammen, welche Rolle die Stadt Mekka im muslimischen Jahr spielt.

2 Nenne den Grund, warum Muslime fasten, und erläutere, warum sonst Menschen fasten.

3 Recherchiere, wie Muslime in deinem Umfeld das Fest des Fastenbrechens und das Opferfest feiern.

Kalender der Religionen

Viele Feste gibt es im Jahr. Wenn Menschen aus verschiedenen Religionen zusammenleben, dann müssen sie sich auf unterschiedliche Kalender einstellen. Daher gibt es sogenannte „Kalender der Religionen“ oder auch „interreligiöse Kalender“.

Einen Kalender der Religionen könnt ihr für eure Klasse erstellen. Recherchiert, zu welcher Religion eure Mitschülerinnen und Mitschüler gehören. Welche Feiertage sind für sie wichtig? Manche liegen fest an einem Kalendertag, andere sind beweglich. Auch gibt es in Religionen unterschiedliche Glaubensrichtungen wie im Christentum die evangelische, die katholische und die orthodoxe Konfession.

Christentum:
- 1. Advent
- Heiligabend
- Weihnachten
- Neujahr
- Dreikönigstag, Epiphanias
- Karfreitag
- Ostern
- Himmelfahrt
- Pfingsten
- Erntedank
- Reformationstag
- Allerheiligen

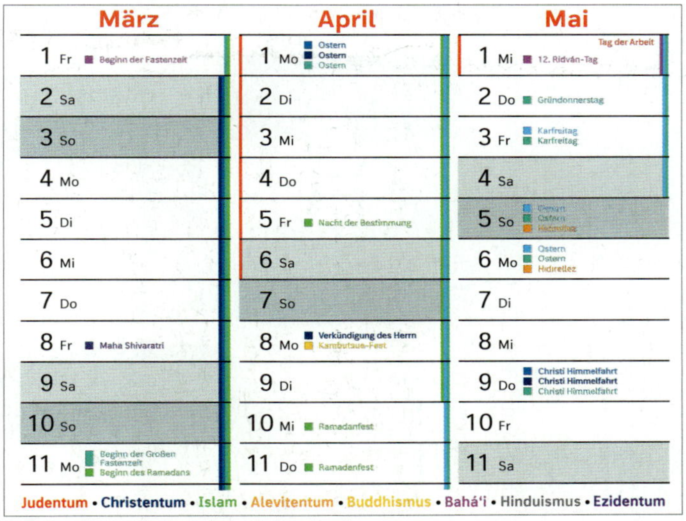

Judentum
- Rosch ha Schana
- Jom Kippur
- Sukkot
- Purim
- Chanukka
- Pessach
- Schawuot

Islam
- Neujahr
- Aschura
- Nacht der Himmelreise
- Monat Ramadan
- Nacht der Bestimmung
- Fest des Fastenbrechens
- Opferfest

Kirchenjahr
S. 158 – 160

Jüdische Feiertage
S. 214 – 216

Aufgaben

1 Gestaltet mithilfe der Informationen im Text in eurer Lerngruppe einen Kalender der Religionen.

2 Recherchiert nach wichtigen Festen aus dem Hinduismus und dem Buddhismus und tragt sie in den Kalender ein.

3 Gestaltet einen Entwurf, wie eine gemeinsame Feier der Religionen aussehen kann.

Checkpoint WES-152161-067

Das Judentum erkunden

Hinweise auf die jüdische Religion gibt es in vielen Zusammenhängen. Sammelt in der Klasse:

? Wo ist euch das Thema Judentum schon einmal begegnet?

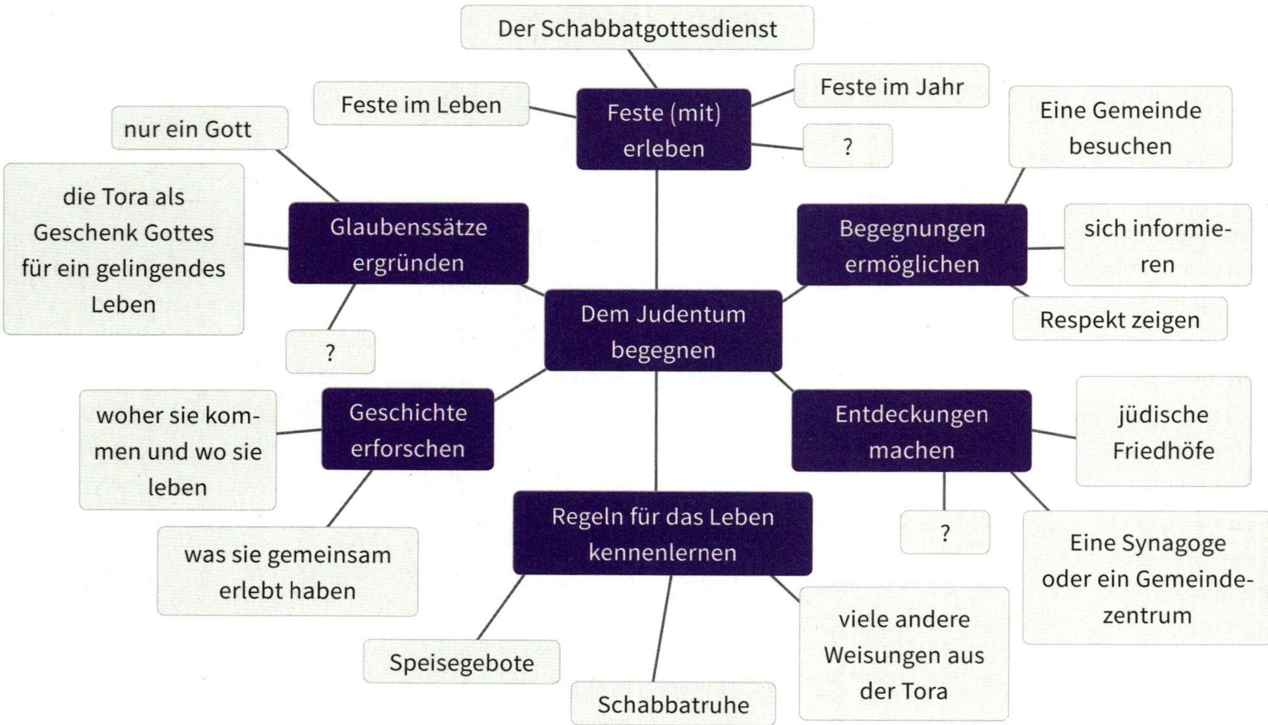

Das Judentum

Das Judentum ist mit etwa 15 Millionen Gläubigen die kleinste der fünf Weltreligionen. Unter den Religionen, die an nur *einen* Gott glauben, ist es allerdings die älteste. Aus ihm ist nicht nur das Christentum hervorgegangen, sondern auch der Islam. Das ist der Grund dafür, dass es so viel Verbindendes gibt. Dazu zählen neben den Geschichten der hebräischen Bibel viele Feste und Bräuche. Aber auch die Gebetshäuser der drei Religionen ähneln sich. Natürlich gibt es auch einiges, was zwischen ihnen steht. Das hat mit unserer Geschichte zu tun, z. B. den Judenverfolgungen. Jüdin oder Jude ist jemand, der eine jüdische Mutter hat. Judentum hat also etwas mit der Abstammung zu tun. Daher verstehen manche Jüdinnen und Juden ihr Judentum gar nicht als Religion. Andererseits kann man zum Judentum auch übertreten. Es ist also zugleich eine Religionsgemeinschaft, deren Mitglieder gemeinsame Überzeugungen und Praktiken teilen. Manche davon finden sich schon in der Tora, andere sind erst in nachbiblischer Zeit entstanden. Und da das Judentum eine lebendige Religion ist, entwickelt sich vieles bis heute weiter.

zu den Gemeinsamkeiten der drei Religionen, vgl. S. 126 – 127 (Abraham)

Tora, vgl. S. 211

zu den Festen: S. 152 – 155

zu den Gebetshäusern: S. 142 – 145, 206 – 207, 218 – 219

Die Tora als Geschenk

Von wem lasse ich mir etwas sagen?

Philipp: Sag mal: Woran glaubt ihr Jüdinnen und Juden eigentlich?

Leon: An Gott natürlich, was hast du denn gedacht?

Philipp: Ist das derselbe Gott wie unserer?

Leon: Es gibt nur den einen Gott.

Philipp: Und was ist mit Jesus?

Leon: Der war ein frommer Jude. Kein Gott, wenn du das meinst. Der hat eigentlich gut zusammengefasst, worum es uns auch geht: Gott lieben von ganzem Herzen und unsere Mitmenschen wie mich selbst. Weißt du: Der Glaube ist im Judentum nicht alles. Es geht vor allem um das, was wir tun, wie wir leben. Unser Leben ist wie ein Weg, den wir gemeinsam gehen. Damit wir uns da nicht verlaufen, nicht stolpern oder gar hinfallen – dafür hat uns Gott 613 Gebote gegeben. An ihnen können wir uns orientieren.

Philipp: Die Tora, euer Gesetz. Stimmt's?

Leon: Erstens steht die Tora auch in eurer Bibel, außerdem würde ich eher von Weisung sprechen. Gesetz klingt so …

Philipp: So streng?

Leon: Ja, genau. Natürlich muss ich manchmal auf etwas verzichten, wenn ich nach der Tora leben will. Wir dürfen z. B. kein Schweinefleisch essen, auch keine milchigen und fleischigen Speisen zusammen.

Philipp: Wieso das denn nicht?

Leon: Darüber könnte ich dir jetzt einen ganzen Vortrag halten. Zum einen gehen wir durch diese Gebote sicher bewusster mit den Tieren um als andere Menschen. Aber das Entscheidende ist: Gott hat sie uns gegeben. Das ist Grund genug, sich daran zu halten.

Philipp: Ok, so langsam verstehe ich.

Leon: Die Tora ist für uns Jüdinnen und Juden keine Last, sondern ein Geschenk. Aber das kommt leider oft falsch rüber.

Den Glauben an nur *einen Gott* bekennen Jüdinnen und Juden im *Sch'ma Jisrael* (= „Höre Israel"), das zweimal täglich gebetet wird: „Höre, Israel, der Herr, unser Gott, ist der Herr allein, und du sollst den Herrn, deinen Gott, lieben von ganzem Herzen, von ganzer Seele, von ganzem Gemüt und mit all deiner Kraft" (5. Mose 6,4f.)

Tora: Siehe ■ S. 130

Speisen, die entsprechend der jüdischen Vorschriften zubereitet sind, nennt man „koscher".

Zu den Speisegeboten im Islam kannst du ■ S. 205 heranziehen.

Aufgaben

1 Beschreibe das Bild und erkläre, warum man im Judentum die Tora mithilfe eines Zeigers (hebr.: Jad) liest und nicht einfach den Finger benutzt.

2 Fasse mithilfe des Textes zusammen, worum es im Judentum vor allem geht.

3 Vergleiche die jüdischen Speisegebote mit denen anderer Religionen.

4 Erkläre anhand von Mt 22,35–40, wie Gottes- und Nächstenliebe zusammenhängen. Arbeite heraus, auf welche Quellen sich Jesus bei diesem „Doppelgebot der Liebe" stützt.

Jüdisch zu sein, bedeutet für jeden etwas anderes

„Ich bin wahrscheinlich so ein Feiertagsjude. So wie eben Christen, die an Weihnachten in die Kirche gehen, aber den Rest des Jahres nicht so viel dran denken.“
(Rita)

„Für mich ist das Besondere am Judentum, dass es sowohl eine Volkszugehörigkeit ist als auch eine Religionszugehörigkeit.“
(Samuel)

Digital +
Schaue dir hier das Video „Jung. Jüdisch. Engagiert.“ an.
WES-152161-068

„Für mich ist das Judentum ganz vieles: Familie, Freunde, Gottesdienst, Musik, Sprache, Feiertage und und und…“
(David)

„Für mich ist das Judentum die Gemeinschaft. Es ist ein Ort, der mir viel Kraft gibt, ein Ort der Entfaltung und des Wachstums.“
(Nastia)

Jüdisch-Sein ist für mich eine Herzensangelegenheit. Es sind Werte, die ich von zu Hause mitbekommen habe und nun meinen Kindern weitergebe. Für mich ist Jüdisch-Sein eine Lebensphilosophie. Für manche ist es mehr Religion, Kultur oder die tiefe Verbundenheit mit der jüdischen Community. Für mich ist es eine Mischung aus allem.“
(Susan)

„Das Judentum hat eine große Rolle in meinem Leben. Von meinen Wurzeln her ist es immer mit mir. Die Geschichte meiner Familie, das ist immer präsent bei mir. Religion in dem Sinne nicht so sehr, weil ich einfach nicht religiös aufgewachsen bin.“
(Alice)

Aufgaben

1 Fasse zusammen, worin die sechs Personen oben ihr Jüdisch-Sein sehen.

2 Setze die Aussagen in den Sprechblasen in Beziehung zu der Mindmap auf der Seite 210.

3 Vergleiche die Aussagen oben damit, was das Christ-Sein von Christinnen und Christen ausmacht.

Egal ob jüdisch oder nicht

Heute nimmt Leon seinen Freund mit zum Fußballtraining. Philipp überlegt schon länger, etwas regelmäßiger Sport zu treiben. „Wie heißt dein Verein denn eigentlich?" „TuS Makkabi Mannheim". „Hä, Makkabi? Was bedeutet das?" „Das ist der Name eines jüdischen Freiheitskämpfers. Nach ihm sind viele jüdische Sportvereine benannt." „Oha, ein jüdischer Sportverein?" „Ja, aber bei uns kicken auch viele nichtjüdische Menschen. Wahrscheinlich mehr als Juden und Jüdinnen." „Aber gibt´s da nicht manchmal Zoff?" „In unserem Team verstehen wir uns super. Aber ab und zu wird man bei einem Spiel schon auch mal blöd angemacht: ‚Hey, du Jude!" „Als ob das ein Schimpfwort wäre!" „Einmal ist auch schon die Polizei gekommen, als uns so ein Typ einschüchtern wollte. Aber weißt Du, der Sport ist auch eine Chance. Es macht einfach Spaß, zusammen Fußball zu spielen, Unterschiede sind dann plötzlich nicht mehr so wichtig.

Digital + Webseite von Makkabi Deutschland WES-152161-069

Auf dem Heimweg will Philipp wissen, warum Leon nicht in Ethik geht. „Hast du da frei, während ich Reli habe?" „Nein, ich habe jüdische Religionslehre." „Ist dir das wichtig, dass du Jude bist?" „Ich mache da keine große Sache draus, trotzdem gehöre ich dazu." Jetzt versteht Philipp ein klein wenig, warum Leon ihm absagte, als er ihn neulich fragte, ob er in den Sommerferien mit ihm nach Südfrankreich zelten ginge. „Nein", war da Leons Antwort. „Ich bin bei einem jüdischen Feriencamp angemeldet. Weißt du, es ist auch ein tolles Gefühl, dass wir alle was gemeinsam haben: Alle dort sind jüdisch. Ab und zu geht es auch mal um die Bar Mizwa. Hier denken alle nur an Konfi, aber es gibt ja auch noch was anderes.

Bar Mizwa: siehe S. 203

„Machanot": Jüdische Ferienfreizeiten
Viele jüdische Einrichtungen bieten Feriencamps an: in Deutschland, Italien oder anderen Ländern – manchmal sogar in Israel. Man kann sich dabei erholen, aber auch etwas gemeinsam erleben. Es gibt Spiele, Wanderungen, Workshops und vieles mehr. Die Jugendlichen lernen, Verantwortung zu übernehmen und stärken den Zusammenhalt untereinander. Außerdem erfahren sie etwas über die jüdische Tradition.

Aufgaben

1 Fasse zusammen, warum ein jüdischer Sportverein eine Chance sein kann.

2 Das Bild oben entstand bei einem Makkabi-Turnier. Beschreibe, welche Gefühle der jungen jüdischen Fußballer es zum Ausdruck bringt.

3 Arbeite mithilfe des Infokastens heraus, warum das Feriencamp für Leon nicht verhandelbar ist.

Jüdische Feste: Philipp hat jede Menge Fragen

Philipp sieht in der Synagoge einen Leuchter mit neun Armen. „Was ist denn das? Ich dachte, eure Menora hat sieben Arme."
„Tja, das ist ja auch keine Menora," antwortet Leons Cousine Miriam, „sondern ein Chanukka-Leuchter."
„Chanukka, was ist denn das?"
Diese Frage ist der Startschuss für ein spannendes Gespräch, bei dem Philipp eine Menge über die jüdischen Feste lernt …

Jüdische Feste

Das jüdische Jahr beginnt im Herbst gleich mit mehreren großen Feiertagen. Auch im Frühling gibt es einige wichtige Feste. Fast immer gibt es für Kinder einiges zu tun oder zu sehen. Oft haben jüdische Feste ihren Ursprung in der Welt der Hirten und Bauern. Sie erinnern aber auch an Ereignisse in der Geschichte des jüdischen Volkes. Viele von ihnen stammen aus biblischen Zeiten, einige wenige sind erst später entstanden. Durch das Feiern der Feste vergegenwärtigt man sich die Ereignisse von früher. So werden die Geschichten von Generation zu Generation weitergegeben. Natürlich passt jede Familie oder Gemeinde die Traditionen auch immer wieder etwas an oder lässt etwas weg.

Digital +
Hier findest du eine interaktive Aufgabe zu den jüdischen Festen
WES-152161-070

Miriam kann sie ihm beantworten

*An **Chanukka** (Lichterfest) bekommen wir Kinder kleine Geschenke. Man isst in Fett gebackene Speisen wie Krapfen und zündet Kerzen an einem neunarmigen Leuchter an.*

*An **Purim** (Losfest) wird die Geschichte von Ester gelesen. Kinder verkleiden sich an diesem Tag. Den Bösewicht, Haman, buhen wir immer aus. Mit Ratschen machen wir dazu ohrenbetäubenden Lärm.*

*An **Pessach** (Passafest) feiern wir die Befreiung unserer Vorfahren aus der Sklaverei in Ägypten. Am Sederabend haben wir Kinder immer jede Menge Spaß und essen vom Sederteller besondere Speisen.*

*An **Schawuot** (Wochenfest) danken wir für die reiche Ernte und erinnern an die Zehn Gebote, die Mose am Sinai bekommen hat.*

*An **Rosch-ha-Schana** (Neujahrsfest) gibt es Apfel in Honig getunkt, für ein süßes, gutes Jahr. Auch ein Granatapfel wird gegessen, damit im neuen Jahr unsere guten Taten so zahlreich sind wie dessen Samenkerne. Man bläst auf einem Widderhorn (hebr. Schofar).*

*Der **Jom Kippur** (Versöhnungstag) ist ein Fest der Umkehr und des Neuanfangs. Man denkt darüber nach, was man gegenüber Gott oder seinen Mitmenschen falsch gemacht hat. Man fastet den ganzen Tag und geht in die Synagoge. Dort wird das Widderhorn geblasen.*

*An **Sukkot** (Laubhüttenfest) essen wir in einer kleinen Hütte, die mit Zweigen bedeckt ist. So erinnern wir uns daran, wie unsere Vorfahren in der Wüste gelebt haben. Das Fest drückt die Dankbarkeit aus, ein Dach über dem Kopf zu haben.*

Weitere Informationen zum Sederabend findest du auf S. 216
Über muslimische Feste im Jahr findest du Infos auf S. 204, 208

Aufgaben

1 Ordnet die Symbole auf S. 214 den passenden Festen auf dieser Seite zu.

2 Einige christliche Feste gehen auf jüdische Feste zurück oder weisen Ähnlichkeiten auf. Ordnet sie einander zu. Wo ihr Hilfe braucht, benutzt ein Lexikon oder befragt Expertinnen und Experten.

3 Formuliert Quizfragen zu den Festen der Religionen. Lasst dann Gruppen gegeneinander antreten.

Mit dem Sederabend beginnt das Pessachfest

Befreiung der Israeliten aus Ägypten siehe S. 23

Das Pessachfest ist eines der wichtigsten Feste im Judentum. Es erinnert an die Befreiung der Israeliten aus Ägypten, von dem das zweite Buch Mose erzählt. Die Festwoche beginnt mit dem Sederabend (Seder = Ordnung), an dem man im Kreis der Familie symbolische Speisen zu sich nimmt. Indem man sich bequem anlehnt, betont man die Freiheit, in der man heute lebt. Kinder werden in das Fest aktiv einbezogen, indem sie immer wieder Fragen zu den Bräuchen stellen.

- Am bekanntesten sind vermutlich die *Matzen*, ein ungesäuertes Brot, das an die Eile bei der Flucht erinnert.
- Bitterkräuter wie z. B. der scharfe *Meerrettich* (manchmal mit roter Bete verfeinert) erinnern an die schlimme Zeit in Ägypten.
- Eine ähnliche Bedeutung hat der *Salat* (meist Lattich), der auch zu den Bitterkräutern gehört.
- Die grüne *Petersilie* erinnert an den Neuanfang des Frühlings, an dem man das Pessachfest feiert. Man taucht sie in ein Schälchen mit Salzwasser, das an die Tränen der Israeliten von damals erinnert.
- Das *Ei* ist ein Symbol für Leben. Ein Ei wird beim Kochen hart. Das hartgekochte Ei soll bildlich ausdrücken, dass die Israeliten aus der Hitze der Verfolgung gestärkt hervorgegangen sind.
- Ein angebratener *Knochen* (oft auch vom Hühnchen) erinnert an das Lamm, das früher im Tempel am Pessachfest geopfert wurde.
- Ein Mus aus Äpfeln und Nüssen erinnert an die Ziegel, die die israelitischen Sklaven damals herstellen mussten.
- Um den Auszug zu feiern, trinkt man vier Becher *Wein*. Ein Becher wird für den Propheten Elia aufgehoben, den Wegbereiter des Messias. Auf ihn wartet man jedes Jahr aufs Neue.

Aufgaben

1 Erkläre die symbolischen Speisen auf dem Sederteller. Manche kennt ihr wahrscheinlich, manche nicht.

2 Die erste Frage, die das jüngste Kind dem Vater stellt, lautet: „Was unterscheidet diese Nacht von allen anderen Nächten?“ Formuliere selbst eine Antwort auf diese Frage.

3 Vergleiche die Symbolik von Ei und Lamm beim Pessachfest mit derjenigen bei unserem Osterfest. Wo gibt es Gemeinsamkeiten, wo Unterschiede?

4 Tauscht euch über Befreiungserfahrungen in eurem eigenen Leben aus und erklärt, wie man an diese Erlebnisse in einem Fest angemessen erinnern könnte.

Zeit zum Leben: Schabbat

Was mache ich in meiner freien Zeit?

„Alles voll herausgeputzt“, staunt Philipp, als er eintritt. Das Essen steht schön dekoriert in der Küche bereit, der Tisch im Wohnzimmer ist festlich eingedeckt. Unter einem bestickten Deckchen liegen zwei geflochtene Brote. Daneben stehen zwei Kerzen und ein silberner Kelch. Dann versammelt sich Leons Familie um den Tisch. Seine Mutter segnet mit einem Lobspruch die Kerzen und zündet sie an. Draußen dämmert es schon, das macht alles noch ein wenig feierlicher. Leons Vater spricht danach ein Dankgebet über dem Wein, der dann herumgereicht wird. Nach dem Händewaschen wird auch das Brot gesegnet und ausgeteilt. Beim Essen der vorbereiteten Speisen unterhält man sich, eine fröhliche Stimmung macht sich breit. Der Stress der Woche fällt von allen ab. „Normalerweise geht Papa am Freitagabend noch in die Synagoge, aber wenn so hoher Besuch da ist …“, sagt Leon. „Außerdem ist morgen ja auch noch mal Gottesdienst“.

Philipp hatte bisher nur gehört, was man am Schabbat alles nicht darf: Feuer machen, Auto fahren, sein Handy laden, Geld ausgeben, weite Wege gehen. Was er bisher nicht gesehen hatte: Was man durch den Verzicht gewinnt. Wie wertvoll doch so ein freier Tag in der Woche ist.

Feiertage S. 152 – 155

Sonntag und Schabbat S. 152, 154
S. 40

Der Schabbat (auch Sabbat) geht von Freitagabend bis Samstagabend.
In der Bibel gibt es unterschiedliche Begründungen für den Schabbat:

Gedenke des Sabbattages, dass du ihn heiligst. […] Denn in sechs Tagen hat der HERR den Himmel und die Erde, das Meer und alles, was sich darauf befindet, erschaffen; doch am siebenten Tage ruhte er. Darum segnete der HERR den Sabbattag und heiligte ihn.

2. Mose 20; 8 +11 (Lutherbibel)

Denke daran, dass auch du Knecht im Ägypterland gewesen bist und dich der HERR […] hinweg geführt hat. Darum hat der HERR, dein Gott, dir befohlen, den Sabbat zu heiligen.

5. Mose 5,15 (Lutherbibel)

Aufgaben

1 Beschreibe, welche im Text genannten Dinge auf dem Bild zu erkennen sind.

2 Erkläre den letzten Satz des Textes: Worin besteht der mögliche Gewinn eines freien Tages?

3 Arbeite heraus, wie in den Bibelstellen oben das Halten des Feiertages begründet wird.

Gottesdienst in einer Synagoge

Am Samstag begleitet Philipp zum ersten Mal Leon zu einem jüdischen Gottesdienst. Am Portal werden die beiden mit „Schabbat Schalom“ begrüßt. Philipp bekommt eine Kippa und einen Siddur ausgeliehen. „Hier kannst du alles auch auf Deutsch mitlesen“, sagt Leon. Als die beiden Jungs auf die Empore hochsteigen, erklärt Leon: „Hier oben sitzen unsere nichtjüdischen Gäste, also auch du. Die Gemeindemitglieder sitzen in unserer Synagoge unten, Männer und Frauen getrennt. Aber das ist in anderen Gemeinden manchmal auch anders.“ Philipp erinnert sich daran, dass Leon vor Kurzem seine Bar Mizwa gefeiert hat. Damit ist er jetzt tatsächlich ein erwachsenes Mitglied der Gemeinde. Philipp erfährt, dass der Gottesdienst oft ohne Rabbiner gefeiert wird: „Ein Kantor als Vorbeter reicht völlig aus.“ Dann geht es endlich los. „Heute schaffen wir locker den Minjan“, flüstert Leon. Während das Morgengebet gesprochen wird, legen die Männer kunstvoll ihren Tallit an. Danach werden Psalmen gelesen und das Sch’ma Jisrael gebetet.

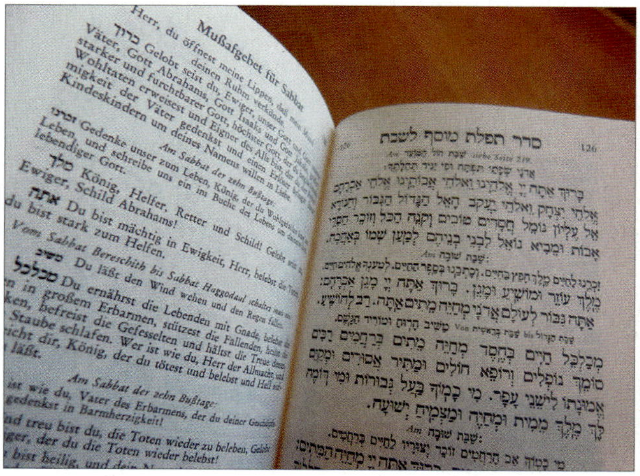

Schalom: hebräisch für „Friede“

Kippa: Käppchen, das man trägt, wenn man heilige Orte betritt.

Siddur: Gebetbuch, siehe Bild unten links

Bar Mizwa: Fest, bei dem ein Jude mit ca. 13 Jahren zum ersten Mal aus der Tora vorlesen darf. Bei Mädchen: Bat Mizwa.

Rabbiner oder Rabbinerin: geistlicher und rechtlicher Leiter oder Leiterin

Kantor/-in: Der/die Vorbeter/-in, der/die den Gottesdienst leitet und die Gebete liest

Minjan: die Mindestzahl von zehn Personen, die nötig ist, um einen Gottesdienst zu feiern.

Tallit: Gebetsmantel

rechtes Bild: Eine Mesusa ist eine Schriftkapsel am Türpfosten eines jüdischen Haushalts, die meist schräg aufgehängt wird. Sie enthält eine Pergamentrolle, auf der das Sch’ma Jisrael steht (siehe S. 211).

Philipp entgeht nicht, dass bei der Amida manche Beter mit dem Oberkörper leicht hin und her wippen. Als dann feierlich die Torarolle aus dem Schrein gehoben und auf der Bima geöffnet wird, hält Philipp kurz die Luft an. Er merkt: Das ist die Mitte des Gottesdienstes. Ein Mann liest den Wochenabschnitt aus der Tora vor, andere antworten mit Segenssprüchen. Nach der Prophetenlesung folgen weitere Gebete. Eines von ihnen, das Kaddisch, erinnert Philipp an das Vaterunser. Hier wie bei der Amida stehen alle auf. Philipp macht es den anderen Anwesenden automatisch nach. Auch wenn er die Sprache nicht versteht, lässt er sich anstecken von der Stimmung im Raum. Erst gegen Ende des Gottesdienstes schweift sein Blick vom Siddur zur Kuppel des Raumes ab. Sie scheint mit einem blauen Teppich ausgekleidet zu sein. „Das soll den Himmel über Jerusalem darstellen“, erklärt ihm Leon. „Jede Synagoge steht im Grunde für den Tempel, der früher mal dort stand.“

„Verstehe“, entgegnet Philipp. „Dann ist der Schrein so etwas wie das Allerheiligste“. „Hey, du lernst schnell“, lobt Leon seinen Freund und klopft ihm anerkennend auf die Schulter.

Amida: zentrales Gebet, Reihe von Bitten

Psalm: Biblisches Gebet

Sch'ma Jisrael: siehe ■ S. 211

Toraschrein: Aufbewahrungsschrank für die Torarollen im Osten der Synagoge

Bima: Lesepult, vom dem aus die Tora vorgelesen wird

Tempel: Bis 70 nach Christus Zentrum des Judentums in Jerusalem ■ S. 80

Zu den christlichen Kirchen findest du Informationen auf ■ S. 144

Über das muslimische Gebetshaus (Moschee) erfährst du hier etwas: ■ S. 207

Hier findest du die Internetseite der Synagoge Mannheim: WES-152161-071

Aufgaben

1 Gib den Text wieder, ohne die Fachausdrücke zu verwenden. Umschreibe sie mit eigenen Worten. Nutze dabei die Erklärungen am Rand.

2 Beschreibe, was du alles auf den Bildern dieser Doppelseite siehst, und erkläre die Beobachtungen mithilfe des Textes.

3 Entwirf ein Gespräch, in dem Philipp zu Hause seinen Eltern erzählt, was er in der Synagoge erlebt hat.

4 Vergleiche Kirche und Synagoge, christlichen und jüdischen Gottesdienst, sowie die Rolle von Männern und Frauen in der jeweiligen Gemeinde.

Eine Erkundung, die sich lohnt

Will man jüdisches Leben in Deutschland aus erster Hand kennenlernen, wendet man sich am besten an die nächstgelegene Synagogengemeinde. Oder man kontaktiert die Organisation „Meet a Jew“, die jüdische Jugendliche ausbildet und auch an Schulen schickt. Dort kommt es oft zu anregenden Gesprächen über ihre Religion.

In vielen Gegenden, vor allem in ländlichen Regionen, gibt es heute allerdings keine Jüdinnen und Juden mehr. Trotzdem findet man auch hier noch manchen Hinweis darauf, dass sie einmal in enger Nachbarschaft mit ihren christlichen Nachbarn gelebt haben. Was man dabei alles entdecken kann, zeigen folgende Bilder.

Digital +
Webseite von „Meet a Jew“
WES-152161-072

A *Steinrelief* über dem Eingang einer ehemals jüdischen Bäckerei, das ein Kind mit Mazzen zeigt

B *„Stolperstein“*, der an die Opfer der Verbrechen unter Hitler erinnert.

C *Ehemalige Synagoge* einer jüdischen Gemeinde mit den typischen Rundbögen an Fenstern und Türen

D *Gedenktafel*, die an eine ehemalige jüdische Schule erinnert, die heute in Besitz der Kirche ist

E *Grabstein* auf einem ehemaligen jüdischen Friedhof. Typisch ist die hebräische Schrift und die segnenden Hände, die daran erinnern, dass hier jemand aus dem Priestergeschlecht begraben liegt.

Aufgaben

1 Ordne die Informationen am Rand den Bildern auf der Seite zu. Auf welche weiteren Hinweise könnte man stoßen?

2 Recherchiere im Internet über „Meet a Jew“ bzw. die nächste Synagogengemeinde in deiner Nähe. Formuliere Fragen, die du bei einem Gespräch gerne stellen würdest.

3 Sammelt Ideen für eine Ausstellung über jüdisches Leben in Eurer Region.

Regeln für den Dialog zwischen Religionen

Was ist ein gutes Gespräch?

(1) *Unterschiede* müssen uns nicht trennen. Im Gegenteil, sie können auch Neugierde wecken, Neues zu entdecken. Sei offen dafür!

(2) Es gibt immer mal wieder *sprachliche Barrieren*. Viele Menschen sind aus einem anderen Land zugewandert. Verlange nicht, dass alle perfekt deutsch sprechen!

(3) Das Judentum und den Islam gibt es genau so wenig wie es das Christentum gibt. Es gibt nicht nur eine *Vielfalt* zwischen, sondern auch *innerhalb der Religionen*. Vermeide deshalb Pauschalisierungen!

(4) Jeder hat in unserer Gesellschaft *gleiche Rechte*. Das heißt noch nicht automatisch, dass alle Recht haben. Aber *unterschiedliche Meinungen* solltest du schon gelten lassen.

(5) Die Menschen bringen ganz *unterschiedliche Lebensgeschichten* mit. Viele haben Schlimmes erlitten. Deshalb, geh sensibel mit ihnen um!

(6) Die Beschäftigung mit Büchern und Hinweisen vor Ort ist gut, kann aber nicht alles sein. Bemühe dich deshalb immer um einen *wirklichen* Dialog mit *gelebter* Religion!

HaSchem: „Der Name“ (hebr.) meint den Namen des jüd. Gottes, den man wegen seiner Heiligkeit aber nicht ausspricht.

Allah: Allah ist der Name des muslimischen Gottes. Kurzform von „al-illah“ (arab.) = Gott

Aufgaben

1. Ordne die drei Bilder einer der sechs Regeln oben zu. Gestalte zu den fehlenden Regeln eigene Bilder.
2. Formuliere konkrete Beispiele für die einzelnen Regeln.
3. Bewerte die Sätze nach ihrer Wichtigkeit.
4. Ergänze die Liste um weitere Sätze zum gleichen Thema.

Checkpoint WES-152161-073

Methoden, die weiterhelfen und Spaß machen

Im Religionsunterricht geht es um die Fähigkeit, Gegenstände (wie diese Taufkerzen), aber auch um Handlungen (wie die Taufe), Geschichten, Texte, Bilder und Fragen, die es mit Religion zu tun haben,

- sorgfältig beschreiben zu können (Wahrnehmen),
- entfalten zu können, worum es geht (Deuten),
- sich dazu eine eigene Meinung bilden zu können (Urteilen),
- sich darüber mit anderen austauschen zu können (Miteinander Sprechen),
- aber auch selbst entwerfen und herstellen zu können (Gestalten).

Um die verschiedenen Fähigkeiten unterscheiden zu können, kannst du dieses Schaubild bearbeiten.

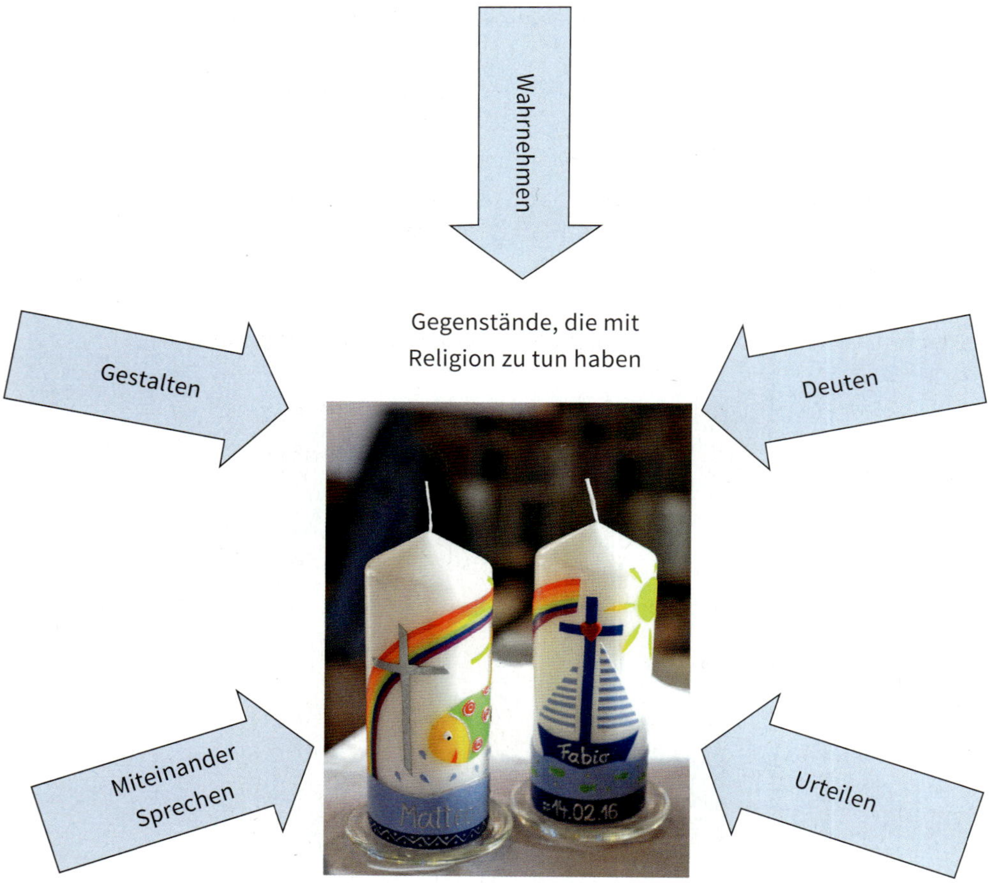

Auf jeder Seite dieses Schulbuchs geht es darum, sich mit religiös bedeutsamen Inhalten auseinanderzusetzen. In den Aufgaben werden dazu bestimmte Tätigkeiten vorgeschlagen, mit denen die Inhalte erschlossen werden können. Im Folgenden findest du eine Vielzahl von Methoden, mit denen man diese Tätigkeiten verfolgen kann und die vor allem auch Spaß machen.

Texte erarbeiten

Echolesen

1. Jemand liest den Text das erste Mal laut vor.
2. Alle lesen den Text nochmals leise durch. Stelle dir dabei folgende Fragen: Welcher Satz, welche Formulierung spricht dich besonders an? Was willst du gerne hinterfragen?
3. Jemand liest den Text ein zweites Mal in kleinen Sinneinheiten vor. Nach jeder Sinneinheit wird eine Pause gemacht und die Wörter oder Wortgruppen wie ein Echo wiederholt, die für euch bedeutsam waren. Versucht dabei unterschiedlich zu betonen, laut oder leise zu sprechen.
4. Zum Abschluss wird der Text ein drittes Mal vorgelesen, eventuell von der Lehrerin oder dem Lehrer.
5. Tauscht euch danach aus, was euch angesprochen hat bzw. was ihr hinterfragen wollt.

Auf den folgenden Seiten lernst du Methoden kennen, die dir helfen beim Bearbeiten von Aufgaben zum …
Beschreiben – Benennen – Darstellen – Formulieren – Wiedergeben – Zusammenfassen – Herausarbeiten – Analysieren – Untersuchen – Herausarbeiten – Recherchieren

POZEK-Schlüssel

Eine gute Methode, biblische Erzählungen rasch zu erfassen, sich gut zu merken und sachgemäß wieder zu geben, ist der POZEK-Schlüssel. Du findest diese Methode auf Seite 125.

Texte eindampfen

Um sich etwas gut merken zu können, ist es hilfreich, die wichtigste Aussage oder die wichtigste Handlung zu erfassen. So kannst du vorgehen:

1. Streiche in einem Text alle Wörter durch, die für das Verständnis nicht unbedingt nötig sind.
2. Streiche so lange, bis nur die wichtigste Aussage oder die wichtigste Handlung übrigbleibt.

Västerås-Methode

Die Västerås-Methode ist eine besondere Art des kommentierenden Lesens. Sie wird auf Seite 123 vorgestellt.

Einen digitalen Text mit Emojis versehen

Die inneren Gedanken beim Lesen kann man auch durch Emojis sichtbar machen.

1. Sprecht über die Bedeutung der beigefügten Emojis. Was sagen diese über einen Text?
2. Lies den Text auf dem Tablet durch und versehe ihn dabei mit Emojis.
3. Vergleiche deinen Kommentar mit dem einer Mitschülerin oder eines Mitschülers. Was habe ich anders gemacht?

Texte visualisieren

Das Wort Text kommt von dem Wort Textilien und meint, dass Texte eine Art Gewebe sind. Wenn man das innere Webmuster erfasst, versteht man den Text besser. So kann man vorgehen:

1. Markiere im Text zentrale Begriffe (z. B. Jesus) durch unterschiedliche Farben.
2. Stelle durch Linien Verbindungen zu Wörtern her, die mit den zentralen Begriffen zu tun haben (z. B. Jünger, Schriftgelehrte, ein Gelähmter).
3. Vergleiche dein Ergebnis mit dem anderer.

(Digitales) Quiz

Mithilfe von Quiz-Tools und Quiz-Apps lässt sich ganz einfach ein interaktives Spiel erstellen. Erstellt zu einem Thema (z. B. Bibel) in Kleingruppen ein Quiz für die Klasse. Besonders Spaß macht der Teammodus, bei dem ihr als Team ein Quiz gemeinsam lösen müsst.

Mithilfe der Webseite *arsnova.click* könnt ihr online Quizze selbst erstellen. Dieses Tool ist kostenlos, werbefrei und es benötigt weder eine Anmeldung noch eine Registration.

Eine analoge Version ist das **Markplatzspiel**. Jede Person sammelt drei Fragen zu einem Thema auf je einem Kärtchen und auf der Rückseite die Antwort. Nun hast du die Aufgabe, deine Karten loszubekommen, indem du ein anderes Kind fragst. Wenn es die Frage nicht beantworten kann, erhält es die Karte mit der Frage von dir. Gewonnen hat, wer nach einer bestimmten Zeit die wenigsten Karten hat.

Eine (biblische) Geschichte nacherzählen

Du kannst eine Geschichte besser behalten, wenn du sie anderen nacherzählst oder dazu ein Audio erstellst.

1. Lies die Geschichte sorgfältig durch.
2. Lege den Verlauf mit seinen Szenen mit ihren Personen schriftlich fest oder mache dazu Zeichnungen.
3. Nimm die Geschichte mit allen Sinnen wahr:
   - Was sehe ich? (der Ort, die Landschaft, das Wetter, Personen, Kleider)
   - Was höre ich? (die Gespräche, die Gedanken)
   - Was rieche ich? (die Gerüche)
   - Was schmecke ich? (auch übertragen: Böses schmeckt bitter, Gutes schmeckt süß)
   - Was taste ich? (Gegenstände, Menschen, Kleidung)
4. Lege die Hauptperson fest (kann auch eine Nebenperson oder ein Tier wie z. B. eine Maus sein).
5. Formuliere das Thema.
6. Baue eine spannende Nacherzählung mit direkter Rede auf.
   (1) Die Hauptperson
   (2) Der Ort, die Situation, das Thema
   (3) Die Herausforderung, die Krise, die Verschärfung, der Konflikt
   (4) Der Höhepunkt
   (5) Der Ausklang
7. Erzähle anderen die Nacherzählung oder verfasse ein Audio auf deinem Smartphone.

Ideen, Gedanken oder Wissen zusammentragen und sortieren

Mindmapping

Mindmaps helfen, Gedanken zu sammeln, zu ordnen und festzuhalten. In der Mitte befindet sich das Thema, um das es geht. In den Zweigen und Ästen werden dazugehörige Stichworte gesammelt und zugeordnet. Eine Mindmap kann auch als Bodenbild mit Textkarten oder digital erstellt werden.

Ein Beispiel für ein Bodenbild findest du in Kapitel Gott auf Seite 64.

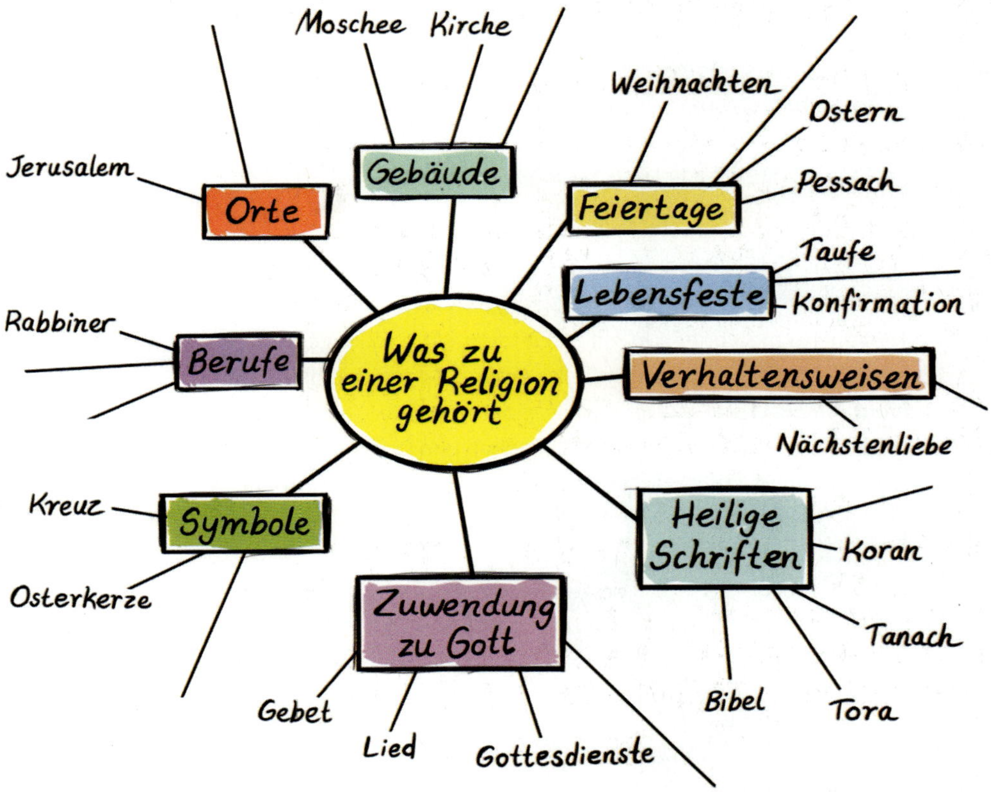

Vorgehen

1. Lege das Thema fest und schreibe es in die Mitte einer DIN A 4 Seite oder in dein digitales Notizbuch. Die Mitte kann auch ein Foto oder eine Zeichnung sein.
2. Formuliere Hauptgedanken auf dickeren Strichen (den „Hauptästen") und schreibe sie möglichst mit einem Wort um die Mitte.
3. Sammle Gedanken, Ideen, Wissen zu den Hauptgedanken und füge sie in dünnen Strichen (die „Unterzweige") den jeweiligen Hauptthemen hinzu.
4. Die Mindmap überprüfen: Stimmt die Zuordnung? Was fehlt noch? Was haben wir entdeckt? Was ist neu?
5. Die Entdeckungen in eigenen Worten zusammenfassen, eventuell die Mindmap farbig gestalten oder mit kleinen Zeichnungen und Symbolen Zusammenhänge verdeutlichen.

Akrostichon

Nach der Auseinandersetzung mit einer etwas längeren Unterrichtseinheit wie z. B. Leben und Wirken Jesu, kannst du dein Wissen mithilfe eines Begriffes wie z. B. Evangelium zusammenfassen. Die Herausforderung besteht darin, zu jedem Buchstaben des Begriffs einen Aspekt aus dem Auftreten von Jesus zu finden. Dies nennt man ein Akrostichon (griech. akros = Spitze und stichos= Vers). Das fordert heraus, macht aber auch Spaß.

E	=	Engel bei der Geburt Jesu
V	=	Vaterunser, Gebet von Jesus
A	=	Abendmahl
N	=	Nazareth, Ort an dem Jesus aufgewachsen ist
G	=	Gleichnisse
E	=	Esel, Reittier, auf dem Jesus in Jerusalem einritt
L	=	Lukas, der Evangelist, der viel von Jesus erzählt
I	=	Ich bin Worte, in denen Jesus von sich selbst spricht
U	=	Umkehr ist ein großes Thema in der Predigt von Jesus
M	=	Maria, die Mutter von Jesus

Eine Wortwolke gestalten

Eure Ideen und Gedanken zu einem Thema können in einer digitalen Wortwolke gespeichert werden. Dazu gibt es verschiedene Apps. Dabei werden alle Ideen und Gedanken, die auftauchen, mit einem Stichwort aufgenommen. Worte, die mehrmals genannt werden, werden durch Großschreibung oder fett hervorgehoben. So wird deutlich, wie oft Ideen und Gedanken geäußert wurden. Durch bestimmte Voreinstellungen kannst du die Wortwolke zu einem Bild formen. Du kannst folgende Schritte gehen:

1. Entschlüssele die hier abgebildete Wortwolke. Worum geht es?
2. Sammle Stichworte zu einem Thema und halte sie schriftlich (digital) fest.
3. Wähle einen passenden Rahmen (z. B. Wolke, Kirchengebäude, Kreuz, Kopf Martin Luthers, Rakete, Taube u.v.a.) und füge dann die gesammelten Begriffe ein.
4. Stelle das Ergebnis in einer Vernissage vor.

Informationen beschaffen

Im Internet recherchieren

Im Internet gibt es zu vielen Aspekten des Religionsunterrichts eine Fülle von Informationen. Da gilt es, gezielt zu suchen und auf verlässliche Internetadressen zu achten. Folgende Schritte sind sinnvoll:

1. Lege zuerst das Suchwort fest und beginne dann die Suche.
2. Suche unter den Treffern eine Seite aus, die zu dem Suchwort passt. Prüfe, ob die Seite die erwarteten Informationen enthält.
3. Kopiere heraus, was zu der Suche passt, gut verständlich ist und wichtig erscheint.
4. Kopiere die Internetadresse, damit du die Quelle wieder findest.
5. Suche weitere Seiten auf und verfahre wie vorher.
6. Bearbeite das Suchergebnis, indem du Überschriften einfügst, eine Gliederung anfertigst, evtl. Grafiken einfügst und präsentiere dieses.

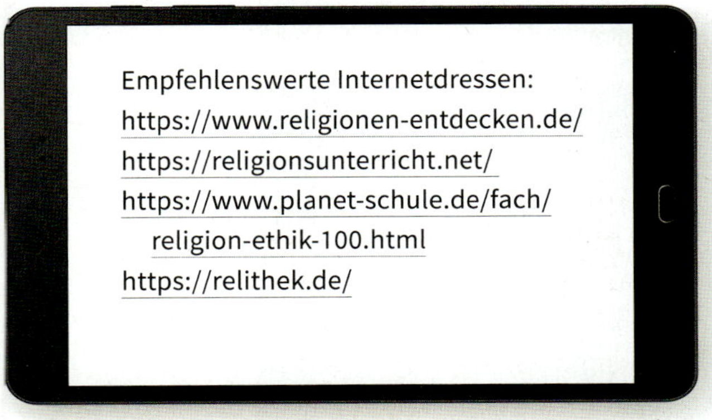

Interviews führen

Interviews dienen dazu, herauszufinden, was andere Menschen (z. B. von Ostern) kennen, denken, meinen, tun. Man kann ein Interview mit dem Handy aufzeichnen (Audio oder Video), muss aber dann um Erlaubnis fragen. So kannst du vorgehen:

1. Erarbeite ein Konzept, wofür, mit wem, an welchem Ort und wie man ein Interview durchführen möchte. Formuliere Fragen.
2. Führe die Befragung durch.
3. Stelle die Ergebnisse zusammen.
4. Präsentiere die Ergebnisse digital, in einem Arbeitsblatt oder auf einem Plakat.

Expertinnen und Experten befragen

Sicherlich kennt ihr für verschiedene Themen Expertinnen und Experten. Für die katholische Kirche könnt ihr die katholische Religionslehrerin oder einen Priester befragen, für Fragen des Islam einen Imam, für Fragen der Kunst Personen aus einem Museum oder Lehrkräfte für Kunst, für Fragen der Geschichte Lehrkräfte für Geschichte.

1. Legt die Fragen zurecht, die ihr stellen wollt.
2. Ladet die Expertin oder den Experten ein und erläutert, was euch besonders interessiert. Klärt, ob ihr ein Audio oder ein Video aufnehmen könnt.
3. Führt das Gespräch und macht euch Notizen.
4. Wertet gemeinsam das Expertengespräch aus. Was ist jetzt klarer? Wo bleiben Fragen?

Videos und Filme analysieren

Ein Erklärvideo erschließen

Bestimmt kennst du Erklärvideos. Es gibt sie zu ganz verschiedenen Themen. Zwei Beispiele findest du unten. Meist bringt sie die Lehrkraft ein und alle schauen es an. Dabei könnt ihr so vorgehen:

1. Das Thema festhalten.
2. Video ansehen, evtl. zweimal.
3. Gliederung anfertigen.
4. Fragen notieren, um die es geht.
5. Antworten zusammenfassen.

Wenn ihr selbst nach einem Erklärvideo sucht und dieses einbringen wollt, solltet ihr vertiefend …

(1) Autor/-in bzw. Sprecher/-in, Quelle, Fundort, Dauer herausarbeiten,
(2) die Art bestimmen, wie es gemacht ist (Vortrag, Sachinformation, Meinung, Abbildungen, Schaubilder, Musik, Tempo) und
(3) das Video bewerten (Verständlichkeit, Richtigkeit, Interessantes und Neues, offene Fragen).

Filme untersuchen

Filme wie „Der Mann der 1 000 Wunder" bereichern den Religionsunterricht. Um sie besser zu verstehen, kannst du den Film wie ein Buch oder einen Text untersuchen.

1. Kläre zunächst wer, wann, wie, warum und für wen der Film gedreht wurde. Bestimme auch die Länge des Films.
2. Lege eine Tabelle mit den Stichworten Thema, Personen, die mitspielen, Orte und Zeit, in denen der Film spielt, Verlauf des Films an, so dass du dir beim Betrachten Notizen machen kannst.
3. Schaue dir den Film an und mache dir Notizen.
4. Tausche deine Notizen mit einer Mitschülerin, einem Mitschüler aus.
5. Entwirf als Zusammenfassung des Films ein Filmplakat und stelle es anderen vor.

Texte interpretieren

Fragen an den Text stellen

Die Bedeutung eines Textes kannst du durch einfache W-Fragen erschließen. Wer schreibt wann, wo, wem, wie und wozu?

Auf den folgenden Seiten lernst du Methoden kennen, die dir helfen beim Bearbeiten von Aufgaben zum …
Interpretieren – Erklären – Einordnen – Entfalten – Vergleichen – Nachweisen – Erläutern – in Beziehung setzen

Fragen formulieren, auf die ein Text antwortet

Den Sinn eines Textes verstehst du besser, wenn du dir klar machst, auf welche Fragen er antwortet. Das ist manchmal gar nicht so leicht. Deshalb ist es hilfreich, vorher ein klein wenig „Fragenfinden“ zu trainieren.

Training: Zu unterschiedlichen Textabschnitten Fragen formulieren

Nach dem Urknall wurde die Materie in einem entstehenden Raum zerstreut – aber nicht gleichmäßig. Als der Raum sich weiter ausdehnte, wurden die Abstände größer. Gleichzeitig kühlte die Materie ab.

Gott gab uns Ohren, damit wir hören
Er gab uns Worte, dass wir uns verstehn.
Gott will nicht diese Erde zerstören.
Er schuf sie gut, er schuf sie schön.

Und so vollendete Gott am siebenten Tag seine Werke, die er machte, und ruhte am siebenten Tag von allen seinen Werken, die er gemacht hatte. Und Gott segnete den siebenten Tag und heiligte ihn, weil er an ihm ruhte von allen seinen Werken, die Gott geschaffen und gemacht hatte.

Kein Kind darf benachteiligt werden. Kinder haben das Recht zu spielen, sich zu erholen und künstlerisch tätig zu sein. Kinder mit Behinderung haben das Recht auf besondere Fürsorge und Förderung. Kinder haben das Recht, im Krieg und auf der Flucht besonders geschützt zu werden.

Und sie brachten Kinder zu Jesus, dass er sie anrühre. Die Jünger aber fuhren sie an. Als das aber Jesus sah, wurde er unwillig und sprach zu ihnen: Lasset die Kinder zu mir kommen und wehret ihnen nicht, denn solchen gehört das Reich Gottes.

Neunundneunzig Kriegsminister
Streichholz und Benzinkanister
Hielten sich für schlaue Leute
Witterten schon fette Beute
Riefen: „Krieg!“ und wollten Macht
Mann, wer hätte das gedacht
Dass es einmal so weit kommt
Wegen neunundneunzig Luftballons

Nach dem Training kannst du folgende Schritte gehen:

1. Lies den vorgegebenen Text oder lass ihn dir vorlesen.
2. Formuliere mögliche Fragen, auf die der Text antwortet.
3. Vergleicht eure Ergebnisse und formuliert ein Ergebnis.

Fragen einschätzen

In den einzelnen Kapiteln geht es immer wieder auch darum, sich mit Fragen auseinanderzusetzen. Dabei wirst du merken, dass es unterschiedliche Arten von Fragen gibt.
Es gibt
- Wissensfragen, die mit überprüfbaren Fakten zu tun haben, z. B. 3 + 4 = ?, Ist die Sonne ein Stern? Wie viel Uhr ist es? ...
- Ethische Fragen, in denen es um Gut und Böse geht, z. B. Ist Lügen richtig? Darf man Fleisch essen?
- Existenzielle Fragen, die mit Lebenserfahrungen zu tun haben, die alle Menschen betreffen, z. B. Was kommt nach dem Tod? Warum ist jeder Mensch wertvoll? ...
- Religiöse Fragen, die mit dem Glauben an Gott zu tun haben, z. B. Wer ist Jesus? Warum muss ich keine Angst vor der Zukunft haben?

Das Einschätzen von Fragen ist gar nicht so leicht. Deshalb ist es hilfreich, ein kleines Training vorzuschalten. So kannst du vorgehen:

1. Ordne die folgenden Fragen den Fragearten zu und begründe deine Entscheidung.
   - Wem kann ich vertrauen?
   - Warum soll jeder Mensch respektvoll behandelt werden?
   - Warum lässt Gott Leid und Tod zu?
   - Wie heißt die Heilige Schrift des Islam?
2. Ordne jetzt die Frage ein, um die es gerade im Unterricht geht.
3. Denkt gemeinsam über die Frage nach (siehe Theologisieren).
4. Klärt gemeinsam, ob eure Antwort auf die Frage einleuchtend und nachvollziehbar ist.

Biblische Texte schauspielerisch sprechen

Biblische Texte wurden schon immer vorgelesen und erzählt, aber auch gesungen und vorgetragen. Sie sollten Menschen ansprechen, ermutigen, zum Nachdenken bringen, aber auch Orientierung geben. So sollten sie zu einem „lebendigen Wort" werden. Dies kann man erleben, wenn biblische Texte schauspielerisch inszeniert werden. So könnt ihr vorgehen:
1. Tragt zusammen, was man beim Vorlesen eines Textes verändern kann (Betonung, Pause, Schnelligkeit, Gesten, Körperhaltung).
2. Eine Schülerin oder ein Schüler spricht den zu erschließenden Text im Stuhlkreis.
3. Alle formulieren, was ihnen bei dem Vortragen aufgefallen ist.
4. Die Sprecherin oder der Sprecher erklärt, was sie oder er besonders betont hat und warum.
5. Den Text nacheinander von mehreren sprechen lassen und immer wieder auf die Betonung achten.
6. Klären, welche Betonungen dem Text am meisten gerecht werden.

Standbild

Gespräche, Erzählungen, aber auch Bilder enthalten oft Gesten, Körperhaltungen oder Bewegungen, die man entdecken, ausprobieren und nachspüren kann. Folgende Schritte bieten sich an:

1. Bestimme die Situation und die beteiligten Personen.
2. Entwickelt in Partner- oder in Kleingruppenarbeit ein Standbild. Fragt euch: Was geht in den Personen vor? Welche Körperhaltung oder Mimik zeigen sie?
3. Stellt euer Standbild dar. Auf Signal wird dieses „eingefroren“ und einige Zeit ausgehalten. Wenn alle zustimmen, kann man das Standbild mit einer Digitalkamera fotografieren.
4. Vergleicht anhand der Fotos die Standbilder. Was wurde dargestellt? Wie erging es den Beteiligten? Wie wirkt das Standbild auf die Zuschauenden?

Text mit Gefühlsfarben versehen

Erzählungen, Gedichte, vor allem aber Psalmen und Gebete sind voller Gefühle. Du kannst sie mit verschiedenen Farben versehen und so dem Text auf die Spur kommen.

1. Verständigt euch über Gefühlsfarben und ihre Bedeutung (z. B. Grün für Hoffnung; Blau für Vertrauen; Rot für Liebe, aber auch Zorn; Gelb für Freundlichkeit; Weiß für Unschuld oder Frieden; Schwarz für Tod, Trauer). Wofür steht Pink?
2. Versieh nun den (digitalen) Text mit Farben.
3. Vergleiche dein Ergebnis mit dem deiner Mitschülerinnen oder Mitschüler.
4. Formuliert gemeinsam, welche Gefühle in dem Text zum Ausdruck kommen.

Text-Bild-Vergleich

Die Text-, aber auch die Bildaussage wird deutlicher, wenn man einen biblischen Text mit einem dazu passenden Bild vergleicht. So kannst du vorgehen:

1. Lies den Text und stelle dir vor, wie ein Künstler oder eine Künstlerin zu diesem Text ein Bild gestalten würde.
2. Betrachte nun ein ausgewähltes Bild, vergleiche es mit deiner Vorstellung und dann mit dem biblischen Text.
3. Arbeite heraus, worauf sich der Künstler konzentriert hat (Szene, Raum, Gebärden etc.) und was ihm wichtig ist.
4. Erläutere, was du neu an dem Bibeltext herausgefunden hast.

Bilder interpretieren

Bilder betrachten

Zu einer Bildbetrachtung gehört, das Bild zunächst einmal genau wahrzunehmen und erst dann nach und nach eigene Deutungen zu entwickeln. Dabei kannst du folgendermaßen vorgehen:

1. Betrachte ruhig das Bild und lass es auf dich wirken.
2. Beschreibe, was du auf dem Bild siehst. Achte auch auf Farben, Gesten, den Bildaufbau.
3. Deute nun das Bild. Worum geht es in diesem Bild? Wie hat die Künstlerin oder der Künstler das Thema dargestellt? Was ist hervorgehoben? Was soll zum Ausdruck gebracht werden?
4. Formuliere, welchen Eindruck das Bild auf dich macht. Was gefällt mir? Womit tue ich mich schwer? Wenn die Personen auf dem Bild sprechen könnten, was würden sie sagen? In direkter Rede formulieren!
5. Gib deinem Eindruck auf kreative Weise Ausdruck.

„Blinden“ ein Bild vorstellen

1. Die meisten in der Klasse sitzen mit dem Rücken zu dem projizierten Bild. Sie sehen das Bild nicht und sind deshalb die „Blinden“.
2. Drei oder vier Schülerinnen oder Schüler schauen auf das Bild und beschreiben, was sie sehen. Sie sind die „Sehenden“.
3. Die „Blinden“ stellen mit einer Skizze dar, wie sie sich aufgrund der Beschreibung das Bild vorstellen.
4. Die „Blinden“ vergleichen ihre Zeichnungen mit dem „Original“ und formulieren, worauf es dem Künstler ankommt.

Bilder puzzeln

1. Unter der Dokumentenkamera wird ein Bild mit einem zerschnittenen Blatt abgedeckt. Nach und nach werden Teile aufgedeckt.
2. Beschreibt, was ihr seht und ratet, wie das ganze Bild aussieht.
3. Beschreibt sodann das Bild als Ganzes und deutet es. Was seht ihr auf dem Bild? Welche Gefühle löst das Bild aus? Was will der Künstler zum Ausdruck bringen? Was hat das Bild mit unserem Thema zu tun?

Bilder digital bearbeiten

Du kannst Bilder durch digitale Bearbeitung verändern, verstärken, kommentieren, sogar ganz neu gestalten. Du kannst sie in einen neuen Rahmen setzen, Bildausschnitte herstellen, Kernelemente herausnehmen und mit anderen Motiven verbinden, Texte oder Symbole, aktuelle Bezüge oder Sprechblasen einfügen, so dass eine Collage entsteht – wie es der Künstler im folgenden Bild getan hat. Zum Abschluss könnt ihr eine Ausstellung machen.

CHRIST CASTING OUT THE LEGION OF DEVILS

Symbole erschließen

Symbole verstehen

Symbole spielen in allen Religionen eine große Rolle. In ihren Vorstellungen und Bildern sowie in ihrer Sprache kommen immer wieder Symbole vor. So ist das Kreuz ein Symbol, aber auch die Sonne, ein Lamm, das Herz, oder der Hirte. Selbst Zahlen können Symbole sein. Denke an die Zahl 3!
Symbole haben eine äußere, sichtbare und eine nicht direkt sichtbare Seite. Sie kann man nur wahrnehmen, wenn du in dich hineinhörst und dir darüber Gedanken machst.

Symbole zum Üben

A

B

C

D
E

F

Weitere Symbole findest du auf S. 198, 199 und 74.

Um Symbole verstehen zu üben, kannst du die folgenden Schritte an einem der dargestellten Symbolbilder anwenden. Abschließend kannst du den Weg für eure Klasse anpassen. Was sind die wichtigsten Schritte?

1. Beschreibe zunächst das Zeichen von außen: Wie sieht es aus? Welche Eigenschaften hat es? Wo kommt es vor? Wozu dient es?
2. Nimm die unsichtbare Seite eines Symbols wahr, indem du
   - das Zeichen betastest, riechst, schmeckst,
   - Gefühle zum Ausdruck bringst, die das Zeichen bei dir auslöst,
   - Redenwendungen mit dem Symbol zusammenstellst (z. B. „Du bist mein Augenstern“, „Es ist ein Kreuz mit dir“),
   - bedenkst, was das Zeichen sagen würde, wenn es sprechen könnte,
   - Erinnerungen, Gedanken, Wünsche zu dem Zeichen zusammenträgst,
   - Geschichten zu dem Zeichen sammelst.
3. Da viele Symbole in der Religion vorkommen, hilft es dir, wenn du
   - auf das Vorkommen in der Bibel und im christlichen Leben schaust und
   - dich über das Vorkommen in anderen Religionen informierst.
4. Als Zusammenfassung kannst du zu dem Symbol ein Plakat (auch digital) gestalten.

Religiöse Räume erkunden

Alle Religionen haben besondere Räume. Christinnen und Christen haben Kirchen, Jüdinnen und Juden haben Synagogen, Musliminnen und Muslime haben Moscheen. Die Räume erzählen durch ihre Gestalt und Einrichtung viel über den jeweiligen Glauben. Um sie wahrzunehmen und zu deuten, eignet sich ein Vorgehen wie bei einer Kirchenerkundung (siehe S. 145).

Einen Standpunkt einnehmen

Ein eigenes Urteil fällen

Ein Urteil ist schnell gefällt. Das weiß du bestimmt. Wichtig aber ist, das erste Urteil noch einmal zu prüfen und dann erst Stellung zu beziehen. Dazu eignen sich folgende Schritte:

1. Formuliere die Frage, um die es geht. Du kannst sie auch aufschreiben.
2. Formuliere ganz spontan dein Urteil.
3. Denke jetzt noch einmal über einige Fragen nach. Suche dazu auch das Gespräch mit anderen:
   - Wie ist die Situation?
   - Welche Urteilsmöglichkeiten gibt es?
   - Welche Argumente sprechen für mein spontanes Urteil?
   - Was spricht dagegen?
4. Prüfe jetzt dein spontanes Urteil. Du kannst es neu formulieren! Füge aber jetzt eine Begründung dazu.
5. Erkläre anderen, wie dein Urteil jetzt ausfällt und wie du dazu gekommen bist.

Auf den folgenden Seiten lernst du Methoden kennen, die dir helfen beim Bearbeiten von Aufgaben zum …
Beurteilen – Bewerten – Prüfen
Begründen – Formulieren von Erwiderungen – Entwickeln von Perspektiven – Erörtern – sich auseinandersetzen – Standpunkt einnehmen – aus einer bestimmten Sicht Stellung nehmen

Ja-Nein-Linie

Wenn es darum geht, einmal herauszufinden, wie unterschiedlich die Positionen der Klasse zu einer Frage sind, eignet sich das folgende Positionsspiel:

1. Markiert im Klassenraum eine Linie (z. B. mit einem Seil). An dem einen Ende ist Ja, am anderen Nein.
2. Jemand formuliert die ethische Frage, um die es geht (z. B. Soll man das Essen von Fleisch verbieten?). Es können auch mehrere Fragen nacheinander sein.
3. Bezieht Position, indem ihr euch auf der Ja- und Nein-Linie „positioniert". So wird sichtbar, wo alle stehen. Wichtig ist, immer wieder die Gründe zu benennen, warum man da steht, wo man da „Position" bezogen hat.

Doppeln

In vielen Geschichten gibt es immer wieder Entscheidungssituationen, in denen die Hauptperson nicht recht weiß, wie sie sich entscheiden soll. Im Inneren gibt es dann verschiedene Meinungen, die sich widersprechen. So weiß z. B. eine Person, die gemobbt wird, häufig nicht, ob sie schweigen soll oder sich einer Lehrkraft anvertrauen soll. Um solche Situationen besser beurteilen und auch Lösungen finden zu können, hilft die Methode des Doppelns.

1. Formuliert zunächst die Entscheidungsfrage und schreibt sie in die Mitte der Tafel, z. B.: Bei Mobbing ist es besser darüber zu schweigen. Stellt davor einen Stuhl.

2. Schreibt rechts und links neben die Entscheidungsfrage auf die Tafel die Worte „Pro“ und „Kontra“.
3. Ein Schüler oder eine Schülerin setzt sich auf den Stuhl. Er bzw. sie sagt zunächst einmal kein Wort.
4. Wer will und kann, stellt sich auf die Pro- oder Kontraseite und formuliert in Ich-Form einen entsprechenden Gedanken, z. B. „Man sollte erst einmal schweigen. Denn wenn ich mich ganz still verhalte, lassen die mich in Ruhe.“ Wenn ein Argument genannt ist, wird der Platz für andere frei gemacht. Achtet darauf, dass auf jeder Seite mehrere Positionen formuliert werden.
5. Abschließend formuliert die Person auf dem Stuhl, was ihr durch den Kopf gegangen ist.
6. Bedenkt noch einmal gemeinsam die Entscheidungsfrage.

Vier-Ecken-Spiel

Bei einer Frage sind verschiedene Antworten denkbar (z. B.: Alle sollten auf Fleisch verzichten; Jeder soll essen, was er will; Alle sollten weniger Fleisch essen; Das Wichtigste ist der Tierschutz).

1. Diskutiert in der Klasse die Frage. Arbeitet dann vier unterschiedliche Positionen heraus.
2. Legt in den vier Ecken des Klassenzimmers je eine der vier unterschiedlichen Positionen einem DIN A 3 Blatt aus.
3. Geht durch den Raum und bleibt in der Ecke stehen, die eurer Meinung am meisten entspricht. Tauscht euch dort über die Frage und eure Position aus. Wenn du dich nicht entschließen kannst oder eine ganz andere Position vertrittst, dann stelle dich in die Mitte.
4. Tragt dann die Argumente für die einzelnen Positionen vor. Auch für die Mitte.
5. Bedenkt abschließend den Ertrag. Sind wir weitergekommen?

Ampel-Karten

Immer gibt es Auffassungen, die zur Diskussion herausfordern (z. B.: Wer lügt, muss bestraft werden. Juden sind unsere Brüder und Schwestern. Wunder gibt es nicht.). Oft beteiligen sich nicht alle an einer solchen Diskussion, so dass auch kein gemeinsames Meinungsbild entsteht. Damit die Diskussion alle einbeziehen kann, eignen sich die Ampelkarten.

1. Lege dir eine grüne, gelbe und rote Ampelkarte in Postkartengröße zu. Grün bedeutet Zustimmung, Gelb halb und halb, Rot Ablehnung oder Einspruch.
2. Ruft Meinungssätze auf, die ihr vorher schon formuliert habt oder um die es gerade geht. Alle zücken ihre Ampelkarten. Das Meinungsbild wird festgehalten.
3. Führt abschließend ein Gespräch über die Abstimmung und die Gründe dafür.

Fünf-Finger-Feedback

Feedback geben bedeutet, jemandem eine Rückmeldung zu geben oder einen Standpunkt zu beziehen.

Mit Hilfe der Anzahl der Finger einer Hand kann einfach und schnell eine Bewertung gegeben werden: Faust, kein Finger: Ich stimme einer Aussage gar nicht zu….1..2..3..4..5 Finger – Ich stimme der Aussage voll und ganz zu. Interessant ist es, im anschließenden Klassengespräch seinen Standpunkt überzeugend zu begründen.

Miteinander ins Gespräch kommen

> **Auf den folgenden Seiten lernst du Methoden kennen, die dir helfen beim Bearbeiten von Aufgaben zum ...**
> Begründen – Belegen – Erörtern

Denken-Austauschen-Vorstellen (Think-Pair-Share)

Think

Pair

Share

Gespräche untereinander gelingen besser, wenn du dir schon vorher Gedanken über das Thema gemacht hast. Deshalb liegt es nahe, drei Schritte zu gehen:

1. Zunächst bearbeitest du allein einen Text, ein Problem, ein Bild, eine Frage. Fertige dir dazu Notizen an.
2. Suche dir eine Schülerin oder einen Schüler und tauscht eure Sichtweisen aus. Ergänze deine eigene Sichtweise oder formuliert ein gemeinsames Ergebnis. Bei Bedarf können sich zwei Tandems zusammentun und sich austauschen. Bei großen Lerngruppen können auch noch Achtergruppen gebildet werden.
3. Stellt in der Gesamtgruppe eure Ergebnisse vor und diskutiert diese.

Kugellager

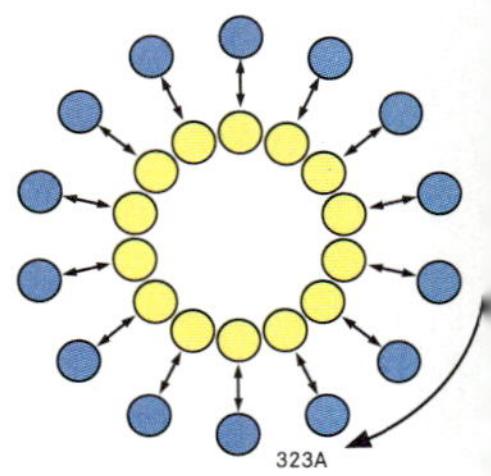

In Klassengesprächen kommen gar nicht immer alle zu Wort. Manchmal ist dafür zu wenig Zeit. Manchmal trauen sich einige nicht. Beim Kugellager kommen alle zu Wort. Folgende Schritte haben sich bewährt:

1. Bildet zunächst einen Innen- und einen Außenkreis.
2. Es wird eine Frage formuliert (z. B.: Was ist Freundschaft? Wie stelle ich mir Gott vor?) und die Tandems kommen ins Gespräch.
3. Nach einer festgelegten Zeit rückt ihr im Außenkreis weiter, so dass neue Tandems entstehen.
4. Das Gespräch über die Frage wird wieder aufgenommen.
5. Dies kann so weitergeführt werden. Es können aber auch neue Fragen eingebracht werden.
6. In der großen Schlussrunde wird über die Eindrücke und die Methodik nachgedacht.

Alternativ können statt Kreisen auch zwei Reihen gebildet werden.

(Virtuelles) Schreibgespräch

1. Im Klassenzimmer wird ein Plakat (DIN A 1) mit einer Frage (z. B.: Warum gibt es immer wieder Krieg?) oder einer Aussage (z. B.: Jesus hat gezeigt, wie Gott ist.) ausgelegt. Man braucht eine ausreichende Zahl von Stiften.
2. Alle vermerken schweigend auf dem Plakat ihre eigene Meinung, formulieren Fragen oder kommentieren Aussagen anderer.
3. Abschließend kommt es zur Auswertung. Was fällt auf? Was sagen viele? Was sagen nur einige? Was hat sich geändert?

Ein Schreibgespräch kann man auch digital führen: Dazu wird ein Onlinedokument geteilt. Nun hat jeder die Aufgabe, etwas in schriftlicher Form beizutragen.

Theologisieren und Philosophieren

Warum gibt es mich?

Nachdenkliche Gespräche über große Fragen führen

In diesem Buch gibt es eine Vielzahl von „großen Fragen". Sie finden sich in den roten „HotSpots". Sie warten darauf, im Gespräch sorgfältig bedacht zu werden. So kann man vorgehen:

1. Denke zunächst einmal allein über die Frage nach und notiere deine Gedanken oder deine Antwort.
2. Setzt euch nun alle in einen Stuhlkreis. Die Lehrperson eröffnet das Gespräch und erläutert die Gesprächsregeln.
3. Bringe nun deine Überlegungen ein. Beziehe dich, wenn möglich immer wieder auf die Argumentation einer Mitschülerin oder Mitschülers. („D. hat gerade gesagt, ... Dazu möchte ich sagen ...")
4. Die Lehrperson konzentriert sich auf Rückfragen (Habe ich dich richtig verstanden, dass ...), auf Zusammenfassungen (Wir haben jetzt drei unterschiedliche Sichtweisen, nämlich 1.,2.,3. ...), bringt punktuell neue Impulse ein (Jemand hat mal gesagt, dass ...) und achtet auf die Einhaltung der Gesprächsregeln.
5. Bewertet zum Abschluss das Gespräch: Wo stehen wir jetzt? Was haben wir dazu gelernt? Was hat uns überzeugt? Was müssen wir beim nächsten Mal anders machen?

Gesprächsregeln beim Theologisieren:

1. Alle haben das Recht zu sprechen. Niemand muss sprechen.
2. Wer sprechen möchte, meldet sich
3. Wenn eine Person spricht, hören die anderen zu.
4. Jede und jeder darf ausreden.
5. Rückfragen sind erwünscht.

Geschichten kreativ gestalten

Auf den folgenden Seiten lernst du Methoden kennen, die dir helfen beim Bearbeiten von Aufgaben zum ...
Entwerfen und Gestalten

Rollenspiel

Im Rollenspiel wird nicht einfach etwas nachgespielt. Rollenspiele sind offen und verlangen eine eigene kreative Gestaltung. So kann man eine Geschichte oder einen Bibeltext weiterspielen, man kann entfalten, was „zwischen den Zeilen" gesagt wird oder geschieht.

1. Bestimmt zu einem Thema oder Konflikt (z. B. Tom Sayer im Gerichtssaal: Ethik S. 174) die Rollen und beschreibt diese (evtl. Rollenspielkarten entwerfen).
2. Verteilt die Rollen oder lasst wählen.
3. Erarbeitet eine Theaterszene mit Bühne, evtl. auch Kostüme, es können auch verschiedene Gruppen zu dem gleichen Thema verschiedene Szenen erarbeiten.
4. Führt euer Rollenspiel bzw. eure Rollenspiele auf.
5. Bewertet abschließend das Spiel bzw. die Spiele: Wie wurde der Konflikt gelöst?

Ein Leporello gestalten

Ein Leporello ist ein Klappbuch, das wie eine Ziehharmonika gefaltet ist. Das kann großformatig sein oder so klein, dass es in eine Streichholzschachtel passt.
So kannst du vorgehen:

1. Lies die biblische Geschichte und teile sie in einzelne Abschnitte auf.
2. Gib den Abschnitten eine Überschrift und überlege, wie ein Bild dazu aussehen könnte.
3. Falte ein Leporello oder klebe es zusammen, so dass es zu jedem Abschnitt der Geschichte eine Seite gibt.
4. Zeichne zu jedem Abschnitt ein Bild. Du kannst es mit einem Text versehen. Du kannst auch Seiten mit einem Lied oder einem Gebet hinzufügen.
5. Stellt einander euer Kunstwerk vor.

Ein Leporello kannst du auch digital gestalten. (siehe E-Book)

Bodenbild gestalten

Bodenbilder bestehen aus Tüchern, verschiedenen Materialien, Textkärtchen, Figuren, Kerzen, evtl. auch mit Musik. Sie ermöglichen, Texte und Themen zu interpretieren, eigene Empfindungen und eigene Deutungen zum Ausdruck zu bringen. Man kann ein Bodenbild auch draußen mit Naturmaterialien gestalten! So könnt ihr vorgehen:

Ein Beispiel für ein Bodenbild zum Thema Schöpfung findet ihr in ■ S. 64.

1. Stellt das Thema (z. B. die Auferstehung) vor und besprecht das Vorgehen.
2. Mache dich mit den Materialien vertraut.
3. Erstellt das Bodenbild in Einzel-, Partner- oder Kleingruppenarbeit. Macht unbedingt ein Foto!
4. Stellt euch eure Bodenbilder vor und zeigt Unterschiede auf.

Kalligraphieren (Schönschrift)

Ausgehend von der romanischen Buchmalerei kann der Inhalt und die Botschaft einer Geschichte in dem Anfangsbuchstaben (dem sog. Initial) oder in einem Miniaturbild zusammengefasst werden. Wie das aussehen kann, zeigt das Bild.

1. Entziffere das Bild aus der mittelalterlichen Buchmalerei und vergleiche deine Entdeckungen mit denen einer Mitschülerin oder einem Mitschüler.
2. Gestalte zu dem biblischen Text, den ihr gerade behandelt, einen solchen Anfangsbuchstaben auf DIN A 4 oder digital.
3. Stelle dein Werk anderen vor und erkläre, warum du es so gestaltet hast.
4. Beurteile, ob du durch die Herstellung deines Kunstwerkes mehr über den Bibeltext erfahren hast.

Einen Rap gestalten

Durch einen Rap kann man einen vorliegenden Text in einen Sprechgesang umwandeln und damit seinen Inhalt verdeutlichen. Man kann aber auch zu einem Thema einen freien Text entwerfen.
Eine Hilfe sind folgende Schritte:

1. Tragt den beigefügten Bibelrap mithilfe eines vorgegebenen Beats vor. Welcher Beat passt dazu?
2. Bestimmt miteinander Merkmale eines Rap (Verse, Reime, Refrain, Rhythmus, Beats).
3. Legt ein Thema fest, entwickelt Ideen und schreibt in Gruppen einen Rap mit verschiedenen Strophen. Tipp: Beim Texten helfen dir Webseiten wie www.reimmaschine.de.
4. Wählt einen Beat aus. Rhythmen kannst du ganz einfach digital gestalten – z. B. mithilfe von Garageband (Beat Sequencer) oder Music Maker Jam.
5. Nehmt den Rap als Audio auf und präsentiert ihn anderen.
6. Beurteilt eure Umsetzung (Text, Sprechgesang, Rhythmus, Musikalische Umsetzung ...).

Dies ist das Gleichnis vom verlorenen Sohn
Es steht in der Bibel, kennt ihr es schon?

Dieser Typ, der echt abenteuerlustig war
sagt: „Ey, Vater! Mach das Erbteil klar!“

Also zieht er hinaus in die weite Welt
Verschwendet mit Parties und Ladies sein Geld.

Mit knurrendem Magen und keinem Cent in der Tasche
Denkt er: „Woher krieg ich jetzt wieder Asche?“

Er sucht dann Arbeit und weil er nicht viel kann
Nimmt er 'nen Job als Schweinehirt an.

Doch das mit den Säuen ist auch nix für's Leben
Kehrt um und bangt: „Wird der Alte mir vergeben?“

Wieder zu Hause ist er voll sorry
Doch der Vater küsst ihn und sagt: „Don't worry!

Ich bin voll happy, denn du bist wieder hier
Komm, jetzt gibt's erst mal Schnitzel und Bier.“

Der ältere Bruder sieht das und kriegt voll Plaque
Zickt den Vater an und sagt: „Was hilfst du dem Sack?

Ich war doch immer gewissenhaft und brav
Doch zum Feiern bekam ich nicht mal ein Schaf!“

Vater meint: „Junge, jetzt reg dich mal ab!
Ich bin doch auch froh drüber, dass ich dich hab!

Doch der Kleine lebt wieder, er war wie tot
Er wurde gefunden, war verloren in Not.

Das musst du verstehen und jetzt laber kein Shit
Freu dich lieber und feier mit!“

The Firey

Eigene Gedanken kreativ zum Ausdruck bringen

Texttheater

Bei einem Texttheater wird ein (Bibel-)Text in ein kleines Theaterstück umgeformt. Dabei gelten zwei Regeln:

(1) Der Wortlaut des Textes darf nicht verändert werden. Es dürfen auch keine Worte hinzugefügt werden. Es können jedoch Worte und Satzteile weggelassen oder umgestellt werden.

(2) Die Art der Inszenierung ist frei. Die Worte oder Satzteile können laut, leise, langsam, schnell, betont, gleichgültig usw. gesprochen werden. Sie können auch gesungen werden. Aussagen können mit mehreren Sprechern chorisch gesprochen oder mit Bewegungen verbunden werden. Es können Gegenstände einbezogen werden.

Folgende Schritte kannst du gehen:
1. Mach dir das Vorgehen bei einem Texttheater klar.
2. Einigt euch auf einen Bibeltext, der als Theaterstück inszeniert werden soll.
3. Erarbeitet in Gruppen eine kreative Gestaltung.
4. Führt die kleinen Theaterstücke vor. Eventuell könnt ihr diese auch filmen.
5. Vergleicht eure Aufführungen und arbeitet heraus, was ihr neu an dem Text gelernt habt.

Präsentieren

Mehr Tipps zu Präsentationen bekommst du hier: WES-152161-074

Eine (digitale) Präsentation erstellen

Alle wissen es: Eine digitale Präsentation ist nichts anderes als ein Vortrag mit Plakaten oder Schaubildern, nur digital. Sie wird also nicht mit Stift und Klebestift angefertigt, sondern am Computer. Hier kann man neben dem Text auch Bilder, Videos und Audios einfügen.
1. Lege zuerst das Thema fest, das du präsentieren willst.
2. Bestimme die Teilthemen. Ein Mindmap kann dir als Vorbereitung dienen.
3. Ordne die Teilthemen zu einem Vortrag mit Einleitung (mit Begrüßung, Thema , Vorgehen), Hauptteil (Darstellung der Teilthemen) und Schluss (Fazit und Frage für das Gespräch).
4. Erarbeite zu den Teilthemen Folien und lege für die mündlichen Erläuterungen Karteikarten an. Am besten ist aber ein freies Sprechen.
5. Präsentiere deine Ausarbeitung, sprecht über das Thema und gebt Feedback für die Präsentation. War alles gut zu verstehen?

(Digitale) Plakate gestalten

Mehr Informationen zur Plakatgestaltung erhaltet ihr hier: WES-152161-075

In Gruppen können Teile eines Themas (z. B. Kindheit Jesu, Wunder Jesu, Gleichnisse Jesu, Passion Jesu, Auferstehung Jesu) arbeitsteilig erarbeitet und präsentiert werden. Dazu braucht es Texte (bzw. Seiten im Buch), Plakate, Stifte, Karten, Bildmaterial, Klebestifte. Wichtig sind Überschriften, kurze Texte, Grafiken, unterschiedliche Schriftgrößen, eine sinnvolle Ordnung, aber auch persönliche Anmerkungen und Fragen. Ihr könnt so vorgehen:
1. Bildet Gruppen und wählt ein Thema.
2. Besprecht die Aufgabe, das Vorgehen und die Zeit.
3. Gestaltet eure Plakate.
4. Präsentiert abschließend euer Ergebnis.

Gallery Walk

Die Arbeitsergebnisse der Klasse werden in Form von Plakaten, Schaubildern, Fotostories, digitalen Präsentationen im Klassenraum aus- und vorgestellt. Jede Gruppe bestimmt eine Person, die das Ergebnis erläutern kann. Alle anderen sind Zuschauer. Sie gehen zu den einzelnen Ausstellungstücken und lassen sich das Ergebnis erläutern. Für die einzelnen Stationen ist eine Zeit festgelegt (z. B. fünf Minuten), danach wird gewechselt. Am Ende wird die gesamte Ausstellung gemeinsam eingeordnet und bewertet.

Projektarbeit

In einem Projekt arbeitest du in einem Team über eine festgelegte Zeit eigenständig an einem Thema oder einer Frage (z. B. Was kennzeichnet eine orthodoxe Kirche? s. S. 140 – 142). Mit den anderen entscheidest du über das Thema und das Ziel, ihr entwerft euren eigenen Arbeitsplan, arbeitet selbstständig an dem Projekt und präsentiert am Ende eurer Klasse das Ergebnis. Folgende Schritte könnt ihr gehen:

1. Formuliert eine Projektidee und legt das Projektziel fest.
2. Plant das Vorgehen und die Informationsbeschaffung.
3. Erarbeitet das Projekt in Kleingruppen oder Tandems.
4. Erstellt eine Präsentation (digital; Schautafeln, Vortrag, Flyer o. a.).
5. Präsentiert eure Ergebnisse (Klassenzimmer, Aula, Schulfeier o. a.).
6. Bewertet am Ende euren Lernerfolg.

Erstellen eines E-Book mit BookCreator

Zu einer Lernsequenz (z. B. Gottesvorstellungen) kann ein persönliches oder ein gemeinsames E-Book zusammengestellt werden. Dabei können Bilder, Texte, Audios, Videos, (hand-) schriftliche Notizen, Gespräche eingefügt werden. Gut ist es, wenn es dazu ein Materialangebot gibt.

1. Ein kostenloses Programm wie BookCreator herunterladen.
2. Sich mit den Möglichkeiten vertraut machen, evtl. Tutorial anschauen.
3. Thema festlegen (eventuell auch als Religionsheft).
4. Eine Seite ausprobieren und vorstellen.

Digitale Medien herstellen

Fotostory

Ihr könnt Geschichten in Fotos umsetzen, indem ihr diese in Szenen gliedert, mit anderen die Szene nachstellt und die Szenen mit dem Handy fotografiert. Mithilfe einer digitalen Präsentation kann die Story gezeigt werden. So könnt ihr vorgehen.

1. Einigt euch auf eine Geschichte (z. B. Freundschaft) und teilt sie in einzelne Szenen auf.
2. Setzt die einzelnen Szenen in ausdruckstarke Bilder um. Wer ist dabei? Wie sehen die Personen aus? Wie stehen sie zueinander?
3. Stellt die Szenen nach und fotografiert sie mit dem Handy.
4. Baut die Bilder zu einer digitalen Fotostory zusammen. Ihr könnte jetzt auch Sprechblasen oder Bildunterschriften einfügen.
5. Präsentiert eure Geschichte.

Ein Audio gestalten

Im Religionsunterricht gibt es immer wieder die Möglichkeit, Audioaufnahmen zu machen. Beispielsweise kann eine Umfrage oder die Vertonung eines (Bibel-)Textes ein Anlass dafür sein. Für Fortgeschrittene ist ein Hörspiel oder ein Minipodcast eine besondere Herausforderung.
So könnt ihr vorgehen:

1. Erstellt, bevor ihr einsprecht, ein Skript. Notiert euch darin Pausen und welche Wörter ihr besonders betonen wollt. Sprecht laut, deutlich und nicht zu schnell.
2. Nehmt euer Audio mithilfe eines mobilen Aufnahmegeräts auf. Dafür gibt es vielfältige Programme (z. B. Audacity).
3. Kürzt bzw. schneidet, falls notwendig, eure Aufnahme.
4. Exportiert die Aufnahme als mp3.
5. Präsentiert eure Aufnahme und gebt euch Feedback.

Ausführliche Anleitungen zum Erstellen von Audios und Podcasts findest du hier:
WES-152161-076

Eine Geschichte (digital) erzählen

1. Entwirf zunächst einen Plot, d. h. ein Erzählgerüst.
   Folgende Fragen helfen dir dabei:
   - Welche Botschaft soll die Geschichte haben?
   - Was ist das Thema?
   - Aus welcher Sichtweise wird die Geschichte erzählt?
   - Wer sind die Hauptfiguren?
   - Wo und wann spielt die Handlung?
2. Verfasse jetzt die Geschichte.
3. Um die Geschichte digital darstellen zu können, hilft dir die App „Knietzsches Geschichtenwerkstatt". Knietzsche ist der kleinste Philosoph der Welt. Er versucht in kurzen Videos Antworten auf die großen Fragen der Menschheit zu geben. Er stellt dir seine Technik zur Verfügung.

Digital +
Hier findest du einen Link zu Knietzsches Geschichtenwerkstatt
WES-152161-077

Einen Comic (digital) gestalten

Ein Comic ist eine erzählte Geschichte in Bildern. Wenn eine Person etwas sagt oder denkt, kann man dies durch eine Sprech- oder Gedankenblase lesen.

1. Formuliere zunächst einen Plot (das Erzählgerüst) einer Geschichte.
2. Entwirf einzelne Szenen und zeichne dazu den Comic.

Dazu kannst du einen Comic zu einer vorgegebenen (biblischen) Geschichte entwerfen, eine große Frage in den Mittelpunkt stellen oder auch zu einem freien von dir gewählten Thema erzählen.

Hier siehst du ein Beispiel für eine Comic-Umsetzung zum Gleichnis vom Schalksknecht.

Stop-Motion-Movie

Stop-Motion ist eine Filmtechnik, bei der aus Einzelbildern ein bewegter Kurzfilm wird. Das braucht einiges an Vorbereitung, führt aber zu einem Film, den ihr nicht so schnell vergesst. Ihr braucht dazu Spielfiguren (z. B. aus Knete) und Gegenstände, die sich verändern lassen (z. B. Bauklötze oder Bausteine), buntes Papier, Stoffe, vor allem eine Kamera (Handy, Tablet) mit Stativ, Beleuchtung und eine entsprechende Software.

So könnt ihr vorgehen:

1. Schaut euch zuallererst einige Tutorials an, was man beachten sollte.
2. Legt in Kleingruppen ein Thema fest und erstellt ein Drehbuch (siehe oben „Plot“).
3. Überlegt euch „Bühnenbilder“, die zu eurem Film passen. Legt fest, mit welchen Materialen ihr arbeiten wollt.
4. Erstellt Figuren und verändert diese immer ein bisschen. Macht von diesen Fotos. Je mehr Fotos, umso besser!
5. Schneidet euer Filmmaterial. Apps helfen euch dabei. Danach wird vertont.
6. Gestaltet nun das Intro mit dem Filmtitel und den Abspann. Vergesst eure Namen nicht!

Text- und Liedquellen

Hinweis: Text ohne Nennung eines Urhebers / einer Urheberin stammen von den Autorinnen und Autoren von Das Kursbuch Religion.

S. 11 Text: Michael Landgraf, Musik: Reinhard Horn. Aus: Horn, Reinhard/ Landgraf, Michael/Walter: Reli Hits. Kontakte Musikverlag, Ute Horn, Lippstadt 2018, S. 18.
S. 17 Zitate in Sprechblasen nach: Fredi Saal: Die Normalität des Behinderten – ein Plädoyer für die Würde des Menschen. Aus einem Radiovortrag im WDR.
S. 18ff. Sigrid Zeevaert und Ulrike Möltgen: Greta. Tulipan Verlag, München 2023
S. 22 Peter Weiss: Abschied von den Eltern. Erzählung. Suhrkamp, Frankfurt am Main 1961.
S. 24 Die Raupe: Quelle unbekannt
S. 26 Text: Rolf Krenzer; Melodie: Detlev Jöcker (EG 676). Aus: Detlev Jöcker: Meine schönsten Kirchenlieder. Menschenkinder Verlag und Vertrieb GmbH, Münster c/o Melodie der Welt GmbH & Co. KG, Frankfurt/Main
S. 26 Text: Dieter Stork, © ABAKUS Musik Barbara Fietz
S. 29 Der Sonnengesang. Aus: Das Erbe eines Armen. Die Schriften des Franz von Assisi. (Übers.) von Leonhard Lehmann OFMCap. – Topos Plus, 2003, Kevelaer: Butzon und Bercker
S. 31 Basisbibel. Altes und Neues Testament. Deutsche Bibelgesellschaft, Stuttgart 2021.
S. 32, 39 Lied: Gott gab uns Atem, damit wir leben. Aus: Evangelisches Gesangbuch, Nr. 432. Text: Eckart Bücken, Strube Verlag, München; Melodie: Fritz Baltruweit, Rechte im tvd-Verlag, Düsseldorf.
S. 34 Plakate der Gemeinde Zweifall zur Aktion "Ich seh‘ die Welt in bunten Farben blühen"
S. 36 Baumgrafik: Der Baum als Ökosystem. Aus: Kursbuch Religion 11+: Ausgabe 1995 für die Sekundarstufe II. Calwer/ Diesterweg 1995, S. 45
S. 40 Basisbibel. Deutsche Bibelgesellschaft, Stuttgart 2021.
S. 41 Sarah Köhler: Paradising. Warum wir eine alte Vorstellung für die Zukunft zurückerobern wollen. Hamburg/ Berlin: Ökumenisches Netzwerk Klimagerechtigkeit
S. 43 Lied: Mein Gott. Text: Reinhard Bäcker, Melodie: Detlev Jöcker. Aus: Meine schönsten Kirchenlieder. Menschenkinder Verlag und Vertrieb GmbH, Münster c/o Melodie der Welt GmbH & Co. KG, Frankfurt/Main. S. 21
S. 46 Text: Michael Landgraf, Musik: Reinhard Horn. In: Horn, Reinhard/Landgraf, Michael/Walter: Reli Hits. Kontakte Musikverlag, Ute Horn, Lippstadt 2018, S. 42.
S. 48 Gute Nachricht Bibel, durchgesehene Neuausgabe, © 2018 Deutsche Bibelgesellschaft, Stuttgart
S. 49 Gute Nachricht Bibel, durchgesehene Neuausgabe, © 2018 Deutsche Bibelgesellschaft, Stuttgart
S. 49 Einheitsübersetzung der Heiligen Schrift, vollständig durchgesehene und überarbeitete Ausgabe. Katholische Bibelanstalt, Stuttgart 2016.
S. 49 Neue Genfer Übersetzung. Genfer Bibelgesellschaft / Deutsche Bibelgesellschaft, Stuttgart
S. 49 Die Schrift. Buber/Rosenzweig; verdeutscht von Martin Buber und Franz Rosenzweig. Deutsche Bibelgesellschaft, Stuttgart
S. 49 Die Bibel. Nach Martin Luthers Übersetzung. Luther Bibel revidiert 2017. Deutsche Bibelgesellschaft, Stuttgart 2016.
S. 50 Gute Nachricht Bibel, durchgesehene Neuausgabe, © 2018 Deutsche Bibelgesellschaft, Stuttgart
S. 52 Basisbibel. Deutsche Bibelgesellschaft, Stuttgart 2021.
S. 52 Gute Nachricht Bibel, durchgesehene Neuausgabe, © 2018 Deutsche Bibelgesellschaft, Stuttgart
S. 52 Die Bibel. Nach Martin Luthers Übersetzung. Luther Bibel revidiert 2017. Deutsche Bibelgesellschaft, Stuttgart 2016.
S. 58 Gute Nachricht Bibel, durchgesehene Neuausgabe, © 2018 Deutsche Bibelgesellschaft, Stuttgart
S. 59 Die Bibel. Nach Martin Luthers Übersetzung. Luther Bibel revidiert 2017. Deutsche Bibelgesellschaft, Stuttgart 2016.
S. 60 Basisbibel. Deutsche Bibelgesellschaft, Stuttgart 2021.
S. 61 Die Bibel. Nach Martin Luthers Übersetzung. Luther Bibel revidiert 2017. Deutsche Bibelgesellschaft, Stuttgart 2016.
S. 63 Magret Nussbaum: https://www.katholisch.de/artikel/37-das-kreuzzeichen?gad_source=1&gclid=EAIaIQobChMIrebVkpDxhQMV2JqDBx0DoQTzEAAYASAAEgK7UPD_BwE (Zugriff: 2.5.2024) 21.12.2015. Bonn. Internetportal katholisch.de
S. 66 Die Bibel. Nach Martin Luthers Übersetzung. Luther Bibel revidiert 2017. Deutsche Bibelgesellschaft, Stuttgart 2016.
S. 67 https://evolution-mensch.de/Anthropologie/Rangi_und_Papa?utm_content=cmp-true (Zugriff: 3.5.2024) München. evolution-mensch.de 2025, Hans-Peter Willig
S. 71 Er hält die ganze Welt. Evangelisches Gesangbuch: Er hält die ganze Welt in seiner Hand (EG 619, EG-Anhang für Hessen und Nassau [HN])
S. 73 Lied: Der Gammler. Text: Andreas Malessa; Melodie und Orginal "The Outlaw": Larry Norman (1973) © Glenwood Music/Straw Bed Music,USA Edition Accord GmbH, Hamburg
S. 76 Katharina … Willi Fährmann, Rechte beim Verfasser.
S. 84 Die Bibel. Nach Martin Luthers Übersetzung. Luther Bibel revidiert 2017. Deutsche Bibelgesellschaft, Stuttgart 2016.
S. 86 Basisbibel. Deutsche Bibelgesellschaft, Stuttgart 2021.
S. 94 Hans Heller, Gott liebt Geschichten. Erzählungen zu biblischen Geschichten. Schönbergerhefte Sonderband, Hrsg.: Brockmann. Gerhard/ Heller. Hans. Frankfurt/Main : Evang. Presseverb. in Hessen und Nassau 1987, 89f.
S. 96 Rabbi Mendel: mündlich in verschiedenen Fassungen überliefert, genaue Quelle unbekannt.
S. 99 Text und Melodie: Hanns Köbler (Evangelisches Gesangbuch 209) Gustav Bosse Verlag / © Bärenreiter-Verlag, Kassel
S. 106 Die Bibel. Nach Martin Luthers Übersetzung. Luther

Bibel revidiert 2017. Deutsche Bibelgesellschaft, Stuttgart 2016.

S. 109 Bibelseite o.l."Die große Bibel für Kinder" - Tanja Jeschke, Marijke ten Cate: Die große Bibel für Kinder © 2014 Deutsche Bibelgesellschaft, Stuttgart

S. 109 Bibelseite u.l.: Die Bibel elementar. Erzählt und erklärt von Michael Landgraf. Calwer Verlag, Stuttgart/Deutsche Bibelgesellschaft, Stuttgart/Bildungshaus Schulbuchverlage, Braunschweig 2010,

S. 111 Einheitsübersetzung der Heiligen Schrift, vollständig durchgesehene und überarbeitete Ausgabe. Katholisches Bibelwerk, Stuttgart 2016.

S. 124 Basisbibel. Deutsche Bibelgesellschaft, Stuttgart 2021.

S. 126 Basisbibel. Deutsche Bibelgesellschaft, Stuttgart 2021.

S. 147 Interview in Anlehnung an Doris Lindner, ÖRF 26 (2018), Wien: Österreichisches Religionspädagogisches Forum, 31-46.

S. 149 Monika Scheidler, Didaktik ökumenischen Lernens – am Beispiel des Religionsunterrichts in der Sekundarstufe, LIT-Verlag 1999, 89, digital verfügbar unter: https://ub01.uni-tuebingen.de/xmlui/bitstream/handle/10900/128437/Scheidler_099.pdf?sequence=1&isAllowed=y.

S. 154 Daniel Defoe, Robinson Crusoe. Übersetzer: Altmüller, Karl. Leipzig: Bibliographisches Institut 1869

S. 159 https://www.mdr.de/religion/religionen-kalender-zeitrechnung-100.html (Zugriff: 3.5.2024) Leipzig. MDR, 15. September 2023

S. 160 Djahangard, Susan: Die Feste feiern, wie sie gefallen. In SZ Magazin, Heft 23/2022

S. 168 Basisbibel. Deutsche Bibelgesellschaft, Stuttgart 2021.

S. 170 Basisbibel. Deutsche Bibelgesellschaft, Stuttgart 2021.

S. 171 https://www.kindernetz.de/wissen/rosa-parks-102.html (Zugriff: 3.5.2024) SWR Kindernetz, Stuttgart: Südwestrundfunk

S. 172 Erlinger, Rainer: Lügen haben rote Ohren. Ullstein, Berlin 2005, S. 17.

S. 175 Die Bibel. Nach Martin Luthers Übersetzung. Luther Bibel revidiert 2017, Deutsche Bibelgesellschaft, Stuttgart 2016

S. 179 Basisbibel. Deutsche Bibelgesellschaft, Stuttgart 2021.

S. 185 Basisbibel. Deutsche Bibelgesellschaft, Stuttgart 2021.

S. 187 Basisbibel. Deutsche Bibelgesellschaft, Stuttgart 2021.

S. 190 Sonja Blattmann: https://www.mut-zentrum.de/kinderschutz-rap/ (Zugriff: 3.5.2024) Rechte bei der Urheberin

S. 197 Text: Michael Landgraf, Musik: Reinhard Horn. Aus: Horn, Reinhard/Landgraf, Michael/Walter: Reli Hits. Kontakte Musikverlag, Ute Horn, Lippstadt 2018, S. 102.

S. 212 Zitate aus Film: Jung. Jüdisch. Engagiert, Friedrich Ebert Stiftung

S. 217 Die Bibel. Nach Martin Luthers Übersetzung. Luther Bibel revidiert 2017. Deutsche Bibelgesellschaft, Stuttgart 2016.

S. 239 Bibelrap: Das Gleichnis vom verlorenenen Sohnes. © The Firey

Bildquellenverzeichnis

|ACK Villingen, VS-Villingen: 148.1. |akg-images GmbH, Berlin: 50.1, 65.3, 65.4, 85.1, 120.1, 138.5, 154.1, 157.1, 161.1; Album 156.1; Erich Lessing 28.1; Held, André 84.1, 157.2; Israel Talby 80.1; Lessing, Erich 93.1; Lothar M. Peter 138.3, 144.2; Michaud, Roland und Sabrina 204.1; Science Photo Library 25.1; © VG Bild-Kunst, Bonn 2024 176.1. |Alamy Stock Photo, Abingdon/Oxfordshire: CPA Media Pte Ltd 106.1; Dmytro Tolda 159.2; Dorey, Stephen 142.4; Godong 56.8, 63.5; Grebeshkov, Maksim 172.2; Hartshorn, Brian 97.1; Horree, Peter 181.1; imageBROKER.com GmbH & Co. KG 56.9, 163.1; isa ozdere 135.1; Jackson, Brian 15.1; Libor Vrska 178.9; M.T.M. Images 141.1; Malgina, Elena 159.1; PA Images 98.1; PanosM 142.5; Panther Media GmbH 86.1; Peter Horree 136.1; Popov, Andriy 15.3; Prostockstudio 163.8; Rivalta, Julio 15.2; robodread 65.2; sedmak, jozef 157.3; Shotshop GmbH 166.2; Taneckova, Miriama 65.1; The Picture Art Collection 72.2; Vidimages 88.1; Zvonimir Atletic 29.1. |Alamy Stock Photo (RMB), Abingdon/Oxfordshire: ajith achuthan 172.3; Godong 87.1. |Alemannia Judaica, Plochingen: 220.3. |Art Licensing International GmbH, Tübingen: James Rizzi: JESUS IS LIFE, Kirchenfenster Kreuzeskirche Essen 132.1. |Artothek, Fürth: Annette Bartusch-Goger: Auferstehung. 2004. Diptychon 156.2. |ASTERIX®-OBELIX®-IDEFIX®/LES EDITIONS ALBERT RENE/GOSCINNY-UDERZO, Vanves Cedex: © 2024 170.1, 170.2. |Baaske Cartoons, Müllheim: Thomas Plaßmann 33.1. |Bijbelgenootschap.nl, CK Haarlem: Illustration made by Marijke ten Cate, for de Prentenbijbel (2023) © Nederlandsd-Vlaams Bijbelgenootschap 2021 (Die große Bibel für Kinder, © 2012 Deutsche Bibelgesellschaft, Stuttgart) 109.1. |Boiselle, Steffen, Neustadt a. d. W.: 131.1. |bpk-Bildagentur, Berlin: 27.1. |Bridgeman Images, Berlin: 128.1, 129.1; © Christie\'s Images 156.3. |Brot für die Welt, Berlin: Florian Kopp 184.2. |Bundesvereinigung Lebenshilfe e. V., Berlin: © Lebenshilfe/David Maurer 184.3. |Calwer Verlag GmbH Bücher und Medien, Stuttgart: Ekkehard Stier: Bibelatlas Elementar. Calwer Verlag und Deutsche Bibelgesellschaft, 2012 124.1; Michael Landgraf: Bibel Elementar, Braunschweig 2010 109.3. |Der Landeskirchenrat der Evang.-Luth. Kirche in Bayern, München: www.kirche-entdecken.de 144.4. |Deutsche Bibelgesellschaft, Stuttgart: BasisBibel. Die Kompakte. © 2021 Deutsche Bibelgesellschaft, Stuttgart 108.3; Lutherbibel für dich © 2017 Deutsche Bibelgesellschaft, Stuttgart 108.4; Tanja Jeschke, Marijke ten Cate: Die große Bibel für Kinder Lutherbibel für dich © 2014 Deutsche Bibelgesellschaft, Stuttgart 108.1. |Deutsches Komitee für UNICEF e.V., Köln: © UNICEF/UN0570020/Hogsholt 184.1; © UNICEF/UN0574030/Chol 189.2; © UNICEF/UNI534411/Hill 189.3. |Die Brücke Neumünster gGmbH, Neumünster: Paranus Verlag 17.1. |Dörger, Sascha, Mülheim an der Ruhr: 175.1. |Druwe & Polastri, Cremlingen/Weddel: 227.2. |epd-bild, Frankfurt/M.: Christopher Clem Franken 200.3; Deutsche Bibelgesellschaft 103.5; Enderlein, Andrea 139.2; Ferdinand Hollweck 138.1, 144.1; Gustavo Alabiso 139.6; Heese, Detlef 133.5; Hentze, Reinhard 107.5; Hoeffchen, Gerd-Matthias 127.1; Krüper, Werner 140.4; Neetz, Norbert 138.4; Nicola O'Sullivan 139.5; Oettel, Rainer 107.2, 107.3, 202.1; Schiefer, Guido 207.1, 207.2; Schulze, Jens 10.1, 56.5, 139.4, 140.2, 200.5; Steffen Schellhorn 74.4, 76.1; Stein, Lothar 205.1. |Ev.Kirchengemeinde Kornelimünster-Zweifall: Petra Jentgens, Darius Dunker 34.1, 34.2. |Evangelisches Jugendwerk in Württemberg, Stuttgart: 143.1. |fotolia.com, New York: Michaela Pschorr 211.1; © Syda Productions 91.1. |Fotostudio Henke, Paderborn: 231.1. |FriJus GmbH, Stuttgart: https://www.frijus.de/frijus-dvd/der-bus-von-rosa-parks/ 171.1. |Fundació Gala-Salvador Dalí, Figueres: Pfingsten: © Salvador Dalí / Fundació Gala-Salvador Dalí / VG Bild-Kunst, Bonn 2024 133.1, 134.1, 157.4. |Getty Images, München: AFP / Tiziana Fabi 141.4; Alfred Gescheidt 14.1. |Getty Images (RF), München: AntiMartina 74.7; Cary, Grace 63.1; Dewald, Claudia 63.2; Elizabethsalleebauer 187.1; FatCamera 56.2; Grill, Jamie 21.1; ivan-96 100.1; martinedoucet 200.2; Maskot 167.2; Nico De Pasquale Photography 63.4; Richard T. Nowitz 200.1, 203.1; Simsek, Baris 38.1; Yuichiro Chino 59.1. |Göhlich, Susanne, Leipzig: aus: Kinderlesebibel. Von Michael Landgraf. Illustrationen von Susannen Göhlich. Vandenhoeck und Ruprecht, Göttingen 2011, S. 6. 109.2. |Goldstein, Clara Maria, La Crosse: 72.3. |Grundschule Gaimersheim, Gaimersheim: 164.1. |Grüntjes, Jan: 90.1. |Henniger, Barbara, Strausberg: 180.1. |Hessisches Ministerium für Umwelt, Klimaschutz, Landwirtschaft und Verbraucherschutz, Wiesbaden: www.oekoleo.de / CC BY-SA 3.0 - Wald (Peter Dedecker/flickr.com/CC BY-SA 2.0), Baum (Manfred Morgner/flickr.com/CC-BY-SA 2.0) 36.1. |Hill, William Ely: 172.1. |Imago Creative, Berlin: Everett Collection / Miramax 55.2; Shotshop 155.1. |Imago Editorial, Berlin: epd 103.4, 110.1; Funke Foto 140.3; Neetz, Norbert 72.1. |iStockphoto.com, Calgary: AndreyPopov 152.1; Artlanes 159.3; Chernetska, Liudmila 74.8; E_Kryzhanivskyi 142.2; golfcphoto 76.2; Gregory_Dubus 160.1; Hakase 99.2; Halfpoint 200.6; HildaWeges 155.2; https://99designs.com/profiles/themasterplanstudios 75.1; IvancoVlad 233.2; JohnGollop 233.6; M-Production 142.1; monkeybusinessimages 16.1, 217.1; Osumposums 74.5; ranmaru_ 149.1; red2000 74.3; Robert-Breitpaul 74.1; Rohde, Amanda 140.1; Sayfutdinov, Andrey 152.2; Teixeira, Angeline 142.3; thomas-bethge 133.4; TopVectors 206.5. |James-Krüss-Schule Helgoland, Helgoland: 164.5. |Kämmerer, Ulrich, Aachen: 41.1; Ulrich Kämmerer: Selbstporträt Mensch 13.1. |Kassing, Reinhild, Kassel: 236.1, 236.2, 236.3. |KNA - Katholische Nachrichten-Agentur, Bonn: Harald Oppitz 141.3; Oppitz, Harald 74.6, 74.9, 147.1; Vieler, Gerd 141.2. |Knorr, Peter, Nierstein: 103.1, 114.1. |Krause, Joachim, Jever: 103.6, 116.1, 116.2, 117.1, 117.2, 117.3, 119.1, 119.2. |laif, Köln: Rosenthal, Daniel 188.1. |Landgraf, Michael, Neustadt an der Weinstraße: 105.1, 106.2, 107.4, 107.6, 111.1, 123.1, 130.1, 130.2, 198.1, 198.2, 198.3, 198.4, 199.1, 199.2, 199.3, 199.4, 199.5, 199.6, 199.7, 206.2, 206.6. |Leimen News, Leimen: 133.2. |Lightword Productions GmbH, Stuttgart: 53.2. |LIO Design GmbH, Braunschweig: 3.1. |Majestic Filmverleih GmbH, Berlin: Bernd Spauke 174.1. |MAKKABI Deutschland, Berlin: Maccabiah 2017 213.1. |Maria Montessori Gesamtschule, Düsseldorf: 188.2. |mauritius images GmbH, Mittenwald: imageBROKER 187.2; Jose Fuste Raga 200.4, 202.2; United Archives / Werner Otto 138.2, 144.3. |Meister des Codex Aureus Epternacensis: Germanisches Nationalmuseum, Buchmalerei, Schule von Reichenau unter Abt Humbert von Echternach (1028-1051) 95.1. |Meißner, Stefan, Minfeld: 218.1, 218.2, 219.1, 219.2, 219.3, 220.1, 220.2, 220.4, 220.5. |metALUm Verlag, Mönchengladbach: 101.1. |Miller, Carla, Dortmund: 12.1, 20.1, 40.1, 53.1, 57.1, 57.2, 57.3, 57.4, 57.5, 57.6, 60.1, 80.2, 81.1, 81.2, 82.2, 83.1, 83.2, 83.3, 83.4, 83.5, 83.6, 83.7, 83.8, 83.9, 83.10, 83.11, 83.12, 150.1, 158.1, 164.4, 185.1, 186.1, 186.2, 186.3, 186.4, 196.1, 204.2, 212.1, 214.1, 214.2, 214.5, 214.6, 214.7, 214.8, 214.9, 221.1, 225.1, 241.1. |Nummer gegen Kummer e.V., Wuppertal: 166.3. |Ökumene in der Mitte, Neudietendorf: 146.1. |Österreichische Nationalbibliothek, Wien: aus der Wiener Genesis, um 550 42.1. |PantherMedia GmbH (panthermedia.net), München: Kurt Tutschek 139.3. |Pfälzisches Erlebnis-Bibelmuseum, Neustadt an der Weinstraße: © Bibelmuseum Neustadt; Fotograf Michael Landgraf 112.1, 113.1, 124.2, 125.1. |Picture-Alliance GmbH, Frankfurt a.M.: abaca / Lafargue Raphael 179.2; akg images 94.1; akg images / Lessing, Erich 92.1; blickwinkel/B. Trapp 178.3; Christoph Hardt / Geisler-Fotopress 30.3; dpa / Endlicher, Diether 177.3; dpa / epa AFP Kittiwongsakul 163.3; dpa / Gebert, Andreas 163.6; dpa / Jensen, Rainer 183.1; dpa / leul, Patrick 177.4; dpa / Reichwein, Christoph 155.3; dpa / Roessler, Boris 30.1, 30.2, 30.4, 30.5; dpa / Schuldt, Sina 178.4; dpa / Warmuth, Angelika 35.1; dpa-infografik GmbH 195.1; dpa/dpa-Zentralbild / Stache, Soeren 178.6; epd-bild / Neetz, Norbert 222.1, 233.5; Geisler-Fotopress / Hardt, Christoph 178.5; Godong 63.3; Goldmann 37.1; Hani Al-Ansi/dpa 184.5; Hardt, Christoph / Geisler-Fotopress 31.1; imageBROKER / FLPA / Schuyl, Malcom 178.2; imageBROKER / Ruegner, M. 178.8; imageBROKER / Schoening 177.2; Minden Pictures 22.1; Minden Pictures / Pace, Ralp 178.10; NHPA/Avalon.red / de Oliveira, Paulo 163.7; prisma / Frischknecht, Patrick 177.5; Reuters / Balibouse, Denis 186.5; Warmuth, Angelika 191.1; Westend61/Pindyurin, Vasily 184.4; Zoonar / Petrenko, Dasha 178.7; ZUMAPRESS.com / Sokhin 189.1. |primanota GmbH, Korbach: 11.1, 32.1, 46.5, 197.1. |Rothenberger, Claudia, Crailsheim: 46.1, 46.2, 46.3, 46.4, 64.2, 66.1. |Ruda, Barbara, Freiburg: Badische Zeitung vom 08.12.2021 190.1. |Rühl, Rainer E., Alsheim: 24.1, 118.2, 118.4, 137.1, 234.1. |Ruthe, Oda, Braunschweig: 165.2. |Schickhaus, Stefan, Wiesbaden: 26.1, 43.1, 99.1. |Schreiter, Johannes, Langen: Foto: A. Bonin / Kloster Loccum 89.1. |Schwabenverlag AG, Ostfildern: Sieger Köder, Abraham. Die Nacht von Hebron. © Sieger Köder-Stiftung Kunst und Bibel, Ellwangen www.verlagsgruppe-patmos.de/rights/abdrucke 126.1. |Shutterstock.com, New York: Bibleboxone 133.3; Bricolage 58.1; Buckin, Andrew 74.2; Cali6ro 223.1, 223.2, 223.3, 223.4, 223.5, 223.6, 223.7, 223.8; Cervantes, Jesus 233.1; ChristianChan 179.1; Dagasan, Sener 54.1; Dikihadiprat 166.1, 167.1, 233.4; Dikihadiprat / M_Videous / Rybalko, Andrew 192.1; ESB Professional 151.1, 167.3; Evgeny Zimin 227.1; Ground Picture 164.2; husign art 164.3; IngridHS 103.3, 122.1; K I Photography 163.2; Lano4ka 45.2, 45.5, 51.2; Liukov 218.3; nikiteev_konstantin 214.4, 214.10; Pankratz, Albert 98.2; Prostockstudio 165.1; R_Tee 163.9; Rybalko, Andrew 149.2, 149.3, 149.4, 149.5, 149.6; Samran Wonglakorn 168.1; Sarnia 233.3; Sasin Paraksa 59.2; spatuletail 67.1; Studio Romantic 14.2; Suzi, Alexandra 19.1; Tamisclao 193.1; Triff 70.2; Vectorfair 45.4; whiteisthecolor 214.3, 215.1; Zakharchuk 68.1; Zakharo, Volodymyr 49.1, 49.2; Zwerver, Rudmer 177.1. |Shutterstock.com (RM), New York: Ralph Jr Nelson/Universal/Kobal 55.1. |Smolinski, Jals: 39.1. |Spangenberg, Frithjof, Konstanz: 78.1, 82.1. |stock.adobe.com, Dublin: 1xpert 13.2; 430071918 206.3; ad 206.1; africa-studio.com (Olga Yastremska and Leonid Yastremskiy) 216.1; azure 45.1; Bernadett 68.2; bluebeat76 208.1; Carey, Richard 8.2; doidam10 7.2; Eckgold, Frank 121.1; EkaterinaP 69.2; Estellez, Eduardo 6.2; Evgeniy Shvets/Stocksy 70.1; ferkelraggae 62.1; Fevziie 205.2; Figel, Adam Ján 7.1; fotogestoeber 178.1; hikrcn 201.1; James Group Studios Inc. / Steidl, James 69.1; jesus 8.1; kieferpix 58.2; Kneschke, Robert 71.1; luisrftc 118.1; Martin 56.6, 139.1; MKS 6.1; Monkey Business 56.4; MP Studio 56.7; Nahler, Lothar 103.2, 107.1; NataSnow 177.6; nevenm 163.4; olegganko 102.1; onda 45.3; Orlando Florin Rosu 44.1; Puttachat 61.1; Rawpixel.com 163.5; Reisinger, Carsten 164.6; robodread 72.4; ruslee 56.3; sebastian 206.4; Sedmáková, Renáta 52.1; Sturm, Jenny 104.1; Tensor Designs 118.3; TheepatheepKawinpathawee 9.1; Weerachat 56.1. |Terre des Hommes Deutschland e.V., Osnabrück: Foto: privat / terre des hommes 169.1. |Tulipan Verlag in der Penguin Random House Verlagsgruppe GmbH, München: © 2023 / ISBN: 978-3-86429-571-3, Autor: Sigrid Zeevaert, Illustratorin: Ulrike Möltgen 18.1. |Vandenhoeck & Ruprecht Verlag, Göttingen: Michael Landgraf: Kinderlesebibel, 2011 Göttingen 108.2. |Verlag Ernst Kaufmann GmbH, Lahr: Annegert Fuchshuber 23.1, 51.1. |VG BILD-KUNST, Bonn: © 2024 / Bruce Conner: Christ Casting out the Legion of Devils 2003/1987 232.1; © 2024 / Marc Chagall: Mose und der brennende Dornbusch 48.1. |vision X Medien GmbH, Berlin: www.knietzsche.com 173.1, 228.1. |von Cansteinsche Bibelanstalt in Berlin e.V., Berlin-Neukölln: Erscheinung des Videos: 2019 121.2. |Wilke, Gerd, Oldenburg: https://www.wortwolken.com/ 64.1, 153.1, 194.1, 226.1. |Wittmann, Andreas, Kandern: 182.1. |Zwickel, Prof. Dr. Wolfgang, Mainz: Calwer Verlag 77.1. |© Andreas Felger Kulturstiftung, www.af-kulturstiftung.de, Mössingen: Andreas Felger, CREDO II, 2011, Öl auf Leinwand, 120 x 120 cm Titel. |© Ekki Stier, Karlsbad-Auerbach: 243.1. |© Oxfam Deutschland e.V., Berlin: 35.2.

Register